KB260892

깨어진 거울

The Mirror Crack'd from Side to Side

애거서 크리스티 추리 문학 43

깨어진 거울

이가형 옮김

해문

■ 옮긴이 **이가형**

동경제국대학 불문과, 미국 윌리엄스 대학 수학. 전남대학교, 중앙대학교,
국민대학교 교수 역임. 한국영어영문학회, 한국추리작가협회 회장 역임.
국민대학교 대학원장 역임

깨어진 거울

초판 발행일	1987년 09월 25일
중판 발행일	2011년 02월 10일
지은이	애거서 크리스티
옮긴이	이 가 형
펴낸이	이 경 선
펴낸곳	해문출판사
주 소	서울시 서초구 서초동 1328-11 도씨에빛 2차 1420호
TEL/FAX	325-4721 / 325-4725
출판등록	1978년 1월 28일 (제3-82호)
가격	6,000원
ISBN	978-89-382-0243-7 04800
	978-89-382-0200-0(세트)

※ 잘못된 책은 구입하신 곳에서 바꾸어 드립니다.

거미줄이 넓게 쳐졌도다.
거울은 반쪽으로 깨졌도다.
‘나에게 저주가 내렸어.’
하고 레이디 샬럿이 울부짖었도다.

앨프레드 테니슨
(1809~1892, 영국의 계관 시인)

차   례

차   례

1

　제인 마플 양은 창가에 앉아 있었다. 창밖으로 내다보이는 정원은 한때 그녀에겐 자랑거리의 원천이었다. 그러나 이제는 더 이상 그렇지 않았다. 요즈음 그녀는 창밖을 내다보면 마음이 상하는 것이었다. 활기차게 정원을 가꾸는 일이 당분간 그녀에게 금지된 것이다. 허리를 굽혀서도 안 되고, 땅을 파서도 안 되고, 나무를 심는 것도 안 되며―고작해야 가지치기나 허락될 정도였다. 1주일에 세 번 오는 레이콕 영감이 최선을 다하는 것만큼은 분명하다. 그렇지만, 그가 최선을 다할 때란 으레 그렇듯, (별로 자주 있는 일도 아니었지만) 자기 자신을 내세울 때뿐이고, 주인과 관계된 일에 대해서는 별무신통이었다. 마플 양은 자신이 원하는 바가 무엇인지를 정확하게 알고 있었기에, 그러한 때는 가차없이 그에게 지시를 내렸다. 그때마다 레이콕 영감은 대답만 잘하고 필연적인 실행이 결여되기 마련인 예의 그 천재성을 유감없이 발휘하는 것이었다.

　"그럼은요, 마님. 저 메코소아피를 저쪽으로 옮기고 켄터베리 종(種)은 벽을 따라 심으라는 말씀 아닙니까. 이 모든 일은 분부대로 다음 주에 맨 먼저 해 놓겠습니다."

　레이콕의 변명이란 언제나 그럴싸해서 《배에 탄 세 사나이》에 나오는 조지 선장이 항해를 회피하는 수작과 아주 흡사했다. 이 선장의 경우엔 바람이 해안 밖으로 불지 안으로 불지, 아니면 예기치 않게 서쪽에서 불어올지, 아니면 더 변덕스럽게 동쪽에서 불지 몰라서 그렇다는―아무튼 언제나 바람이 핑곗거리였다. 레이콕의 경우는 날씨였다. 너무 건조하다, 너무 습하다, 땅이 질퍽거린다, 바람이 에는 듯이 차다느니 했다. 그게 아니면 우선적으로 처리해야 할 (대개 자기가 키우려고 하는 엄청난 양의 양배추나 싹양배추에 관계된 것인) 아주 중요한 것이 따로 있기 마련이었다. 정원 가꾸기에 대한 레이콕의 원리는 아주 단순했지만, 아무리 그쪽 방면에 지식이 많다 한들 그의 원리를 꺾을 주인은 없었다.

그의 원칙은 우선 차를 달짝지근하고 진하게 여러 잔 마셔서 힘을 좀 돋우고, 가을에 낙엽을 잔뜩 긁어모아 놓은 뒤에, 자기가 좋아하는, 주로 애스터와 샐비어 같은 것을 잔뜩 심는 것이다. 그의 표현을 빌리면, '멋진 쇼를 연출시키기' 때문이라는 것이다. 그는 진딧물 예방책으로 장미에 농약을 뿌리자는데 적극 열성을 보이고는, 그 일을 할 짬을 내는 데는 더디게 굴었으며, 스위트피를 깊게 파서 묻자는 요구에는 으레 그가 직접 심은 스위트피를 좀 보라고 하는 것이었다! 작년에 손질을 제대로 해놓았으면 그럴 필요가 없었을 거라는 것이다.

공정하게 평한다면, 그는 주인에게 딱 달라붙어 원예학에 관한 한 주인의 비위를 맞추었지만 (실제적으로 힘든 일이 개재되지 않는 한도에서) 그의 상식에 의할 것 같으면, 채소를 심는 게 무엇보다도 중요하다는 것이었다. 잎이 쭈글쭈글한 품종의 양배추도 그렇고, 잎사귀가 도르르 말리는 케일(양배추의 일종) 같은 것마저도 말이다. 게다가, 꽃은 시간을 주체할 수 없는 한가한 여자들이나 심취해 볼 만한 소일거리라는 것이다. 그런 가운데에서도 애스터, 샐비어, 로벨리아, 그리고 여름 국화 같은 것들을 주인에게 가져다주어 자신의 일에 대한 열정을 표시하곤 했다.

"주택단지 내에 있는 새 주택들에서 손을 좀 봐달라고 하더군요. 멋진 정원을 원할 테니까 당연한 일이죠. 심고 좀 남은 게 있어서 가지고 왔습니다. 저 보기 싫은 장미가 피어 있는 곳에 옮겨 심어 놓았습니다."

이와 같은 일들을 생각하면서, 마플 양은 정원에서 시선을 거두고 뜨개질거리를 다시 잡았다.

사람들은 무릇 현실을 직시할 줄 알아야 한다. 세인트 메리 미드 마을은 예전 같지 않다. 물론 어떤 의미에선 예전과 같은 것은 아무것도 없지만. 사람들은 그것을 두 차례나 겪은 전쟁, 젊은 세대, 혹은 일터로 나가는 여성들, 또는 원자탄, 아니면 그저 정부에 그 탓을 돌릴 수도 있을 것이다. 하지만, 기실 사람들은 자신이 늙어간다는, 극히 간단한 사실을 깨우치기만 하면 되는 것이다.

지극히 총명한 노처녀 마플 양은 그 사실을 아주 잘 알고 있었다. 다소 기묘하긴 해도, 그녀는 세인트 메리 미드 마을에서 그 변화를 더욱 절실히 느꼈는데, 그 이유는 바로 그곳에서 그토록 오랫동안 살아왔기 때문이리라.

세인트 메리 미드의 구시가지 일부는 여전히 옛 모습을 지니고 있다. 거기엔 블루보어 여관도 있으며, 교회와 목사관, 앤 여왕 및 조지 왕조풍의 오래된 집들이 아담하게 자리 잡고 있는데, 그중 하나가 그녀의 집이었다. 할머니 노처녀 하트넬 양 집도 아직 거기 있는데, 하트넬 양은 마지막 순간까지 진보와 싸울 참이었다. 역시 할머니 노처녀이던 웨더비 양은 얼마 전 세상을 떠나, 지금은 그 집에 은행 지점장과 그 가족이 살고 있는데, 문과 창문을 밝은 청색으로 칠하여 새롭게 단장해 놓았다. 나머지 옛 저택에도 대부분 새 사람들이 들었음에도 불구하고 저택 자체의 외관은 거의 변한 게 없었다. 이것은 집을 새로 사서 이사 온 사람들이, 부동산업자가 갖다 붙인 '고풍스런 매력'에 수긍을 한 터라 손대지 않고 그대로 놔두었기 때문이었다. 그들은 그저 욕실을 하나 더 만든다거나, 연관(鉛管) 공사, 또는 전기 기구, 아니면 접시 씻는 기계 등에 돈을 물 쓰듯 썼다.

집들은 예전과 별로 달라진 게 없어 보인다 해도 중심가는 그렇다고 말할 수 없었다. 그곳의 가게 주인이 바뀌었다 싶으면 곧바로 현대화가 밀려왔다. 생선 가게는 새로운 특등품 쇼윈도 안에 번득이는 냉동 물고기를 비치하여 아주 낯설어 보였다. 푸줏간 주인은 여전히 보수적인 경향을 고수하고 있었다. 좋은 고기는 어째도 좋은 고기니까 사람들이 지불할 돈만 있다면 아무 문제 될 것이 없었다. 돈이 부족하면, 더 싼 부위라든가 질긴 고깃덩어리라든가, 아무튼 그런 식으로 골라 사가면 되는 것이다! 식료품상 반스도 변함없이 그대로 거기에 머물러 있어서, 하트넬 양과 마플 양, 그리고 다른 사람들이 날마다 하나님께 감사를 드리는 이유를 마련해 주었다. 친절하게도 그는 카운터 근처에 안락의자를 비치해 놓고, 베이컨 덩어리라든가 여러 가지 치즈에 대해 손님과 정답게 이러쿵저러쿵 의견을 나누었다. 도로 끝은 한때 톰스 씨가 바구니 가게를 하던 곳이었는데, 이제는 위용을 자랑하는 새 슈퍼마켓이 들어서서 세인트 메리 미드 마을에 오래 산 노부인들에게 혐오의 대상이 되어 있었다.

“생전 들어 본 적도 없는 이런 봉지들을 접하게 될 줄이야.” 하트넬 양이
떠들어댔다.

“이 잘나빠진 아침식사 대용식 봉지 덕분에 아이들에게 베이컨과 계란을 맛
있게 요리해서 먹일 생각들도 않겠군. 게다가, 사람들은 각자 자기 바구니를
들고 물건을 고르는 데, 때로는 원하는 것을 다 고르는 데 15분 정도 걸린다
니까. 또, 양이 너무 많지 않으면 적은 것뿐이어서 도통 마음에 안 든단 말이
야. 더군다나, 줄 끝에서 한참을 기다려 섰다가 지불을 마쳐야지만 밖으로 나
올 수 있지. 피곤하기 짝이 없는 짓이야. 주택단지 사람들에게는 모든 것이 별
탈 없이 돌아가긴 하겠지만—.”

그녀는 말 도중에 입을 다물어 버렸다.

이제는 다반사가 된 새로운 용어가 말 중에 튀어나왔기 때문이다. ‘주택단
지’라든가 ‘택지(宅地)’라든가 하는 새로운 용어를 써야 요즘은 말이 되었다.
그 말은 실체를 지니고 있어, 대문자로 표기해야만 했다.

2

마플 양은 곤혹한 비명을 날카롭게 질렀다. 또 한 코를 빼먹었다. 뿐만 아
니라 조금 전에도 또 영락없이 코를 빠뜨렸던 것이다. 목 부분을 줄이기 위해
콧수를 세어 나가면서 그제야 그 사실을 깨달았다. 그녀는 준비한 핀을 꺼내
어 밝은 쪽을 향해 비스듬히 뜨개질거리를 집어 들고서 근심스러운 눈으로 자
세히 들여다보았다. 그녀의 새 안경조차도 별 소용이 없는 듯 했다. 그러면서
그녀는 호화판 대기실과 최신식 기구(器具), 눈에 쬐는 광선과, 또 엄청난 치료
비를 지불하는 데도 불구하고, 안과의사가 더 이상은 어떻게 해줄 수가 없이
이렇게 된 것은 순전히 그럴 수밖에 없는 나이가 되었기 때문이라는 생각에
젖어들었다.

마플 양은 향수에 젖어 몇 년 전만 해도 (실제로 몇 년 전은 아니겠지만)
자신의 눈이 얼마나 밝았던가를 생각해 보았다. 전망이 좋은 그녀의 정원에서
바라보고 있노라면 세인트 메리 미드 마을에서 일어나는 모든 일을 아주 잘

알 수 있어서, 그녀의 인자한 눈길이 가닿지 않는 곳이라곤 없었다! 새를 관찰하는 망원경을 통해서(새에게 흥미를 가진 것이 그토록 유용할 줄이야!) 그녀는 모든 것을 볼 수가 있었던 것이다. 이쯤 되면 그녀는 일손을 놓게 되고 상념은 한없이 과거로 치달았다. 여름옷을 입은 앤 프로데로가 목사관 정원 쪽으로 걸어갔었지. 프로데로 대령은(가엾은 사람 같으니) 아주 지루하고 불쾌하기 짝이 없는 양반이긴 했지만 그렇게 살해되다니. 그녀는 머리를 흔들고는 목사의 젊고 아리따운 부인인 그리셀다에 대한 회상으로 넘어갔다. (《목사관 살인사건》 참조) 그리운 그리셀다, 그토록 의리 있는 친구가 또 있을까—매년 잊지 않고 크리스마스카드를 부쳐 오다니. 고 귀엽던 그녀의 아기가 이제는 건장한 젊은이가 되었다지, 좋은 직업도 가지고 기술자라고 했던가? 그 애는 언제나 조립식 장난감 기차를 즐겨 분해했었지. 목사관 너머, 가일스 농장에서 소떼가 아스라이 보이는 목장 주위에 목책이 둘러쳐져 있고 길이 평평하게 나 있었건만, 지금 그곳은—이제는…….

주택단지.

뭐 없으라는 법이라도 있는가? 마플 양은 단호히 자문했다. 진작에 있어야만 했다. 주택은 필요한데다, 또 아주 잘 지어졌다고들 했다. '단지 조성'이라든가, 뭐 그런 식으로 부르는 모양이었다. 그래도 왜 동네마다 끝에 클로스(울타리가 둘러쳐진 구획지)라는 명칭을 붙이는지 영 아리송했다. 오브리 클로스니 롱우드 클로스, 그랜디스 클로스, 그리고 나머지 모든 것들도 다 그러했다. 실제로는 전혀 구획되어 있지 않은데도 마플 양은 무엇이 클로스인지 정확하게 알고 있었다. 그녀의 삼촌은 치케스터 대성당의 참사회원이었다. 어린 시절에 그녀는 삼촌을 따라 클로스(성당의 경내)에 들어가 본 적이 있었다.

고풍스러운 가구로 가득 찬 마플 양의 객실을 언제나 '라운지'라고 부른 사람은 아마도 체리 베이커인 것 같다.

마플 양은 그녀에게, "그건 객실이야, 체리."라고 하면서 부드럽게 주의를 주었다. 그러면 젊고 상냥한 체리는 잊어버리지 않으려고 무진 애를 썼지만, 그녀도 '객실'이란 낱말을 공공연히 입 밖에 내기가 여간 쑥스럽지가 않았는지 꼭 '라운지'라는 말이 튀어나왔다. 그렇지만, 뒤늦게 그녀는 '거실'로 타협을 보았다.

마플 양은 체리를 굉장히 좋아했다. 그녀는 베이커 부인으로, 주택단지에 살고 있었다. 그녀는 아무렇지도 않게 슈퍼마켓에서 물건을 구입하고, 손수레를 밀며 고요한 세인트 메리 미드 마을 거리를 누비고 다니는 젊은 주부층이었다. 그들은 모두 세련되고 옷을 잘 차려입었다. 또한 머리는 곱슬곱슬하게 말아 올렸다. 그들은 웃고 떠들어댔으며 서로 큰 소리로 부르기도 했다. 그들은 마치 행복에 겨운 새떼들 같았다. 월부판매의 교묘한 함정에 빠져, 남편들이 모두 괜찮은 봉급을 타옴에도 불구하고 그들은 언제나 돈에 쪼들렸다. 그래서, 남의 집에 가서 일이나 요리를 해주는 것이다. 체리는 손이 빠르고 요리 솜씨도 괜찮았으며, 머리가 똑똑해서 전화도 똑바로 받고 소매점 장부에 기입된 부정확한 점도 금방 알아내곤 했다. 하지만, 침대 매트리스를 뒤집어 터는 일은 영 질색을 했으며, 설거지를 하려면 개수대에 그릇을 전부 다 쑤셔 박아 놓고 세제를 눈보라 휘날리듯 마구 뿌리는 것이었다. 그때마다 마플 양은 그녀의 설거지 방식이 보기가 민망해서 반드시 머리를 돌리고 식기실 문을 통과했다. 마플 양은 오래된 우스터 찻잔 세트를 꺼내다가 슬그머니 따로 구석 캐비닛에 갖다 놓고서는 특별한 일이 있을 때만 꺼내어 사용했다. 대신에 흰 바탕에 여린 회색 무늬가 있는 요즘 나온 찻잔 세트를 구입했는데, 그건 개수대에서 아무리 박박 씻어대도 무늬가 벗겨질 염려가 없기 때문이었다.

과거와는 이 얼마나 판이한가. 예를 들어, 저 충직하고 모범적인 하녀 플로렌스만 해도 그랬다—에이미와 클라라와 앨리스도 있었지, 그 '착하고 나이 어린 처녀들' 말이야. 세인트 페이스 고아원에서 와서, '훈련'을 쌓은 다음엔 급료가 더 후한 곳으로 가게끔 되어 있었지. 그 애들 중 몇 명은 아주 단순한 편이고, 또 자주 임파선이 붓곤 했으며, 에이미는 확실히 머리가 좀 모자라는 아이였다. 그들은 마을에 사는 다른 하녀들과 잡담을 주고받으면서 수다를 떨었고, 생선 가게 점원이나 대저택의 정원사 조수, 반스 씨네 식료품 가게에서 일하는 점원들과 데이트를 즐기기도 했다. 이들을 생각하는 마플 양의 마음은 향수 어린 애정으로 가득 차, 잇따라 태어나는 그들의 아이들에게 자기가 떠 준 털실로 짠 앙증스러운 윗도리에 가서 멎었다. 그들은 전화를 제대로 받지도 못했고, 산수 계산도 엉망이었다. 반면에 세탁과 침실 정돈은 아주 잘했다. 그들은 공부보다는 일 쪽에 소질이 많았다. 요즈음에는 교육을 받은 여자들이 자질구레한 가정 일에 고용되는 경우가 많아 오히려 이상하게 여겨질 지경이었다. 외국 유학생, 집안일을 도와주고 숙식을 제공받는 여자 유학생, 방학 중인 대학생들, 그리고 새 단지 개발 지역의 엉터리 클로스에 사는 일찍 결혼한 체리 베이커 같은 여자들이 그러했다.

물론 나이트 양 같은 여자도 있긴 했다. 이 생각은 2층에서 나이트 양이 쿵쿵 울리고 다니는 발걸음 소리에 선반 위의 러스트 도자기가 빛을 발하자 불현듯 떠올랐다. 나이트 양은 오후 휴식을 취한 것이 틀림없으며, 이젠 오후 산책을 나서려는 참일 게다. 곧 그녀는 마플 양한테로 내려와서 시내에 나가는데 뭐 필요한 게 없느냐고 물을 것이다. 나이트 양에게 생각이 미치자 마플 양의 마음은 평상시대로 돌아왔다. 그 친절한 레이먼드(그녀의 조카)가 그녀를 주선해 주었는데, 나이트 양보다 더 친절한 사람도 없다고 했다. 마플 양이 기관지염에 시달리다 보니 몸이 몹시 허약해져서, 헤이독 의사가 그녀더러 집에서 절대로 혼자 지내서는 안 된다고 강경하게 말한 터였다. 그렇지만—그녀는 거기서 그만 생각을 멈췄다. 왜냐하면, '나이트 양이 아닌 다른 사람이기만 했어도'라고 생각해 봤자 아무짝에도 소용이 없기 때문이다. 요사이는 나이 든 여자를 구하기 힘들었다. 이제 헌신적인 하녀를 기대하는 시대는 지났다. 사람들이 진짜로 아프면 엄청난 비용에 얻기도 힘들지만, 간호사로서 적당한 사람을 구할 수도 있고, 아니면 직접 병원으로 가면 되는 것이다. 하지만 위독한 상태가 일단 지나기만 하면 도로 나이트 양 같은 사람의 손에 넘겨진다.

안달해 하며 조급하게 군다는 사실만 제외한다면 나이트 양에게 이렇다 할 결점은 없다고 마플 양은 생각했다. 이 같은 사람은 그지없이 친절하며, 자기가 보살피는 사람들에 대해서는 무한한 애정을 가지고 대하며, 그들을 웃기고 그들과 함께 밝고 즐겁게 지내긴 하는데, 일반적으로 그들은 좀 정신적으로 학대받는 어린아이 취급하듯 하는 경향이 있다.

'그렇지만 난—.' 마플 양은 속으로 생각했다.

'내 비록 늙긴 했지만 정신적으로 학대받는 아이는 절대 아니라고.'

이 순간, 나이트 양이 평소 습관대로 숨을 몰아쉬면서 환한 모습을 하고 방으로 뛰어 들어왔다. 그녀는 아주 공들여 매만진, 노란빛이 감도는 회색 머리에 안경을 썼고, 가늘고 긴 코밑으로 온화한 입과 부드러운 턱을 가진 56세 난 크고도 축 처져 보이는 여자다.

"여기 계셨군요!" 그녀는 나이 든 사람의 서글픈 황혼녘을 기분 좋고 활기차게 만드느라 법석을 떠는 기미를 보이며 외쳤다.

"좀 주무시지 그러세요?"

"난 뜨개질을 하고 있었다우?" 마플 양이 '나'라는 대명사에 힘을 주면서 대답했다.

"그런데─." 이어 그녀는 불쾌하기도 하며 부끄럽기도 했지만 자신의 약점을 고백했다.

"코를 또 빼먹었어."

"아이고, 저런." 나이트 양이 말했다.

"곧 바로잡을 수가 있겠죠 뭐, 그렇죠?"

"당신이 해보구려. 안됐지만, 난 못하겠어." 마플 양이 말했다.

떨떠름한 듯한 어조가 언뜻 비치긴 했으나, 눈에 띌 정도는 아니었다. 나이트 양은 언제나 그렇듯이 도와주려고 야단이었다.

"자─." 몇 분 뒤에 그녀가 말했다.

"됐어요, 아주머니. 이젠 모든 게 제대로 됐어요."

마플 양은 채소 가게 여자나 지물포 아가씨가 '아주머니'('아줌마'까지도)라고 부르는 것에는 전혀 이의가 없었으나 나이트 양이 '아주머니'라고 부르는 건 질색이었다. 나이 먹은 여자들은 그 같은 일을 참을 줄도 알아야 한다. 그녀는 성질을 누그러뜨리고 나이트 양에게 고마움을 표했다.

"이른 산책 삼아 지금 걸음마 좀 하고 오겠어요." 나이트 양이 유머러스하게 말했다.

"그리 오래 걸리진 않을 거예요."

"일찍 돌아올 생각일랑 아예 하지 마시우." 마플 양이 진심으로 사근사근하게 말했다.

"저, 아주머니 혼자 남겨 두고 오래 나가 있고 싶지 않아요. 더욱이 상태가 안 좋은 때라서."

"내 상태는 아주 양호하다고 장담할 수 있어요." 마플 양이 말했다.

"그나저나(그녀는 눈을 감았다) 낮잠이나 좀 자둬야겠어."

"그게 좋죠, 아주머니. 제가 가는 길에 뭐 해드릴 일이라도?"

마플 양은 눈을 뜨고서 곰곰 생각해 보았다.

"롱던네 가게에 가서 커튼이 다 됐는지 보고 오구려. 그리고 위즈리 부인한테 가면 푸른색 모사(毛絲)가 한 타래 더 있을 거야. 약국에 가서 까만 까치밥나무 박하 드로프스 한 상자 구해다 주고 도서관에 가서 책을 교환해야겠는데, 내가 작성한 목록에 들어 있지 않은 거면 그 사람들이 아무리 권해도 갖고 오지 말아요. 지금 갖고 있는 이 책은 아주 시시해. 읽을 수가 없을 정도라니까." 그녀는 《봄이 오는 소리》를 꺼냈다.

"아이고, 저런! 그 책이 맘에 들지 않으세요? 좋아하실 줄 알았는데. 내용이 아주 아름답잖아요."

"그리고 핼리츠 가게에 가면 있을 것 같은데, 가서 '업다운'식 계란 거품기가 있는지 알아봐 줘요—핸들식 말고."

(그녀는 그 가게에는 그런 물건이 없다는 사실을 잘 알고 있었지만, 그곳이 가장 멀리 있기 때문이었다.)

"부탁이 너무 많지 않았을까—." 그녀가 머뭇거렸다.

하지만, 나이트 양은 진심에서 우러난 목소리로 또렷이 대답했다.

"전혀 그렇지 않아요. 오히려 잘 된걸요."

나이트 양은 쇼핑을 좋아했다. 그것은 그녀의 삶에 생기를 불어넣어 주는 것이었다. 사람들과 마주치면 잡담도 나눌 수 있고, 점원과 세상 돌아가는 얘기도 할 수도 있고, 여기저기 가게에서 여러 가지 물건들을 살펴볼 기회도 생긴다. 이처럼 쾌적한 직업을 가진 사람은 서둘러 돌아오지 않아도 되기만 한다면, 어떤 죄의식도 느끼지 않고 장시간을 보낼 수가 있는 것이다.

그리하여 나이트 양은 늙고 허약한 노처녀가 한가로이 기대앉아 있는 창가에 마지막 일별을 던진 다음, 행복한 기분으로 집을 나섰다.

나이트 양이 장바구니나 지갑, 아니면 손수건을 (그녀는 하도 잘 잊어버려서 되돌아오는 경우가 허다했다) 가지러 돌아올 경우를 대비해서 몇 분간 기다려 보면서, 나이트 양에게 이것저것 부탁하느라 원치도 않았던 수많은 것들을 떠들어댄 탓에 골치가 좀 아팠던 것을 진정시킨 마플 양은 벌떡 일어나 뜨개질거리를 옆에 처박아두고 일부러 성큼성큼 방을 가로질러 현관으로 나갔다. 그녀는 걸어두었던 여름 윗도리를 집어내리고, 신발장에서 지팡이를 꺼내고는, 침실용 슬리퍼를 바깥에서 신는 질긴 신으로 갈아 신었다. 그러고 나서 그녀는 옆문으로 집을 나섰다.

"적어도 한 시간 반은 걸리겠지." 마플 양이 속으로 가늠해 보았다.

"그래, 주택단지에서 온 사람들과 함께 두루두루 쇼핑을 다닐 테니까."

마플 양은 나이트 양이 롱던네 가게에 가서 커튼을 새로 바꾸는 문제로 옥신각신 별반 성과도 없는 질문을 해대며 입씨름하는 광경을 떠올렸다. 그녀의 추측은 상당히 정확했다. 지금 이 순간 나이트 양은 큰 소리로 말할 것이다.

"물론 내 생각 같아서도 아직 덜 되었을 성싶어요. 그렇지만 주인아주머니가 그 얘기를 했을 때, 가서 알아보겠노라고 대답했기 때문에 어쩔 수가 없어요. 안됐지만, 나이 많은 아주머니들이야 앞날이 뻔하잖아요. 누군가가 그들을 즐겁게 해주는 사람이 필요해요. 게다가, 우리 집 아주머니는 마음씨 좋은 노처녀인걸요. 지금은 좀 예전 같지는 않지만, 의당 그런 것 아닌가요—기력이 점차 쇠퇴하니까. 아이고, 저기 고운 천이 있군요. 같은 걸로 색깔이 다른 것은 없나요?"

어느새 20분이 꿈결같이 흘러간다. 나이트 양이 마침내 일어서 나가자, 그곳 점원이 콧방귀를 뀌면서 말한다.

"아주머니가 예전 같지 않다고? 직접 내 눈으로 확인해야만 그런 줄로 믿겠어. 마플 양은 늙었어도 언제나 바늘 끝처럼 날카롭지, 아직도 그러리라 믿어."

그러고 나서 그녀는 꼭 끼는 바지와 선원들이 입는 것 같은 셔츠를 입고서 욕실 커튼용으로 이동식 원치가 달린 비닐 천을 찾는 젊은 아가씨에게로 눈길을 돌리겠지.

"그녀를 볼 때마다 생각나는 사람이 바로 에밀리 워터스야." 마플 양은 과거에 알고 지냈던 사람과 어떤 사람을 연결시킬 때마다 언제나 그러하듯, 흡족함을 느끼며 속으로 말했다.

'둘 다 똑같이 새대가리지. 가만있자, 에밀리는 어떻게 됐더라?'

별로 달라진 것이 없을 거라는 게 그녀가 내린 결론이었다. 그녀는 한때 부목사와 거의 약혼까지 할 뻔했으나 해가 바뀌면서 그 일은 흐지부지 끝나고 말았다. 마플 양은 속으로, 그 시중드는 간호사를 그만두게 해야겠다고 마음먹은 다음 주변으로 생각을 돌렸다. 그녀는 레이콕이 하이브리드 티(장미의 한 교배종)가 돋보이도록 보기 싫은 장미들을 쳐냈는지 그저 확인해 볼 겸 눈초리로 얼른 정원을 바라보고는 지나쳐 가긴 했지만, 해놓지 않았다고 해서 그 일로 기죽을 사람도 아니며, 전신으로 느끼는 몰래 산책 나온 달콤한 기쁨을 잡칠 사람도 아니었다. 그녀는 모험을 하는 듯한 즐거운 기분에 잠겼다. 그녀는 오른쪽으로 돌아 목사관 문으로 들어가 목사관 정원으로 나 있는 길을 택해 원하는 길로 나왔다. 목책이 둘러쳐져 있던 곳에는 지금은 타르가 입혀진 아스팔트 길 쪽으로 밀고 들어가는 철대문이 나 있었다. 이 길로 오게 되면 바로 시냇가에 걸쳐진 단아한 거리로 나서게 되는데, 한때 그곳은 소떼가 풀을 뜯어먹는 목초지가 펼쳐져 있던 곳으로, 주택단지는 거기에 있었다.

　마플 양은 콜럼버스가 신대륙을 발견하러 떠나는 기분으로 다리를 건너서 길로 접어들었는데, 실제로 4분 이내면 오브리 클로스에 당도할 것이다.

　물론 마플 양은 상가가 늘어선 대로(大路)에서 주택단지를 바라볼 수도 있었지만, 그것은 TV 안테나 기둥이 세워져 있고 파랑색, 분홍색, 노란색, 초록색으로 칠해진 문과 유리창이 있는 말끔하게 잘 지어진 집들이 들어서 있는 클로스를 멀리서 바라보는 것밖엔 아무런 의미가 없었다. 여태까지 주택단지는, 말하자면 지도에서나 느낄 수 있는 것이었다. 그녀는 거기 가본 적도 없거니와, 거기에서 살다 온 것도 아니었다. 그러나, 지금 그녀는 모두의 말을 미루어 보아 자기가 아는 견지에서는 모든 것이 생소하기만 한, 날로 사람들 이목을 끌고 있는 저 당당한 신시가지를 바라보면서 여기에 나와 있는 것이다. 주택단지는 마치 어린이들이 갖고 노는 장난감 벽돌로 깨끗이 쌓아올린 모형 같았다. 마플 양은 아무래도 실감이 나질 않았다.

　마찬가지로 그곳 사람들도 현실감이 없어 보였다. 바지를 입은 젊은 여자들과 고약한 인상을 품기는 젊은 남자들과 소년들, 가슴이 풍만한 열다섯 살짜리 소녀들이 그러했다. 마플 양은 이 모든 것이 단단히 타락한 듯이 보인다는 생각을 금할 수가 없었다. 그녀는 오브리 클로스를 돌아 나와 달링턴 클로스에 모습을 나타냈다. 그녀는 천천히 걸어가면서, 귀를 쫑긋 세우고 유모차를 밀고 가는 엄마들이 하는 이야기에서부터 아가씨들이 젊은 남자들에게 수작을 붙이는 말, 인상 고약한 불량배(그녀는 그들이 불량배들일 거라고 생각했다)들이 주고받는 욕설에 이르기까지 모조리 귀담아 들었다. 엄마들은 현관 밖으로 나와서, 금지된 장난을 하느라 여념이 없는 자식들 이름을 소리쳐 불렀다. 고맙게도 아이들만큼은 결코 변한 것이 없다고 마플 양은 생각했다. 이제야 그녀는 미소를 지으며, 여느 때처럼 느낀 바를 죽 마음속에 새겨 넣었다.

저 여자는 케리 에드워즈랑 아주 비슷하구먼—검은 머리는 후퍼 같은 여자일 테고 메리 후퍼가 그랬던 것처럼 저 아가씨도 결혼을 망치겠지. 저 사내 녀석들은, 검은 쪽은 에드워드 리키와 똑같을 거야. 큰소리를 뻥뻥 쳐도 악의는 없어—기실은 좋은 녀석이지. 금발 녀석은 베드웰 부인 댁의 조쉬와 판에 박은 듯 똑같군. 둘 다 좋은 녀석들이야. 모르긴 해도 그레고리 빈스 같은 아이는 그리 썩 잘 해내지 못할 거야. 그 녀석 엄마도 같은 부류일 것 같은데……

그녀가 모퉁이를 돌아 월싱검 클로스에 들어서자 기운이 다시 되살아났다.

신시가지나 구시가지나 매한가지였다. 집들도 달랐고, 거리도 클로스라 부르고, 옷들도 다르고 목소리도 달랐지만, 사람들은 그대로였다. 약간 다른 표현법을 쓰긴 해도, 대화의 주제는 마찬가지였다.

새로운 탐험에서 모퉁이를 자꾸만 돌다 보니 마플 양은 그만 방향감각을 상실하여 다시 주택단지 어귀로 들어서게 되었다. 지금 그녀는 케리스브룩 클로스에 있는데, 절반가량이 아직도 '공사 중'이었다. 거의 완성된 집 1층 창가에 젊은 남녀가 서 있었다. 편리한 주거환경에 대해서 분분히 의견을 나누는 소리가 흘러나왔다.

"위치가 좋다는 것은 인정해야 돼요, 해리."

"다른 것도 마찬가지야."

"이건 방이 두 개나 더 있잖아요."

"그 바람에 비싸기만 하겠지."

"아무튼 난 이 집이 좋아요."

"어련하시려고!"

"어머, 내 기분을 망가뜨릴 것까지야 없잖아요. 엄마가 당신에 대해 뭐라 하셨는지 아세요?"

"당신 어머닌 가만히 있는 적이 없더군."

"엄마 흉은 보지 마세요. 엄마가 없었으면 내가 어디에 가 있었겠어요? 엄마는 보기보다 속으로는 훨씬 더 상심하고 있었을 거예요. 그건 내가 단언할 수 있어요. 당신을 법정에라도 데리고 갈 수도 있었을 거예요.”

“제발 그만해 둬, 릴리.”

“언덕 경치가 아주 좋아요. 저기 보이죠?” 그녀는 허리를 왼쪽으로 틀며 몸을 쑥 밖으로 내밀었다.

“저수지가 보일 거예요.”

그녀는 자신이 문지방에 기대놓은 느슨한 판자벽에 체중을 실은 것도 의식하지 않고, 여전히 몸을 쑥 내민 채로였다. 그녀의 몸무게를 못 이기고 판자벽이 밖으로 비어져 나오면서 그녀의 몸도 함께 실려 나왔다. 균형을 잡으려고 애쓰며 그녀는 비명을 질렀다.

“해라—!”

그 젊은 청년은 그녀의 한두 발자국 뒤에서 꼼짝도 않고 서 있었다—그는 오히려 한 발자국 뒤로 물러섰다.

간신히 벽을 붙잡아 그 아가씨는 자세를 되찾았다.

“어휴!” 그녀는 안도의 한숨을 내쉬었다.

“하마터면 밖으로 떨어질 뻔했어요. 왜 날 붙들어 주지 않았어요?”

“하도 순식간에 벌어진 일이라서. 어쨌든 아무 이상 없잖아.”

“아는 거라고는 고작 그뿐이군요. 정말이지 하마터면 갈 뻔했다고요. 내 점퍼 앞 좀 봐요, 엉망이에요.”

마플 양은 충동적으로 앞으로 약간 나아가서 몸을 돌렸다. 릴리는 밖으로 나와 서서 젊은 남자가 집 열쇠를 채우는 동안 그를 기다리고 있었다.

마플 양은 그녀에게 다가가서 낮은 목소리로 얼른 말했다.

“내가 아가씨라면 저 청년과 결혼하지 않겠수. 아가씨가 위험에 처했을 때 의지할 수 있는 남자를 택해야지. 이 이야길 한다 해서 날 이상하게 생각지는 말우—아가씨한테 경고를 해야겠다는 느낌이 들어서 그래.”

그녀가 등을 돌리자 릴리가 눈으로 그녀를 뒤쫓았다.

“그래, 그건 그렇고—.”

그녀의 애인이 다가왔다.

“저 여자가 뭐라고 말했어, 릴리?”

릴리는 입을 열었다가─다시 다물었다.

"알고 싶으시다니 말인데, 집시가 하는 경고를 내게 내렸어요."

그녀는 그를 찬찬히 뜯어보았다.

마플 양은 서둘러 빠져나오려고 조급하게 굴다가 그만 삐죽 튀어나온 돌부리에 걸려 넘어지고 말았다.

늘어선 집들 중 한 군데서 웬 여인이 뛰어나왔다.

"저런, 어쩌다가! 다치지나 않으셨는지요?"

과잉 친절을 보이며 그녀가 마플 양을 감싸 안으며 일으켜 세웠다.

"뼈가 부러진 건 아니겠죠? 놀라셨겠군요."

그녀의 목소리는 크면서도 다정했다. 그녀는 회색빛으로 막 변해 가는 갈색 머리에 푸른 눈을 가진, 살집이 좋고 당당한 체격의 마흔쯤 되어 보이는 여자로, 충격을 받은 마플 양의 눈에는 온통 희고 반짝이는 이빨밖에 안 보이는, 크고 도톰한 입을 갖고 있었다.

"안으로 들어와서 좀 앉아서 쉬시는 게 좋겠어요. 차를 한잔 타 드릴게요."

마플 양이 고맙다고 말했다. 그녀는 푸른색 페인트가 칠해진 문으로 안내되어, 밝은 크레톤 사라사 천으로 씌운 의자와 소파로 빽빽이 들어찬 조그만 방에 들어섰다.

"저기 앉으시죠." 쿠션이 있는 안락의자에 마플 양을 데려다 앉히면서 그녀가 말했다.

"좀 앉아서 안정을 취하세요. 내가 물을 올려놓고 올 테니까."

그녀가 급히 방을 나가자 오히려 좀 쉴 만한 것 같았다. 마플 양은 숨을 깊이 들이마셨다. 사실 그녀는 다치지는 않았지만 넘어진 것이 아무래도 걱정되었다. 그녀 나이에 넘어진다는 것은 별로 괜찮은 일이 못 되는 것이다. 그녀는 죄책감을 느끼면서, 운만 따라주면 나이트 양이 모르고 지나칠 텐데 하고 생각했다. 그녀는 조심조심 팔과 다리를 움직여 보았다. 부러진 데는 없다. 집에만 도착하면 아무 문제가 없는 것이다. 차를 한잔 마시고 나면─.

그녀가 생각에 잠겨 있을 때 차가 날라져 왔다. 작은 접시에 달콤한 비스킷 네 개를 담아, 쟁반에 함께 받쳐 왔다.

“자─.” 그녀 앞에 있는 작은 테이블에 쟁반이 놓여졌다.

“내가 타 드릴게요. 설탕을 많이 넣어 드시는 게 나을 거예요.”

“감사합니다만, 난 설탕을 넣지 않아요.”

“설탕을 넣어 드셔야 해요. 충격을 받으셨잖아요. 난 전쟁 때 외국에 나가 앰뷸런스 협회에서 근무했었어요. 놀랐을 때는 설탕이 아주 좋아요.”

그녀는 잔에 각설탕을 네 개나 집어넣고 마구 휘저었다.

“자, 마셔 보세요. 기운을 되찾게 될 테니까.”

마플 양은 그 처방을 받아들였다.

‘친절한 여자로군.’ 그녀가 생각했다.

‘이 여자를 보니 누군가가 생각나는데, 누구였더라?’

“내게 무척이나 친절하게 대해 주시는군요.” 그녀가 미소를 띤 얼굴로 말했다.

“뭘요, 별 것 아닌데요. 보잘것없는 구원의 천사라고나 할까요. 나는 남을 돕는 걸 좋아해요.”

대문에서 빗장을 여는 소리가 들리자 그녀는 창밖으로 눈길을 돌렸다.

“남편이 돌아왔군요. 아더, 손님이 오셨어요.”

그녀는 현관으로 나가 좀 어리둥절해 보이는 남편 아더와 함께 들어왔다. 그는 마르고 안색이 창백한 사나이로, 말투가 느릿느릿한 편이었다.

“이 부인이 넘어졌더랬어요─우리 집 대문 바로 앞에서요. 그래서 내가 모시고 왔어요. 당연히 그렇게 해줘야잖아요.”

“부인이 아주 친절하게 대해 줬답니다. 성함이─?”

“베드콕입니다.”

“베드콕 씨, 부인에게 폐를 많이 끼치지나 않았는지 모르겠네요.”

“신경 쓰지 마십시오. 히더에게는 전혀 폐가 아닙니다. 히더는 사람들에게 베풀기를 좋아하니까요.” 그는 자기 아내를 이상한 눈초리로 쳐다보았다.

“특별히 가보실 데가 있었던 것은 아닙니까?”

“아녜요, 그저 산책 중이었어요. 난 세인트 메리 미드 마을에 살고 있는데, 목사관 이웃에 우리 집이 있어요. 내 이름은 마플입니다.”

"아, 아니, 이럴 수개!" 히더가 외쳤다.

"부인이 바로 그 마플 양이라고요? 얘기는 들었습니다. 살인이 났다 하면 반드시 연관되시던 분 말이에요."

"히더! 무슨 말을 그렇게—."

"어머, 내 말뜻을 아시면서 그러세요. 직접 살인을 저지르는 게 아니고, 그 살인자를 찾아내는 분이라고요. 맞잖아요, 아닌가요?"

마플 양은 겸손하게 한두 번인가 살인에 연루된 적이 있노라고 나지막이 말끝을 흐렸다.

"여기, 이 동네에서도 그전에 살인이 일어났다는 소리를 들었어요. (《서재의 시체》 사건) 사람들이 지난밤에 빙고 클럽에서 그 얘기를 하더군요. 고싱턴 홀 저택에서 발생했다지요? 나 같으면 살인이 일어났던 곳을 사지는 않겠어요. 틀림없이 유령이 나올 거예요."

"고싱턴 홀 저택에서 살인이 벌어지지는 않았어요. 시체를 거기다 갖다 놓았을 뿐이죠."

"서재로 쓰던 방 벽난로 깔개 위에서 발견됐다고들 하던데요?"

마플 양은 머리를 끄떡였다.

"그랬군요. 아마 그걸 영화화하려나 봐요. 그 때문에 마리나 그레그가 고싱턴 홀 저택을 사들인 것 같아요."

"마리나 그레그라고요?"

"그래요. 그녀와 그녀 남편 말이에요. 남편 이름은 잊어버렸어요—제작자 아니면 감독이라지요—제이슨인가 뭐 그럴 거예요. 그렇지만, 마리나 그레그는 멋있잖아요. 왜? 최근엔 별로 나오지 않았는데, 오랫동안 아팠다더군요. 그렇지만, 난 아직도 그녀를 능가하는 배우는 없다고 생각해요. '카먼 넬라', '사랑의 대가', 그리고 '스코틀랜드 여왕 메리'에 출연한 그녀를 보셨겠죠? 이제 젊음은 한물갔지만 멋진 배우인 것만큼은 부인할 수 없는 사실이에요. 난 그녀의 열렬한 팬인걸요. 소녀 시절 때는 그녀처럼 되길 꿈꾸었죠. 버뮤다에서 세인트 존(성 요한) 앰뷸런스 협회를 돕는 대대적인 공연이 벌어졌을 때 내 삶에서 굉장한 사건이 벌어졌는데, 바로 마리나 그레그가 개막식에 나오게 된 거예요. 나는 미친 듯이 흥분에 들떴는데, 하필이면 바로 그날 열로 쓰러지는 바람에 의사 선생님이 가면 안 된다고 하더군요. 하지만, 그 말에 넘어갈 내가 아니었죠. 그렇게 많이 아픈 것도 아니었거든요. 그래서 벌떡 일어나 얼굴에 덕지덕지 찍어 바르고는 그리로 갔죠. 가서 그녀를 소개받았는데, 내게 3분간이나 이야기를 하면서 사인을 해주더군요. 멋진 일이에요. 난 결코 그날을 잊지 못할 거예요."

마플 양이 그녀를 쳐다보았다.

"그 뒤에 병이 도지진 않았나요?" 그녀가 걱정스럽게 말했다.

히더 베드콕이 깔깔 웃었다.

"전혀요. 오히려 좋아진걸요. 내 말은, 뭔가를 원하는 사람은 그에 따른 위험을 감수해야 한다는 뜻이에요. 난 언제나 그러거든요."

그녀는 다시 웃었는데, 흥겨운 목소리이긴 했지만 귀에 거슬렸다.

아더 베드콕이 탄복조로 말했다.

"아무것도 히더를 꺾을 수는 없죠. 집사람은 뭐든지 마음먹은 대로 하거든요."

"앨리슨 와일드였어." 만족스러운 듯 고개를 끄덕이며 마플 양이 중얼거렸다.

"뭐라고 하셨습니까?" 베드콕 씨가 말했다.

"아무것도 아녜요. 내가 알고 지내던 어떤 사람이 생각나서요."

히더가 궁금한 듯이 그녀를 쳐다보았다.

"당신을 보니 그녀가 생각나서 그랬어요."

"그래요? 그녀가 좋은 사람이었으면 좋겠는데."

"그녀는 진짜로 좋은 사람이었어요." 마플 양이 또박또박 말했다.

"친절하고 상냥하며 활기가 넘쳤었죠."

"그렇지만 결점도 있었지 싶은데요?" 히더가 웃었다.

"난 결점이 있거든요."

"앨리슨은 언제나 주관이 뚜렷해서 타인에게 자기가 어떻게 비친다거나 어떤 영향을 미칠지에 대해서는 전혀 개의치 않았답니다."

　"당신이 그 저주받은 오막살이에서 쫓겨나게 된 가족을 우리 집에 묵게 했을 때, 그들이 우리 집 찻숟가락을 몽땅 훔쳐 달아난 이야기와 비슷하군." 아더가 말했다.

　"하지만, 아더! 난 거절할 수가 없었어요. 그러면 너무 잔인하잖아요."

　"집안 대대로 물려온 가보 숟가락이었는데." 베드콕 씨가 우울하게 말했다.

　"조지 왕조 시대 거였지요. 우리 어머니의 할머니가 쓰시던 거였는데."

　"오, 그 골동품 숟가락에 대해서는 제발 잊어버려요, 아더. 그 푸념이 끊이지를 않으니."

　"난 잘 잊어버리지를 못하는 성미잖아."

　마플 양은 그를 유심히 쳐다보았다.

　"그 친구 분은 지금 뭘 하세요?" 히더가 다정하게 흥미를 표하면서 마플 양에게 물었다.

　마플 양은 대답하기 전에 잠시 말을 끊었다.

　"앨리슨 와일드 말인가요? 아—그녀는 이 세상 사람이 아니에요."

제3장

1

"돌아와서 기뻐요." 밴트리 부인이 말했다.

"물론 재미있는 시간을 보냈긴 했겠지만."

마플 양은 고개를 까딱하며 고마움을 표하고 친구의 손에서 찻잔을 받아들었다.

몇 년 전에 그녀의 남편 밴트리 대령이 세상을 떠나자, 밴트리 부인은 정원사마저도 살기를 싫어한 그 불편하기 짝이 없는, 현관이 기둥으로 받쳐진 지붕으로 된 조그만 동쪽 관리인 별채만 남겨놓고는 고싱턴 홀 저택과 그 저택에 딸린 상당한 넓이의 땅을 팔아 버렸다. 밴트리 부인은 관리인 별채에다 현대생활에 필수적인 최신식 붙박이 부엌 설비와, 본관에서 끌어낸 새로운 수도시설, 전기시설과 목욕실을 설치했다. 이로 인해 돈이 무진장 들긴 했지만, 그래도 고싱턴 홀 저택에서 생활할 때 드는 것에는 미치지 못했다. 그녀는 또한 자기 삶에 필수적이라 하여 나무들로 둥그렇게 에워싼 4분의 3에이커짜리의 멋진 정원을 갖고 있던 터여서, "그 사람들이 고싱턴 홀 저택을 가지고 무슨 짓을 하든 간에 난 진짜로 신경도 안 쓰고 걱정도 안 할 거야."라고 말했었다.

지난 몇 년간 그녀는 여행을 하며 지구 여기저기에 흩어져 사는 자녀들과 손자들 집을 방문하는 일로 대부분의 시간을 보내면서, 이따금씩 개인생활을 누리려고 자기 집으로 돌아왔다. 고싱턴 홀 저택은 두어 차례 주인이 바뀌었다. 어떤 사람이 여관으로 사들여 운영하다가 실패한 뒤 네 사람이 공동소유하는 데다 팔았는데, 집을 네 몫으로 나누는 과정에서 필연적인 분쟁이 뒤따랐다. 드디어 목적이 좀 불분명한 가운데 보건소 같은 것으로 그 집이 팔렸는데, 결국에 가서는 그 집이 그다지 필요치 않게 되었던 모양이었다. 그래서, 다시 그 집을 되팔아 버린 것이다—지금 두 노파는 그 집의 판매에 관해 대화를 나누고 있었다.

"소문을 들었단 말이에요." 마플 양이 말했다.

"어련하시려고요." 밴트리 부인이 말했다.

"찰리 채플린과 그의 모든 자녀들이 여기 살러 온다는 말까지 나왔겠죠. 그렇게 되면 아주 재미있을 거예요. 애석하게도 그 소문에 진실의 기미가 조금도 안 보이니 그게 탈이지. 아냐, 분명코 마리나 그레그예요."

"그녀는 정말 아름다운 여자지." 마플 양이 한숨을 토하며 말했다.

"난 그녀의 초기 작품을 언제나 기억에 간직하고 있어요. 그 핸섬한 조엘 로버츠와 출연한 '철새' 말이에요. 그리고 '스코틀랜드 여왕 메리'도 그렇고 아주 감상적이긴 해도 난 '호밀밭을 헤치고 오다'도 아주 좋았어요. 정말이지 오래전 일이군요."

"그래요―." 밴트리 부인이 말했다.

"그녀는―어떨 것 같아요? 마흔다섯? 쉰 살?"

마플 양은 거의 쉰에 가까울 거라고 생각했다.

"최근에 출연한 건 없나요? 요즘 별로 영화를 보러 다니지 않아서."

"간간이 단역으로만 나오는 것 같아요." 밴트리 부인이 말했다.

"꽤 오랫동안 활동을 못 했거든요. 심한 신경쇠약에 걸렸다더군요. 여러 차례 이혼한 덕분에."

"여배우들은 대개 남편이 많은 법이잖아요." 마플 양이 말했다.

"피곤하기 짝이 없는 짓일 게야."

"내 마음엔 들지 않아요." 밴트리 부인이 말했다.

"한 남자를 사랑해서 그와 결혼하여 그에게 익숙해져서 안정된 생활을 하다가―그것을 몽땅 박차고 다시 시작하다니! 내게는 미친 짓으로밖에 안 보여요."

"난 감히 말할 처지가 못 되고" 마플 양이 노처녀 티 나게 밭은기침을 하면서 말했다.

"결혼을 해보지 않았으니. 아무튼, 당신도 생각이 같겠지만. 비극인 것 같아요."

"현실적으로 어쩔 수가 없나 봐요." 밴트리 부인이 막연하게 말했다.

"그들이 살아가는 방식이 다 그러니까 말이에요. 아시다시피, 너무나 공개적이잖아요. 난 그녀를 만났더랬어요." 그녀가 말을 덧붙였다.

"마리나 그레그 말이에요. 캘리포니아에 있을 때였죠."

"그녀는 어땠나요?" 마플 양이 흥미를 보이며 물었다.

"매력적이었어요." 밴트리 부인이 대답했다.

"아주 자연스러우면서 순수했어요." 그녀는 골똘히 생각하고 나서 덧붙였다.

"하지만, 어쩐지 꾸며진 것 같은 느낌도 들었어요."

"꾸며지다니?"

"때 묻지 않고 천진난만한 태도 말이에요. 늘 그렇게 보이도록 해야 되잖겠어요? 그 지옥 같은 광경을 좀 상상해 봐요. 그런 생활을 내팽개칠 수도 없는 노릇이라, '오, 부디 나 좀 그만 괴롭혀.'라고 말하겠죠. 순전한 자기방어책으로 술 파티나, 아니면 더 난잡하게 흥청거리는 파티를 열면서 살 것이 뻔해요."

"남편이 다섯이었지, 아마?" 마플 양이 물었다.

"최소한 그 정도는 될 거예요. 초기에 한 것은 그저 그랬고, 그다음이 외국 왕자라던가 백작이라던가 그랬고, 그다음은 영화배우 로버트 트러스콧이었죠? 위대한 로맨스를 창조해냈었지. 그렇지만 4년밖에 못 갔어요. 그다음이 극작가 이지도어 라이트였고, 아주 진지하고 잠잠하게 살았었는데, 아기까지 태어났지요. 그녀는 언제나 아기를 갖고 싶어했던 것 같아요—몇몇 고아를 양자로 들이기도 했잖아요. 그런데, 자기 아기를 갖게 되었던 거예요. 그녀는 정말 굉장했어요. 모성애라는 것 말이에요. 그런데, 내가 듣기엔 그 애가 저능아인지 지진아인지 그랬대요. 그 뒤부터 심한 신경쇠약에 걸려 마약도 먹고 영화 촬영도 펑크 내고 했다나 봐요."

"그녀에 대해 많이 알고 있나 봐요?" 마플 양이 말했다.

"어떻게 하다 보니깐 그렇게 된 거죠 뭐." 밴트리 부인이 말했다.

"그녀가 고싱턴 홀 저택을 사겠다고 했을 때 흥미를 느꼈어요. 지금 남편과는 2년 전에 결혼했는데, 지금은 건강이 아주 좋대요. 그는 연출가라죠—감독이라던가? 만날 헷갈리는군. 그들이 새파랗게 젊었을 때 그는 그녀를 사랑했지만, 그 당시에는 그 남잔 피라미에 불과했대요. 그렇지만, 지금은 꽤 유명한 셈이에요. 이름이 뭐라더라? 제이슨—제이슨 뭐였는데—제이슨 허드, 아냐 러드, 그래 바로 그거예요. 그들이 고싱턴 홀 저택을 사들인 이유는 뭐에 필요해서였다고 했는데—." 그녀가 말을 더듬었다.

"촬영에 다니기가 불편해서 그랬다나—그게 아마 엘스트리에 있다죠?" 그녀가 과감하게 넘겨짚었다.

마플 양이 고개를 저었다.

"그게 아닐 거예요." 그녀가 말했다.

"엘스트리는 런던 북쪽에 있어요."

"근사한 새 촬영소죠 헬링포스—바로 그거예요. 꼭 핀란드 말 같아. 마켓 베이싱에서 6마일쯤 떨어져 있죠. 그녀는 '오스트리아의 엘리자베스 여왕' 촬영에 들어가 있다는군요."

"많이도 알고 있군." 마플 양이 말했다.

"영화배우의 사생활을 말이에요. 전부 다 캘리포니아에서 안 건가요?"

"꼭 그런 것만은 아녜요." 밴트리 부인이 말했다.

"사실은 내가 다니는 미용실에 있는 잡지에서 읽었죠. 대부분의 배우들이 이름도 모르는 사람들이었지만, 내가 말했듯이 마리나 그레그와 그녀 남편이 고싱턴 홀 저택을 샀다니까 관심이 가더군요. 그런 잡지가 진실을 말할 리가 있겠어요! 난 그중 절반이나 진짜일까 싶어요—어쩌면 4분의 1도 채 안 될 거예요. 난 마리나 그레그가 색(色)을 밝힌다는 사실을 믿을 수가 없어요. 그저 푹 쉬려고 휴양차 내려왔다는 것 같은데, 신경쇠약이라니 말도 안 돼! 하지만, 그녀가 여기서 살러 오는 것만큼은 사실이에요."

"다음 주라고 들었어요." 마플 양이 말했다.

"그렇게나 빨리? 그녀는 23일 세인트 존 앰뷸런스 협회를 돕기 위해 큰 행사를 벌이려고 고싱턴 홀 저택을 수리하는 걸로 알고 있어요. 손을 많이 봤겠죠?"

"아마 거의 몽땅이에요." 마플 양이 말했다.

"고싱턴 홀 저택을 헐고 새 집을 짓는 것이 오히려 훨씬 간단하고 돈도 싸게 먹힐 거예요."

"욕실도 그래야겠죠?"

"여섯 개나 새로 냈다고 들었어요. 둘레에 종려나무가 우거진 테니스 코트도 그렇고 풀도 그렇고 그리고 그들이 전망창이라 부르는 것도 그렇고 게다가, 당신 남편 서재와 독서실을 하나로 터서 음악실을 만들었다더군요."

"아더가 무덤에서 펄쩍 뛰겠군. 당신도 그가 얼마나 음악을 싫어했는지 알고 있겠죠? 가엾게도 음치였잖아요. 마음 써주는 친구들이 행여 오페라라도 데리고 갔을 때의 그의 표정이란 참! 아마 그가 귀신으로 나타나 그들을 겁줄 거예요." 그녀는 말을 멈췄다가 갑자기 내뱉었다.

"고싱턴 홀 저택에 유령이 나올지도 모른다고 하는 사람은 없을까요?"

마플 양은 머리를 저었다.

"그렇진 않아요." 그녀가 확신을 갖고 말했다.

"아녜요, 사람들은 소문을 퍼뜨리고 싶어한답니다." 밴트리 부인이 그 점을 꼬집었다.

"그런 걸 퍼뜨리고 다닐 사람은 아무도 없어요." 마플 양은 잠시 말을 끊었다가 다시 이었다.

"사람들이 그리 어리석지는 않아요. 특히 이 동네 사람들은."

밴트리 부인이 날카로운 시선을 던졌다.

"당신은 언제나 그 생각을 못 버리는군요, 제인. 그 생각이 틀렸다고 말할 수는 없겠지만 말이에요."

그녀가 갑자기 미소를 띠었다.

"마리나 그레그가 아주 다정하면서도 예리하게, 혹시나 당신이 옛날 살던 집에 다른 사람이 살고 있는 것을 보는 게 무척 괴롭지는 않으냐고 묻질 않겠어요? 난 그녀에게 전혀 상처받지 않았노라고 안심을 시켜 줬죠 하지만, 그녀가 내 말을 액면 그대로 받아들인 것 같지는 않아요 어찌 되었건, 제인, 당신도 알다시피 고싱턴 홀 저택은 이젠 우리 집이 아니잖아요 어린 시절을 거기서 보낸 것도 아니고—중요한 건 바로 그 점이에요. 좀 쓸 만한 사냥터와 낚시터가 딸려 있어서, 아더가 제대를 할 때 그 집을 사들인 거죠. 우리는 그 집이 관리하기가 수월하면서 편리할 줄 알았어요. 무슨 맘을 먹고 그런 생각을 하게 됐는지 도무지 모르겠어요! 그 계단들이랑 복도를 좀 생각해 보세요. 일해 주는 사람이라곤 고작 네 명뿐이었는데! 고작! 그런 시절도 있었다우, 하하!" 그녀가 갑자기 한마디 내뱉었다.

"아니, 이거 당신에겐 안 좋은 거잖아요? 그 나이트라는 여자가 당신이 혼자 외출하게 내버려 두어서는 안 되는데."

"그 가엾은 나이트 양의 잘못이 아녜요. 쇼핑거리를 왕창 안겨 주고는 내가—."

"오호라, 그녀를 고의적으로 따돌렸구먼요? 그래도 당신 나이에 그래서는 안 되는데요, 제인."

"그 얘길 어떻게 들었어요?"

밴트리 부인이 싱긋 웃었다.

"세인트 메리 미드 마을이야 손바닥 안이죠. 당신이 내게 그렇게 자주 말해 놓고도 그러네. 미비 부인이 내게 말해 줬어요."

"미비 부인?" 마플 양은 도무지 모르겠다는 표정이었다.

"매일 와요. 주택단지 내 사람인데."

"아, 주택단지!" 평소처럼 또 말이 끊겼다.

"주택단지에 가서는 뭘 했어요?" 밴트리 부인이 호기심이 나서 물었다.

"그저 구경이 하고 싶었을 뿐이었어요. 사람들이 어떤가를 보려고"

"그래, 어떤 것 같아요?"

"다른 사람들이나 마찬가지더구먼. 그게 실망스러운 건지 안심되는 건지는 잘 판단이 안 서지만."

"실망스러운 걸 거라는 생각이 드는데요"

"아녜요. 내 생각에는 안심되는 거라우. 그러니까, 사람들로 하여금 어떤 타입인가 잘 파악할 수 있게 하는 거자—어떤 사건이 터졌을 경우에 말이에요. 어떻게 되어서 무슨 연고로 그렇게 되었는지 금방 알아낼 수 있잖아요"

"살인 말이에요?"

마플 양은 움찔했다.

"난 당신이 왜 의당 내가 내내 살인만 염두에 두고 있다고 여기는지 모르겠어요."

"그게 무슨 말이에요, 제인? 어째서 자신을 범죄 전문가로서 일을 처리해 왔노라고 당당하게 자처하지 않는 거예요?"

"난 전혀 그런 사람이 못 돼서 그래요." 마플 양이 겸손하게 말했다.

"그저 인간성에 대해 내 나름대로의 지식이 좀 있다 뿐이지. 평생을 조그만 동네에서 살다 보면 자연스럽게 그렇게 되는 거예요."

"그래도 뭔가가 있으니까 그렇죠." 밴트리 부인이 사려 깊게 말했다.

"물론, 사람들이 그 말에 동의하지 않겠지만. 부인의 조카 레이먼드는 언제나 말하기를, 이곳이 철저히 정체된 동네라고 했어요."

"레이먼드 녀석―." 마플 양이 사랑스럽다는 듯 말했다.

"언제나 그렇게 친절할 수가 없다니까. 부인도 알다시피 나이트 양의 비용도 그 애가 댄답니다."

나이트 양에 대한 생각이 미치자 새로운 생각들이 주마등처럼 스치고 지나가서 그녀는 몸을 일으키며 말했다.

"지금 가 봐야겠어요."

"여기까지 죽 걸어온 건 아니겠죠?"

"그럼, '인치'를 타고 왔는데."

다소 수수께끼 같은 이 말은 곧바로 통했다. 아주 오랜 옛날 인치 씨는 이 동네 역에서 사람들을 실어 나르는 마차를 두 대 가지고 있었는데, 이 마차는 동네 여자들이 다과회에 오라고 사람들을 '부르러' 보낸다거나, 이따금 기분풀이 삼아 하찮은 댄스파티 같은 데 딸들과 가려고 동네 여자들이 전세를 내기도 했었다. 70세가량 된 복사꽃빛으로 불그레한 얼굴의 인치 씨는 한참 전성기 시절에 자식에게 사업을 물려주었는데―'젊은 인치'(당시 나이가 45세였다)로 통했던 그 아들을, 인치 영감은 자기 아들이 너무 어리고 무책임하다 하여 동네 여자들을 태워 주는 것을 자신이 직접 하기도 했다. 시대의 조류에 맞추어 젊은 인치는 마차 대신에 자동차로 바꿨다. 그는 기계에 그다지 조예가 깊지 않았으므로, 그러한 연유로 바드웰이라는 남자가 그에게서 사업을 인계받았다. 그렇지만, 인치라는 이름은 계속 이어져 나갔다. 그 뒤 바드웰 씨는 일정한 순서를 밟아 로버츠 씨에게 팔아 넘겼으나, 전화번호부에는 여전히 '인치 택시 서비스'가 공식 명칭으로 기재되어 있으며, 그 동네 여자들은 어딘가로 여행할 때 '인치를 타고'라는 말을 즐겨 썼는데, 그들이 요나라면 인치는 고래라는 뜻이다. (요나는 성경에 나오는 인물로, 고래 뱃속에 들어갔다가 나왔다.)

2

"헤이독 선생님이 오셨더랬어요." 나이트 양이 책망조로 말했다.

"선생님께 아주머니가 밴트리 부인 댁에 차 마시러 갔다고 말씀드렸죠. 내일 다시 오시겠다고 하시더군요."

그녀는 마음이 풀어지지 않은 채 마플 양이 옷 벗는 것을 도와주었다.

"완전히 녹초가 되셨나 봐요." 그녀가 비난 섞인 투로 말했다.

"당신은 그럴는지 몰라도—." 마플 양이 말했다.

"난 아냐."

"불 옆으로 오셔서 몸을 편히 쉬세요." 평소대로 나이트 양이 무심하게 말했다. ("나이 든 여자들 말을 귀담아 들을 필요는 없다. 그저 그 사람들의 비위만 맞춰 주면 된다.")

"근사하게 오발틴이라도 한잔 드시는 게 어떻겠어요? 아니면, 기분 전환 삼아 홀릭스를 마시든지요?"

마플 양은 고마움을 표하면서 자기는 작은 잔으로 드라이 셰리 주나 한잔 했으면 좋겠다고 말했다. 나이트 양은 불만스러운 듯한 표정이었다.

"의사 선생님이 뭐라고 말씀하실는지 모르겠네요." 그녀가 잔을 준비해 갖고 들어오면서 말했다.

"내일 아침 잊지 말고 선생님께 물어보도록 해요." 마플 양이 말했다.

다음 날 아침 나이트 양이 현관에서 헤이독 의사를 맞았을 때 그녀는 뭔가 열심히 속닥거렸다.

연로한 의사는 손을 비비며 방으로 들어왔는데, 밖은 쌀쌀한 아침이었다.

"선생님께서 진찰하시겠답니다." 나이트 양이 청아한 목소리로 말했다.

"장갑을 벗어서 저를 주시겠어요, 선생님?"

"여기 둬도 괜찮소." 헤이독이 장갑을 아무렇게나 테이블 위로 던지며 말했다.

"살을 에듯 혹독한 아침인데."

"작은 잔으로 셰리 주라도 한잔 드시는 게 어때요?" 마플 양이 권했다.

"아, 부인이 술을 하신다고 들었습니다만, 혼자서는 절대로 술을 마시지 마세요."

마플 양 근처에 놓인 작은 테이블에는 술을 담은 유리병과 잔이 이미 준비되어 있었다. 나이트 양이 방을 나갔다.

헤이독 의사와는 아주 오래전부터 아는 사이였다. 그는 일에서 대강 손을 떼긴 했지만, 오래된 단골 환자들에겐 왕진을 와주었다.

"넘어졌다는 얘기는 들었는데—." 잔을 죽 비우고 나서 그가 말했다.

"부인 나이에 그래서는 안 되는 줄 아시잖소. 경고해야겠는데요. 게다가, 샌드퍼드는 부르지도 않는다고요?"

샌드퍼드는 헤이독의 동업자였다.

"나이트 양이 그를 불렀어요—백 번 그래야죠."

"그냥 멍이 들고 타박상을 좀 입은 정도예요. 샌드퍼드 씨도 그렇게 말했죠. 선생님이 올 때까지 기다렸어도 아무렇지 않았는데."

"자, 이봐요. 언제까지나 내가 돌봐 드릴 수는 없는 노릇 아닙니까. 샌드퍼드로 말할 것 같으면, 나보다 실력이 아주 월등합니다. 그는 일류죠."

"젊은 의사 양반들은 하나같이들 다 똑같아요." 마플 양이 말했다.

"혈압을 재고, 환자가 무슨 일을 당했건 간에 공장에서 왕창 쏟아져 나오는 새 알약을 준다니까요. 분홍색도 있고, 노란색도 있고, 갈색도 있고 그래요. 오늘날에 있어서 의학이라는 것은 슈퍼마켓이나 마찬가지예요—몽땅 꾸러미에 싸여 있다니까."

“내가 흡혈충(吸血蟲)으로 만든 검은 물약을 처방해 드리고 장뇌유(油)로 가슴을 쓸어드린다 해도 상관없겠군요.”

“기침이 나면 내가 직접 하겠어요.”

마플 양이 생기에 차서 말했다.

“아주 편안할 거예요.”

“다 우리가 늙은 걸 싫어하는 탓입니다.” 헤이독이 부드럽게 말했다.

“난 늙는 게 싫습니다.”

“나에 비하면 선생님은 훨씬 젊으세요.” 마플 양이 말했다.

“나는 늙는다는 것에 그리 괘념치 않습니다—그 자체만 가지고는요. 그보다도 더 굴욕스러운 것이 있어요.”

“무슨 말인지 알 것 같습니다.”

“절대로 혼자 지내게 해주지 않는 거예요! 단 몇 분이라도 혼자서 뭘 해내기가 어렵다니까요. 뜨개질마저도 그래요. 그토록이나 손에 익은데다가 나는 뜨개질을 아주 잘했잖아요. 하지만, 이제는 늘 코를 빠뜨린다니까요. 게다가, 그걸 빠뜨린 것조차도 모르는 거예요.”

헤이독이 그녀를 유심히 쳐다보았다. 그의 눈이 빛났다.

“그 반대도 있기 마련이죠.”

“그 말이 무슨 뜻이에요?”

“뜨개질을 할 수 없다면 기분 전환 삼아 푸시는 것은 어때요? 페넬로프(트로이에 원정나간 남편을 생각하며, 낮에는 천을 짜고 밤에는 풀며 지낸 여인)도 그렇게 했잖습니까.”

“그녀와는 달라요.”

“그렇지만, 뭐든지 푸시는 게 부인의 장기 아닙니까?” 그가 일어섰다.

“이제 그만 가봐야겠습니다. 내가 부인에게 처방해 드린 것은 달콤한 독약입니다.”

“원, 악랄하기도 하셔라!”

“그렇습니까? 하지만, 부인은 여름날 버터에 빠져든 파슬리의 깊이만 가지고도 언제나 사건을 해결했잖아요. 나는 항상 그 점이 궁금하다니까. 옛날 홈스 얘기가 좋았죠. 이제는 한물간 것 같습니다만. 그렇지만, 결코 잊히지 않을 겁니다.”

의사가 가고 난 뒤 나이트 양이 부리나케 들어왔다.

“어머—.” 그녀가 말했다.

“훨씬 좋아 보이는군요. 의사 선생님이 토닉 같은 걸 권하시던가요?”

“살인에 흥미를 가지라고 권하셨다우.”

“재미있는 추리소설 말인가요?”

“아나—, 실생활에서.” 마플 양이 말했다.

“저런—.” 나이트 양이 외쳤다.

“여기처럼 조용한 동네에서는 살인 같은 일이 벌어질 것 같지 않은데요.”

“살인이란—.” 마플 양이 말했다.

“어디서고 일어날 수 있지. 실제로도 그렇고”

“주택단지 말인가요?” 나이트 양이 음미하듯 말했다.

“불량배같이 생긴 사내 녀석들이 칼을 많이 갖고 다닌대요.”

그렇지만, 정작 살인이 일어난 곳은 주택단지 내에서가 아니었다.

제4장

밴트리 부인은 거울을 들여다보면서 한두 발자국 뒤로 물러서서 모자를 약간 고쳐 쓰고는(그녀는 모자를 쓰는 데 언제나 서툴렀다) 질 좋은 가죽 장갑을 끼고서 조심스레 문을 닫으며 응접실을 나섰다. 그녀는 다가올 일로 마음이 몹시 부풀어 있었다. 마플 양과 만나 담소를 즐긴 지 어언 3주일이 지났다. 마리나 그레그와 그녀 남편이 고싱턴 홀 저택에 도착하여 이제 다소나마 자리를 잡아 가는 터였다.

그날 오후에 거기서 세인트 존 앰뷸런스 협회를 돕는 자선 공연에 관계된 주요 인사들과 만날 예정이었다. 밴트리 부인은 그 준비위원은 아니었지만, 마리나 그레그로부터 먼저 와서 차나 함께 들자는 초대를 받았다. 그것은 그들이 캘리포니아에서 만났을 때를 회상하게끔 쓰여 있었고, 초대장엔 '정성을 모아, 마리나 그레그'라고 사인이 되어 있었다. 타자를 친 것이 아니라 손으로 쓴 것이었다. 밴트리 부인으로서는 그 초대와 낯간지러운 찬사가 싫지만은 않았다. 결국 유명한 배우는 유명한 배우고, 제아무리 그 지역에서 내로라하는 여자 유지일망정 세상의 주목을 끌 재간은 없다는 것을 익히 알고 있는 터였다. 그래서, 밴트리 부인은 마치 특별대우를 받는 아이와 같은 기쁨을 느끼고 있었다.

집으로 난 도로를 따라 걸어 올라가면서, 밴트리 부인의 날카로운 시선은 과거에 자신의 소유였던 그 저택을 머릿속에 깊이 새겨놓겠다는 듯 곳곳에 미치지 않는 곳이 없었다. 여러 명의 주인을 거치면서 그곳은 깨끗이 단장되었다. '비용을 들인 가치가 있군.' 밴트리 부인이 만족감에 젖어 머리를 끄덕이며 속으로 생각했다. 그 도로에선 화단이 보이질 않았는데, 그것 때문에 밴트리 여사는 기분이 좋았다. 화단에 있는 그 질서정연한 꽃들은 그녀가 오래전에 고싱턴 홀 저택에서 살았을 때 그녀만이 간직했던 독특한 기쁨이었다. 그녀는 감회에 젖어서 화단에 피었던 붓꽃을 생각하며 향수를 느꼈다. 그 동네에 그만한 붓꽃 정원은 없었노라고 그녀는 뿌듯한 자부심을 느끼며 속으로 생각했다.

온통 페인트를 새로 칠한 새 현관에 당도하여 그녀는 벨을 눌렀다. 척 봐서 이탈리아인이 틀림없는 집사가 곧바로 나와 그녀를 맞아 주었다. 그녀는 그의 안내를 받아 곧장 남편인 밴트리 대령의 서재가 있었던 방으로 들어갔다. 방은 아주 인상적이었다. 벽은 널빤지로 장식했으며, 바닥에는 쪽마루를 깔았다. 한쪽 구석엔 그랜드 피아노가 놓여 있었고, 벽 중간쯤에 최신식 전축이 설치되어 있었다. 맞은편 구석은 말하자면 페르시아 융단을 깔아 조그맣게 따로 격리시켜 티 테이블과 의자 몇 개를 비치해 놓았다. 티 테이블 옆에 마리나 그레그가 앉아 있었고, 벽난로를 등지고 기대앉은 사람을 보고서 밴트리 부인은 대뜸 자기가 본 사람 중에 가장 못생긴 남자라는 생각부터 떠올렸다.

밴트리 부인의 손이 벨에 가 닿기 몇 분 전에 마리나 그레그는 남편에게 부드럽고도 열성적인 어조로 이야기하고 있었다.

"여기가 마음에 쏙 들어요, 징크스 내가 언제나 바라던 곳이에요. 조용하고요. 언제나 조용한 영국과 영국의 전원을 꿈꾸어 왔어요. 여기서 오래 살게 될 것 같은 예감이 들어요. 그럴 수만 있다면 평생토록요. 우리, 영국식으로 생활해요. 매일 오후 차 마시는 시간에 내가 좋아하는 조지 왕조풍의 찻잔에 중국 차를 담아 마셔요. 창밖으로 저 잔디와 영국 화초를 줄지어 심어 놓은 곳을 바라볼 수도 있어요. 마침내 우린 가정을 가질 수 있을 것 같아요. 난 그렇게 느껴져요. 여기서 정착하게 되면 조용하고도 행복한 나날들을 보낼 수 있을 것만 같은 느낌이 들어요. 이곳이 내 집이 될 거예요. 난 알 수 있어요, 내 집이란 것을."

제이슨 러드(자기 부인에게 징크스로 통하는 남자)는 그녀에게 미소를 지었다. 순종하는 듯한 너그러운 미소였지만, 자제하고 있음이 엿보이는 것은 전에도 여러 차례 그 말을 들어 온 때문이었다. 이번만큼은 사실일 것이다. 이 장소가 마리나 그레그에게 푸근하게 느껴진다니 말이다. 하지만, 그는 첫눈에 푹 빠지는 그녀의 성격을 잘 알고 있었다. 그녀는 매사에 하도 집요해서 종국엔 원하는 바를 꼭 찾아내고야 마는 것이었다. 그는 그윽한 목소리로 말했다.

"그것참 다행이구려, 여보. 정말 다행이야. 집이 마음에 든다니 기쁘오."

"마음에 든다고요? 사랑스럽기까지 한걸요. 당신은 그렇지 않으세요?"

"그렇고말고, 여부 있나." 제이슨 러드가 말했다.

그리 나쁘지는 않다고 그는 속으로 가늠했다. 단단하게 지어진 건 좋았지만, 좀 투박하게 생긴 빅토리아풍이었다. 하지만, 그래도 견고함과 안정감이 느껴지는 집이었다. 게다가, 그렇게 불편한 구조가 한바탕 수리를 끝내고 나니 들어가 살아도 괜찮을 정도로 여겨지는 것이었다. 가끔 한 번씩 들러서 지내기엔 그리 나쁜 곳은 아니었다. 운만 좋으면 마리나가 한 2년에서 2년 반 정도는 싫증을 안 낼 것이라고 그는 생각했다. 아무튼 모든 건 시간이 지나 봐야 알겠지만.

마리나가 부드럽게 한숨을 토하며 말했다.

"다시 안정된 기분을 되찾게 되어 얼마나 좋은지 모르겠어요. 컨디션이 좋아서 기운이 부쩍부쩍 나요. 어떠한 일이라도 해나갈 수 있을 것 같아요."

"그럼, 여보, 그렇고말고."

바로 그 순간 문이 열리면서 이탈리아인 집사가 밴트리 부인을 데리고 들어왔다.

마리나 그레그는 매혹적인 몸가짐으로 그녀를 맞이했다. 그녀는 앞으로 나와서 손을 죽 뻗으며, 밴트리 부인을 다시 만나게 되어 얼마나 기쁜지 모르겠다고 말했다. 그들이 샌프란시스코에서 만났던 것과, 한때는 밴트리 부인의 소유였던 집을 2년 뒤에 그녀와 징크스가 사들인 일이 우연의 일치라면 지극히 우연의 일치였다. 그녀는 진정으로, 밴트리 부인이 집을 자기네 편하게 뜯어고쳤다고 언짢게 여기지 말았으면 좋겠다고 하고, 아울러 자기들은 여기 침입해 들어와 사는 난폭한 거주자가 아니라고 강조하는 것이었다.

"당신이 여기 들어와 사는 것은 이곳에서 일어난 일들 중에 가장 흥미로운 사건입니다." 밴트리 부인이 쾌활하게 말하며 벽난로 쪽으로 눈길을 돌렸다.

그 말을 음미해 보고 나서 마리나 그레그가 말했다.

“우리 남편을 모르시죠? 제이슨, 이분이 밴트리 부인이세요.”

밴트리 부인은 호기심을 가지고 제이슨 러드를 쳐다보았다. 여태껏 본 사람 중에서 가장 못생긴 사나이라고 느낀 그녀의 첫인상이 결코 틀린 것은 아니었다. 하지만, 그는 재미있게 생긴 눈을 갖고 있었다. 그 눈은 다른 사람들 눈에 비해 더 깊숙이 들어가 있다고 그녀는 생각했다. 속으로 잔잔하고 깊은 풀(pool)이라고 생각하며, 밴트리 부인은 낭만적인 여류 소설가라도 된 듯한 기분이었다. 나머지 얼굴 모습은 워낙 우락부락한데다가 도통 비례가 맞질 않았다. 코는 위로 치켜져 올라가 있었고, 붉은색 페인트가 약간만 있으면 아주 손쉽게 광대 코로 바꿀 수 있을 것 같았다. 지금 이 순간 그는 격노해 있는지, 아니면 언제나 격노한 것처럼 보이는 것인지 그녀로선 잘 판단이 서질 않았다. 그가 입을 열고 말했을 때 그의 목소리는 의외로 좋았다. 묵직하고도 빠르지 않은 톤이었다. 그가 말했다.

“남편은 언제나 뒷전이죠. 그렇지만, 나와 내 아내는 부인이 여기 오시게 되어 아주 기쁘게 생각한다고 말씀을 드리고 싶군요. 부인이 집을 엉뚱하게 개조했다고 여기시지나 말아야 할 텐데요.”

“그런 생각일랑 아예 마세요.” 밴트리 부인이 말했다.

“난 옛날 살던 집 생각을 안 하고 산 지 오래예요. 정든 고향집도 아닌걸요. 난 이 집을 판 이후로 아주 다행스럽게 여기고 있어요. 관리하기가 이만저만 힘들었어야죠. 정원이야 마음에 들었지만, 집이 갈수록 골칫거리였어요. 난 이 집을 팔고 나서 결혼한 딸이나 손자들, 세계 방방곡곡에 흩어져 사는 친구들을 찾아다니면서 충만한 시간을 보냈답니다.”

“딸들이라─.” 마리나 그레그가 말했다.

“자녀분들이 있었나요?”

“아들 둘, 딸 둘이에요.” 밴트리 부인이 말했다.

“꽤 널리 흩어져 사는 셈이에요. 하나는 케냐에 있고, 하나는 남아프리카에 있어요. 또 하나는 텍사스 근처에서 살고, 나머지 하나는 다행스럽게도 런던에 살고 있답니다.”

“네 명이라─.” 마리나 그레그가 말했다.

"네 명에다 손자까지 있으시다고요?"

"현재로 아홉 명이에요." 밴트리 부인이 말했다.

"할머니가 된다는 것은 아주 재미있는 일이랍니다. 부인은 부모로서의 책임에 대해 전혀 걱정이 없으시겠네요. 너무 품 안에서 오냐오냐하다 보면 버릇을 망치기가 십상이라—."

제이슨 러드가 말 중간에 끼어들었다.

"햇빛 때문에 눈이 부시죠?" 그러고는 창가로 걸어가 블라인드를 조절했다.

"이 쾌적한 동네에 대한 이야기를 죄다 들려주시지요." 그가 돌아오면서 말했다.

그는 그녀에게 찻잔을 건넸다.

"핫 스콘이나 샌드위치를 드릴까요, 아니면 이 케이크를 드시든지요? 우리 집엔 이탈리아인 요리사가 있어서 패스트리와 케이크를 아주 잘 굽는답니다. 우린 영국식으로 오후 차를 마시기로 했습니다."

"차 맛이 아주 좋은데요." 밴트리 부인이 향기로운 차 맛을 음미하며 말했다.

마리나 그레그가 미소를 띠며 기쁜 표정을 지었다. 1~2분 전에 제이슨 러드의 눈에 띄었던, 그녀의 갑작스럽고도 신경질적인 손가락 놀림이 다시 진정되었다. 밴트리 부인은 선망의 눈초리로 여배우를 바라보았다. 마리나 그레그의 전성기는 여성의 바스트, 웨이스트, 히프의 치수가 중요시되기 이전이었다. 그녀는 섹스의 화신이라든가 '젖가슴', 또는 '육체파'로 통하는 여자가 아니었다. 그녀는 큰 키에 늘씬하며 가냘팠다. 뼈대가 두드러져 보이는 그녀의 두상은 가르보(스웨덴 태생의 미국 영화배우)와 비슷한 매력을 풍겼다. 그녀는 출연한 영화에서 그저 성적 매력으로 한몫 보기보다는 성격배우로서의 면모를 풍겼다. 갑자기 머리를 홱 돌린다든가, 그윽하고 아름다운 두 눈을 치켜뜬다든가, 보일 듯 말듯 입술을 파르르 떠는 이 모든 것은 그녀의 아름다운 얼굴에서 오는 것이 아니라, 우리가 미처 의식할 새도 없이 갑자기 뻗쳐 나오는 마법의 빛 같은 것으로써, 관객으로 하여금 순간적으로 숨을 죽일 만큼 매력적이라는 느낌이 들게 하는 것이었다. 지금은 표나게 드러나진 않았지만, 그녀는 여전히 이와 같은 특성을 지니고 있었다. 많은 영화와 연극배우가 그러하듯 그녀도 마음만 먹으면 성격을 자유자재로 바꿀 수 있는 듯한 그 무엇이 있었다. 그녀는 자신에게 침잠하여, 조용하고 부드럽고 초연하게 바뀌어 열렬한 팬들을 실망시킬 수도 있었다. 반면에, 갑자기 머리를 돌린다든가, 그 손의 움직임이라든가, 순식간에 나타나는 미소 따위로 그 마력을 내뿜을 수도 있었다.

그녀가 출연한 불후의 명작 중의 하나는 '스코틀랜드 여왕 메리'로서, 밴트리 부인이 지금 그녀를 보고 있자니 그 영화에서 했던 그녀의 연기가 떠올랐다. 밴트리 부인의 눈길이 남편 쪽에 가 멎었다. 그 역시 마리나를 쳐다보고 있었다. 순간적으로 방심한 그의 얼굴 모습에서 그의 감정이 확연히 드러났다.

'저런!' 밴트리 부인이 속으로 말했다.

'저 남자는 저 여자에게 푹 빠졌잖아.'

그녀는 자기가 무엇 때문에 그토록 당황스러운지를 몰랐다. 아마도 영화배우들과 그들의 애정생활이나 열애가 지상에 워낙 공공연히 보도되는 탓이리라.

충동적으로 그녀가 말했다.

"난 진정으로 두 분이 여기서 머물게 되기를 바랍니다. 이 집에서 오래 살게 될 것 같으신지요?"

마리나는 머리를 돌리면서 놀란 듯한 눈길을 크게 치떴다.

"언제까지나 여기서 머물고 싶어요." 그녀가 말했다.

"오, 하지만 외부에 나가 있는 경우가 많긴 할 거예요. 할 수 없는 일이잖아요. 아직 확실히 정해진 건 아니지만, 내년에 북아프리카에서 영화를 찍게 될지도 몰라요. 하지만, 그래도 여긴 내내 우리 집이 될 거예요. 난 이리로 돌아올 거예요. 난 언제나 이리로 돌아오게 될 거예요." 그녀는 한숨을 지었다.

"그건 정말 근사한 일이에요. 정말이지 근사하고말고요. 마침내 안주할 집을 발견했다는 건."

"그렇군요." 밴트리 부인은 그렇게 말하며 동시에 속으로 생각했다.

'그렇지만, 과연 그렇게 될지는 한순간도 믿을 수 없어. 난 당신이 어딘가에 정착할 만한 사람 같아 보이지가 않는 걸.'

다시금 그녀는 제이슨 러드를 살짝 훔쳐보았다. 그는 지금은 쏘아보고 있지

않았다. 대신 그는 미소를 띠고 있었는데, 아주 달콤하면서도 예상 밖의 미소
이긴 했지만 서글픈 미소였다.

'이 사람도 그런 사실을 알고 있군.' 밴트리 부인이 생각했다.

문이 열리면서 웬 여자가 들어왔다.

"바틀레츠 씨 전화입니다, 제이슨 씨." 그녀가 말했다.

"나중에 걸라고 해."

"급하다고 하시던데요."

그는 한숨을 푹 내쉬며 일어섰다.

"밴트리 부인께 당신을 소개시켜 드려야겠군." 그가 말했다.

"엘라 질린스키, 내 비서입니다."

"차 한잔 들어요, 엘라." 엘라 질린스키가 미소로 답하며, "만나서 반갑습
니다."라고 하자 마리나가 말했다.

"난 샌드위치를 먹겠어요. 난 중국차는 좋아하지 않아요." 엘라가 말했다.

엘라 질린스키는 대략 35세쯤 되어 보였다. 그녀는 세련된 옷에 주름 잡힌
블라우스를 입고 있었는데, 자신에 찬 듯한 면모를 풍겼다. 그녀는 짧게 자른
검은 머리에 시원한 이마를 갖고 있었다.

"여기서 사셨다고 들었습니다." 그녀가 밴트리 부인에게 말했다.

"벌써 오래전 얘기예요." 밴트리 부인이 말했다.

"남편이 세상을 떠나고 나서 이 집을 팔았는데, 그 뒤에 여러 손을 거쳤죠."

"밴트리 부인께선 우리가 이 집에 손댄 데 대해서 진짜로 마음에 두시지
않는다고 하신답니다." 마리나가 말했다.

"당신이 그렇게 안 했더라면 난 말할 수 없이 실망했을 거예요." 밴트리
부인이 말했다.

"난 못 견디게 호기심이 나서 여기 와본 거예요. 지금 이 동네에는 얼마나
많은 소문들이 파다하게 퍼져 있는지 몰라요."

"이 지역에서 배관공을 구하기가 얼마나 힘이 드는지 모르실 겁니다." 질
린스키 양이 사무적인 태도로 샌드위치를 먹으면서 말했다.

"제가 할 일은 사실은 그런 일이 아닌데요." 그녀가 계속했다.

"그 모든 것이 당신이 할 일이에요." 마리나가 말했다.

"그리고 그 사실을 잘 알고 있을 텐데, 엘라. 일하는 사람들이라든가 배관공이라든가 건축가들을 대하는 일 모두 말이야."

"이 지역에서는 전망창에 대해 들어 본 사람이 없는 것 같더군요."

엘라는 창문을 바라보았다.

"전망이 좋아요. 그 점은 분명해요."

"보기에도 즐거운 고색창연한 영국의 전원 풍경이에요." 마리나가 말했다.

"이 집은 나름대로 독특한 분위기를 지니고 있어요."

"나무가 없었더라면 그리 전원 같아 보이지도 않았을 겁니다." 엘라 질린스키가 말했다.

"저 밑에 있는 주택단지가 계속 들어차는 모습을 보게 될 거니까."

"내가 살 때만 해도 그런 건 없었어요." 밴트리 부인이 말했다.

"부인이 여기 살 때는 이 동네밖에 없었다는 말씀인가요?"

밴트리 부인이 머리를 끄덕였다.

"보나 마나 쇼핑하기에 애먹었겠군요."

"그렇지 않았어요. 놀라울 정도로 쉬웠어요." 밴트리 부인이 말했다.

"꽃밭을 두고 하시는 말씀이로군요." 엘라 질린스키가 말했다.

"이 지역에 사는 사람들은 모두가 채소를 가꾸는 것 같더군요. 사먹는 것이 훨씬 쉬울 텐데요—슈퍼마켓은 있죠?"

"그야 당연하죠—." 밴트리 여사가 한숨을 쉬며 말했다.

"그렇지만, 예전과 같은 맛은 나지 않더군요."

"집 분위기를 망치게 해서는 안 돼, 엘라." 마리나가 말했다.

문이 열리며 제이슨이 고개를 디밀었다.

"여보—." 그가 마리나에게 말했다.

"귀찮게 할 마음은 없지만 이해해 주겠지? 이 문제에 대해 상대방에서 당신의 말을 직접 듣고 싶다는데."

마리나가 한숨을 내쉬며 일어났다. 그녀는 맥없이 몸을 끌며 문으로 갔다.

"언제나 일이 터지는군." 그녀가 중얼거렸다.

“대단히 죄송해요, 밴트리 부인. 1~2분밖에 안 걸릴 거예요.”

“분위기라―.” 마리나가 문을 닫고 나가자 엘라 질린스키가 말했다.

“부인은 이 집에 무슨 분위기가 있다고 생각하시나요?”

“그런 식으로 생각해 본 적은 없다우.” 밴트리 부인이 말했다.

“그냥 집이지 뭐. 어떤 면에서는 불편하고, 또 어떤 면에서는 아주 멋지고 안락하고.”

“저도 그렇게 생각하도록 해봐야겠군요.” 엘라 질린스키가 말했다. 그녀는 재빠르게 밴트리 부인에게 직선적인 눈길을 던졌다.

“분위기에 대해서 말인데, 여기서 살인은 언제 일어났나요?”

“여기서는 살인이 일어난 적이 없었는데요.” 밴트리 부인이 말했다.

“아이, 그러지 마세요. 제가 들은 얘기가 있는데요. 소문이란 언제나 돌게 마련이잖습니까, 밴트리 부인. 바로 저기 벽난로 바닥깔개 위가 아니던가요?” 질린스키 양이 벽난로 쪽으로 머리를 돌리며 말했다.

“그래요. 바로 그곳이에요.” 밴트리 부인이 말했다.

“그러니까, 정말로 살인이 일어났다는 말이군요?”

밴트리 부인은 머리를 저었다.

“살인은 여기서 일어나지 않았어요. 살해된 아가씨가 이 방으로 운반된 거죠. 그녀는 우리와는 아무런 상관도 없었어요.”

질린스키 양은 흥미를 보였다.

“사람들에게 그 말을 인식시키기에 좀 애를 먹었겠군요?” 그녀가 자기 생각을 말했다.

“정말 그랬어요.” 밴트리 부인이 말했다.

“언제 발견했는데요?”

“아침에 가정부가 들어왔죠. 이른 아침 차를 들고 아시겠지만, 우리는 그 당시 가정부가 있었거든요.”

“알아요.” 질린스키 양이 말했다.

“바스락거리는 프린트 무늬의 옷을 입고 있었겠죠?”

“프린트 무늬의 옷인지 어떤지는 확실치가 않아요.” 밴트리 부인이 말했다.

“그 당시 작업복을 입고 있었을 거예요. 그건 그렇고, 그녀가 내게 불쑥 들어오더니 서재에 시체가 있다고 하더군요. 나는 말도 안 되는 소리라고 하고서 바로 남편을 깨워서는 보러 내려갔더랬죠.”

“그랬더니 정말로 있었군요. 글쎄, 그렇다니까.” 그녀는 문 쪽으로 머리를 휙 틀었다가 다시 돌렸다.

“별거 아니라면 그레그에게 말씀하지 마세요.” 그녀가 말했다.

“그래 봤자 그녀에게 좋을 게 없으니까요.”

“물론이죠. 입 꼭 다물고 있겠어요.” 밴트리 부인이 말했다.

“얘기할 필요도 없는걸요. 벌써 얼마나 오래전 일인데. 그러나 그녀가—그러니까 그레그 양이 벌써 듣지나 않았을는지?”

“그녀는 현실적인 교류가 그리 많지 않은 편이에요. 아시다시피 영화배우들이란 필요 이상으로 신경을 써줘야 한답니다. 주위에서 벌어지는 일들이 늘 그들 속을 뒤집어 놓죠. 지난 1~2년간 그녀가 몹시 아팠다는 것을 알고 계시겠죠? 은막에 다시 복귀한 지가 고작 1년 남짓이에요.”

“그녀가 이 집을 마음에 들어 하는 것 같더군요.” 밴트리 부인이 말했다.

“여기서 행복하게 살고 싶나 봐요.”

“그래 봤자 1~2년 정도나 갈까 싶은데요.” 엘라 질린스키가 말했다.

“고작 그것밖에 안 될까요?”

“글쎄, 그 점이 의심스럽다니까요. 부인도 아시다시피 마리나란 여자는 언제나 자신이 염원하던 것을 찾아냈다고 생각하는 그런 부류의 사람이랍니다. 하지만, 인생이란 그와 같이 간단한 게 아니잖아요?”

“그렇죠. 결코 간단하지 않죠.” 밴트리 부인이 강력히 말했다.

“그녀가 여기서 행복하게 지낸다면 남편에게는 의미가 클 거예요.” 질린스키 양이 말했다. 그녀는 차 시간을 놓치지 않으려고 음식을 꾸역꾸역 쑤셔 넣는 사람처럼 온통 배를 채우는 일에만 정신이 팔려 샌드위치를 두 개나 더 먹어치웠다.

“아시겠지만, 그분은 똑똑한 사람이에요.” 그녀가 계속했다.

“그분이 감독한 영화를 보신 게 있나요?”

밴트리 부인은 약간 당황스러웠다. 그녀는 극장에 가서 출연진과 감독, 제작자, 카메라맨, 그리고 기타 나머지 스텝들의 긴 자막을 자세히 보는 편이 아니었다. 게다가, 배우 이름조차 못 보고 지나치는 수가 왕왕 있었다. 그렇긴 해도 그녀는 자기가 자신하는 분야에서 모르는 것이 있다는 걸 나타내고 싶진 않았다.

"혼동이 되는군요." 그녀가 말했다.

"그분은 당연히 곤란한 일도 많습니다." 엘라 질린스키가 말했다.

"그분은 다른 모든 것과 함께 그 부인까지도 소유했습니다만, 그녀는 호락호락한 사람이 아니죠. 마리나를 즐겁게 해주려고 애쓰지만, 그건 진짜로 쉬운 일이 아니에요. 남을 즐겁게 해준다는 거요. 즉, 말하자면 그―그 사람들아―." 그녀가 우물쭈물했다.

"그들이 행복을 받아들일 만한 사람이 아니라면 말이죠." 밴트리 부인이 대신 거들었다.

"어떤 사람은―." 엘라 질린스키는 골똘히 생각하면서 덧붙였다.

"저, 마리나가 그런 건 아니고―." 그녀는 머리를 살래살래 흔들면서 말했다.

"변덕이 너무 죽 끓듯 하다는 말이에요. 부인도 아시겠지만, 한순간은 말할 수 없이 행복해져서 매사가 즐거워 기뻐 날뛰어 기분이 최고조에 달해 있죠. 그러다가 무슨 일이 조금이라도 일어나면 정반대의 극단으로 치닫는 거예요."

"성격 탓인 것 같군요." 막연히 밴트리 여사가 말했다.

"바로 그거예요." 엘라 질린스키가 말했다.

"성격 말입니다. 정도의 차이는 있지만 누구나 가지고 있는데, 마리나 그레그는 어느 사람들보다 훨씬 심한 편이죠. 우린 그걸 모르잖아요! 전 부인께 그 이야기를 해드릴 수 있어요!" 그녀는 마지막 샌드위치까지 먹어치웠다.

"제가 그저 사교 비서에 불과하다는 것을 하나님께 감사할 뿐이에요."

세인트 앰뷸런스 협회를 위한 자선 파티로 고싱턴 홀 저택을 활짝 개봉한 결과 예기치 않게 많은 사람들이 참석했다. 1실링의 입장료가 극히 만족스러운 수준까지 모였다. 여기다가 햇빛이 비치는 화창한 좋은 날씨였다. 그렇지만 못 견디게 흥미를 유발시키는 것은 다름 아닌 이 '영화인'들이 과연 고싱턴 홀 저택을 어떻게 꾸몄는지 알고 싶다는, 이 지역 사람들의 지대한 호기심이 었다. 극도로 호화스러운 파티가 열렸다. 특히, 풀은 대단한 격찬을 받았다. 이 국적인 주위 환경에서 이국인 친구들과 풀가에서 일광욕을 즐기는 할리우드 영화배우들의 모습을 그들은 머릿속에 그리고 있었다. 할리우드의 기후가 세인트 메리 미드 마을보다 풀에서 더 적격일 텐데도, 아무도 그렇게 생각하지 않았다. 하긴, 영국도 여름에 어김없이 햇볕이 아주 쨍쨍 내리쬐는 한 주가 있어서, 일요판 신문에서 시원하게 지내는 법, 시원한 저녁식사를 즐기는 법과 시원한 음료를 만드는 법에 대한 기사를 다루는 날이 반드시 있긴 했지만. 그 풀은 모든 사람들의 호기심을 상당히 충족시켜 주었다. 규모도 큰 데다, 물도 맑은 푸른색이었으며, 이국풍의 천막식 탈의장이 있었고, 갖은 기교를 다하여 심어놓은 산울타리와 관목도 있었다. 일반 대중들이 기대한 바에서 한 치도 어긋남이 없었으며, 구구한 이야기들이 널리 오갔다.

"오—오, 정말 멋지군요!"

"굉장하군. 정말 훌륭해."

"지난번에 갔었던 휴가 캠프가 생각나는군."

"무지막지한 호화판이야. 이런 건 금해야 해."

"저 근사한 대리석 좀 봐. 돈을 아예 쏟아 부었겠군!"

"이 사람들이 왜 이리로 건너와서 돈을 물 쓰듯 하려는 생각이 들었는지 모르겠단 말씀이야."

"언젠가 텔레비전에 나겠지. 그러면 재미있을 거야."

친척들이 88세밖에 안 됐다고 하는데도 본인은 96세임을 자부하는 세인트 메리 미드 마을에서 가장 나이 많은 남자인 샘프슨 씨까지도 신경통으로 시달리는 다리를 질질 끌고서 그 흥미진진한 광경을 보려고 왔다. 그는 최대의 찬사를 터뜨렸다.

"아니, 이렇게 멋질 수가!" 그는 탐이 나서 입맛을 쩝쩝 다셨다.

"아, 여기는 멋진 것이 수도 없이 많을 거야, 틀림없어. 홀랑 벗은 남녀들이 마구 마셔대면서, 신문에 난 소위 마리화나가 들었다는 궐련을 피워 댈 거야. 뻔해―." 샘프슨 씨는 즐거움에 들떠 말했다.

"신나는 일이 벌어지겠는데."

오후의 파티는 절정에 달했다. 따로 입장료를 낸 사람들에게 집 안으로의 입장이 허용되어서 새 음악실, 새 응접실, 이제는 짙은 색의 참나무와 스페인 가죽과 기타 다른 인형들로 장식하여 좀처럼 분간이 안 가는 식당을 샅샅이 살펴볼 수 있는 기회가 부여되었다.

"이것이 과연 고싱턴 홀 저택일까, 그런 것 같아요, 지금 보시는 것이?" 샘프슨 씨의 며느리가 말했다.

밴트리 부인은 참석자 수가 어마어마한 것을 보니 돈이 아주 잘 들어오고 있나 보다고 흐뭇하게 여기면서 느지막이 슬슬 산책삼아 돌아다녔다.

차가 제공되는 커다란 원유회용 천막은 사람들로 붐볐다. 밴트리 부인은 작은 롤빵이나 죽 돌려졌으면 하고 바랐다. 아주 유능해 보이는 여자가 관리를 맡고 있는 모양이었다. 그녀는 산울타리로 곧장 걸어가서 선망의 눈길로 그것을 지켜보았다. 산울타리에 돈이 아낌없이 퍼부어졌으므로 그녀는 보기에도 즐거웠는데, 잘 꾸며진 데다 값비싼 걸로 되어 있는 안성맞춤의 초본 울타리였다. 개인이 한 것이 아닐 거라고 그녀는 확신했다. 어떤 이름난 정원조경회사가 계약을 맺고서 꾸민 것임에 의심의 여지가 없었다. 거기다가 마음대로 꾸며도 좋다는 허락과 함께 좋은 날씨 덕분에 결과는 멋있게 나타났으리라.

주위를 돌아보면서 그녀는 그 광경에서 어렴풋이나마 버킹엄 궁전에서 여는 가든파티와 흡사하다는 느낌을 받았다. 모든 사람들이 목을 빼고 구석구석 보려고들 난리였으며, 때때로 선택된 몇몇 사람들은 더 깊숙이 후미진 은밀한 곳으로 안내를 받았다. 그녀에게 이내 곱슬곱슬한 긴 머리에 미끈하게 빠진 젊은 청년이 다가왔다.

"밴트리 부인이시죠? 밴트리 부인이 맞습니까?"

"예, 내가 밴트리 부인입니다만."

"헤일리 프레스턴입니다." 그는 그녀에게 악수를 청했다.

"러드 씨 밑에서 일합니다. 2층으로 올라가실까요? 러드 씨 부부께서는 몇몇 특별한 분들을 거기서 뵙자고 하십니다."

당당한 예우를 받으면서 밴트리 부인은 그를 따라갔다. 그들은 그녀가 살던 시절에 정원문이라 불리던 곳을 지나쳐 들어갔다. 계단 층계참은 붉은 선으로 차단되어 있었다. 헤일리 프레스턴이 고리를 벗겨 그 선을 열자, 그녀가 그리로 통과했다. 밴트리 부인은 바로 자기 앞에서 마을 의원과 앨콕 부인을 보았다. 엉뚱한 앨콕 부인은 숨을 헉헉거렸다.

"집을 저렇게 해놓으니까 근사하지 않아요, 밴트리 부인?" 앨콕 부인이 숨을 헐떡였다.

"욕실을 보고 싶기는 한데, 기회가 없을 것 같군요." 그녀의 목소리에서 탐욕이 묻어나왔다.

계단 맨 꼭대기에 마리나 그레그와 제이슨 러드가 이 특별히 선택된 인사들을 맞이하려고 서 있었다. 한때 여분의 침실이었던 것을 층계참까지 탁 틔어놓아 라운지 같은 효과를 냈다. 집사인 쥐제페가 음료수를 가져오고 있었다.

정복을 착용한 뚱뚱한 남자로 손님 명단을 호명하고 있었다.

"의원님과 앨콕 부인." 그가 큰 소리로 말했다.

밴트리 부인이 마플 양에게 묘사했듯이, 마리나 그레그는 참으로 순수하면서도 매력적이었다. 그녀는 앨콕 부인이 나중에 이렇게 말할 것이라는 짐작이 가고도 남았다.

"어쩜 그리 세상 물이 안 들었는지, 그렇게 유명하면서도 말이에요."

그녀는 앨콕 부인과 의원님이 와주셔서 얼마나 기쁜지 모르겠다며 오후 시간을 즐기기를 진심으로 바라마지 않는다고 했다.

"제이슨, 당신이 앨콕 부인을 접대해 주세요."

의원과 앨콕 부인은 제이슨에게로 안내되어 마실 것을 건네받았다.

"오, 밴트리 부인, 와주셔서 정말 기뻐요."

"내가 이 기회를 놓칠 리가 있겠어요." 밴트리 부인이 말하면서, 마티니를 마시려고 그쪽으로 몸을 움직여 갔다.

헤일리 프레스턴이라 하는 젊은 남자가 부드러운 매너로 그녀를 대하고서 손에 들고 있는 조그만 목록표를 훑어보며 급히 내빼는 폼이, 맞이해야 될 손님이 더 있는 것 같았다. 밴트리 부인은 모든 것이 한 치의 빈틈도 없이 돌아가고 있다고 생각하면서 손에 마티니 잔을 들고 도착하는 손님들을 관찰하기 위해 몸을 돌렸다.

금욕주의자인 여원 목사는 얼빠지면서도 약간 당혹해 하는 듯이 보였다. 그는 마리나 그레그에게 정직하게 말했다.

"나를 청해 주시다니 정말 친절하십니다. 애석하게도 나는 텔레비전을 갖고 있지 않습니다만, 나는—자—그러니까 젊은 신자들 때문에 상점에 갈 시간이 없답니다." 아무도 그가 무슨 말을 하는지 몰랐다.

질린스키 양도 공적인 임무를 띠고서 친절한 미소를 머금고 그에게 레몬수 한 잔을 갖다 주었다. 베드콕 씨 부부가 계단에 모습을 나타냈다. 히더 베드콕은 상기된 채 의기양양하게 자기 남편 앞으로 약간 나왔다.

"베드콕 씨와 베드콕 부인이십니다." 정복을 착용한 남자가 큰 소리로 외쳤다.

"베드콕 부인—." 목사가 손에 레몬수를 들고 몸을 틀며 말했다.

"우리 협회의 지칠 줄 모르는 일꾼입니다. 그녀는 가장 열심히 일하는 봉사자죠. 사실상 그녀가 없었으면 세인트 존 협회는 어찌 할 뻔했는지 모르겠습니다."

"훌륭한 일을 많이 해오셨을 것이라 확신해요." 마리나가 말했다.

"나를 기억 못 하시겠어요?" 짐짓 거드름을 피우며 히더가 말했다.

"하기야 수많은 사람들을 만나야 하니 어떻게 일일이 기억하겠어요. 여하튼 몇 해 전 일이에요. 하고많은 곳 중에 버뮤다에서였죠. 당시 나는 우리 앰뷸런스 협회원과 함께 있었죠. 오, 이제는 오래전 얘기가 되었지만."

"알다마다요—." 다시 한 번 만면에 매력이 철철 넘치는 미소를 띠며 마리나 그레그가 말했다.

"나는 생생하게 기억하고 있답니다." 베드콕 부인이 말했다.

"아시다시피, 난 정말 흥분에 들떠 있었지요. 당시만 해도 그저 철부지에 불과했으니까요. 마리나 그레그를 직접 볼 기회가 생겼다는 걸 상상해 봐요—오! 나는 항상 당신의 열렬한 팬이었답니다."

"정말이지 친절하시군요, 그렇게 친절하실 수가 없으세요." 마리나가 눈치 안 채이게 히더의 어깨너머로 다음 손님을 눈으로 좇기 시작하며 달콤한 목소리로 말했다.

"당신을 붙잡고 늘어질 생각은 아니었는데—." 히더가 말했다.

"그렇지만, 필하—."

'가엾은 마리나 그레그' 밴트리 여사가 속으로 생각했다.

'그녀에겐 이와 같은 일들이 늘 벌어지겠지. 얼마만 한 인내심이 필요할까!'

히더는 결연한 태도로 그 이야기를 주절주절 주워섬겼다.

앨콕 부인이 밴트리 부인의 어깨에다 무거운 한숨을 토해냈다.

"몰라보게 바꿔 놓았어요! 당신이 직접 눈으로 확인하기 전에는 믿지 못했을 거예요. 돈이 얼마나 들었을까……."

"—그렇게 나쁘다는 느낌은 들지 않아요. 내 생각엔 그저 반드시—."

"이건 보드카예요." 앨콕 부인이 미심쩍은 눈으로 자기 잔을 바라보았다.

"러드 씨가 한잔 마셔 보지 않겠느냐고 권하더군요. 정말 러시아어 같죠? 하지만, 내겐 별로 받지 않나 봐요……."

"—나는 속으로 다짐했어요. 절대로 내색하지 않겠다고! 그래서 얼굴에 화장을 진하게 했어요—."

"이 잔을 아무 데나 놔두면 실례가 될 텐데." 앨콕 부인이 절망적인 어조로 말했다.

밴트리 부인이 그녀를 친절한 말로 안심시켰다.

"전혀 그렇지 않아요. 보드카를 마시려면 바로 목구멍에다 들이부어야 해요." 앨콕 부인은 놀란 듯한 표정이었다.

"하지만, 그와 같이 하려면 훈련이 필요하죠. 테이블에다 그 잔을 갖다 놓고 집사가 들고 다니는 쟁반에서 마티니나 한 잔 집어 드세요."

그녀는 히더 베드콕의 득의에 찬 맺음말을 들으려고 뒤로 돌았다.

"그 당시 당신이 얼마나 멋있었는지를 난 결코 잊지 못할 거예요. 백 번 기억할 만한 가치가 있으니까요."

마리나의 응답이 이번에는 그리 즉각적이지 않았다. 히더 베드콕의 어깨너머로 떠돌던 그녀의 시선이 이제는 계단 중간쯤에 있는 벽에 고정되었다. 그녀는 눈을 크게 뜨고 응시하고 있었는데, 그녀의 안색이 하도 창백해서 밴트리 부인은 반걸음쯤 앞으로 나아갔다. 저 여자가 기절을 하려나? 대관절 그녀가 매서운 눈초리로 쏘아볼 만한 게 있다는 말인가? 그런데, 그녀가 마리나 쪽으로 다가서기도 전에 마리나는 자신을 수습했다. 흐려지는 초점을 잃은 그녀의 눈이 히더에게로 돌려지더니, 비록 반사적으로 눈가림을 하긴 했지만 다시 한 번 매력적인 태도로 바뀌었다.

"정말 재미있는 이야기로군요. 자, 뭘 좀 드시겠어요? 제이슨! 칵테일로 하시겠어요?"

"저, 실은 나는 레몬수나 오렌지 주스를 마신답니다."

"그것보다는 좀더 맛있는 걸 드셔야죠." 마리나가 말했다.

"오늘이 축제날이란 걸 잊으시면 안 돼요."

"당신께 미국 다이커리를 대접해 드리겠어요." 제이슨이 손에 두 잔을 들고 나타났다.

"마리나도 그것을 좋아한답니다."

그는 한 잔을 자기 아내에게 건넸다.

"더 마시면 안 될 것 같아요." 마리나가 말했다.

"벌써 세 잔이나 마셨는걸요." 그래 놓고도 그녀는 잔을 받아들었다.

히더도 제이슨에게서 잔을 받아들었다. 마리나는 방금 도착한 손님을 맞이하기 위해 몸을 돌려 떠났다.

밴트리 부인이 앨콕 부인에게 말했다.

"가서 우리 욕실 구경이나 해요."

"오, 정말 그럴 수 있을까요? 좀 무례하지나 않을까요?"

"그렇기야 하려고—." 밴트리 부인이 말했다. 그녀는 제이슨 러드에게 말했다.

"우리는 새 욕실이 얼마나 근사한지 구경하고 싶답니다, 러드 씨. 우리의 이 호기심을 채울 수 있을까요?"

"그럼요—." 제이슨이 싱긋 웃으며 말했다.

"가서 마음껏 구경하십시오. 좋으시다면 벗고 목욕을 하셔도 괜찮고요."

앨콕 부인은 밴트리 부인을 따라 통로를 끼고 걸어갔다.

"어쩜 이리도 친절하세요, 밴트리 부인. 나 같으면 감히 그럴 엄두도 못 냈을 거예요."

"어디든지 가서 보고 싶은 사람은 용감무쌍해야 돼요." 밴트리 부인이 말했다.

그들은 여러 문을 열어보면서 통로를 따라 걸어갔다. 앨콕 부인의 입에서 계속, "아—." "오—." 하는 탄성이 새어나오자 또 다른 두 여자가 합세했다.

"난 분홍색이 정말 마음에 들어요." 앨콕 부인이 말했다.

"분홍색이 얼마나 좋은지 모르겠어요."

"나는 돌고래 타일을 깔아놓은 것이 마음에 들어요." 또 한 여자가 말했다.

밴트리 부인은 여주인처럼 행동하면서 즐거움을 만끽했다. 한순간 그녀는 자기가 이제는 이 집 주인이 아니라는 사실을 까맣게 잊었다.

"저 샤워 꼭지 좀 봐요!" 앨콕 부인이 감탄을 연발하며 말했다.

"사실은 내가 샤워를 좋아하지 않는 게 아녜요. 단, 머리를 적시지 않고도 하는 방법을 몰라서 그랬죠."

"침실을 몰래 들여다보는 것도 괜찮을 것 같은데요." 다른 여자가 탐내듯이 말했다.

"남의 사생활을 너무 파고드는 듯한 감은 있지만. 어떻게 생각하세요?"

"오, 그렇게 해서는 안 될 것 같아요." 앨콕 부인이 말했다. 그 두 여자가 바라는 듯한 눈초리로 밴트리 부인을 쳐다보았다.

"저—." 밴트리 부인이 말했다.

"안 되죠, 그렇게 해서는 안 돼요." 그러고 나서 그녀는 그들이 안돼 보여서, "그렇지만, 한 번쯤 들여다본다고 해서 눈치챌 만한 사람이 어디 있으려고요."라고 하면서 문의 손잡이를 잡았다.

하지만, 이미 조치가 취해진 뒤였다. 침실은 잠겨 있었다. 모두가 말할 수 없이 실망했다.

"공개할 수 없는 사생활이 있나 보죠." 밴트리 부인이 낙담하여 말했다.

그들은 복도를 따라 발길을 돌렸다. 밴트리 부인은 전망창 하나를 택해서 밖을 내다보았다. 주름잡은 오건디 천 드레스를 입어 몰라 볼 정도로 화사해 보이는 미비 부인(주택단지에서 온 여인)이 저 밑에 보였다. 미비 부인과 함께 온 사람은 마플 양네 체리인데, 밴트리 부인은 순간적으로 그녀의 성이 생각나지 않았다. 그들은 꽤나 즐거운 모양인지, 웃으면서 이야기를 나누고 있었다.

갑자기 밴트리 부인에게는 이 집이 우중충하고 낡아빠졌으며, 일부러 꾸민 듯하다는 느낌이 역력히 들었다. 새로 번쩍번쩍하게 칠하고 여기저기 변화를 주었음에도 불구하고, 그 집은 본질적으로 낡고 오래된 빅토리아풍 저택일 따름이었다.

"나가는 게 현명하겠어." 밴트리 부인이 생각했다.

"집들도 다른 것들과 매한가지야. 한창때가 지났어. 표면적으로 아무리 변화를 주었다 한들 아무래도 더 나아졌다고는 볼 수 없지."

갑자기 가벼운 웅성거림이 그녀의 귀에까지 들려왔다. 그녀와 함께 있던 두 여자가 앞으로 나아갔다.

"무슨 일이에요?" 한 여자가 말했다.

"무슨 일이 일어난 것 같은 소리가 들리는데."

그들은 복도를 따라 걸으면서 계단 쪽으로 발걸음을 돌렸다. 엘라 질린스키가 급하게 걸어오면서 그들을 지나쳤다. 그녀는 침실문을 열면서 다급하게 말했다.

"이런 망할! 왜 몽땅 잠가 놨을까?"

“무슨 일이 있수?” 밴트리 부인이 물었다.

“누가 아파요.” 질린스키 양이 짤막하게 말했다.

“오, 저런, 가엾어라. 내가 뭐 도와줄 거라도?”

“여기 의사가 오지 않았을까요?”

“우리 동네 의사분들을 못 봤는데.” 밴트리 부인이 말했다.

“그렇지만, 한 사람쯤이야 여기 반드시 있겠지.”

“제이슨 씨가 전화를 걸고 있긴 한데요.” 엘라 질린스키가 말했다.

“그녀 상태가 아주 안 좋아 보여요.”

“누구?” 밴트리 부인이 물었다.

“베드콕 부인이죠, 아마.”

“히더 베드콕? 방금 전만 해도 아주 좋았었는데.”

엘라 질린스키가 짜증을 내며 말했다.

“발작을 일으켰거나 경련 같은 게 일어났나 봐요. 원래 심장이나 뭐 그런데 이상이 있었는지에 대해 혹시 모르세요?”

“내가 여기 살 때 그녀가 새로 이주해 왔어요. 그녀는 단지 사람이라우.”

“단지라고요? 아, 주택단지 말씀이군요. 그 여자분 남편이 어디 계신지 어떻게 생기셨는지조차도 모르겠어요.”

“금발에 점잖은 중년 신사예요.” 밴트리 부인이 말했다.

“그녀와 같이 왔으니까 근처 어딘가에 있을 거예요.”

엘라 질린스키가 욕실로 들어갔다.

“그 여자분께 뭘 먹여야 될지 갈피를 못 잡겠어요. 탄산암모늄 같은 건 어떻겠어요?” 그녀가 물었다.

“그녀가 기절했나요?” 밴트리 부인이 말했다.

“그보다 더 심각해요.” 엘라 질린스키가 말했다.

“내가 뭐 도울 일이라도 있나 알아봐야겠어요.” 밴트리 부인이 말했다. 그녀는 제이슨 러드와 부딪쳤다.

“엘라 보셨습니까?” 그가 말했다.

“엘라 질린스키 못 보셨나요?”

“어떤 욕실로 들어가던데요. 뭘 찾고 있었어요. 탄산암모늄인가—뭐 그런 것을요”

“그럴 필요가 없게 됐어요.” 제이슨 러드가 말했다.

그가 말하는 어조에 밴트리 부인은 충격을 받았다. 그녀는 날카롭게 주시했다.

“상황이 나쁘군요?” 그녀가 말했다.

“얼마나 나쁜가요?”

“그렇게 말할 수 있습니다.” 제이슨 러드가 말했다.

“애석하게도 죽고 말았습니다.”

“죽다니!” 밴트리 부인은 진짜로 충격을 받았다. 그녀는 좀 전에도 말했듯이, “그렇지만, 방금 전만 해도 아주 좋았었는데.”라고 되뇌었다.

“나도 알아요. 알고 있습니다.” 제이슨이 말했다. 그는 상을 찌푸리고 거기 서 있었다.

“어떻게 이런 일이 벌어질 수가!”

제6장

1

　“여기 있어요.” 나이트 양이 마플 양 옆에 놓인 침실 탁자에 아침식사 쟁반을 갖다 놓으며 말했다.
　“오늘 아침은 기분이 어떠세요? 커튼을 젖혀 놓은 게 보이네요.” 그녀는 목소리에 그러면 안 되는데 하는 어조를 살짝 담아 한마디 덧붙였다.
　“일찍 일어났다우—.” 마플 양이 말했다.
　“내 나이가 되면 당신도 그럴 거야.”
　“밴트리 부인이 전화하셨어요.” 나이트 양이 말했다.
　“한 30분 전에요. 그 부인이 아주머니와 통화하고 싶어하셨지만, 제가 아주머니가 식사나 드신 후에 다시 통화하는 게 나을 것 같다고 말씀드렸죠. 저는 아주머니를 차도 안 드신, 공복 상태에서 괴롭혀 드리고 싶지 않았거든요.”
　“내 친구한테서 전화가 오면, 내게 얘기해 주는 것이 더 좋아요.” 마플 양이 말했다.
　“죄송합니다. 명심하겠어요.” 나이트 양이 말했다.
　“그렇지만, 제게는 몹시 경솔한 것처럼 여겨져서요. 차를 맛있게 드시고 나면 삶은 달걀이랑 버터 바른 토스트가 준비되어 있으니 드세요.”
　“30분 전이라—.” 마플 양이 곰곰 생각하며 말했다.
　“아마도—가만있자—8시였겠군.”
　“너무 이르잖아요.” 나이트 양이 되풀이해서 말했다.
　“밴트리 부인이 특별한 이유 없이 그 시간에 전화했을 리가 없어.” 마플 양이 골똘히 생각하며 말했다.
　“그녀는 보통 이른 아침에 전화를 거는 법이 없거든.”
　“부탁이니, 제발 그 문제를 가지고 골머리를 썩이지 마세요.” 나이트 양이 탄원조로 말했다.

"곧 전화하실 거예요. 아니면, 제가 전화로 연결시켜 드릴까요?"

"그럴 것까지는 없다우." 마플 양이 말했다.

"식기 전에 아침을 먹는 게 낫겠어."

"빠뜨린 거나 없었으면 좋겠는데." 나이트 양이 밝게 말했다.

하지만, 빠진 거라고는 없었다. 차는 뜨겁게 끓여졌고, 계란은 정확하게 3분 내지 3분 45초로 삶아졌고, 토스트는 적당히 거무스름하게 구워졌으며, 버터는 적당하게 작은 조각으로 마련되어 있었고, 조그만 꿀단지가 그 옆에 놓여 있었다. 여러 가지 면에서 나이트 양이 보배와 같은 존재임은 두말할 나위가 없었다. 마플 양은 맛있게 아침식사를 들었다. 이내 아래층에서 진공청소기 돌아가는 소리가 들려 왔다. 체리도 도착한 것이다.

진공청소기 돌아가는 소리에 맞추어 요즘 최신 유행 가락을 신명나게 불러 젖히는 소리가 들렸다. 아침식사 쟁반을 거두러 들어오면서 나이트 양이 머리를 절레절레 흔들었다.

"저 젊은 여자가 온 집 안을 훑고 다니면서 노래를 안 불러댔으면 정말 좋겠는데. 교양 있는 짓이 아녜요."

마플 양이 살며시 미소를 지었다.

"자기가 교양미가 있어야 된다는 사실이, 체리의 머릿속엔 결코 들어가 박히지 않을 걸." 그녀가 한마디 했다.

"왜 그래야만 하겠수?"

나이트 양이 코를 훌쩍 들이마시며 말했다.

"옛날 시절과는 아주 판이해졌어요."

"당연한 거예요." 마플 양이 말했다.

"세대가 바뀌었어요. 인정해야만 되는 일이지." 그녀가 덧붙였다.

"밴트리 부인한테 지금 전화해서 용건이 무엇인지 좀 알아봐 주겠수?"

나이트 양이 바삐 나갔다. 1~2분이 지나자 문 두드리는 소리가 나면서 체리가 들어왔다. 그녀는 밝고 상기된 모습이었으며, 말할 수 없이 예뻤다. 세련된 해군 무늬가 들어간 예쁘게 만든 에이프런 밑에 해군 마크가 돌아가면서 찍혀 있는 군청색 드레스를 입고 있었다.

"머리가 근사한데—." 마플 양이 말했다.

"어제 파마하러 갔더랬어요." 체리가 말했다.

"아직은 좀 어색하지만, 곧 괜찮아질 거예요. 소문을 들으셨는지 확인하려고 올라와 봤어요."

"무슨 소문인데?" 마플 양이 말했다.

"어제 고싱턴 홀 저택에서 일어난 사건 말이에요. 세인트 존 앰뷸런스 협회를 위한 큰 행사가 있었던 건 아시죠?"

마플 양이 머리를 끄덕였다.

"무슨 일이 일어났는데?" 그녀가 물었다.

"그 집에서 사람이 죽었어요. 베드콕 부인 말이에요. 우리 집에서 막다른 골목에 살고 있어요. 그 여자를 아시나 모르겠네요."

"베드콕 부인이라고?" 마플 양은 깜짝 놀라서 소리를 질렀다.

"알다마다. 가만있거라—그래, 바로 그 이름이었어. 일전에 내가 넘어졌을 때 뛰어나와서 나를 일으켜 준 여자야. 아주 친절했는데."

"아무튼 히더 베드콕의 친절은 알아줘야 한다니까." 체리가 말했다.

"어떤 사람들은 과잉 친절이라고 말하더군요. 오히려 성가시다나요. 어찌 되었건 그녀가 거기서 죽었어요. 그 이야기예요."

"죽다니! 대관절 뭣 때문에?"

"제가 본 바에 의하면—." 체리가 말했다.

"그녀가 세인트 존 앰뷸런스 협회에서 일을 한 경력 덕분에 집 안으로 초대받게 되었던 것 같아요. 그녀도 그렇고, 시장도 그렇고 다른 많은 사람들도 그랬어요. 제가 들은 바로는 그녀가 뭔가 한 잔을 마셨는데, 5분쯤 지나서 상태가 악화되어 미처 손을 써볼 사이도 없이 죽어 버렸대요."

"무슨 그런 끔찍한 일이 다 벌어졌을까?" 마플 양이 말했다.

"심장에 병이라도 있었던 게 아닐까?"

"물론 모르고 계셨죠? 정말 어쩌면 심장에 무슨 이상이 있었는지도 모르죠. 그런데, 아무도 그 사실을 알지 못했을 수도 있고요. 아무튼 이 말씀만은 드릴 수 있어요. 그녀를 집으로 보내지 않았어요.”

마플 양은 어리둥절한 표정이었다.

“무슨 말이지, 그녀를 집에 안 보내다니?”

“시체 말이에요.” 명랑한 기색이 조금도 약화되지 않은 채 체리가 말했다.

“의사 선생님이 시체해부를 해봐야 한다고 말씀하셨대요. 검시(檢屍)라든가요. 의사 말로는 자기는 한 번도 그녀를 진찰해 본 적이 없다고 했고, 드러난 사인(死因)도 없다나 봐요. 제게도 이상하게 여겨져요.” 그녀가 덧붙였다.

“이상하다니 뭐가 이상해?” 마플 양이 말했다.

“이를테면—.” 체리가 생각을 자아냈다.

“이상하잖아요. 뭔가 흑막이 깔려 있는 것 같단 말이에요.”

“그녀 남편이 말할 수 없이 당황해 했겠구먼?”

“백지장처럼 하얬어요. 여태껏 그렇게 충격을 받은 남자는 처음 봤다니까요—정말로 그랬어요.”

마플 양은 미묘한 뉘앙스에 귀를 쫑긋 세우고는, 뭔가를 알고 싶어하는 새처럼 한쪽으로 약간 머리를 당겨 세웠다.

“그가 그토록 그녀를 사랑했었나?”

“그는 아내가 시키는 대로 했고, 또 아내가 하고 싶어하는 대로 내버려 뒀어요.” 체리가 말했다.

“그렇지만, 그것만 가지고 지독히 사랑한다고는 볼 수가 없잖아요, 아닌가요? 그건 어쩌면 자신 있게 처신할 수 있는 용기가 부족하다는 뜻이기도 해요.”

“당신은 그녀를 좋아하지 않았나 보지?” 마플 양이 물었다.

“전 정말로 그녀를 잘 모르겠어요.” 체리가 말했다.

“잘 몰랐다는 게 옳아요. 그녀를 좋아하지 않은 게—않았던 게 아니고요. 게다가, 제가 좋아하는 타입은 아니에요. 너무 간섭이 많은 것 같거든요.”

“뭐든지 알고 싶어하고, 꼬치꼬치 캐물어서 그래?”

“아뇨, 그게 아니에요.” 체리가 말했다.

“전혀 그런 뜻으로 한 말이 아녜요. 그녀는 무척 친절한 여자고, 항상 사람들을 위해서 봉사했어요. 그리고 그녀는 언제나 자기가 할 일을 가장 잘 알고 있다고 확신했어요. 사람들이 어찌 생각하던 간에 그런 건 문제 삼지도 않았어요. 제게는 그 사람 같은 숙모가 있었어요. 그분이 시드 케이크(깨나 캐러웨이 등의 씨를 넣은 케이크)를 하도 좋아해서, 사람들에게 시드 케이크를 구워서 나눠 주면서도 한 번도 그 사람들이 시드 케이크를 좋아하는지 어떤지에 대해서는 개의치 않았죠. 더러 시드 케이크를 질색하는 사람들도 있는데, 캐러웨이 냄새를 못 참아서 그런 거죠. 그러니까, 히더 베드콕은 약간은 그런 부류의 사람이에요."

"그래—." 마플 양이 생각에 잠기며 말했다.

"그래, 충분히 그럴 소지가 있지. 어느 정도 그와 비슷한 사람들을 알고 있어. 그런 사람들은—." 그녀가 덧붙여 말했다.

"살얼음을 딛는 듯이 살고 있자—자신들은 그 사실을 미처 모르고 있지만." 체리가 그녀를 응시했다.

"그것참 재미있는 말씀이군요. 무슨 뜻인지 잘 알아듣지는 못하겠지만." 나이트 양이 종종걸음으로 들어왔다.

"밴트리 부인은 출타 중이신 것 같아요." 그녀가 말했다.

"어디로 가셨는지는 말씀해 놓지 않으셨어요."

"어딜 갔는지 짐작이 가." 마플 양이 말했다.

"이리로 오는 걸 거야. 이제는 일어나야겠어." 그녀가 덧붙여 말했다.

2

밴트리 부인이 도착했을 때 마플 양은 창가에 놓인, 그녀가 좋아하는 의자에 막 가 앉았다. 그녀는 가벼운 한숨을 토해 냈다.

"할 얘기가 많아요, 제인." 밴트리 부인이 말했다.

"파티에 관해서요?" 나이트 양이 물었다.

"어제 파티에 가지 않으셨나요? 저는 이른 오후에 잠깐 다녀왔더랬어요. 차 마시는 옥외 천막이 이루 말할 수 없이 붐비더군요. 깜짝 놀랄 만큼 많은 사람들이 거기 모여 있더군요. 전 마리나 그레그라고는 그림자도 못 봤어요. 그 점이 좀 섭섭했죠.”

그녀는 테이블에 쌓인 먼지를 털어내고는 밝게 말했다.

“두 분이서 재미있는 이야기를 나누시려는 것 저 다 알아요.” 그러면서 방을 나갔다.

“저 여잔 아무것도 모르나 봐요?” 밴트리 부인이 말했다. 그녀는 날카로운 시선을 친구에게 고정시켰다.

“제인, 당신이 모를 리가 없겠죠?”

“어제 일어난 사건 말이죠?”

“언제나 모르는 게 없군.” 밴트리 부인이 말했다.

“어떻게 그럴 수 있는지 모르겠단 말이에요.”

“말하자면―.” 마플 양이 말했다.

“같은 식으로 사람들은 항상 모든 걸 알게 되어 있어요. 날마다 오는 우리 집 파출부 체리 베이커가 그 소식을 갖고 왔지. 이내 정육점 주인이 나이트 양에게도 들려줄 거라우.”

“그래, 어떻게 생각해요?” 밴트리 부인이 물었다.

“뭘―어떻게 생각하다니?” 마플 양이 말했다.

“그러지 말고, 제인, 내가 무슨 말을 하는지 잘 알면서. 그 여자 말이에요―그 여자 이름이 뭐든 간에―.”

“히더 베드콕이에요.” 마플 양이 말했다.

“그녀는 아주 밝은 모습으로 그곳에 왔었어요. 그녀가 도착했을 때 난 거기 있었죠. 한 15분쯤 뒤에 그녀가 기분이 좀 좋지 않다고 말하면서 숨이 차서 헐떡이더니 죽어 버렸어요. 도대체 그 점을 어떻게 생각해요?”

“결론을 성급하게 내려선 안 돼요.” 마플 양이 말했다.

“요는, 뭐냐 하면, 의사가 그 점을 어떻게 생각하느냐 이 말이에요.”
밴트리 부인이 머리를 끄덕였다.

“검시 배심과 시체 부검이 있어야겠지.” 그녀가 말했다.

“그러면, 그들이 생각하는 바가 드러날 거예요, 안 그래요?”

“꼭 그렇지만도 않아요.” 마플 양이 말했다.

“아파서 갑자기 죽은 사람은 누구라도 그 원인을 규명하기 위한 부검을 받아야 해요.”

“일이 더 크게 벌어졌어요.” 밴트리 부인이 말했다.

“어떻게 알았나요?” 마플 양이 말했다.

“샌드퍼드 의사가 집으로 가서 경찰을 불렀대요.”

“누가 그런 얘기를?” 마플 양이 지대한 관심을 갖고서 물었다.

“브릭스 영감이요.” 밴트리 부인이 말했다.

“그가 내게 얘길 해 준 건 결코 아니고, 당신도 알겠지만 그는 밤늦게 샌드퍼드 의사네 정원을 손질해 주려고 가잖아요. 가서는 서재 아주 가까운 데서 가지치기를 하고 있었는데, 그 의사가 머치 벤햄에 있는 경찰서에 전화를 거는 소리를 들었대요. 브릭스는 그 이야기를 딸에게 들려주고, 딸은 여자 우체부에게 그 얘길 하고, 우체부가 내게 또 말해 줬어요.”

마플 양이 빙그레 웃었다.

“알겠어요.” 그녀가 말했다.

“세인트 메리 미드 마을은 예전과 별로 달라진 게 없구먼.”

“소문이야 어련하겠어요.” 밴트리 부인이 동조했다.

“자, 이젠, 제인, 당신 생각을 들려줄래요?”

“한 가지 생각나는 게 있는데, 뭐냐 하면 그 남편에 대해서예요.” 마플 양이 기억을 더듬으며 말했다.

“그가 거기 있었나요?”

“그럼요, 있었고말고. 자살이라고는 생각지 않는군요.” 밴트리 여사가 말했다.

“틀림없이 자살은 아녜요.” 마플 양이 잘라 말했다.

“그녀는 그럴 타입이 아니었어요.”

“어떻게 해서 그녀를 만났었죠, 제인?”

“내가 주택단지로 산책하러 나가, 그녀 집 근처에서 넘어진 바로 그날이었어요. 그녀는 온통 친절로 똘똘 뭉쳐 있더군. 아주 친절한 여자였어요.”

"남편도 봤나요? 그가 그녀를 독살할 것같이 생겼어요?"

"그게 아니고—." 밴트리 부인이 비약하자 마플 양이 약간 항의하는 듯한 기미를 보였다.

"아니, 그를 봤더니 메이저 스미스나 버티 존스라든가, 아무튼 몇 년 전에 자기 마누라를 독살했거나, 아니면 독살을 시도했던 미수범이 생각나지 않으셨어요?"

"아뇨—." 마플 양이 말했다.

"그를 보고서는 내가 아는 사람 중에 생각나는 사람이 아무도 없었어요."

이어 그녀가 말했다.

"그렇지만, 그 아내 쪽은 그랬지."

"누구—베드콕 부인 말이에요?"

"그래요." 마플 양이 말했다.

"그녀는 앨리슨 와일드라고 하는 사람을 생각나게 했어요."

"앨리슨 와일드가 어떤 사람이었는데요?"

"그녀는 전혀 몰랐어요—." 마플 양이 천천히 말했다.

"세상이 어떤지를. 그녀는 사람들이 어떤지를 알 생각조차 안 했지. 한 번도 남들 생각을 해본 적이 없거든요. 그러니까 짐작이 가겠지만, 그녀는 자기에게 무슨 일이 일어날지도 모른다는 것을 인식하지 못했었죠."

"당신이 하는 얘기를 한마디도 못 알아듣겠는데요." 밴트리 부인이 말했다.

"딱 잘라서 설명하기는 불가능해요." 마플 양이 변명조로 말했다.

"분명코 자기중심주의에서 나온 것이긴 한데, 그렇다고 이기적인 것은 아녜요." 그녀가 덧붙였다.

"제아무리 친절하고 비이기적이며, 남들 생각을 먼저 한다 해도, 앨리슨 와일드 같은 여자들은 자기가 무엇을 하는지 실상은 모르는 거예요. 그래서, 자기에게 무슨 일이 일어날지 모르는 거죠."

"좀더 알아듣기 쉽게 말해 줄 수 없나요?" 밴트리 부인이 말했다.

"정 그렇다면 예를 하나 들어 보죠. 실제로 일어난 것은 결코 아니고, 어디 내가 한번 지어내서 말해 볼게요."

"어서 해봐요." 밴트리 부인이 말했다.

"예를 들면, 당신이 한 가게에 들어갔다고 쳐요. 그리고, 당신은 그 여주인에게 청소년 비행을 저지를 타입의 불량배 같은 아들이 있다는 것을 알고 있어요. 당신과 그 여주인이, 당신이 집에 갖고 있는 돈이나 은이나 뭐 그런 보석에 대해 이야기를 나누는 동안, 거기서 그 아들이 음악을 듣고 있었어요. 그러한 이야기는 재미있고도 신이 나니까, 당신은 자꾸만 얘기하고 싶어하죠. 그리고 또 당신은 밤에 집을 비운다는 말도 할 거예요. 당신은 자신이 하는 얘기와 그녀에게 들려주는 흥분에 흠뻑 빠져서 온통 마음속에는 그 생각밖엔 없었어요. 그런데, 바로 그날 밤에 밖에 나갔다가 잊은 물건이 있어서 집에 돌아와 보니까, 그 불량배 같은 소년이 마침 집에 숨어 들어와 있는 거예요. 범행을 들킨 소년은 갑자기 당신을 곤봉으로 내리쳤어요."

"오늘날 그러한 일은 누구에게나 일어날 수 있는 일이죠." 밴트리 부인이 말했다.

"그리 많진 않아요." 마플 양이 말했다.

"대부분 사람들은 자기 방어 본능을 갖고 있어요. 그들은 자기가 하는 말을 받아들일 사람들에게, 그들이 지닌 성격으로 미루어 자기가 이런 말이나 행동을 하는 것이 현명한지 아닌지를 판단하죠. 그렇지만, 내가 얘기하는 앨리슨 와일드는 자기 자신 이외에는 아무도 생각지 않는 거예요. 그녀는 상대방에게 자기가 뭘 했고, 뭘 봤고, 뭘 느꼈고, 또 뭘 들었는지에 대해서만 얘기하는 타입의 사람이에요. 그런 사람은 다른 사람들이 뭘 말하고 뭘 했는지에 대해서는 결코 언급하는 법이 없죠. 그런 사람들의 삶은 일방통행적이라 볼 수 있지요—오직 한 길만을 뚫고 나아가니까. 그들 눈에 비친 타인들은 그저 방에 붙어 있는 벽지나 마찬가지예요." 그녀는 잠시 말을 끊었다가 다시 했다.

"내 생각에는 히더 베드콕이 바로 그런 사람인 것 같아요."

"당신은 그녀가 자기 자신도 모르는 사이에 어떤 일에 말려드는 사람일 거라고 생각한다는 말이에요?"

"그것이 위험한 짓이라는 것도 느끼지 못하는 거지." 마플 양이 말했다.

"그로 인해 그녀가 죽음을 당할 수밖에 없었다는 생각이 자꾸 드는군요. 당연하겠지만—." 마플 양이 계속 했다.

"정말로 살인이 저질러진 거라고 받아들여도 우리가 맞을 거라우."

"그녀가 누군가를 협박했다고는 생각지 않고요?" 밴트리 부인이 의견을 말했다.

"아, 아녜요—." 마플 양이 확신 있게 대답했다.

"그녀는 친절하고 상냥한 여자였어요. 그러니, 그런 일은 하라고 시켜도 못할 여자지." 그러고는 신경질적으로 덧붙였다.

"모든 것이 내게는 있을 법하지 않은 일로만 보여요. 혹시 엉뚱한—."

"뭐라고요?" 밴트리 부인이 뒷말을 재촉했다.

"엉뚱한 사람을 죽인 게 아닌가 하는 생각이 들어서 그래요." 마플 양이 골똘히 생각하며 말했다.

문이 열리면서 헤이독 의사가 불쑥 들어오고, 그 뒤를 나이트 양이 재잘거리며 따라 들어왔다.

"아이쿠, 이미 와 계셨군." 헤이독 의사가 두 여자를 쳐다보며 말했다.

"건강이 어떤지 체크해 보려고 왔습니다." 그가 마플 양에게 말했다.

"그렇지만, 그럴 필요가 없겠군요. 내가 권한 처방을 받아들이기 시작했군요."

"처방이라고요, 선생님?"

헤이독 의사가 손가락으로 그녀 옆의 테이블 위에 놓여 있는 뜨개질거리를 가리켰다.

"푸는 것 말입니다." 그가 말했다.

"내 말이 맞죠, 아닌가요?"

마플 양이 조심스럽게 보일락말락 눈을 깜박였다.

"농담하시는군요, 헤이독 선생님." 그녀가 말했다.

"내 눈은 못 속여요, 아무렴. 부인을 얼마나 오랫동안 대해 왔는데, 고싱턴 홀 저택에서 갑작스럽게 사람이 죽자 온 세인트 메리 미드 마을이 술렁거립니다. 그렇지 않습니까? 살인은 이미 저질러졌는데, 검시 결과는 밝혀지지 않고 있으니."

“검시 배심이 언제 있을 예정이죠?” 마플 양이 물었다.

“내일 모레요.” 헤이독 의사가 말했다.

“그때까지 두 숙녀분께서 전체적인 이야기를 재검토하여 판정을 내려서 또 많은 다른 면들을 이끌어 내겠지요. 기대됩니다. 자―.” 그가 덧붙여 말했다.

“여기서 이러고 있을 시간이 없어요. 내 도움이 더 이상 필요치 않는 환자에게 시간을 낭비하는 것은 좋지 않지. 혈색도 돌아오고, 눈동자도 빛나는 것을 보니 부인이 팔팔하다는 증거예요. 하루하루를 즐겁게 보내는 것보다 더 좋은 건 없지. 나는 이만 가봐야겠습니다.” 그는 언제나처럼 벌떡 일어나서 밖으로 나갔다.

“나는 어느 때고 샌드퍼드보다는 저분을 오라고 하는 편이에요.” 밴트리 부인이 말했다.

“나 역시 그래요.” 마플 양이 말했다.

“좋은 친구이기도 하죠.”

그녀가 생각 끝에 덧붙였다.

“내 생각으로는 그분이 한번 수사를 해보라고 귀띔을 해주려고 왔지 싶은데.”

“그러니까 살인이었다는 말이죠―?” 밴트리 부인이 말했다. 그들은 서로를 쳐다보았다.

“의사들은 죄다 그렇게 생각하나 봐.”

나이트 양이 커피를 날라왔다. 두 여자는 너무 조급증이 나서 이 방해를 잠자코 받아들일 여유가 없었다. 나이트 양이 사라지자마자 마플 양이 즉시 시작했다.

“자, 그러니깐, 돌리, 당신이 거기 있었다는 말이죠.”

“실제로 그 일이 일어나는 것을 보았다니까.” 밴트리 부인이 너무 내세우지 않고 말했다.

“그것참 잘 됐군.” 마플 양이 말했다.

“내 말은―그러니까, 내 말이 무슨 말인지 알 거예요. 말하자면, 그녀가 도착한 그 순간부터 일어난 일을 모조리 곧이곧대로 얘기해 줄 수 있겠죠?”

"난 집 안으로 안내받아 들어갔어요." 밴트리 부인이 말했다.

"유명 인사처럼 말이에요."

"누가 당신을 데리고 들어갔는데?"

"오, 호리호리해 보이는 젊은 남자였죠. 마리나 그레그의 비서쯤 되는 것 같아요. 그가 나를 데리고 들어가 계단으로 올라갔어요. 계단 꼭대기에서 위원들이 다시 특별히 초대되어 환영 파티 같은 게 벌어지고 있더군요."

"꼭대기 층계참에서?" 마플 양이 깜짝 놀라며 말했다.

"오, 그들이 몽땅 개조시켜 놓았더군요. 침실과 그에 딸린 화장실을 허물어서 꼭 커다란 공터처럼 만들어 놓았는데, 실제로는 하나의 방인 게지. 아주 멋져 보이더군요."

"알겠어요. 그런데 거긴 누가 있었나요?"

"순수하고도 매력적인 마리나 그레그가 늘씬한 몸에 회색기가 도는 초록색 드레스 같은 걸 입고 있었는데, 아주 아름다웠어요. 그리고 물론 남편도 있었고, 또 그래—그 여자도 있었지, 내가 얘기해 준 엘라 질린스키 말이에요. 그리고 거기에 한—어, 여덟 명에서 열 명 정도의 사람들이 있었던 것 같아요. 몇몇은 아는 사람이고, 몇몇은 모르는 사람이었죠. 몇몇 사람은 영화사에서 왔지 싶어요—내가 모르는 사람들이에요. 목사님과 샌드퍼드 의사 부인도 와 있었고, 의사는 나중까지 모습을 나타내지 않았고, 클리터링 대령 부부와 군수(郡守)도 있었어요. 신문사에서 온 사람도 있었던 것 같고, 커다란 카메라 기재를 든 젊은 여자가 사진을 찍어대고 있었죠."

마플 양이 머리를 끄덕였다.

"계속해요."

"히더 베드콕과 그 남편이 바로 내 뒤에 도착했어요. 마리나 그레그가 내게 인사를 건넨 다음 또 다른 사람에게로 건너갔죠. 아, 그래, 목사님께였어요. 그때 히더 베드콕과 그녀의 남편이 왔어요. 그녀는 부인도 알다시피 세인트 존 앰뷸런스 협회의 회원이잖아요. 누군가가 그 말을 하더니, 그녀가 얼마나 열심히 일하는지 모른다며 없어서는 안 될 존재라고 하더군요. 그리고 마리나 그레그가 인사말을 건넸죠. 그런데, 베드콕 부인 말이에요. 어쩜 그럴까, 제인.

좀 피곤한 사람인 것 같더니만, 글쎄, 몇 년 전에 어딘가에서 마리나 그레그를 만났었노라고 얼마나 두서없이 이야기를 주절주절 늘어놓기 시작하던지. 그녀는 그때가 얼마나 오래전인지, 그리고 몇 년도인지, 그날 밤은 어떠했는지 뭐 그런 것에 관해 그녀의 대답을 강요했는데, 재치라고는 눈곱만큼도 없어 보였어요. 영화인들이 다 그렇겠지만, 특히 여배우들은 당시 자기 나이가 정확하게 몇 살이었는지를 생각해 보는 것을 싫어한다고 난 생각해요. 그런데도 그녀는 전혀 그 점엔 신경 쓰지 않는 것 같았어요."

"그래요—." 마플 양이 말했다.

"그러한 것을 일일이 배려할 여자가 못 되지, 그렇죠?"

"맞았어요, 마리나 그레그가 평상시처럼 행동하지 않은 사실만 제외하고는 이렇다 하게 특기할 만한 게 없었어요."

"그녀가 화를 냈나요?"

"아니, 아니, 그게 아니고요. 실상은 그녀가 그 말을 다 듣고 있었던 것 같지는 않았어요. 있잖아요, 그녀는 베드콕 부인의 어깨너머를 응시하고 있었는데, 베드콕 부인이 자기가 침실을 박차고 아픈 몸을 이끌고 집을 나와 마리나를 만나러 가서 그녀의 사인을 받았다는 뚱딴지같은 이야기를 마쳤을 때 좀 괴이한 정적이 감돌았어요. 그때 난 그녀의 얼굴을 보았죠."

"누구 얼굴을? 베드콕 부인?"

"아뇨. 마리나 그레그의 얼굴 말이에요. 마치 그녀는 베드콕이라는 여자가 하는 말을 한마디도 듣지 않았다는 듯한 표정이었어요. 그녀는 베드콕 부인의 어깨너머로 바로 반대편에 있는 벽을 응시하고 있었죠. 그러고 있었는데—잘 설명을 못 하겠어요."

"그래도 어서 해봐요, 돌리." 마플 양이 말했다.

"왜냐하면, 그 점이 중요할 것만 같아서 그래요."

"표정이 마치 얼어붙은 듯했어요." 밴트리 부인이 적절한 낱말을 찾아내려 고심하며 말했다.

"꼭 뭔가를 본 듯했는데—아이고, 설명하기가 이렇게 힘이 드니, 원. '레이디 오브 샬럿' 기억나요? '거울은 반쪽으로 깨졌도다. "나에게 저주가 내렸어."

하고 레이디 샬럿이 울부짖었도다.’ 이를테면 그녀 표정이 그런 식이었어요. 요즘 사람들은 테니슨(1809~1892, 영국 계관 시인)이라면 콧방귀를 뀌지만 ‘레이디 오브 샬럿’은 내가 어렸을 때 언제나 날 감동시켰는데, 지금도 여전해요.”

“그 여자가 얼어붙은 표정을 하고 있었단 말이죠—.” 마플 양이 골똘히 생각하며 그 말을 반복했다.

“그리고, 그녀는 베드콕 부인의 어깨너머 벽을 응시했고? 그 벽에는 뭐가 있었나요?”

“오! 그러니까, 뭐 그림 같은 것이 있었다는 생각이 드네요. 이탈리아 화가 알죠? 벨리니가 그린 성모 마리아의 복사화였던 것 같은데, 확실치는 않아요. 성모 마리아가 방실방실 웃고 있는 아기 예수를 안고 있는 그림이었어요.”

마플 양이 얼굴을 찡그렸다.

“그 그림 때문에 그녀가 그러한 표정을 지었을 것 같지는 않은데.”

“그러게 말이에요. 허구한 날 봤을 텐데.” 밴트리 부인이 맞장구를 쳤다.

“계속해서 올라오는 사람들이 있었겠죠?”

“그럼, 있었죠.”

“누구였는지 기억나요?”

“그녀가 계단을 올라오는 사람을 보고 그랬다는 건가요?”

“그럴 수도 있잖아요, 안 그래요?” 마플 양이 말했다.

“그래—그렇기도 하겠군요. 자, 가만있거라, 시장이 체인까지 한 정장 차림으로 빳빳이 서 있었고, 똑같이 그렇게 차려입은 그의 부인이 있었고, 요즘 사람들이 하는 그 우스꽝스러운 턱수염을 기른 장발의 남자도 있었는데—아주 젊은 남자였어요. 카메라를 든 아가씨도 있었고 그녀는 올라오는 사람들과 마리나 그레그와 악수를 하는 사람들을 찍으려고 계단 위에 자리를 잡고 서 있었고, 그리고—어디 보자, 두 사람은 모르는 사람이었어요. 영화사 사람들이겠죠, 아마. 그리고 로워 팜 농장에서 온 그리스 부부가 있었고, 또 다른 사람들도 있었겠지만, 내가 지금 기억할 수 있는 사람들은 이뿐이에요.”

“그리 기대해 볼만한 것 같지는 않군요.” 마플 양이 말했다.

“그다음엔 무슨 일이 있었죠?”

"제이슨 러드가 그녀를 팔꿈치로 살짝 찔렀는지, 어느새 그녀가 제정신으로 돌아와서는 베드콕 부인에게 미소를 띠며 일상적인 얘기를 하는 게 아니겠어요. 들어서 알겠지만, 달콤하고, 때 묻지 않고, 솔직하고, 매력적인 예의 그녀의 가식 말이에요."

"그러고는?"

"그러고는 제이슨 러드가 그들에게 마실 것을 돌렸죠."

"어떤 것이었는데?"

"다이커리였던 것 같아요. 아내가 좋아하는 술이라면서 그가 말했죠. 한 잔은 자기 아내에게 주고, 한 잔은 베드콕이라는 여자에게 줬어요."

"그것참 재미있군─." 마플 양이 말했다.

"정말로 굉장히 재미있는데. 그다음엔 무슨 일이 있었죠?"

"모르겠어요. 여자들 한 떼를 이끌고 나는 욕실 구경을 다녔거든요. 그다음에 내가 아는 거라고는 여비서가 황급히 오더니 누군가가 아프다고 말한 것뿐이에요."

제7장

정작 검시 배심이 열렸을 때는 너무 간단하여 실망스러울 정도였다. 신원확인은 그 남편에게서 증명되었으므로 남은 거라고는 의학적인 증명밖에 없었다. 히더 베드콕의 사인(死因)은 '하이―에틸―덱실―바르보―퀸드―로리테이트'라던가 아무튼 그 같은 이름의 약 네 알 때문이었단다! 그 약이 어떻게 투입되었는지에 관해서는 아무런 증거가 없었다. 검시 배심은 2주간 연기되었다.

그러한 결론이 난 이후 수사과장 프랭크 코니쉬 경감은 아더 베드콕을 만났다.

"이야기 좀 나눌 수 있겠습니까, 베드콕 씨?"

"여부가 있겠습니까, 물론입니다."

아더 베드콕은 여느 때보다도 더 우울해 있었다.

"이해할 수가 없어요. 도무지 이해가 안 갑니다." 그가 중얼거렸다.

"차를 대기시켜 놨으니까―." 코니쉬가 말했다.

"타고 당신 집으로 가십시다, 괜찮겠죠? 집에 가면 더 안정되고 익숙한 분위기에서 얘기할 수 있을 테니까요."

"좋습니다. 그렇게 하는 게 훨씬 나을 것 같군요."

그들은 청색 페인트로 깨끗이 칠해진 조그만 달링턴 크로스의 3번지 문에 가 닿았다. 아더 베드콕이 앞장을 서고 수사과장이 그 뒤를 따랐다. 그가 열쇠를 꽂기도 전에 안에서 문이 열렸다. 문을 연 여자는 약간 어리둥절한 모습으로 문 뒤에 서 있었다. 아더 베드콕은 깜짝 놀란 듯했다.

"메리!" 그가 말했다.

"차를 곧 갖다 드릴게요, 아더. 검시 배심을 다녀오셨으니 차 한잔 드시는 게 좋을 거예요."

“정말이지 친절하시군요. 나도 그렇게 느꼈어요.” 아더 베드콕이 고마움을 담고서 말했다.

“어一.” 그가 머뭇거렸다.

“이분은 경감님이시고, 이쪽은 베인 부인. 이웃에 사십니다.”

“그렇습니까.” 코니쉬 경감이 말했다.

“한 잔 더 준비해 오겠어요.” 베인 부인이 말했다.

그녀가 사라지자 아더 베드콕이 고개를 갸우뚱거리면서 응접실 오른쪽에 있는, 크레톤 사라사 천을 씌운 의자들이 있는 거실로 경감을 안내했다.

“오랫동안 알고 지냈던 분입니까?”

“아뇨, 여기 와서부터 알았어요.”

“여기 오신 지 2년 된 걸로 알고 있는데, 아니 3년이던가요?”

“지금은 꼭 3년째 됩니다.” 아더가 말했다.

“베인 부인은 여기 온 지 이제 겨우 6개월 됐죠.” 그가 설명을 늘어놓았다.

“자기 아들이 이 근처에 직장이 있는데, 남편이 죽은 뒤에 이리로 와서 아들과 함께 살고 있어요.”

바로 이때 베인 부인이 부엌에서 쟁반을 받쳐 들고 나타났다. 그녀는 검은 머리에 나이가 마흔쯤 되어 보이는, 다분히 맹렬 여성다운 구석이 있어 보였다. 그녀는 검은 머리와 검은 눈동자가 조화를 이루어 집시적인 분위기가 감돌았다. 그녀의 눈매는 좀 특이했다. 즉, 감시하는 듯한 눈초리였다. 그녀가 테이블에 쟁반을 내려놓자, 코니쉬 경감이 유쾌하기도 하면서 좀 모호하게 이야기를 꺼냈다. 그는 무엇이든 결코 방심하지 않고 경계하는 직업적인 본능을 계속 작동시켰다. 아더가 그를 소개할 때, 그녀 눈에 스치고 지나가던 지극히 미미한 놀란 표정을 그가 놓치고 지나칠 리가 없었다. 그는 경찰 관계자 앞에서 나오는 일반인들 특유의 다소 방어적인 놀람이라든가, 불신이 감도는 약간 경직된 상황에 익숙한 터였다. 그런데, 이 경우는 좀 다른 종류의 불안감이 팽배해 있다고 그는 확신했다. 그의 생각에 의하면, 베인 부인은 언젠가 경찰과 연관된 일이 있어서, 그 일로 그녀는 경계를 하고 불안해하는 것일 게다. 그는 메리 베인에 대해서 좀더 알아봐야겠다고 마음먹었다. 그녀는 찻쟁반을 내려놓고는 집에 가봐야겠다면서 함께 있기를 거절하더니 황망히 떠났다.

"좋은 사람처럼 보이는군요." 코니쉬 경감이 말했다.

"정말 그렇습니다. 아주 친절하고 상냥한 이웃인 데다 동정심이 이만저만이 아니죠." 아더 베드콕이 말했다.

"부인과는 절친한 사이였습니까?"

"아뇨, 아닙니다. 그렇다고는 말할 수 없겠는데요. 이웃이니까 친밀한 관계를 유지한 거죠. 특별히 이렇다 할 만한 사이는 아니었습니다."

"알겠습니다. 자, 자, 베드콕 씨, 우리는 가능한 한 많은 정보를 얻고 싶습니다. 검시 배심 결과가 충격적이었으리라고 보는데, 어떻습니까?"

"그래요, 암만 해도 그렇습니다. 물론 나는 경감님이 뭔가가 잘못되었다고 생각하고 있다는 것을 알고 있습니다만, 그 점은 나 역시 마찬가지입니다. 왜냐하면, 아내는 그렇게 건강했을 수가 없었거든요. 단 하루도 아픈 적이 없었으니까요. 난 속으로 말했습니다. '뭔가가 단단히 잘못되었군.' 하고요. 어떻게 된 영문인지 도무지 믿어지질 않습니다. 내 말이 무슨 뜻인지 아시겠습니까? 정말이지 믿기가 어렵습니다. 뭐라고 했나요—바이 에틸 헥스—." 그가 말을 잇지 못했다.

"더 쉬운 이름이 있죠." 경감이 말했다.

"상품명을 '칼모'라 하여 시중에서 팔고 있죠. 들어 본 적이 있습니까?"

아더 베드콕이 혼돈된다는 듯 머리를 저었다.

"여기보다는 미국에서 더 많이 팔리죠." 경감이 말했다.

"그곳에서는 손쉽게 처방해 준다더군요."

"뭐에다 쓰는 약입니까?"

"내가 듣기로는 그 약을 복용하면 기분이 좋아지고 마음이 진정된다더군요." 코니쉬 경감이 설명했다.

"그러니까, 긴장한 사람들을 위해 처방되는 진정제죠. 걱정 근심과 우울, 기분 저하와 불면, 기타 그와 같은 일로 고통받는 사람들에게 말이죠. 양만 적당하면 위험하지는 않으나, 과다로 복용하게 되면 안 된다고 하더군요. 그런데, 부인은 적정량보다 6배나 더 많이 드신 것 같습니다."

베드콕이 빤히 쳐다보았다.

"아내는 그런 것을 먹을 사람이 아닙니다." 그가 말했다.

"그건 내가 보증합니다. 아내는 약이라면 질색하는 사람이니까요. 한 번도 기분이 저하되거나 걱정 근심에 사로잡힌 적이 없었습니다. 아내는 경감님이 생각해 볼 수 있는 사람 중에서도 가장 명랑한 사람입니다."

경감이 머리를 끄덕였다.

"그렇습니까? 그러니까, 부인께 그와 같은 약을 처방해 준 의사가 없다는 말이로군요."

"그렇습니다. 확실합니다. 그 점은 내가 자신합니다."

"주치의는 누구입니까?"

"의료보험의인 심스 의사입니다만, 우리가 여기 온 이후로 아내가 찾아간 적은 없다고 생각합니다."

경감이 사려 깊게 말했다.

"그러니까, 부인은 그러한 약이 필요치 않은 분이어서 약을 복용할 리가 없다는 말씀이시죠?"

"그렇습니다. 아내에 대해서는 내가 잘 압니다. 실수나 뭐 그런 걸로 먹게 됐지 싶습니다."

"어떻게 그런 실수를 할 수 있는지 상상이 안 가는군요. 그날 오후 부인은 뭘 드시고 뭘 마셨습니까?"

"그러니까, 뭘 먹었나……, 점심으로는―."

"점심식사까지 거슬러 올라갈 필요는 없습니다." 코니쉬가 말했다.

"그 약은 그 정도의 양을 복용하게 되면, 진행이 빨라서 결과가 금방 드러납니다. 차 말입니다. 무슨 차를 마셨는지 우선 말씀해 주시지요."

"저, 우리는 정원에 설치된 대형 천막으로 들어갔지요. 말할 수 없이 붐볐습니다만, 가까스로 들어가서 작은 롤빵과 차 한 잔을 받아들었습니다. 천막 안이 하도 더워서 우리는 가능한 한 빨리 먹고는 다시 나왔죠."

"그러니까, 부인이 거기서 드신 것이 작은 롤빵과 차 한 잔이라고요?"

"그렇습니다."

“그다음은 두 분께서 집 안으로 들어갔습니다, 맞습니까?”

“그렇습니다. 젊은 여자분이 나와서는, 마리나 그레그가 내 아내더러 집에 들어오라고 하더라는 말을 전했습니다. 물론 아내는 기뻐했습니다. 그녀는 며칠 동안 마리나 그레그 얘기만 했었거든요. 모든 사람들이 들떠 있었습니다. 경감님도 아시겠지만, 다른 모든 사람들도 말입니다.”

“그래요, 정말로 그랬을 겁니다.” 코니쉬가 말했다.

“내 아내 역시 흥분했으니까요. 왜, 모든 사람들이 고싱턴 홀 저택에 들어가려고 입장료를 지불했잖습니까. 집은 과연 어떻게 개조시켜 놓았는지도 궁금하고, 또 마리나 그레그의 그림자나마 보게 될 거라는 실낱같은 희망을 품고서 말입니다.”

“그 젊은 여자가 우리를 집 안으로 안내하더군요.” 아더 베드콕이 말했다.

“우리는 2층으로 올라갔죠. 파티는 거기서 열렸어요. 그곳은 탁 틔어놓았더군요. 예전과는 판이하게 보인다는 소리를 들었습니다. 방이기는 한데 텅 비어 있어서 넓습디다. 거기다 의자를 갖다놓고 마실 것이 차려진 테이블을 비치해 놓았어요. 그 자리에는 한 열 명 내지 열두 명가량 있었지 싶습니다.”

코니쉬 경감이 머리를 끄덕였다.

“거기서 누군가가 맞아 주었겠죠?—누구였습니까?”

“마리나 그레그가 직접 맞아 주었습니다. 그 남편도 함께 있더군요. 지금 그의 이름은 기억이 안 납니다.”

“제이슨 러드입니다.” 코니쉬 경감이 말했다.

“아, 맞습니다. 처음에는 그를 못 알아봤죠. 아무튼, 그레그가 아내를 아주 반갑게 맞아 주었는데, 내 아내를 만나게 되어 무척 기쁜 듯한 표정이었어요. 그러자 히더가 몇 년 전에 서인도 제도에서 그레그를 한 번 본 적이 있다는 얘기를 했는데, 그때는 모든 것이 아주 정상적으로만 보였습니다.”

“모든 것이 아주 정상적으로만 보였다—.” 경감이 그 말을 반복했다.

“그러고는요?”

“그러자 그레그가 뭘 들겠느냐고 물었겠죠. 그러고는 그레그의 남편인 러드 씨가 히더에게 칵테일 종류로 한 잔 갖다 주더군요. 디커리라든가 뭐 그런 것이었습니다."

"다이커리 말이군요."

"바로 그겁니다. 그는 두 잔을 가지고 왔어요. 한 잔은 내 아내에게 주고, 한 잔은 그레그에게 주었죠."

"그리고 선생님은요, 선생님은 뭘 드셨습니까?"

"난 셰리 주를 마셨습니다."

"알겠습니다. 세 분이서 함께 모여 서서 술을 드셨습니까?"

"흠, 꼭 그런 식은 아니었어요. 아시겠지만, 다른 사람들이 계단을 올라오고 있었습니다. 시장과 또 한 사람, 그리고 몇몇 다른 사람들도요—미국인 남녀로 생각되는군요. 그래서, 우리는 조금 비켜섰습니다."

"그러면 부인은 그때 다이커리를 마셨습니까?"

"흠, 아뇨, 그때 마시지는 않았습니다."

"그래요? 부인이 그때 안 마셨다면, 그럼 언제 마셨습니까?"

아더 베드콕이 기억을 더듬느라 양미간을 찌푸렸다.

"내 생각으로는, 아내가 그 잔을 어떤 테이블 위에다 놓았던 것 같습니다. 그녀는 거기서 친구 몇 명을 만났어요. 머치 벤햄인가 하는 데서 온 세인트 존 앰뷸런스 협회와 관계된 사람이었지 싶어요. 하여튼 그들은 이야기를 나누고 있었습니다."

"그러면, 부인은 언제 그것을 마셨습니까?"

아더 베드콕이 또다시 얼굴을 찡그렸다.

"그 일이 있고 나서 조금 뒤였는데—." 그가 말했다.

"그 당시는 꽤나 붐볐거든요. 누군가가 아내의 팔꿈치를 건드리는 바람에 들고 있던 잔이 흔들려 쏟아졌지요."

"뭐라고요?" 코니쉬 경감이 날카로운 시선을 던졌다.

"부인이 들고 있던 잔이 쏟아졌다고요?"

"그렇습니다. 나는 그렇게 기억하고 있어요. 아내는 잔을 집더니 몇 모금 홀짝홀짝 마시고 나서 얼굴을 찡그렸던 것 같아요. 아내는 칵테일류 같은 것은 실은 좋아하지 않았거든요. 그렇지만, 그때까지는 전혀 이렇다 할 조짐도 없이,

그대로 정상적이었습니다. 아무튼 아내는 거기 그렇게 서 있었는데 누군가가 그녀의 팔꿈치를 건드리는 통에 잔이 쏟아지게 된 거죠. 그 바람에 아내는 옷을 적시게 되었고, 그레그 양의 옷에까지 튀었던 것 같아요. 그레그 양은 그렇게 상냥할 수가 없었죠. 그녀는 아무것도 아니니까 신경 쓰지 말라고 하고는, 얼룩도 지지 않을 거라며 자기 손수건을 아내에게 주면서 옷이나 닦으라고 하더군요. 그러더니 들고 있던 잔을 아내에게 건네주면서 말했습니다. '이걸 마시세요, 아직 입도 대지 않은 거니까요.'"

"그녀가 자기 잔을 건넸다는 말이로군요, 그렇습니까? 그것이 확실합니까?"

아더 베드콕이 생각하느라고 잠시 말을 끊었다.

"그렇습니다, 틀림없어요." 그가 말했다.

"그리고 부인은 그 잔을 받았습니까?"

"흠, 처음에는 거절했습니다. '어머, 아니에요. 그럴 수는 없어요.'라고 말했죠. 그러니까, 그레그가 웃으면서 이렇게 말하더군요. '난 이미 너무 많이 마신 걸요.'"

"그래서 부인이 그 잔을 받아 들고 나서 어떻게 했습니까?"

"아내는 몸을 약간 돌리고 그것을 마셨습니다. 좀 급하게 마셨다고나 할까요. 그런 뒤 우리는 그림과 커튼을 감상하며 복도를 따라 좀 걸었습니다. 커튼 천이 아주 좋아 보였는데, 전에는 한 번도 본 적이 없는 것이었죠. 그때 나는 친구인 마을 의원 앨콕을 만났는데, 그 순간만이 오로지 그와 함께 보낸 시간이었습니다. 주위를 둘러보자 아내가 좀 이상한 표정으로 의자에 앉아 있는 것이 보이기에 아내한테 가서 말했죠. '왜 그래?' 아내는 기분이 좀 야릇하다고 하더군요."

"야릇하다니, 무슨 뜻이었을까요?"

"나도 모르겠습니다. 더 자세히 물을 시간도 없었어요. 목소리가 불분명한 것이 아주 기묘하게 들리더니, 목을 제대로 가누지도 못하더군요. 순식간에 아내는 숨이 넘어가더니 그대로 머리를 앞으로 떨어뜨렸어요. 그러고는 죽었습니다. 죽었다니까요!"

제8장

1

"세인트 메리 미드 마을 말씀입니까?" 주임 경감 크래독이 날카롭게 주시했다.

부경시총감이 약간 움찔하고는 말했다.

"그렇다네. 세인트 메리 미드 마을이야. 왜 그러나? 거기는—."

"아무것도 아닙니다." 더못 크래독이 말했다.

"아주 작은 동네로 알고, 있어." 상대방이 말했다.

"그렇기는 해도 지금 거기에는 수많은 건물들로 이루어진 주택단지가 들어차는 중에 있지. 세인트 메리 미드 마을부터 머치 벤햄 마을에 이르는 지역을 커버한다고 들었어. 내가 알기로는 헬링퍼스 촬영소가 마켓 베이싱 마을 쪽을 향해 세인트 메리 미드 반대편에 있지." 그는 여전히 약간 미심쩍은 듯한 눈초리였다. 더못 크래독은 필경 설명을 해야만 되리라는 느낌이 들었다.

"거기에는 제가 아는 사람이 살고 있습니다." 그가 말했다.

"세인트 메리 미드에 말입니다. 나이 많은 숙녀분인데요, 지금은 많이 늙으셨을 겁니다. 어쩌면 돌아가셨는지도 모르겠군요. 만일, 그렇지 않다면—."

부경시총감은 자기 부하가 말하는 요점을 파악했는지, 아무튼 그렇다고 생각했다. 그가 말했다.

"그래. 어느 면에선 자네가 '개입'해도 되겠지. 조금이라도 그 지역의 잡다한 얘깃거리에 대해 알아둘 필요가 있어. 아주 이상한 사건이니까."

"그 지역에서 우리에게 도움을 요청했습니까?" 더못이 물었다.

"그렇다네. 그곳 경찰서장에게서 온 편지가 여기 와 있네. 그 지역에서 해결할 수 있을 만한 일이 아니라고 생각하는 눈치야. 그 이웃에 고싱턴 홀이라고 하는 큰 저택이 있는데, 최근에 영화배우 마리나 그레그와 그 남편이 그 집을

사들였어. 세인트 존 앰뷸런스 협회를 돕기 위한 자선 파티가 가든파티식으로
열렸다는군. 죽은 여자는—이름이 히더 베드콕 부인이야. 그 앰뷸런스 협회의
그 지역 담당 직원으로, 그 협회의 업무를 도맡아서 보았다는군. 그녀는 유능
하고 학식 있는 사람으로, 사람들에게 평도 좋았던 것 같아."

"나서기 좋아하는 여자가 아닐까요?" 크래독이 자기 생각을 말했다.

"그럴 가능성도 짙어." 부경시총감이 말했다.

"하지만, 내 경험으로 보아 말인데, 나서기 좋아하는 여자치고 살해된 사람
은 드물어. 왜 그런지는 나도 모르겠어. 자네도 생각해 보면 알겠지만, 그건
불상사라고. 그 축제에는 보도진도 한 사람 참석했고, 날씨도 화창했거니와 모
든 것이 계획대로 진행되었다더군. 마리나 그레그와 그녀 남편이 고싱턴 홀
저택 내에서 자그마하게 리셉션을 벌였나 봐. 이 리셉션에 30~40명의 사람이
참석했지. 그 지역 유지들과, 세인트 존 앰뷸런스 협회와 연관이 있는 여러 인
사들, 마리나 그레그와 개인적인 친분이 있는 여러 친구들, 그리고 몇몇 촬영
소 사람들이었어. 모든 것이 평화롭고 순조롭고 행복하게 돌아갔어. 헌데, 쥐
도 새도 모르게 히더 베드콕이 거기서 독살당한 거야."

더못 크래독이 골똘히 생각하며 말했다.

"장소치고는 이상한 데를 골랐군요."

"경찰서장의 생각도 그런 모양이야. 만일 누군가가 히더 베드콕을 독살하고
싶어했다면 어째서 하필이면 그 특별한 날 오후에 그런 상황을 택했느냔 말이
야? 그것 말고도 훨씬 간단한 방법이 수없이 많은데, 20~30명이 뒤섞여 돌아
가는 판에 칵테일에다 독약 봉지를 털어 넣다니, 그렇게 위험천만한 일이 어
디 있겠나? 누가 봤어도 봤을 텐데 말이야."

"칵테일에 넣은 게 확실합니까?"

"그래, 확실히 그 마실 것에다 탔어. 그 점이 이상하다는 거야. 의사 양반들
이나 욀 듯한 길고도 해석하기 어려운 이름의 약인데, 미국에서는 그런 대로
쉽사리 처방이 된다는군."

"미국에서는 그렇다고요? 알겠습니다."

"오, 여기도 사실은 마찬가지야. 대서양 건너 쪽에서 구해 자유자재로 들여

올 수 있으니까. 양만 적으면 이로운 점도 있다나 봐."

"처방으로 얻습니까, 아니면 아무 데서나 약국에서 살 수 있습니까?"

"아니, 반드시 의사의 처방이 있어야만 해."

"그렇습니까—그것참 이상하군요." 더못이 말했다.

"히더 베드콕은 그 영화인들과 무슨 연관이 있습니까?"

"전혀."

"이 일에 연루될 만한 가족이라도 있습니까?"

"남편이 있어."

"남편이라—." 더못이 골똘히 생각하며 말했다.

"그래, 누구나 그런 쪽으로 생각이 돌아가지." 그의 상관이 동의했다.

"그렇지만, 그 지역 경감(코니쉬, 그게 그의 이름일 거야)은 전혀 그런 낌새를 못 느꼈다고 하더군. 그가 베드콕을 심문해 보았는데 불안해하고 신경질적인 반응을 보이긴 했지만, 경찰과의 심문에 걸리면 아무리 품위 있는 사람들이라 할지라도 그런 반응을 보인다는 거야. 그들은 행동으로 봐서 서로 사랑하는 부부처럼 보였다는군."

"다시 말해서, 그곳 경찰은 그 사람을 범인으로 지목하지 않는다는 말씀이로군요. 저, 정말 흥미 있는데요. 제가 직접 현장에 내려가서 조사를 할까 하는데, 어떻습니까?"

"그래. 빨리 도착할수록 더 좋지. 더못, 누구를 붙여 주면 되겠나?"

더못은 잠시 꼽아 보았다.

"티들러가 좋겠습니다." 그가 생각 끝에 말했다.

"사람도 좋을 뿐만 아니라, 영화광이잖습니까. 도움이 많이 될 겁니다."

부경시총감이 고개를 끄덕였다.

"행운을 비네."

2

"어머나!" 마플 양이 기쁨으로 홍조를 띠면서 깜짝 놀라 외쳤다.

“이렇게 놀라울 수가 있나! 오래간만이에요, 디어 보이(dear boy)—아니, 지금은 ‘보이’라고 하기에는 너무 커 버렸군. 지금은 뭐죠? 주임경감? 수사반장쯤 되었나요?”

더못은 자기의 현 지위를 설명해 주었다.

“당신이 여기서 뭘 할지는 물어보나마나겠지.” 마플 양이 말했다.

“이 지역에서 일어난 살인은 런던경시청에서 손을 댈 만한 일이에요.”

“제가 그 임무를 맡았습니다.” 더못이 말했다.

“그래서, 여기에 당도하자마자 곧장 수사본부로 오게 된 거죠.”

“당신은 내가—.” 마플 양이 약간 더듬거렸다.

“그렇습니다. 바로 부인을 두고 말한 겁니다.” 더못이 거리낌 없이 말했다.

“글쎄요—.” 마플 양이 유감스럽다는 듯이 말했다.

“요즘은 그렇게 정신이 없을 수가 없어요. 제대로 추리를 해내지도 못해요.”

“부인이 넘어졌을 때 간호를 해준 여인이 열흘 뒤에 살해될 운명에 처한 것만 가지고도 충분히 추리해 내신 겁니다.” 더못 크래독이 말했다.

마플 양은 글로 쓰자면, ‘쯧쯧!’이라고 표기될 만한 소리를 입 밖에 내었다.

“그 이야기를 어디서 들었는지 모르겠네.” 그녀가 말했다.

“아실 텐데요. 부인이 직접 이 동네 안에서는 모든 사람들이 모르는 것이 없다고 말씀하시지 않았습니까?”

“우리 둘만의 이야기인데—.” 그가 덧붙였다.

“부인은 그녀를 보자마자 그녀가 살해될 것이라는 느낌을 받았습니까?”

“그럴 리가 있나, 그럴 리는 없죠!” 마플 양이 큰 소리로 말했다.

“그런 생각이 어디 있어요!”

“그녀 남편의 눈길에서 해리 심프슨이라든가 데이비드 존스라든가, 혹 몇 년 전에 부인과 안면이 있는 사람으로, 자기 아내를 벼랑에서 밀어 떨어뜨린 사람들을 기억해 내시지는 않았다는 말씀이로군요.”

“아니야, 안 그랬다니까!” 마플 양이 말했다.

“난 베드콕 씨가 그런 식의 사악한 짓을 결코 할 사람이 아니라는 걸 확신해요. 적어도—.” 그녀가 생각에 잠긴 채 덧붙였다.

“그 정도는 확신해.”

“그렇지만, 인간의 본성이라는 것은—.” 크래독이 중얼거렸다.

“그래요, 맞아요—.” 마플 양이 뒷말을 이었다.

“내가 할 수 있는 말은, 애초에 잠긴 자연스런 비탄 이후로는 그는 그리 죽은 아내를 그리워하지 않았을 거라는…….”

“왜요? 그녀가 남편을 못 살게 굴었습니까?”

“그런 건 아니고—.” 마플 양이 말했다.

“난 그녀를 그렇게 생각지 않아요. 그러니까, 그녀가 사려 깊은 여자는 아니라는 말이지. 친절한 것은 사실이에요. 하지만, 사려가 깊다고는 볼 수 없다오. 그녀는 남편을 무척 좋아했을 거고, 남편이 아플 때면 그를 간호하고, 또 남편 식사에 온갖 신경을 쓰는 참한 가정주부이긴 했겠지만, 글쎄, 난 과연 그녀가 한 번이라도 그랬을까 싶어—이를테면, 그녀가 자기 남편이 어떻게 느끼고 어떻게 생각하는지에 대해 한 번이라도 생각해 보았는지 하고 말이에요. 남자들에게는 부인의 그런 점이 오히려 삶을 외롭게 만들거든.”

“아—.” 더못이 말했다.

“그러니까 앞으로는 그의 삶이 덜 외로울 거라 그 말씀이로군요?”

“그는 재혼할 것 같은 느낌이 든다오.” 마플 양이 말했다.

“아마, 이내 그럴걸. 그리고 훨씬 안된 일이기는 하지만, 죽은 자기 부인과 똑같은 타입의 여자랑 하게 될 거예요. 내 말은, 그는 자기보다 성격이 센 사람과 결혼할 거라는 뜻이라우.”

“짚이는 사람이라도 있습니까?” 더못이 말했다.

“내가 아는 사람 중에는 그런 사람이 없어요.” 마플 양이 말했다. 그녀는 유감스러운 듯이 말을 이었다.

“이렇게 아는 게 없으니.”

“저, 무슨 생각을 하고 계신지요?” 더못 크래독이 재촉했다.

“생각하는 데 있어서는 뒤진 적이 한 번도 없지 않습니까.”

“내 생각 같아서는—.” 마플 양이 불쑥 말했다.

“당신이 가서 밴트리 부인을 만나 봐야 될 것 같아요.”

“밴트리 부인이라고요? 그녀가 누군데요? 영화 일을 보시는 분입니까?”

“아니, 그녀는 고싱턴 홀 저택의 동쪽 관리인 별채에서 살고 있어요. 그녀가 그날 그 파티에 참석했었지. 그녀는 한동안 고싱턴 홀 저택에서 살았던 적이 있거든. 그녀와 그녀 남편 밴트리 대령이 말이에요.”

“그분이 그 파티에 갔었다고요? 그래, 뭐, 본 거라도 있답니까?”

“내 생각에는, 그녀는 자기가 직접 본 광경을 당신에게 이야기해 줄 수 있을 거예요. 당신은 그 이야기가 사건과 별반 상관이 없다고 생각할는지도 모르지만, 내 생각에는 어쩌면—어쩌면 말이우, 단서가 될 수도 있어요. 그녀에게 내가 보내서 왔다고 해요—아, 그렇지, ‘레이디 오브 샬럿’ 이야기를 꺼내면 더 이득이 될 거예요.”

더못 크래독은 고개를 아주 약간만 돌리고 쳐다보았다.

“‘레이디 오브 샬럿’이라—.” 그가 말했다.

“무슨 암호문 같군요?”

“글쎄, 그런 식으로 표현해도 될까 모르겠네.” 마플 양이 말했다.

“그렇지만, 그 말을 하면 내 말뜻이 생각날 거예요.”

더못 크래독이 일어섰다.

“다녀오겠습니다.”

“그렇게 해요. 만나서 정말 기쁘구먼.” 마플 양이 말했다.

“시간이 나면 날을 잡아 다시 와서 나와 차라도 한잔 들지 그래요. 아직도 차를 마신다면 말이우.”

그녀는 이 말을 노리고 했다는 듯이 덧붙였다.

“요즘 젊은이들은 음료수 같은 것들을 많이 마시는 걸로 알고 있다오. 거기에 참석했던 사람들은 그날의 오후 차가 아주 시대에 뒤진 일이라고 생각했다는군요.”

“저는 그런 사람들처럼 새파랗게 젊지도 않습니다.” 더못 크래독이 말했다.

“그래요, 수일 내로 날을 잡아서 차를 마시러 오겠습니다. 차를 마시면서 이 얘기 저 얘기도 하고, 동네 이야기도 나누죠. 그런데, 아시는 영화배우라든가 영화사 관계 일을 보는 사람이라도 있습니까?”

“그런 사람은 몰라요. 들은 것 말고는 없어요.”

“부인은 언제나 많은 것을 들으면서 지내시죠.” 더못 크래독이 말했다.

“안녕히 계십시오. 뵙게 되어서 무척 즐거웠습니다.”

3

“아니, 어떻게 아셨어요?” 더못 크래독이 자기를 소개하자, 밴트리 부인이 불시에 당하는 일이라 좀 당황한 듯한 표정으로 말했다.

“만나 뵈니 퍽 흥분이 되는군요. 부하도 없이 혼자서 다니시나?”

“한 사람을 데리고 왔죠.” 크래독이 말했다.

“그렇지만, 그 친구는 다른 일로 좀 바쁩니다.”

“통상적인 정보를 수집하러 다니시느라고?” 밴트리 부인이 기대를 걸며 물었다.

“그런 셈이죠.” 더못이 침착하게 말했다.

“그러니까, 제인 마플이 당신을 내게로 보냈군요.” 밴트리 부인이 조그만 응접실로 그를 안내해 데리고 들어가면서 말했다.

“꽃꽂이를 좀 하고 있던 참이었어요. 아무리 잘 해보려 해도 되지 않는 날이 있다우. 잘 서지도 않고, 제대로 눕혀지지도 않는다니까. 짜증이 나던 차에 기분 전환거리가 생긴 것 같아요. 얼마나 고마운지 모르겠어요. 게다가, 특히나 그렇게도 흥미 있는 사건이니. 그러니까, 그건 진짜로 살인이었죠, 그렇죠?”

“부인은 그것을 살인이라 생각하십니까?”

“뭐 사고로 간주할 수도 있겠지요. 공식적으로는 아무도 그에 대해 명확한 결론을 내리지 않았어요. 증거를 제시한 사람이 아무도 없을 뿐만 아니라, 독이 어떤 경로로 주입되었는지도 모르니 어안이 벙벙할 수밖에요. 그래도 우리는 그것은 분명히 살인이라고 얘기하고 있죠.”

“그러면, 누가 그 짓을 했을까요?”

“그것이 사건의 괴이한 점이에요. 우리는 몰라요. 왜냐하면, 누가 그 짓을 했을지 나 자신도 감이 안 잡히니까요.”

“단적으로 말해서—그러니까 겉으로 드러난 상황으로 봐서는 누가 그런 짓을 저질렀는지를 모르겠다는 말씀이십니까?”

“그러니까, 아니, 그런 건 아니고요. 어렵기야 하겠지만 불가능한 건 아니겠죠. 아니, 내가 말하는 건 누가 과연 그렇게 되는 걸 원했는지 모르겠다는 뜻이에요.”

“부인 생각엔 히더 베드콕을 죽이려고 할 만한 사람이 아무도 없다는 말씀이십니까?”

“솔직히 말해서 그래요.” 밴트리 부인이 말했다.

“누가 히더 베드콕을 죽이려고 했는지 전혀 짐작이 안 가요. 아시는지 모르지만, 나는 개인적인 일로 그녀를 몇 번인가 만난 적이 있답니다. 소녀단 일과 세인트 존 앰뷸런스 협회 일과 기타 여러 가지 교구 일로요. 그러면서 그녀가 사람을 좀 피곤하게 만드는 타입의 여자라는 걸 알게 됐죠. 매사에 적극적이고 말이 좀 많은 데다, 감정 표현이 좀 지나친 데가 있는 사람이었어요. 그렇지만, 어느 누가 그걸 이유로 죽이려 했겠어요. 하지만, 어떻든 그녀는 그런 종류의 여자였죠. 옛날로 따지자면, 만일 그런 사람이 대문에 모습을 비추는 걸 보면 얼른 하녀에게로 가서 이렇게 시키곤 했답니다(당시에는 무슨 관례처럼 우리는 그렇게 하곤 했죠). 하녀에게, ‘집에 없다고 그래.’ 아니면, ‘찾아오는 사람이 있으면 없다고 해.’라고 시키죠. 양심의 가책을 받으면서도 말이에요.”

“그러니까, 베드콕 부인을 피하기 위해 이리저리 애를 쓰기는 하지만, 그녀를 영원히 제거해 버리고 싶은 충동을 일으킬 만한 사람은 없다는 말씀이로군요?”

“아주 잘 말씀하셨어요.” 밴트리 부인이 머리를 끄덕이며 말했다.

“그녀는 이렇다 할 재산이 없었습니다.” 더못이 생각에 잠긴 채로 말했다.

“그러니까, 그녀의 죽음으로 재산을 얻게 될 사람은 없다는 말입니다. 사람들이 그녀를 싫어하기는 했지만 증오의 수준은 아니었지요. 그녀는 남을 위협할 만한 사람도 아닐 듯싶은데요?”

“그런 건 꿈도 못 꿔 볼 여자예요. 그건 내가 확신해요. 그녀는 양심적이고도 고매한 주의를 가진 사람이었는걸요.”

“그럼, 그녀의 남편은 다른 사람들과 관계된 일이 없었습니까?”

“나는 그런 건 전혀 모르고 있어요.” 밴트리 부인이 말했다.

“난 그를 파티에서 처음 봤죠. 그는 좀 주눅이 든 사람처럼 보이더군요. 좋은 사람이기는 했지만 좀 나약한 것 같았지.”

“단서가 될 만한 것이 별로 없겠군요?” 더못 크래독이 말했다.

“자칫 그녀가 뭔가를 알고 있었다는 가정 쪽으로 기울겠습니다.”

“뭔가를 알고 있었다니……?”

“어떤 사람에게 불리한 것을 말입니다.”

밴트리 부인이 또 한 번 머리를 저었다.

“글쎄요. 정말 그럴까요. 그녀가 어떤 사람에 관해서 뭔가를 알고 있었다면, 그 말을 안 하고는 못 배길 사람인 걸로 내 머리엔 인식되어 있는데.”

“그렇다면, 그 가정은 필요가 없겠군요.” 더못 크래독이 말했다.

“부인의 도움이 필요하게 되면 다시 찾아뵙겠습니다. 제가 존경해 마지않는 마플 양께서 이르시기를, 부인께 ‘레이디 오브 샬럿’ 얘기를 물어보라고 하시더군요.”

“오, 그거!” 밴트리 부인이 말했다.

“그렇습니다.” 크래독이 말했다.

“그거라뇨! 그것이 대관절 뭔가요?”

“요즈음 사람들은 별로 테니슨의 시를 읽지 않죠.” 밴트리 부인이 말했다.

“몇몇 후렴구가 생각이 납니다.” 더못 크래독이 말했다.

“‘그녀는 카멜롯을 향해 시선을 모았다’였지요?

‘거미줄이 넓게 쳐졌도다.

거울은 반쪽으로 깨졌도다.

“나에게 저주가 내렸어.”

하고 레이디 샬럿이 울부짖었도다.’”

“바로 그거예요. 그녀가 그랬어요.” 밴트리 부인이 말했다.

“무슨 말씀이신지요? 누가 그랬다는 겁니까? 무엇을 그랬다는 겁니까?”

“그런 식으로 쳐다봤어요.” 밴트리 부인이 말했다.

“누가 그런 식으로 쳐다보았습니까?”

“마리나 그레그가요.”

“아, 마리나 그레그. 언제 그랬습니까?”

“마플 양이 얘기해 주지 않았나요?”

“아무것도 들려주지 않았습니다. 저를 이리로 가보라고 하시더군요.”

“그럴 필요가 없었는데.” 밴트리 부인이 말했다.

“그녀가 나보다 훨씬 이야기를 잘할 수 있거든요. 우리 남편은 항상 내가 하도 아둔해서, 내가 하는 말을 잘 알아들을 수가 없다고 말하곤 했답니다. 어쩌면 나만 그렇게 봤을 수도 있어요. 그렇지만, 누가 그런 눈길로 보는 것을 당신도 보게 된다면, 그 기억을 떨칠 수가 없을 거예요.”

“자세히 좀 말씀해 주시지요.” 더못 크래독이 말했다.

“그러니까, 파티에서였어요. 나는 그것을 파티라 부르는데, 달리 뭐라고 부르는지요? 그렇지만, 그것은 계단 꼭대기에 있는 움푹 들어간 마루방에서 벌어진 리셉션 같은 것이었지요. 마리나 그레그가 거기 있었고 그녀 남편도 있었죠. 그들이 우리들 몇 명을 안으로 불러 모았어요. 그들이 나를 부른 것은 내가 한때 그 집 주인이었기 때문이었고, 히더 베드콕과 그 남편을 부른 것은 그녀가 그 협회의 제반사항을 도맡아 처리했기 때문이었어요. 그리고 우리는 우연히도 거의 같은 시각에 계단을 올라가게 되어서, 그 바람에 나는 거기 서 있으면서 그것을 보게 된 거예요.”

“그랬군요. 보신 게 무엇이었나요?”

“그러니까, 사람들이 축하 파티에 접했을 때 하게 되는 예의 그 의례적인 이야기를 베드콕 부인이 과장되게 주절주절 늘어놓고 있었어요. 뻔하지만 파티가 얼마나 훌륭한지, 기차게 재미있다든지 하면서 만나 뵙기를 언제나 바라마지 않았었노라 하는 것 말이에요. 그러고는 몇 해 전에 자기가 그녀를 한 번 만난 적이 있었는데, 그때 얼마나 흥분했었는지 모른다는 이야기를 끊임없이 늘어놓기 시작하더군요. 그래서, 나는 마음속으로 생각했더랬어요. 가엾은 유명인들—일일이 상대방이 늘어놓는 얘기를 다 들어줘야 하니 얼마나 지루할까 하고요. 바로 그때 나는 마리나 그레그가 제대로 대꾸하지 않는다는 점을 주목했죠. 그녀는 그저 바라볼 뿐이었어요.”

“바라보다니—베드콕 부인을요?”

“아니—그게 아니고요, 그 눈길은 마치 베드콕 부인 따위는 안중에도 없다는 듯한 시선이었어요. 내 말은, 그녀가 베드콕 부인이 뭐라고 떠드는지에 대해 눈도 하나 까딱하지 않았다는 뜻이에요. 그녀는 그러니까, 내가 레이디 샬럿의 눈길이라 말하는 그러한 눈길로 바라보고 있었던 거예요. 뭔가 안 좋은 것을 봤다는 듯이 말이에요. 뭔가 질린 듯한, 자기가 본 것이 믿기지 않는다는 듯, 더 이상 쳐다볼 수가 없다는 듯한 표정이었어요.”

“‘나에게 저주가 내렸어?’” 더못 크래독이 말을 거들었다.

“그래요, 바로 그거예요. 그 바람에 내가 그것을 레이디 샬럿의 표정이라 부르는 거예요.”

“그런데, 그녀가 바라본 것은 무엇이었습니까, 밴트리 부인?”

“글쎄, 나도 그게 궁금해요.” 밴트리 부인이 말했다.

“그녀가 계단 꼭대기에 서 있었다고 하셨던가요?”

“그녀는 베드콕 부인의 머리 너머를 응시하고 있었어요—아니, 하여튼 어깨를 훨씬 넘었다고 생각해요.”

“계단 중간쯤에 서서요?”

“한쪽 면만 바라봤지 싶어요.”

“그때 계단을 올라오는 사람이 있었습니까?”

“그럼요, 한 대여섯 명 가량이었다고 생각해요.”

“그녀가 그 사람들 중 하나를 유독 쳐다본 것은 아닐까요?”

“그런 것 같지는 않아요.” 밴트리 부인이 말했다.

“나는 그쪽으로 마주 보고 있지 않았거든요. 나는 그녀만 쳐다보고 있었어요. 계단을 등지고서 말이에요. 내 생각에는 그녀가 벽에 걸린 그림을 쳐다보고 있었던 것 같았어요.”

“만일 그녀가 그 집에서 생활한다면 자기 집 그림들에 대해서는 훤히 알아야 되지 않습니까?”

"그럼요, 그럼요. 물론 그래야지요. 아니, 그녀는 어떤 사람을 쳐다본 것 같기도 하군요. 그게 아닐까 싶어요."

"꼭 알아내야 합니다." 더못 크래독이 말했다.

"누구누구가 있었는지 모두 기억할 수 있겠습니까?"

"그러니까, 내가 알기로는 그중의 한 사람은 시장이었고, 그의 부인도 와 있었어요. 기자라고 생각되는 사람도 있었는데, 붉은 머리였어요. 나중에 그와 인사를 하기는 했지만, 그 사람 이름은 생각이 안 나는군요. 나는 늘상 이름을 잘못 알아듣거든요. 갤브레이스─뭐 그런 것이었는데. 그리고 덩치 큰 시커먼 남자가 한 사람 있었어요. 흑인이라는 건 아니고, 그냥 매우 검고 위압적인 인상이어서 그렇다는 말이에요. 그리고 여배우가 그와 함께 있었고요. 아주 화려한 금발에다 매력적인 타입이었지요. 그리고 머치 벤햄에서 온 반스테이플 노장군이 있었고요. 그는 지금은 노망기가 있는 게 확실한 불쌍한 노인네예요. 그 같은 사람이 그 누구에게라도 저주를 내릴 리가 있겠어요? 오! 농장에서 온 그리스 부부도 있었죠."

"그 사람들이 기억할 수 있는 모두입니까?"

"저, 다른 사람들도 있었을지 몰라요. 그렇지만, 아시겠지만 나는 잘─말하자면, 나는 특별히 신경을 써서 보지는 않았다는 말이에요. 시장과 반스테이플 장군과 미국 사람들이 그 시각에 도착했다는 건 알아요. 카메라맨들도 있었고요. 한 사람은 이 지역 남자인 걸로 기억되고, 런던에서 긴 머리에 좀 커다란 카메라를 가진 사진작가처럼 보이는 여자도 한 사람 있었어요."

"마리나 그레그로 하여금 그런 표정을 짓게 한 사람이 이 중 하나일 거라고 생각하시는 겁니까?"

"아뇨, 나는 아무것도 생각지 않았어요." 밴트리 부인이 솔직하게 말했다.

"나는 그저 대관절 뭣 때문에 그녀가 그런 표정을 짓는가가 의아할 따름이었지, 따로 더는 생각해 보지 않았어요. 나중에 가서야 그와 같은 일들이 기억난 거죠. 하지만, 물론─" 밴트리 부인이 정직하게 덧붙였다.

"내 상상력의 소산일 수도 있어요. 실은 그녀가 갑자기 골머리가 쑤셨다거나, 안전핀에 찔렸다거나, 아니면 갑자기 배가 아팠을지도 모르죠. 그런 일이 일어나면 사람들이 아무렇지도 않은 듯 평상시처럼 자연스런 태도를 꾸미려고 해도 표정에 나타나는 건 어쩔 수가 없잖아요"

더못 크래독이 웃어젖혔다.

"현실주의자이신 것을 확인하니 기쁩니다, 밴트리 부인. 그렇지만 그것이야 말로 별게 아니긴 해도 해결의 핵심이 되는 중요한 사실일 수도 있죠"

그는 악수를 하고 나서 머치 벤햄에 자신의 공무수행 증명서를 제출하러 떠났다.

제9장

1

"그러니까 이 지역에서 한 수사는 백지상태라 이 말이오?" 크래독이 담뱃갑을 프랭크 코니쉬에게 내밀며 말했다.

"전적으로 그렇습니다." 코니쉬가 말했다.

"원한을 살 만한 사람도 없었고, 싸움한 적도 없었고, 남편과는 사이가 좋았습니다."

"내연의 처라든가, 혹 남편이라든가 그런 건 없었소?"

상대방이 머리를 흔들었다.

"그런 점은 전혀 없었습니다. 스캔들이 있었던 흔적은 하나도 없어요. 그녀는 색스러운 여자는 아니었나 봅니다. 그녀는 여러 위원회 같은 데 소속하고 있어서 지역적으로 약간의 경쟁 관계가 있긴 했습니다만, 결코 그 이상은 아니었어요."

"그 남편이 결혼하려고 했던 다른 여성은 없었소? 그가 일하던 직장에서는 아무도 없었는가 말이오."

"그는 비틀 러셀 사(社)에서 근무하고 있는데, 부동산 중개와 감정 일을 보는 회사입니다. 그 회사에는 선증식 비대증에 걸린 플로리 웨스트라는 여자가 있고, 그런들 양이라는 여자도 있는데, 적어도 쉰 살은 된 데다 건초더미만큼이나 무미건조한 여자들이지요—남자를 흥분시킬 소지는 거의 없는 여자들입니다. 그런 사실에도 불구하고 그가 곧 재혼을 한다 해도 나는 놀라지 않을 겁니다."

크래독은 흥미 있다는 표정이었다.

"이웃이 하나 있는데요—." 코니쉬가 말했다.

"과부죠. 내가 조서를 꾸미려고 그 사람 집에 가보니, 그녀가 미리 와서 있다가 그에게 차도 끓여주고 이것저것 신경도 써주더군요. 그는 처음엔 놀란 듯한 표정이더니, 곧 고마워하는 것 같습디다. 굳이 말하자면, 그녀는 그와 결혼하기로 마음을 먹은 듯했는데, 그는 그 사실을 아직 눈치채지 못한 것 같더군요. 좀 눈치가 없는 친구예요.”

“그녀는 어떤 타입의 여자였소?”

“멋있게 생겼더군요.” 코니쉬가 대답했다.

“젊지는 않았지만, 매력적인 집시 같은 분위기를 풍기더군요. 교양도 있고 검은 눈동자를 갖고 있었죠.”

“그녀의 이름은?”

“베인. 베인 부인이었습니다. 메리 베인이라던가요. 과부라더군요.”

“남편은 뭐하던 사람이었답니까?”

“전혀 알려진 바가 없어요. 이 근처 어디 직장에 나가는 아들이 있는데, 함께 산다더군요. 꽤 차분하고 품위 있는 여자처럼 보였습니다. 그런데, 사실은 그녀를 어디선가 본 듯한 느낌이 드는 겁니다.” 그는 시계를 들여다보았다.

“12시 10분 전이로군요. 12시에 고싱턴 홀 저택에 가겠노라고 미리 약속을 정해 놨습니다. 지금 출발하는 게 낫겠습니다.”

2

더못 크래독의 눈길은 언제나 부드럽고 무관심해 보였으나, 실제로는 고싱턴 홀 저택의 외관을 샅샅이 머릿속에 새겨 놓았다. 코니쉬 경감이 그를 그리로 데리고 가서 헤일리 프레스턴이라 하는 젊은 남자에게 소개한 뒤 자기는 의도적으로 그 자리를 피했다. 그때부터 더못 크래독은 프레스턴의 입에서 쏟아져 나오는 말을 들으면서 중간중간 신중히 머리를 끄덕였다. 헤일리 프레스턴이란 사람은 제이슨 러드의 사업관계 일을 본다거나, 대인관계에 관한 업무, 혹은 사적인 일을 보는 비서, 아니면 그 세 가지 일을 다 겸하는 사람일 거라고 생각했다. 그는 청산유수같이 말을 잘했다. 그는 담담한 어조로 장황하고 거침없이 이야기를 하면서도, 놀랍게도 같은 말을 한 번도 되풀이하지 않는 것이었다. 그는 호감이 가는 젊은이로, 이 최고로 살기 좋은 세상에서 일어나는 모든 일은 하나님의 주관에 의한 것이라는, 마치 팡글로 박사(볼테르의 《캉디드》에 나오는 낙천적인 가정교사 겸 철학자)를 연상시키는 사람으로서, 자신과 같은 생각을 남들에게도 심어 주려고 애쓰는 것 같았다. 그는 여러 차례 말을 바꾸어 이렇게 말했다. 이 얼마나 끔찍한 일이냐? 마리나 그레그가 낙담하여 찌그리고 있는 모습이 얼마나 측은한지, 또 러드 씨가 당황해 하는 것은 자기가 말로도 표현할 수 없다. 사실 자기로서도 그런 일이 벌어지면 어떻게 대처해 나가야 할지 모를 것이며, 아마도 그런 일이 벌어진 것은 어떤 특이한 종류의 물질에 대한 알레르기 반응 같은 것이 아니겠느냐는 것이다. 그것은 자기 생각뿐이지만, 알레르기 반응은 정말 알다가고 모를 일이다. 크래독 주임 경감에게는 헬링퍼스 촬영소라든가 기타 그 스탭진들도 가능한 모든 단서를 제공해 줄 것이다. 자기에게 아무 거라도 물어보시고, 또 보고 싶은 것이 있으면 모쪼록 얘기만 하시라는 것이다. 시킬 일이 있으면 무엇이든지 얘기하시고 그들은 베드콕 부인을 몹시 존경할 뿐만 아니라, 그녀의 지칠 줄 모르는 사회적인 활동과 세인트 존 앰뷸런스 협회에서 일한 그녀의 노고에 대해서 아낌없이 칭찬해 주고 싶다는 것이었다.

그는 다시금 이야기를 시작했는데, 같은 말을 반복하는 것은 아니었지만 주제는 똑같았다. 그녀처럼 남을 도와주려고 그렇게 열심인 사람은 찾아보려야 찾아볼 수조차 없었을 것이며, 동시에 그는 그 폐쇄적인 세계인 촬영소는 이번 사건과는 거의 관계가 없을 거라고 열심히 얘기해 나갔다. 그리고 제이슨 러드와 마리나 그레그나 집에 있는 그 누구라도 마찬가지로, 반드시 도울 수 있는 한 힘껏 최선을 다해 도울 거라고 했다. 그런 뒤 그는 머리를 수없이 부드럽게 끄덕였다. 더못 크래독은 대화가 끊긴 사이를 놓치지 않고 말했다.

"대단히 감사합니다."

조용하게 한 말이긴 했지만, 딱 잘라 말하는 어조에 헤일리 프레스턴은 더 이상 아무 말도 할 수 없었다.

"그런데—?" 뭔가 묻는 듯한 침묵이 잠시 감돌았다.

"내가 뭘 물어 봐도 좋다고 말씀하셨지요?"

“그렇고말고요. 괘념치 마시고 물어보십시오.”

“여기가 그녀가 죽은 곳입니까?”

“베드콕 부인 말입니까?”

“그렇습니다. 여기가 거깁니까?”

“예, 맞습니다. 바로 여깁니다. 그 의자 정도라면 최소한 내가 보여 드릴 수도 있습니다.”

그들은 층계 꼭대기의 움푹 들어간 넓은 마루 위에 서 있었다. 헤일리 프레스턴은 복도를 따라 잠깐 걸어가더니, 어딘지 가짜처럼 보이는 참나무로 만든 팔걸이의자를 가리켰다.

“그녀는 바로 저기에 앉아 있었습니다.” 그가 말했다.

“그녀는 상태가 좀 좋지 않다고 했지요. 그녀에게 뭘 좀 갖다 주려고 누군가가 갔는데, 바로 그 직후에 그녀는 죽은 겁니다. 바로 거기서요.”

“알겠습니다.”

“최근에 그녀가 의사를 만나 봤는지 모르겠군요. 심장에 이상이 있다는 진단이라도 받았다면―.”

“심장에는 아무런 이상이 없었습니다.” 더못 크래독이 말했다.

“그녀는 건강한 여자였습니다. 정식 명칭은 생략하기로 하고, 일반적으로 ‘칼모’로 통하는 모양인데, 그녀는 그 약을 정량보다 6배나 더 많이 복용함으로써 죽은 겁니다.”

“나도 압니다, 알고 있습니다.” 헤일리 프레스턴이 말했다.

“나도 가끔 먹을 때가 있지요.”

“정말입니까? 그것참 재미있군요. 복용하시고 그 결과가 좋았습니까?”

“놀랍습니다. 놀랍고말고요. 기운이 나게 하면서 마음을 착 가라앉혀 주죠. 내가 하는 말이 무슨 뜻인지 아신다면 말입니다.” 그가 덧붙였다.

“경감님도 양을 적당히 해서 드셔 보시죠.”

“이 집에 그 물건이 들어오고 있습니까?”

그는 질문의 답을 알고 있었지만, 짐짓 모르는 체하고 물었다. 헤일리 프레스턴의 대답은 아주 솔직했다.

"아주 다량입니다. 이곳 욕실 선반마다 한 병씩은 비치되어 있을 겁니다."

"그렇다고 해서 우리 일이 덜어지지는 않겠군요."

"물론 그렇겠죠. 그녀도 전부터 복용해 왔는지 모르잖습니까. 그러다가 갑자기 알레르기 반응을 일으킨 건 아닐까요?"

크래독은 믿지 못하겠다는 표정이었다.

헤일리 프레스턴이 한숨을 쉬며 말했다.

"정말 그렇게 많은 양을 먹은 것이 확실합니까?"

"그럼요. 치사량인 데다가 베드콕 부인은 그런 종류의 약은 복용하지 않았습니다. 우리가 알아낸 한도에서 그녀가 한 번이라도 복용한 것은 중탄산소다나 아스피린 정도였습니다."

헤일리 프레스턴이 머리를 끄덕이며 말했다.

"문제는 문제로군요. 애로사항이 많겠습니다."

"러드 씨와 그레그 양은 어디서 손님들을 접대했습니까?"

"바로 여기였습니다." 헤일리 프레스턴은 계단 꼭대기의 한 지점에 올라가 섰다.

크래독 주임경감이 그 옆에 섰다. 그는 그 반대편 벽을 쳐다보았다. 벽 중앙에는 이탈리아 화가가 그린 성모 마리아와 아기 예수 그림이 걸려 있었다. 잘 알려진 그림의 아주 훌륭한 복사화라는 느낌을 받았다. 푸른 옷을 걸친 성모 마리아가 위로 아기 예수를 안아 들었고, 아기와 어머니가 모두 웃고 있었다. 양쪽으로는 사람들이 조그맣게 무리지어 서 있었는데, 그들의 눈길은 아기 예수를 우러러보고 있었다. 정말 성스러워 뵈는 성모 마리아 그림 중 하나라고 그는 생각했다. 이 그림 양편에는 폭이 좁은 유리창이 두 개 있었다. 전체적인 효과가 그저 그만이어서, 그에게는 도무지 한 여자로 하여금 자기에게 저주가 내렸다는 레이디 샬럿 같은 표정을 짓게 할 만한 것이 없어 보였다.

"당연히 계단을 올라오는 사람들도 있었겠지요?" 그가 물었다.

"그렇습니다. 몇 사람씩 올라왔었지요. 한 번에 많은 사람이 오지는 않았습니다. 제가 몇 사람을 안내해 오고, 엘라 질린스키가(그녀는 러드 씨의 비서인데) 나머지 사람들은 몇 분 모시고 왔죠. 우리는 시종일관 즐거우면서도 격의 없는 리셉션이 되길 원했거든요.”

“베드콕 부인이 올라왔을 때 당신도 여기 있었습니까?”

“말씀드리기 죄송합니다만, 크래독 경감님, 기억이 안 나는군요. 저는 손님 명단을 들고 다니면서 그 사람들을 모셔오기에 바빴습니다. 손님들에게 마실 것이 있는 데로 안내해 드리고는, 밖에 나가서 그다음 사람들을 모시고 왔지요. 그 당시 베드콕 부인이 제 눈에 띄었는지 저는 모르겠습니다. 게다가, 그녀는 제가 모셔올 명단에는 들어 있지 않았습니다.”

“밴트리 부인에 대해서는 뭐 좀 아십니까?”

“아, 예, 그분은 이 집의 옛날 소유자였습니다. 제 말이 맞을걸요. 그분과 베드콕 씨 부부가 거의 동시에 온 걸로 제겐 기억됩니다만.” 그가 말을 끊었다.

“그리고 바로 그때 시장이 오셨지요. 그분은 옷에 커다란 체인(관직의 표시로 목에 건다)을 달았고, 부인은 프릴이 달린 감청색 옷을 입고 있었습니다. 그분들은 다 생각이 납니다만, 술을 따라 드리지는 않았습니다. 왜냐하면, 내려가서 다음 손님을 모셔와야 했으니까요.”

“누가 그분들께 술을 따라 주었습니까?”

“저, 정확하게는 말씀 못 드리겠는데요. 우리 중 서너 사람이 바삐 움직이고 있었으니까요. 제가 막 계단을 내려가려던 그 순간 시장님이 오셨습니다.”

“내려가실 때 계단을 올라오던 또 다른 사람은 기억나시는 분이 없습니까?”

“짐 갤브레이스가 있었어요. 이번 일을 취재하러 온 신문사 기자였죠. 그 외 서너 사람이 더 있었는데, 제가 모르는 분들이었습니다. 사진사가 두 명 있었는데 한 사람은 이곳 사람으로, 이름은 모르겠고요, 한 사람은 런던에서 온 사진작가 같았는데, 이상한 각도에서 사진을 특이하게 찍더군요. 그녀의 카메라는 한쪽 구석에 똑바로 세워져 있었는데, 마리나 그레그가 손님들을 접견하는 모습을 담으려고 그랬나 봅니다. 아, 생각해 보니 그때가 아드윅 펜이 도착한 때가 아니었나 싶군요.”

“아드윅 펜이라니 누굽니까?”

헤일리 프레스턴은 의외라는 듯한 표정을 지어 보였다.

“그는 대단한 거물입니다. 텔레비전과 영화계의 대부격이죠. 우리는 그가 이나라에 와 있는지조차 몰랐습니다."

"그의 출현이 놀라웠다는 말입니까?"

"그렇다고 말할 수 있겠죠." 프레스턴이 말했다.

"그가 와준 것이 좋았기도 했거니와, 전혀 예기치 못한 것이기도 했습니다."

"그는 그레그 양과 러드 씨의 옛 친구입니까?"

"그는 꽤 오래전에, 마리나가 두 번째 남편과 결혼할 당시 그녀와 가까운 사이였다고 합니다. 저는 제이슨 씨가 그를 어떻게 그렇게 잘 아는지는 모르겠습니다."

"아무튼, 그가 여기에 온 것이 기분 좋게 놀라운 것이었습니까?"

"바로 그랬습니다. 우리는 모두가 기뻐했습니다."

크래독이 머리를 끄덕이며 그 주제에서 다른 주제로 옮아갔다. 그는 마실 것에 대해서 그 내용물이라든가, 어떤 식으로 돌려졌는지, 누가 돌렸는지, 어떤 하인과 어떤 임시 고용인이 그 일을 맡아 했는지 세세하게 질문을 펴나갔다. 코니쉬 경감이 이미 힌트를 준 바와 같이, 30명의 사람들 중 한 사람이 히더 베드콕을 손쉽게 독살할 수가 있었다고 한다면, 동시에 30명 중 한 사람은 그 광경을 쉽게 목격할 수도 있지 않았을까?

"감사합니다." 마침내 그가 질문을 마쳤다.

"저, 이제 가능하다면 마리나 그레그 양과 얘기를 나누고 싶습니다만."

헤일리 프레스턴이 머리를 저으며 말했다.

"죄송합니다. 정말로 안됐습니다만 그건 불가능합니다."

크래독의 눈썹이 치켜 올라갔다.

"그렇습니까!"

"그분은 지쳐 있습니다. 완전히 녹초가 되어 있어요. 주치의가 와서 그녀를 돌봐 주고 있습니다. 그분이 진단서를 써 주었지요. 제가 여기 가지고 있어요. 그것을 보여 드리겠습니다."

크래독이 그것을 받아서 읽었다.

"알겠습니다. 마리나 그레그 양에겐 언제나 주치의가 붙어 있습니까?"

"모든 영화배우들은 항상 초긴장상태에 놓여 있습니다. 그러한 생활은 굉장히 긴장을 요하니까요. 일반적으로 거물급 스타들에게 있어서 그들의 체질과 신경관계를 잘 알고 있는 전용 주치의가 붙어 있는 건 아주 바람직한 일이지요. 모리스 길크리스트 의사는 평판이 자자한 사람이죠. 그는 마리나 그레그 양을 여러 해 동안 돌봐 주고 있습니다. 알고 계신지 모르겠습니다만, 그레그 양은 지난 몇 년간 말할 수 없이 몸이 안 좋았거든요. 오랫동안 병원 신세를 지고 있었으니까요. 기운을 되찾고 건강을 회복한 것이 이제 겨우 1년 남짓입니다.”

“아, 그렇군요.”

헤일리 프레스턴은 크래독이 더 이상의 부탁을 하지 않는 것에 안심한 듯이 보였다.

“러드 씨는 만나 보시지 않겠습니까?” 그가 제안하고 나섰다.

“그분은 곧—.” 그는 시계를 들여다보았다.

“촬영소에서 10분 뒤면 돌아오실 텐데, 괜찮다면 만나고 가시지요.”

“그럴 수 있으면 정말 좋겠습니다.” 크래독이 말했다.

“길크리스트 의사는 안에 있는지요?”

“계십니다.”

“그렇다면 얘기를 나누고 싶습니다.”

“여부 있겠습니까. 즉시 모시고 오겠습니다.”

그 젊은 남자는 부산하게 나갔다. 더못 크래독은 생각에 잠긴 채 계단 맨 위에 서 있었다. 물론 밴트리 부인이 묘사한, 그 얼어붙은 시선은 순전히 그녀의 상상력에 불과할지도 모른다. 그녀는 그의 생각에 성급히 결론에 도달하는 여자로 보였다. 아니, 그녀가 내린 결론이 옳을지도 모른다는 생각도 들었다. 자기에게 내린 저주를 꿰뚫어 보는 레이디 샬럿 같은 눈길까지는 가지 않았더라도, 마리나 그레그는 자기를 짜증 나게 하고 화나게 하는 뭔가를 봤을 수도 있다. 어떤 이유로 인하여 그녀로 하여금 자기가 얘기를 나누고 있는 손님에게 정성을 다하지 못하도록 했을 수도 있다. 누군가가 그 계단을 밟고 올라오고 있었는데, 어쩌면 그 사람은 기대 밖의 손님이었을 수도 있다—불청객이었나?

　그는 발소리에 몸을 돌렸다. 헤일리 프레스턴이 모리스 길크리스트 의사와 함께 그 뒤에 서 있었다. 길크리스트 의사는 더못 크래독이 상상했던 것과는 영 딴판이었다. 환자를 대하는 의사의 태도로서는 점잖지 않았고, 외모로 보아도 거드름 피우는 것이 역력했다. 그는 겉으로 봐서는 붙임성이 없으나, 따뜻하며 평범한 사람처럼 보였다. 그는 트위드 옷을 입었는데 영국 사람들 생각으로는 좀 화려해 보이는 트위드 천이었다. 그는 텁수룩한 갈색머리에 기민하고도 날카로운 검은 눈을 갖고 있었다.

　"길크리스트 박사님이십니까? 나는 주임경감 더못 크래독입니다. 사적으로 몇 말씀 나눌 수 있겠습니까?"

　의사는 고개를 끄덕였다. 그는 몸을 돌려 복도를 따라 죽 걸어가더니, 거의 끝에 다다라서야 문을 열고 크래독이 들어가게끔 해주었다.

　"여기 있으면 아무도 우리를 방해하지 않을 겁니다." 그가 말했다.

　그것은 아마도 의사의 침실인 모양인데, 아주 편리하게 꾸며져 있었다. 길크리스트 의사는 크래독에게 의자를 권하면서 자기도 앉았다.

　"내가 듣기로는―." 크래독이 말을 꺼냈다.

　"박사님 지시에 따라 마리나 그레그와 만나는 게 불가능하다더군요. 그녀에게 무슨 문제가 있습니까, 박사님?"

　길크리스트는 아주 가볍게 어깨를 으쓱하더니 말했다.

　"신경성입니다. 지금 그녀에게 질문을 하시면 그녀는 10분 내로 히스테리 상태에 빠지게 될 겁니다. 그래서 그것은 허락할 수가 없어요. 내게 경찰의(警察醫)를 보내시면 기꺼이 그분에게 내 의견을 알려 드리겠습니다. 같은 이유로 해서, 그녀는 검시 배심에도 참석하기가 불가능했던 겁니다."

　"얼마나 오랫동안 그런 상태가 지속될 것 같습니까?" 크래독이 물었다.

　길크리스트 박사는 그를 쳐다보더니 싱긋 웃었다. 호감이 가는 미소였다.

　"내 의견을 듣고 싶으시다면―." 그가 말했다.

　"인간적인 의견을, 즉 의학적이 아닌 것으로 말입니다. 48시간도 못 되어 그녀는 기꺼이 그러겠다고 할 뿐만 아니라, 먼저 경감님을 만나 뵙고자까지 할 겁니다! 그녀는 질문에 무리 없이 응할 겁니다. 그들은 그런 사람들이니까요!"

그는 상체를 앞으로 숙였다.

"가능한 한 당신이 이해할 수 있도록 설명해 보겠습니다만, 그 사람들은 자신들이 늘상 하는 방식으로 행동하는 경향이 있습니다. 영화 일이라는 것은 끊임없는 긴장의 연속에다, 성공하면 할수록 그런 압박감은 더 심해져 갑니다. 로케이션에 나갔을 때, 촬영할 때는 긴 시간을 요하는 딱딱하고 단조로운 연기를 하게 됩니다. 아침부터 촬영장에 가도 내내 앉아서 기다립니다. 아무리 단막이라도 찍고 또 찍고 합니다.

무대에서 리허설을 한다 치면, 그 극 전체에 다 출연해도 그렇고 단역을 해도 그렇고 처음부터 끝까지 무대에서 하게 되지요. 그것은 연속되는 것이니까 다소나마 인간적이고 의지할 데가 있지요. 그렇지만, 영화를 찍는 데는 모든 것이 연속적인 것과는 거리가 멉니다. 단조롭게 뼈를 깎는 작업이죠. 진을 빼는 일입니다. 물론 호화롭게 생활하고, 약을 먹고, 목욕도 하고, 크림도 바르며, 분도 칠하고, 의사에게 치료도 받고 휴식도 취하며, 파티를 열어 사람들도 만납니다만, 언제나 대중의 눈에 시달리게 되는 거죠. 조용한 자신만의 삶을 누릴 수가 없습니다. 진짜로—결코 누릴 수가 없어요."

"무슨 말씀인지 알아듣겠습니다. 예, 알아듣겠어요." 더못이 말했다.

"또 다른 점도 있습니다." 길크리스트가 계속했다.

"이 직업에 뛰어들고, 특히나 거기에서 성공하게 되면 특이한 체질의 사람이 되는 겁니다. 이것은 내 경험에서 얻은 사실인데, 그들은 얼굴이 두껍지 못합니다. 즉, 어떤 이질감으로 내내 시달리게 되지요. 자신의 무능함에 대한 고민, 남들이 요구하는 만큼 연기할 수 없다는 강박관념 같은 거죠. 사람들은 배우들이 자만심이 강하다고 말합니다. 그건 사실이 아닙니다. 그들은 전혀 우쭐대지 않습니다. 그들은 자신에게 집착하죠, 예, 그렇지만 격려가 필요하지요. 그들은 계속해서 안심시켜 주어야만 합니다. 제이슨 러드에게 물어보세요. 그도 같은 말을 할 겁니다. 그들에게 할 수 있다는 자신감을 불어넣어 줘야 하고, 그들에게 할 수 있다는 확신을 심어 줘야 하며, 한 가지 연기를 놓고 원하는 효과를 얻을 때까지 그들을 몇 번이고 격려해야 합니다. 그런데도 그들은 언제나 자신감을 상실합니다. 바로 그것으로 인해 사람들은 흔히들 쓰는 말로 그들을 규정지어 버리죠. 신경질적이라고요. 지독한 신경질이라고요! 신경질 덩어리가 되는 겁니다. 그리고 그들이 신경질적으로 되면 될수록 일은 더욱 잘하게 되죠."

"그거 재미있군요." 크래독이 말했다.

"아주 재미있는데요." 그는 잠시 말을 끊었다가 다시 이었다.

"하지만, 좀 이해가 안 가는 게 있는데, 어째서 박사님이 그런 얘기를 하시는지—."

"아니, 나는 마리나 그레그가 현재 어떻다 하는 것을 이해시키고자 함이었습니다." 모리스 길크리스트가 말했다.

"틀림없이 그녀의 영화를 보신 적이 있겠지요?"

"멋진 여배우더군요. 훌륭했습니다. 그녀는 개성도 있고, 아름답고, 공감을 주는 면도 갖고 있습니다." 더못이 말했다.

"그렇습니다." 길크리스트가 말했다.

"그녀는 그 모든 것을 갖추고 있습니다. 그리고 그녀는 자기 이미지를 효과적으로 표출하기 위해서 결사적으로 일에 매달리죠. 그 때문에 그녀의 신경줄이 하나하나 끊어져 나가게 되니까, 그녀는 실제로 신체적으로 봐서는 강인한 편이 못 됩니다. 그녀는 자주 절망과 환희 사이를 오락가락하는 체질입니다. 그녀로서도 어쩔 수가 없어요. 그렇게 타고났으니까. 그녀는 이제까지 살아오면서 굉장한 고통을 당해 왔습니다. 대부분 그 고통의 원인이 자기 자신 탓이지만, 그렇지 않은 부분도 있습니다. 그녀의 결혼생활은 한 번도 행복하지 않았어요. 이번 마지막 것만 빼놓고는 말입니다. 그녀는 지금, 자기를 열렬히 사랑하고 오랫동안 자기를 흠모해 온 남자와 결혼한 겁니다. 그녀는 그 사랑에 자신을 묻고서, 그 속에서 행복한 생활을 하고 있습니다. 최소한 이 순간만큼은 그녀는 행복합니다. 과연 이 모든 것이 얼마나 지속될는지 아무도 예측할 수는 없습니다. 그녀의 문제점 가운데 하나는 자기 삶에서 모든 것이 꿈만 같던 이야기가 현실로 나타나, 더 이상 악순환이 되풀이되지 않으며 다시는 불행하지 않을 그 시간, 그 장소, 그 순간에 마침내 자기가 와 있다고 믿는 겁니다. 또 하나 문제점은, 자기가 불행의 구렁텅이에 빠져 삶이 황폐해지고, 사랑과 행복이 뭔지도 모르고 다시는 재기할 수 없는 지경에 놓이진 않았을까 하고 고민하는 겁니다." 그는 딱딱하게 덧붙였다.

"만일 그녀가 그 두 가지 사이에서 오락가락하는 것을 멈출 수만 있다면 그녀에게는 아주 바람직한 일이죠. 동시에 세상은 유능한 여배우 한 명을 잃게 되는 거고요."

그가 말을 멈추었으나, 더못 크래독은 입을 열지 않았다. 그는 왜 모리스 길크리스트가 그 같은 이야기를 해주었는지가 의아스러울 따름이었다. 마리나 그레그에 대한 이 적나라한 얘기를 왜 내게 해주는 것일까? 길크리스트는 그를 쳐다보고 있었다. 마치 더못 크래독에게 특별한 질문을 하나라도 해보라고 재촉이나 하는 듯한 눈길이었다. 더못은 자기가 해야 할 질문이 어떤 것인지 적이 혼란스러웠다. 마침내 그는 자기 식으로 생각하는 사람 특유의 분위기를 풍기며 띄엄띄엄 말했다.

"여기서 발생한 비극으로 그녀는 매우 당황해 했습니까?"

"그렇습니다." 길크리스트가 말했다.

"거의 부자연스러울 정도로?"

"경우에 따라서겠죠."

"어떤 경우 말입니까?"

"그녀가 당황한 이유에 따라서겠죠."

"추측컨대—." 더못이 나름대로 생각하며 말했다.

"그건 쇼크가 아닐까 싶군요. 파티가 한창 진행되는 도중에 갑작스런 죽음이 발생한 데서 오는—."

그는 상대방의 얼굴에서 거의 반응이 나타나지 않음을 알 수 있었다.

"그게 아니라면—." 그가 계속했다.

"그것보다 더한 문제가 있었을까요?"

"그거야 알 수 없는 일이죠." 길크리스트 의사가 말했다.

"사람들이 어떤 식으로 반응을 보일는지는 아무도 알 수 없습니다. 어느 정도 잘 알고 있다고 자신하는 사람이 있더라도, 언제나 놀라게 마련이지요. 의외로 마리나가 이 사건을 수월하게 극복해 나갈지도 몰라요. 그녀는 마음이 여린 사람이니까요. 그녀는 이렇게 말할는지도 모르죠. ‘저런 가엾어라! 가엾게도, 어쩌다가 이런 비극이 벌어졌을까. 어떻게 이런 일이 일어날 수 있는지 도무지 상상도 안 가.’ 그녀는 진심에서 우러난 마음은 없어도, 동정은 할 수 있을 겁니다. 촬영소 파티 같은 데서도 이따금 사람이 죽곤 하잖습니까. 또는, 그녀는 일이 자기 생각대로 재미있게 진전되지 않으면 무의식적으로 그 일을 가지고(아시겠습니까), 그 사건에서의 자기를 극적으로 표현할는지도 모르지요. 그녀는 그렇게 한 장면 연출하기로 마음먹었을지도 몰라요. 그게 아니면, 어떤 아주 색다른 이유가 있을 수도 있겠죠.”

더못은 과감히 문제에 맞서야겠다고 결심했다.

“당신이 진짜로 뭘 생각하고 있는지 내게 말해 줄 수 있겠습니까?”

“난 모릅니다.” 길크리스트 의사가 말했다.

“확신할 수가 없어요.” 그는 말을 끊었다가 다시 이었다.

“아시겠지만, 직업상의 에티켓이란 것이 있죠. 의사와 환자와의 관계에 있어서 말입니다.”

“그녀가 박사님에게 무슨 말을 했습니까?”

“거기까지는 말할 수 없는데요.”

“마리나 그레그는 그 여자, 히더 베드콕을 알고 있었습니까? 이전에도 만난 적이 있었습니까?”

“그녀가 옛날부터 그 여자를 알고 있었다고는 생각지 않습니다. 아닙니다, 그건 아무 문제가 아닙니다. 정 내게 물으신다면 그건 히더 베드콕과는 아무 상관도 없는 일이라고 말하겠습니다.”

더못이 물었다.

“이것 말입니다, 이 칼모 말이에요. 마리나 그레그가 이것을 복용한 적이 있습니까?”

“달아놓고 살죠, 많이 복용하는 편이에요.” 길크리스트가 말했다.

“이 집에 있는 다른 모든 사람들도 마찬가지입니다.” 그가 덧붙였다.

“엘라 질린스키도 그것을 먹고, 헤일리 프레스턴도 먹고, 대부분 그것을 먹는 셈입니다—지금은 무슨 유행처럼 되었어요. 이러한 약들은 거의가 다 비슷

합니다. 한 가지가 싫증나면 다른 것을 먹어 보죠. 그 결과가 만족스러우면 상황은 확 달라지는 겁니다.”

“상황이 확 달라지다뇨?”

“그러니까, 뭔가가 변한다는 말입니다. 그 약 나름의 독특한 작용을 하게 되는 거죠. 사람을 진정시키고 원기를 북돋워 주고, 그 약이 아니었으면 절대로 할 수 없을 것 같은 일들을 할 수 있다 라고 느끼게 하는 거죠. 나는 어쩔 수 없는 경우에 한해서 그 약을 처방하는데, 양만 맞으면 위험하지는 않습니다. 자신을 잘 감당할 수 없는 사람들에겐 효과적이죠.”

“내가 알고 싶은 것은—.” 더못 크래독이 말했다.

“박사님이 내게 말씀하시고자 하는 바가 무엇인가 하는 점입니다.”

“나도 결정하려고 부단히 애쓰고 있습니다. 내 임무는 과연 무엇인가 하고요. 내게는 두 가지 임무가 있습니다. 의사로서 환자에 대한 의무가 있지요. 자기 환자가 한 이야기는 비밀을 지켜 주어야 합니다. 그렇지만, 또 다른 면도 있을 수 있죠. 환자에게 위험이 따르는 경우를 상상해 볼 수가 있는 겁니다. 그럴 땐 그 위험을 막아 주어야 할 의무가 또 생기게 되는 거죠.”

그가 말을 멈추었다. 크래독은 그를 쳐다보면서 기다렸다.

“좋습니다.” 길크리스트 의사가 말했다.

“이제는 내가 해야 할 일을 결정했습니다. 지금부터 내가 하는 얘기를 비밀에 부쳐 주시기 바랍니다. 물론 동료에게는 다릅니다. 그러나 외부 사람들, 특히 이 집 내부 사람들에게는 안 됩니다. 약속해 주시겠습니까?”

“꼭 맹세를 할 수는 없겠군요.” 크래독이 말했다.

“무슨 일이 어떻게 되어 돌아갈지 모르니까요. 보통 때 같으면 동의할 겁니다. 다시 말해서, 선생님이 내게 뭐라도 정보가 될 만한 것을 제공해 주시는 경우, 나와 동료들만이라도 알고 있어야겠다고 생각하니까요.”

“자, 들어 보세요. 이 이야기가 아무것도 아닐 수도 있어요. 여자들이란 신경이 날카로워졌을 때 멋대로 얘기하는 경향이 있는데, 지금 마리나 그레그가 그런 상태입니다. 지금부터 그녀가 내게 한 말을 들려주겠습니다. 들어 봤자 이렇다 할 내용이 없을 수도 있습니다만.” 길크리스트가 말했다.

“그녀가 뭐라고 했는데요?” 크래독이 물었다.

“그녀는 이 일이 일어난 이후로, 신경이 쇠약해져 있습니다. 그녀가 나를 찾았죠. 나는 진정제를 주었습니다. 그러고는 곁에 앉아서 그녀 손을 잡고는 모든 것이 잘 마무리될 테니 걱정 말라고 했습니다. 그러자 그녀는 깊은 잠에 빠지기 직전에 이렇게 말하더군요. ‘날 노린 것이었어요, 박사님.’”

크래독이 응시했다.

“그녀가 그런 말을 했다고요, 그게 사실입니까? 그러고는요—그다음에는?”

“그녀는 다시는 그 말을 비치지 않았습니다. 내가 한번은 그 점에 대해서 다시 물어보았지요. 그러자 그녀는 회피하더군요. ‘어머, 박사님이 잘못 들으신 게 틀림없어요. 저는 결코 그런 말을 입 밖에 낸 적이 없는걸요. 아마 그 당시 제가 반쯤 정신이 나갔었나 봐요.’”

“그럼, 박사님은 그녀가 진심으로 한 말이라고 생각하십니까?”

“그녀가 한 말은 진심이었어요.” 길크리스트가 말했다.

“정말로 그랬다는 말은 아닙니다만—.” 그가 경고조로 덧붙였다.

“누군가가 독살을 시도했는데 그게 그녀를 노린 건지, 히더 베드콕을 노린 건진 나도 모르겠습니다. 아마도 당신이 나보다야 더 잘 아시겠지요. 내가 자신 있게 말할 수 있는 것은, 마리나 그레그는 그 약이 자기를 노린 것이었다고 생각하고, 또 그렇게 믿고 있다는 사실입니다.”

크래독은 한동안 말이 없었다. 잠시 뒤 그가 입을 열었다.

“감사합니다, 길크리스트 박사님. 내게 해주신 말씀 고맙게 생각하며, 또한 그 뜻도 알 것 같습니다. 마리나 그레그가 한 말이 사실 그대로임이 밝혀지거나, 혹은 사실이 아니라 해도 그녀에게 위험은 여전히 따르는 겁니까?”

“바로 그 점입니다. 그게 바로 중요한 문제입니다.” 길크리스트가 말했다.

“꼭 그럴 것이라는 어떤 근거라도 있습니까?”

“아니오, 없습니다.”

“그녀가 그렇게 생각하게 된 계기가 무엇인지를 모른다는 말씀입니까?”

“모릅니다.”

“감사합니다.” 크래독이 일어났다.

“한 가지만 더 묻겠습니다, 박사님. 그녀가 박사님께 한 말을 남편에게도 했는지 혹시 아십니까?”

천천히 길크리스트는 고개를 저었다. 그리고 말했다.

“아니오. 그 점은 자신합니다. 그녀는 남편에겐 말하지 않았어요.”

그의 눈길과 크래독의 눈길이 잠시 얽히자 그는 고개를 까딱하며 말했다.

“더 이상 내게서 알고 싶은 건 없습니까? 좋습니다. 그럼, 가서 환자를 봐야겠군요. 조만간 그녀와 얘기를 나누실 수 있을 겁니다.”

그가 방을 나가자 크래독은 혼자 남아 회심의 미소를 지으며 아주 나지막이 부드럽게 휘파람을 불었다.

제10장

"제이슨 씨가 지금 막 돌아오셨습니다." 헤일리 프레스턴이 말했다.

"저와 함께 가실까요, 주임경감님. 제가 그분 방으로 모셔다 드리겠습니다."

제이슨 러드가 사용하는 방은 반은 사무실이고 반은 응접실로 꾸며진 것으로, 1층에 자리 잡고 있었다. 편안하되 화려하게 치장된 것은 아니었다. 그 방은 개성이 거의 드러나지 않았고, 사용자의 기호라든가 좋아하는 것에 대한 표식조차 없었다. 제이슨 러드는 앉아 있던 책상에서 일어나 더못을 맞이하러 앞으로 나왔다. 더못은 이 방이 개성을 지닌다는 것은 불필요하다는 생각이 들었다. 그 방 주인 자체가 너무도 개성이 뚜렷했기 때문이다. 헤일리 프레스턴은 업무에 유능한 달변의 떠버리였다. 길크리스트는 중후했으며 사람을 끄는 데가 있었다. 그렇지만, 지금 여기 있는 남자는 파악하기가 쉽지가 않다고 더못은 재빠른 판단을 내렸다. 지금까지 일해 오는 동안 더못은 수많은 사람을 만나서 그들의 마음을 알아보았다. 지금까지 그는 그들의 내면을 알아내는 데 노련했었고, 자기가 만난 사람들 대부분의 생각을 읽어냈었다. 하지만, 그는 제이슨 러드에 관한 한은, 그가 나타내 주는 것밖엔 아무것도 알아낼 수 없다는 것을 알았다. 쑥 들어간 생각이 깊은 그 눈은 외부의 일을 알아차리는 데는 민감했지만, 좀처럼 겉으로 드러내지는 않았다. 울퉁불퉁하고 흉측한 그 머리는 두뇌가 상당히 우수하다는 것을 말해 주고 있었다. 광대 모양을 한 얼굴은 거부감을 느끼게 할 수도 있고, 사람을 끌어당길 수도 있었다. 여기에 잘 앉아서 하나하나 단단히 들어두어 아무것도 놓치지 말아야겠다고 더못 크래독은 마음먹었다.

"죄송합니다, 주임경감님. 나 때문에 기다리셨다면 말입니다. 촬영소에 조그만 골칫거리가 생겨서 부득이 가보지 않을 수가 없었습니다. 마실 것 좀 드릴까요?”

“아니오. 지금은 생각이 없습니다, 러드 씨.”

광대 모양의 얼굴이 일순 얄궂은 흥겨움을 드러내며 일그러졌다.

“뭔가를 마실 만한 집이 못 된다고 생각하시는 겁니까?”

“아니, 그게 아닙니다.”

“아, 사실 나도 그런 뜻으로 말한 건 아니었습니다. 자, 주임경감님, 뭘 알고 싶으십니까? 내가 무슨 말을 해드려야 하는지요?”

“내가 한 질문에 대해선 프레스턴 씨가 죄다 적절한 대답을 해주었습니다.”

“도움이 좀 되셨습니까?”

“바라던 만큼은 아니었습니다.”

제이슨 러드가 의문이 서린 눈길로 물끄러미 쳐다보았다.

“나는 또한 길크리스트 박사도 만났습니다. 그분이 내게 아직은 부인께서 질문을 받을 만큼 상태가 좋아지지 않았다고 말씀하시더군요.”

“마리나는 아주 예민합니다. 그녀의 병명은 솔직히 털어놓자면 신경과민입니다. 그리고 그와 같이 가까운데서 일어난 살인은, 당신도 인정하리라고 생각합니다만, 신경과민을 유발하기 십상이죠.”

“즐거운 경험은 아니지요.” 더못 크래독이 건성으로 동의했다.

“내 아내가 들려줄 수 있는 말이라면 내게서 들어도 마찬가지일 겁니다. 그 사건이 일어났을 때 난 아내 옆에 서 있었고, 또 솔직히 내가 아내보다는 관찰력이 뛰어난 편입니다.”

“제일 먼저 내가 하고 싶은 질문은―.” 더못이 말했다.

“아마 이미 대답이 정해진 질문이겠지만, 그럼에도 불구하고 다시 한 번 묻겠는데, 당신이나 부인은 히더 베드콕과 이전부터 알던 사이입니까?”

제이슨 러드는 머리를 저었다.

“전혀 몰랐습니다. 내가 그 여자를 이전엔 한 번도 본 적이 없는 것은 확실합니다. 세인트 존 앰뷸런스 협회 건으로 그녀로부터 편지를 두 통 받은 적은 있습니다만, 나 개인적으로는 그녀가 죽기 5분 전까지만 해도 대면한 적이 없습니다.”

“그런데, 그 여자는 부인과 만난 적이 있다고 했다는데요?”

제이슨 러드가 고개를 끄덕였다.

“그렇습니다, 한 12~13년 전에 그랬다지요. 버뮤다에서였다는군요. 마리나가 앰뷸런스 협회를 돕기 위한 어떤 성대한 가든파티를 열었을 때였나 본데, 베드콕 부인은 인사를 나누자마자 자기가 감기에 걸려 침대에 누워 있었는데도 불구하고 일어나서 가까스로 그 행사에 참석했었노라는 말을 밑도 끝도 없이 늘어놓고는, 내 아내에게서 사인까지 받았었다고 하더군요.”

또다시 얄궂은 미소가 퍼지면서 그의 얼굴이 일그러졌다.

“그런 일이야 사실 다반사죠. 내 아내의 사인을 얻으려고 사람들이 떼를 지어 늘어서 있기 일쑤였는데, 그 순간이야말로 그들에게는 값지고 기억할 만한 추억거리죠. 이해가 가고도 남습니다만, 그들 삶에 있어서 하나의 사건이 되는 겁니다. 마찬가지로, 내 아내 쪽에서는 사인을 받으려고 아우성치는 그 수많은 사람 중의 한 사람을 기억하기가 쉽지 않으리라는 것도 당연할 것입니다. 솔직히 말해서, 아내가 베드콕 부인을 본 적이 있었는지에 관해선 전혀 기억을 못 했습니다.”

“무슨 말인지 잘 알겠습니다.” 크래독이 말했다.

“이제 내가 들은 이야기를 말씀드리겠는데, 부인은 히더 베드콕이 이야기하고 있는 동안 갑자기 멍한 표정을 짓고 있었다고 하더군요. 그리고 그것을 본 사람도 있다고 합니다. 그 사실은 알고 있습니까?”

“그럴 가능성이 짙습니다.” 제이슨 러드가 말했다.

“마리나는 이렇다 하게 건강한 체질이 아니거든요. 그녀는 공적인 사교생활이라고나 할까요, 그런 일에 익숙해서 그 방면의 일이라면 거의 자동적으로 해나갈 수 있지요. 그렇지만, 하루 종일 그런 일을 치른 막바지에 가서는 이따금 거부반응을 일으키는 경향이 있어요. 그 얘기는 바로 그 순간에 해당하는 것 같군요. 사실 내 눈으로는 그런 모습을 보지 못한 것 같습니다. 아니, 가만있자, 그런 것만도 아닌데—기억을 더듬어보니, 내 아내가 베드콕 부인에게 대답하는 품이 매우 더딘 듯했습니다. 실은 그때 내가 아내의 옆구리를 살짝 찔렀지요.”

“어쩌면 뭔가 부인의 주의를 끈 것이 있지나 않았을까요?”

“그럴 수도 있겠죠, 그렇지만 그건 순간적으로 정신이 혼미해져 그런 걸 겁니다.”

더못 크래독은 한동안 말이 없었다. 그는 창밖으로 고싱턴 홀 저택을 둘러싸고 있는 다소 음산한 주변 숲을 바라보았다. 그는 벽에 걸린 그림을 바라보고 나서 최종적으로 제이슨 러드를 쳐다보았다. 제이슨 러드의 얼굴은 친절한 표정뿐, 그 이상도 그 이하도 아니었다. 그의 마음을 읽을 수 있는 건 아무것도 없었다. 그는 예절 바르고 편안해 보이긴 했지만, 사실 지금은 전혀 그런 상태가 아닐 거라고 생각했다. 이 사람은 두뇌가 아주 뛰어난 사람이다. 그는 상대방이 자기 카드를 테이블에 내려놓기 전에는 결코 입을 열 사람이 아니었다. 더못은 결정을 내렸다. 그러고는 곧바로 행동으로 옮겼다.

“러드 씨 생각에는 히더 베드콕이 독살된 게 전적으로 사고였을 거라고 보십니까? 기실, 진짜 의도했던 목표가 바로 당신 부인이라면 어쩌시겠습니까?”

침묵이 감돌았다. 제이슨 러드는 전혀 표정을 바꾸지 않았다. 더못은 기다렸다. 마침내 제이슨 러드가 깊숙이 한숨을 내쉬었는데, 그 틈에 숨을 돌리는 듯이 보였다.

“그렇습니다.” 그가 조용히 말했다.

“바로 보셨습니다. 나는 죽 그것을 확신하고 있었습니다.”

“그렇지만, 코니쉬 경감한테고 검시 배심에서고, 그 점에 대해서는 전혀 언급이 없으셨잖습니까?”

“안 했습니다.”

“어째서 그랬습니까, 러드 씨?”

“아무런 증거도 없는, 단지 내 직감이었기 때문이라고 말하면 적절한 대답이 될 것 같군요. 내가 생각하게 된 그 사실은, 아마 나보다도 경찰에서 더 잘 알고 있을 텐데요? 내 개인적으로는 베드콕 부인에 대해 아는 바가 없습니다. 아주 이상하고 당치 않은 것으로 보이기는 하겠습니다만, 이처럼 특이한 상황에서는 그녀를 독살시키려 하는 사람이 있을 수도 있습니다. 공적인 파티는 모든 게 혼돈스럽게 돌아가고 참석하는 사람들도 엄청나기 때문에 일부러 그런 장소를 선택했다고도 생각할 수 있습니다. 또, 그러한 범죄를 행하는 데 있어서 그 사람을 어떤 집으로 유인해 들이기도 어려웠을 테니까요. 사실 이렇게 생각할 수도 있을 겁니다. 그렇지만 솔직히 말해서, 내가 침묵을 지키는 이유는 그것이 아닙니다. 그 진짜 이유를 말씀드리지요. 그건 단 한 순간이라도 아내가 독살당하는 것을 가까스로 모면했다고 생각하지 않도록 하기 위해서였습니다."

"솔직히 말씀해 주셔서 감사합니다만—." 더못이 말했다.

"그것이 침묵을 지킨 데 대한 만족할 만한 이유는 아닐 텐데요?"

"아니라고요? 설명 드리기가 약간 어려운 탓이겠지요. 당신은 마리나가 어떤 사람인지를 이해해야 합니다. 아내는 행복감과 안정이 절대적으로 필요한 사람입니다. 아내의 삶은 물질적으로는 아주 성공적이었습니다. 그녀는 아름답다는 명성을 얻었습니다만 개인적인 삶은 아주 불행한 것이었죠. 그녀는 자기가 행복을 찾았다고 생각한 나머지 그 사실에 덮어놓고 뛰어들었다가는, 그 꿈이 산산조각 나는 것을 여러 번 경험했지요. 그녀는, 크래독 씨, 삶을 이성적이고도 분별력 있게 조감할 능력이 결여되어 있습니다. 이전의 결혼생활에서도 그녀는 동화책을 읽는 아이처럼 영원무궁토록 행복하게 사는 걸 기대했었죠."

다시금 얄궂은 미소가 갑작스럽고도 달콤하게 흉측한 광대의 얼굴을 야릇하게 변화시켰다.

"그렇지만, 결혼이라는 건 다 그렇지 않습니까, 경감님. 영원히 지속되는 행복이라는 것은 있을 수가 없습니다. 그저 만족스럽고, 애정이 식지 않고 안정되고 온건한 행복을 얻을 수만 있다면 우리에게는 실로 행운인 거죠."

그가 덧붙였다.

"결혼은 하셨겠지요?"

더못 크래독이 머리를 저었다.

"나는 지금까지 그런 행운도 불운도 맛보지 못했습니다." 그가 얼버무렸다.

"우리 세계에서는, 즉 영화 세계에서는 직업상의 특성으로 볼 때 결혼이란 위험천만한 것이죠. 배우들은 결혼을 자주 합니다. 행복한 때도 있고 불행한 때도 있습니다만, 오래가는 경우는 드물죠. 그런 점에서, 마리나가 특별히 불행하다고 할 만한 건 없습니다만, 그런 문제는 그녀의 성격상으로 볼 때 아주 심각한 결과를 나타내게 되지요. 그녀는 자신이 하는 일은 되는 일이 없다는 생각에 사로잡혀 있습니다. 그녀는 사랑과, 행복과, 애정과, 안정 같은 문제를 놓고도 언제나 절망적인 면으로만 보려 듭니다. 그녀는 아기를 갖기를 이만저만 바라는 게 아닙니다. 어떤 의학적인 관점에서는, 너무 과도하게 갈망하다 보면 그 반대로 실패하는 수가 있다는군요. 한 의사가 양자를 들여 보라고 권했어요. 그의 말로는, 어머니에 대한 소원이 너무 강할 때, 양자를 들여 일단 그 소원을 진정시켜 주면, 얼마 안 있다가 자연스레 자식이 태어나는 수가 왕왕 있다고 하더군요. 마리나는 양자 셋을 들였습니다.

한동안 그녀는 행복과 안정을 어느 정도 누렸지만 그건 진짜가 아니잖습니까. 11년 전 그녀가 아기를 가졌을 때, 그녀의 기쁨이 어떠했을지 가히 상상이 가시겠죠? 그녀의 기쁨과 즐거움이란 이루 말로 표현할 수가 없었지요. 그녀는 건강 상태도 양호해서, 의사는 만사가 잘될 거라고 말해 주었지요. 아시는지 모르겠지만, 그 결과는 비극으로 끝났습니다. 사내아이였는데, 뇌에 결함이 있는 정신박약아로 태어났지요. 그 결과는 끔찍한 것이었습니다. 마리나는 완전히 좌절하여 몇 년 동안을 요양소에 틀어박혀 심하게 앓았지요. 차도가 느리긴 했습니다만, 그녀는 결국 회복되었습니다. 그 후 얼마 안 있다가 우리는 결혼했고 그녀는 다시 한 번 삶에 흥미를 가지고서, 아마 자기가 행복할 수 있으리라는 느낌을 가졌겠죠. 처음에는 만족할 만한 조건으로 영화 출연 계약을 맺기가 어려웠습니다. 모든 사람들이 그녀가 그 긴장을 견딜 만큼 건강이 유지될는지 의심했거든요. 나는 그 문제를 놓고 싸워야만 했습니다.”

제이슨 러드는 입술을 꽉 다물었다.

“그리고, 싸움에서 이겼습니다. 우리는 촬영에 들어갔지요. 이럭저럭 우리는 이 집을 사들여서 개조까지 했습니다. 2주 전만 해도 마리나는 내게 자기가 얼마나 행복한지, 그리고 마침내 자기는 모든 시름을 잊고 삶의 행복한 보금자리에 정착할 수 있을 것 같다고 말했습니다. 그 말에 나는 신경이 좀 쓰였는데, 여느 때와 마찬가지로 그녀의 감정이 너무나 낙관의 극에 달해 있었기 때문이었죠. 그렇지만, 그녀가 행복하다는 데는 의심할 여지가 없었습니다. 그녀의 신경질적인 증세는 사라지고, 이전에는 결코 본 적이 없던 차분하고 조용한 분위기가 감돌았거든요. 그 일이 일어나기 전까지만 해도 모든 것이 원만했는데―." 그가 말을 멈췄다. 그의 목소리가 갑자기 침통한 기색을 띠었다.

"이 사건이 일어나기 전까지는요! 하필이면 그 여자가 여기서 죽어야만 할 필요가 뭐 있습니까! 그 자체만 가지고도 충격을 받기엔 충분합니다. 그런데, 어떻게 또 그런 위험까지 안겨 줄 수가 있겠습니까. 나는 절대로 그럴 수 없습니다―마리나에게 그 살인은 자기 목숨을 노린 것이었다고 어떻게 알릴 수 있느냐는 말입니다! 그것은 또 한 번 아내에게 치명적인 충격을 주게 되는 겁니다. 정신적으로 또 다른 몰락을 초래하게 될지도 모른다는 말입니다."

그는 더못을 똑바로 쳐다보았다.

"이제는―이해하셨습니까?"

"당신이 말하는 요점은 알겠습니다만―." 크래독이 말했다.

"한 가지 좀 미비한 점이 있는 것 같습니다. 화내시진 않겠지요? 러드 씨는 그 사건이 부인을 독살하려 한 거라고 말씀하셨습니다. 그렇다면, 위험은 여전히 도사리고 있는 것이 아닙니까? 독살자가 성공을 못 했다면 그 시도가 반복되지 않겠습니까?"

"당연히 나도 그 점을 생각해 봤습니다." 제이슨 러드가 말했다.

"그렇지만, 나는 그러한 예비 경고도 있었고 하니, 이제는 아내의 안전에 대해 모든 주의를 다 기울일 자신이 생겼다고 할까요. 나는 그녀를 철저히 보살펴 줄 것이고, 딴 사람들에게도 그녀를 보호해 주도록 요청할 겁니다. 요는, 내 아내가 그런 사실을 결코 알아서는 안 된다고 나는 믿고 있습니다."

"그럼, 선생님께선―." 더못이 조심스럽게 말했다.

"부인이 모른다고 보십니까?"

"물론 모릅니다. 그녀는 전혀 눈치를 못 채고 있어요."

"확신합니까?"

"그럼요. 그러한 건 생각조차 못 해봤을 겁니다."

"그렇지만, 선생님은 생각하지 않았습니까?" 더못이 물었다.

"그건 경우가 아주 다릅니다." 제이슨 러드가 말했다.

"논리적인가 아닌가로 대답할 수 있겠습니다. 내 아내는 논리적이지 못할뿐더러, 누구라도 자기를 해치고자 할 사람이 있으리라고는 상상도 못할 겁니다. 그러한 생각이 그녀의 머릿속에 떠오를 수도 없어요."

"그 말이 옳을 수도 있겠지요." 더못이 느릿느릿 말했다.

"하지만, 그 문제로 인해 우리에게는 여러 가지 다른 문제가 파생되었습니다. 다시, 외람되지만 한마디만 더 하겠습니다. 누구를 의심하십니까?"

"말할 수 없습니다."

"실례입니다만, 러드 씨, 할 수 없다는 겁니까, 안 하시겠다는 겁니까?"

제이슨 러드는 재빨리 말했다.

"할 수 없습니다. 절대로 할 수 없습니다. 내 아내가 자기를 지독히도 증오할 만한 사람이 없을 거라고 생각하는 것과 마찬가지로, 내게도 그러한 사실은 생각할 수조차 없습니다. 그런데도 불구하고 그런 사실에 대한 완전하고도 노골적인 증거가 있는데, 그건 바로 그런 일이 일어났다는 사실이죠."

"보신 대로 내게 간략하게 설명해 주시겠습니까?"

"듣고 싶으시다면요. 그 상황은 아주 명백합니다. 나는 미리 준비해 둔 병에서 다이커리를 두 잔 따랐습니다. 그러고는 마리나에게 한 잔 주고, 또 한 잔을 베드콕 부인에게 주었습니다. 베드콕 부인이 어떻게 했는지는 난 모릅니다. 그녀는 아는 사람에게 얘기를 건네려고 몸을 움직였다는 생각이 듭니다. 내 아내는 자기 잔을 들고 있었고요. 바로 그 순간에 시장 부부가 올라왔습니다. 내 아내는 그들을 맞이하려고 잔을 내려놓았죠. 아직 입도 대지 않은 채로 말입니다. 그리고 손님이 또 있었지요. 몇 해 동안 보지 못한 옛 친구 하나와, 이곳 사람 몇몇과, 촬영소에서 온 사람이었지요. 우리 둘 다 계단 꼭대기 쪽으로 향해 조금 앞으로 나갔으니까, 그 잔이 놓인 테이블은 바로 우리 뒤에 있게 되었지요. 카메라맨 한두 명이 내 아내가 시장과 얘기하고 있는 장면을 찍었는데, 이곳 신문사의 특별 요청도 있고 해서 이 고장 사람들을 기쁘게 해주고 싶은 뜻에서 그랬던 겁니다.

그 일이 진행되는 동안 나는 마지막으로 도착한 몇몇 손님들에게 마실 것을 새로 가져다주었습니다. 바로 그러는 동안 아내의 잔에 독을 탄 걸 겁니다. 어떻게 그렇게 할 수가 있느냐는 질문은 하지 마십시오. 쉽게 해치울 수 있는 일은 결코 아닐 테니까요. 그 같은 행동을 내놓고 태연자약하게 할 수 있을 만큼 뻔뻔스런 사람이 있었던 반면에, 그것을 목격한 사람이 하나도 없다니 이 얼마나 기이한 노릇입니까? 내게 의심 가는 바가 있느냐고 물으시겠지요. 내가 할 수 있는 말은, 20명 중 한 사람은 적어도 그런 일을 할 수 있지 않았 겠나 하는 겁니다. 그 사람들은 삼삼오오 짝을 지어서 이야기를 나누고 있었 고, 집이 어떻게 개조되었는지 보러 가는 사람들도 있었습니다. 사람들이 계속 왔다갔다했지요. 그러니, 내 머리를 다 짜내어 생각하고 또 생각해 봐도 알 수 가 없는 노릇입니다. 어떤 사람이 의심스러운지 도무지 모르겠단 말입니다.”

그는 말을 멈추더니 크게 한숨을 내쉬었다.

“이해가 갑니다. 계속해 주시지요.” 더못이 말했다.

“다음 이야기는 이미 들으셨을 텐데요?”

“선생님에게서 다시 한 번 듣고 싶습니다만.”

“그러니까, 나는 계단 꼭대기로 돌아왔습니다. 아내는 테이블 쪽으로 몸을 돌리고는 자기 잔을 집어 들었습니다. 그 뒤에 베드콕 부인에게서 가벼운 외 침소리가 나더군요. 누군가가 그녀의 팔꿈치를 건드려서 잔이 바닥에 떨어졌 나 봅니다. 마리나는 얼른 주인으로서 해야 할 일을 했습니다. 내 아내의 스커 트에도 술이 약간 묻었지요. 아내는 괜찮다면서 베드콕 부인의 스커트를 자기 손수건으로 닦아 주고는, 대신 자기 잔을 받으라고 권했습니다. 내 기억이 맞 는다면 아내는, ‘난 벌써 너무 많이 마신걸요.’라고 했을 겁니다. 그렇지만, 이 것만큼은 내가 보증할 수 있습니다. 독약은 그다음에 넣어질 수가 없었다는 것인데, 왜냐하면 베드콕 부인이 그 잔을 받아서는 즉시 마셨으니까요. 아시다 시피 4~5분 뒤에 그녀는 죽었습니다. 그 독살자가 자기 계획이 실패로 돌아갔 다는 사실을 알았을 때 느낌이 과연 어떠했을지 궁금합니다—얼마나 궁금한지 모르겠습니다……..”

“그런 생각이 그 당시에 떠오른 겁니까?”

“물론 그런 건 아닙니다. 당시에 나는 아주 자연스럽게 이 여자는 발작을 일으켰을 거라는 결론을 내렸었지요. 아마도 심장이나 관상동맥 계통의 혈전증인가 보다고 생각했지요. 독살이라고는 상상도 못했습니다. 어느 누가 그런 생각을 할 수 있겠습니까—당신 같으면 그렇게 생각했을까요?"

"아마 아니겠죠." 더못이 말했다.

"자, 선생님의 설명은 명백하고도, 또 사실을 확실하게 파악하고 계신 것 같군요. 그런데, 어떤 특정한 사람을 지목해서 의심할 수는 없다고 말씀하셨죠? 사실, 나는 그 점이 이해가 안 갑니다."

"그건 내 진정입니다."

"또 다른 각도에서 그 문제에 접근해 보십시오. 부인을 해치고자 할 만한 사람이 누굽니까? 선생님에게 이런 얘기는 혹 멜로드라마처럼 들릴지도 모르겠습니다만, 부인에게 어떤 적이라도 있습니까?"

제이슨 러드는 의아하다는 제스처를 해보였다.

"적이라고요? 적이라니? 사람들이 적이라는 표현을 쓸 때 그 정의를 어떻게 내려야 할지 심히 난감합니다. 내 아내와 내가 몸담고 있는 세계는 시기와 질시로 가득 차 있습니다. 악담을 퍼붓는 사람이 있기 마련이고, 미워하는 사람에 대해 쑥덕공론을 펴기 일쑤죠. 그렇지만, 그렇다고 해서 그런 사람들을 죄다 살인자라든가 살인을 저지를 소지가 있는 사람으로 몰수는 없는 노릇 아닙니까? 내 말이 틀렸습니까?"

"물론 맞습니다. 싫어한다거나 시기한다든가 하는 사소한 문제를 떠나서 뭔가가 틀림없이 있을 것 같습니다. 이를테면, 과거에 부인 때문에 상처를 받았다거나 한 사람이라도 있을 텐데요?"

제이슨 러드는 여기에 얼른 부정하지는 않았다. 대신 그는 인상을 찡그렸다.

"솔직히 말해서 나는 그렇게 생각지 않습니다." 그가 마침내 입을 열고 말했다.

"그 점에 관해서는 나도 충분하리만큼 생각을 해보았습니다."

"애정문제에 연루된—어떤 남자관계는 없는지요?"

"그런 종류의 일이야 물론 있었죠. 생각해 보니까, 과거에 간혹 마리나 그레그가 어떤 남자를 심하게 다룬 적이 있긴 했어요. 그렇지만, 그런 것 때문에 아직까지도 증오하지는 않을 겁니다. 그것은 확실합니다.”

“여자들은 어땠습니까? 부인을 끊임없이 증오하는 여자라도 있었습니까?”

“저―, 설마 여자들과 그런 일이 있었다고 얘기하실 작정은 아니시겠죠? 딱히 떠오르는 사람이 당장은 없습니다.”

“부인이 돌아가시게 되면 경제적으로 이득을 볼 사람은 누굽니까?”

“여러 사람이 이득을 보겠지만, 그리 큰 액수는 아닙니다. 당신 말마따나 큰 이득을 볼 사람이 있다면 금전적으로 따져서 남편인 내가 있겠고, 또 다른 각도에서 따져 이번 영화에 그녀 대신 출연할 배우라고나 할까요. 하지만, 영화 제작은 몽땅 포기상태에 들어가게 될 겁니다. 물론 이러한 것들은 아주 불확실한 거죠”

“저, 지금 우리가 모든 가능성을 다 생각해 볼 필요는 없을 겁니다.” 더못이 말했다.

“그러면, 아내에게 다시 위험한 순간이 올지도 모른다는 얘기는 않겠다고 약속하실 수 있겠습니까?”

“그 점은 좀더 생각해 봐야겠습니다.” 더못이 말했다.

“나는 그 점에 있어선 당신이 큰 모험을 하고 있다고 말하고 싶군요. 부인이 의사에게 치료를 받고 있는 동안만은 일단 미뤄 두지요. 한 가지 부탁드릴게 있습니다만, 계단 꼭대기 움푹 들어간 방에 있었던 사람들과, 사건 당시 계단으로 올라온 사람들의 정확한 명단을 적어서 보내 주시겠습니까?”

“해보겠습니다만, 나는 좀 회의적입니다. 내 비서 엘라 질린스키에게 얘기하시는 게 훨씬 나을 겁니다. 그녀는 기억력도 비상한 데다, 거기에 있었던 이곳 인사들의 명단도 가지고 있거든요. 지금 그녀를 보고 싶으시다면―.”

“엘라 질린스키 양과 당장 이야기를 나누어야겠군요.” 더못이 말했다.

제11장

1

커다란 뿔테 안경 너머로 더못 크래독을 사심 없이 관찰하는 품이, 그에게는 엘라 질린스키야말로 진실하기가 그지없는 사람으로 비쳤다. 그녀는 씩씩하고 사무적인 태도로 서랍을 열더니 타이프친 종이 한 장을 꺼내어 그에게 건넸다. 그녀가 말했다.

"누락된 사람은 없으리라 확신합니다." 그녀가 말했다.

"그렇지만, 한두 사람 정도는 더 포함되었을 가능성도 있어요—이 지역 사람들 이름이죠—실제로는 그때 없었던 사람들이에요. 즉, 먼저 그 자리를 떴다든가, 아니면 그때까지 아직 모셔오지 않은 사람들일 수가 있죠. 하지만, 저는 그 리스트가 꽤 정확할 거라고 생각합니다."

"일을 해나가는 데 더없이 요긴한 자료가 되겠군요." 더못이 말했다.

"감사합니다."

"추측컨대, 나는 그런 일에 전혀 문외한입니다만, 일하시는 데 있어서 고도의 능률을 요하겠군요."

"매사에 판단이 아주 재빨라야 하죠."

"당신이 하는 일은 정확하게 무엇입니까? 일종의 연락 사무원입니까, 이를테면 촬영소와 고싱턴 홀 저택 사이를 오가는?"

"아닙니다, 저는 촬영소와는 아무 상관이 없습니다. 전화로 알려 준다거나 메시지를 전달하는 일이야 의당 제가 합니다만, 제 일은 그레그 양의 사교생활이라든가, 그분의 공적 사적 약속관계를 돌봐 드리고, 또 어느 정도 집 관리도 감독하고 있습니다."

"직업이 맘에 드십니까?"

"급료도 아주 좋고, 그런대로 재미도 있습니다. 여기서 살인이 일어나리라고는 예상도 못 했죠.” 그녀가 무미건조하게 덧붙여 말했다.

“있을 수조차 없는 일처럼 보입니까?”

“진짜로 경감님은 그것을 타살이라 확신하는지 오히려 제가 반문하고 싶은데요?”

“다이―에틸―멕신 어쩌고 하는 약을 적량의 6배나 마셨으니, 아니라고 생각하기란 어렵죠.”

“어떤 사고일 수도 있잖아요.”

“그렇다면, 그런 사고가 어떻게 일어날 수 있다고 생각하는지 한번 들어 보십시다.”

“생각보다는 훨씬 간단한 일인 것이, 경감님은 이 집 돌아가는 걸 몰라서 그러세요. 이 집은 온갖 약들로 가득 차 있답니다. 마약을 말하는 건 아니에요. 제대로 처방된 치료약을 말하는 거죠. 그렇지만, 이런 약들이 대부분 다 그렇듯이, 소위 치사량과 적정량과의 경계선이 그리 썩 잘 구분되어 있지는 않은 걸로 알고 있어요.”

더못이 고개를 끄덕였다.

“대개 연극이나 영화배우들은 지적인 부분에서 아주 이상할 정도로 잘못된 점이 있어요. 때때로 저는, 예술적으로 천재성이 번득이면 번득일수록, 일상생활에 있어서의 그들의 상식은 형편없이 결여되어 있다는 것을 느껴요.”

“충분히 그럴 수 있겠군요.”

“술병과 카셰(약을 싸는 오블라토, 캡슐 등), 가루약, 알약, 그리고 자그마한 약상자들을 항시 휴대하고 다니죠. 여기서는 진정제 뚜껑을 따고, 저기서는 토닉을 마시고, 또 다른 곳에선 각성제에 취하다 보면, 모든 것들이 뒤죽박죽되리라는 건 불을 보듯 뻔한 게 아닐까요?”

“그렇지만, 이번 경우에 그게 어떤 식으로 적용될 수 있었는지 모르겠군요.”

“저는 가능하리라 보는데요. 손님 중의 누군가가 진정제나 흥분제를 먹으려고 자기 잔에 털어 넣어 휘젓고서 들고 다니다가 누군가와 이야기를 나누게 될 수도 있고, 그러다 보면 자기들이 한동안 약을 못 먹었다는 사실에 조바심을 내서 너무 많이 털어 넣을 수도 있겠죠. 그러고는 다른 일에 신경을 쓰느라 잠시 자리를 떴는데, 그 부인 이름이 뭔지, 아무튼 와서는 그것이 자기 잔인 줄로 착각하여 집어다 마셨다고 가정할 수 있지 않겠어요? 다른 어떤 것보다 개연성이 크잖아요.”

“그런 모든 가능성들을 조사해야만 된다고 생각하는 건 아니겠죠?”

“아뇨, 그렇게는 생각지 않습니다. 그렇지만, 거기는 사람들로 붐볐고, 곳곳에 많은 술병과 잔들이 널려져 있었어요. 그러니 충분히 일어날 소지가 있는 일이잖아요. 다른 잔을 들고 마시게 되는 경우 말이에요.”

“그렇다면, 히더 베드콕이 의도적으로 독살되었다고는 생각지 않는군요? 그녀가 다른 사람의 잔을 들고 마셨다고 생각하시는 겁니까?”

“그 이외의 상황은 별로 상상이 가지 않는데요.”

“그런 상황이라면—.” 더못이 조심스럽게 말을 꺼냈다.

“그것은 마리나 그레그의 잔이어야 했습니다. 그 점을 알고 있겠죠? 마리나가 자기 잔을 그녀에게 건넸으니까.”

“마리나가 자기 잔이라고 생각한 그 잔일 수도 있겠죠.” 엘라 질린스키가 그의 말을 정정했다.

“아직 마리나와는 얘기 못 해보셨지요? 그녀는 극도로 흐리멍덩할 때가 있어요. 자기 잔이라고 생각하고는 아무 잔이나 집어 들고서 마시는 경우가 있어요. 실제로 그러는 것을 저도 몇 번인가 보았답니다.”

“마리나는 칼모를 복용합니까?”

“아, 그래요, 우리는 다 그러는걸요.”

“당신도 그렇습니까, 질린스키 양?”

“때때로 손이 갑니다. 그런 행동은 분위기에 쉽게 휩쓸려 따라 하는 거죠.”

“이야기를 나눌 수 있다면 기쁘겠는데—그레그 양과 말입니다. 그녀는—어—꽤 오랫동안 자리에서 일어나지 못할 것 같습니다만.”

“그건 자기 성격만 던져 버리면 되는 거예요.” 엘라 질린스키가 말했다.

“마리나는 스스로를 아주 극적으로 표현하길 즐기죠. 결코 덤덤하고도 냉철하게 살인사건을 대할 인물이 못 돼요.”

“당신이라면 해낼 수 있겠습니다, 질린스키 양?”

"주위의 모든 사람들이 지속적인 흥분상태에 놓이게 되면, 그 반대의 극단으로 치달고자 하는 욕망이 드세지게 되죠." 엘라 질린스키가 딱딱하게 말했다.

"당신은 어떤 쇼킹할 정도로 비극적인 일이 일어났을 때도 눈 하나 깜빡 않을 자신이 있다는 말입니까?"

그녀는 생각에 잠겼다.

"진짜로 바람직한 기질이라고는 볼 수 없겠죠. 그렇지만, 그런 식의 의식을 갖고 있지 않다면, 아마도 다들 정신이 돌아 버리고 말 거예요."

"그레그 양은 함께 일하기가 힘든 사람이었습니까—힘든 사람입니까?"

개인적인 질문이기는 했지만, 더못 크래독은 일종의 시험으로 간주했다. 만일 엘라 질린스키가 눈썹을 추켜세우면서 넌지시 이것이 베드콕 부인이 살해된 것과 무슨 상관이냐는 뜻을 비치면, 그 살인과는 아무 연관도 없다는 것을 인정할 참이었다. 하지만, 그는 엘라 질린스키가, 자기가 마리나 그레그를 어떻게 생각하는지를 어쩌면 흔쾌히 이야기할지도 모른다는 생각이 들기도 했다.

"그녀는 위대한 예술가예요. 가장 독특한 방법으로 자기의 매력을 화면 위에 표출하여 뭇사람들을 끌어당기죠. 그런 이유로 해서 그녀 곁에서 일을 하는 사람은 오히려 특권을 얻은 듯이 느끼게 된답니다. 하지만, 순전히 사람 자체만을 가지고 따지자면, 그녀야말로 지긋지긋한 사람이에요!"

"아!" 더못이 신음했다.

"그녀에게 중용이라곤 찾아보려야 찾아볼 수가 없어요. 흥분이 절정에 달했다가, 의기소침했다가, 언제나 모든 걸 황당하게 과장하고, 변덕을 부리고, 또 그녀가 펄펄 뛸까 봐 입도 벙긋 못해본 말들이 이루 말할 수 없이 많아요."

"구체적으로 어떤?"

"그러니까, 신경쇠약 얘기가 나온다든가, 정신병자 요양소 문제를 들먹인다든가 하면은요. 전 그녀가 그런 일에 날카롭게 신경을 곤두세우는 것을 조금은 이해하고 있답니다. 그리고 애들과 관련된 문제는 뭐든지 그래요."

"아이들이라고요? 어떤 식으로?"

"그러니까, 아이들을 보기만 해도, 또는 사람들이 아이들과 행복하게 지낸다는 이야기라도 듣는 날이면 그녀는 속이 뒤집어지나 봐요. 만일 누군가가 임신을 했다거나, 막 아기를 낳았다는 소리를 듣기만 해도요. 그녀는 다시는 아이를 가질 수 없는 데다, 단 하나 낳은 아이마저도 머리가 모자랐잖아요. 그 사실을 아시는지 모르겠네요?”

“그래요, 그 애긴 들었습니다. 안됐지만 아주 운이 없더군요. 그렇지만, 세월이 꽤 많이 흘렀으니까 조금은 잊었으리라는 생각이 드는데요”

“그녀는 안 그래요. 그녀는 강박관념에 사로잡혀 있어요. 결코 거기서 못 벗어나요.”

“러드 씨는 그 점을 어떻게 받아들이죠?”

“오, 그분의 자식이 아니잖아요. 전 남편인 이지도어 라이트의 아이였죠”

“아, 그렇습니까, 바로 전 남편이라고요. 지금 그는 어디에 있지요?”

“그는 재혼하여 미국 플로리다 주에서 살고 있어요” 엘라 질린스키가 거침없이 말했다.

“마리나 그레그가 생활하면서 많은 적들을 만들었다고 할 수 있을까요?”

“그렇게 정도가 심했던 건 아니에요. 여느 다른 사람들이나 마찬가지라고나 할까요. 여자들하고도 그렇고, 남자들하고도 그렇고, 또 계약상의 문제, 시기, 질투—거지반 그런 것들로 다투는 거죠”

“당신이 아는 한도에서, 그녀가 누구를 두려워하지는 않았나요?”

“마리나가요? 누구를 두려워한다고요? 전 그렇게 생각한 적 없는데요. 뭣 때문에요? 그녀가 뭐가 아쉬워서요?”

“나도 모르겠습니다.” 더못이 말했다. 그는 명단을 집어 들었다.

“대단히 감사합니다, 질린스키 양. 달리 알고 싶은 사항이 있으면 또 오겠습니다. 그래도 되겠습니까?”

“물론이죠. 제가 얼마나 신경을 쓰는데요—이 집 사람들 모두가 다 굉장히 신경 쓴답니다—우리가 뭐 도울 만한 게 없는가 해서요”

2

“자, 톰, 뭐 알아낸 거라도 있나?”

부장형사 티들러가 씩 웃었다. 그의 원래 이름은 톰이 아니고 윌리엄이었는데, 그의 동료들은 언제나 톰 티들러라고 불러댔다. (톰 티들러는 어린이들의 땅 뺏기 놀이, 보물산 등의 뜻을 가짐)

“날 위해 주옥같은 보석이라도 캐내 온 것이 있나?” 더못 크래독이 계속해서 물었다.

두 사람은 블루 보어 여관에 머물러 있었는데, 티들러는 촬영소에서 하루를 보내고 막 돌아온 참이었다.

“주옥같은 보석들은 별로 없더군요.” 티들러가 말했다.

“소문거리도 많지 않고요. 깜짝 놀랄 만한 풍문도 없습니다. 자살이 아니냐는 말까지 한두 사람 입에서 떠돌더군요.”

“자살이라니?”

“그녀가 남편과 티격태격했는데, 그에게 미안한 감을 심어 주려고 홧김에 그랬던 거 아닌가라고 생각하는 눈치였습니다. 그것은 소위 지방소식통에서 나온 정보였어요. 그렇지만, 그녀가 진짜로 죽을 작정은 아니었다고요.”

“그다지 도움이 되는 소식통은 아닌 것 같군.” 더못이 말했다.

“그렇습니다. 쓸데없는 소리들이죠. 그들은 아무것도 모르고 있으니까요. 그들은 자기들 일 빼놓고는 아무것에도 관심이 없어요. 고도로 기술적인 얘기와 ‘쇼는 계속되어야만 한다’라는 분위기만이 팽배해 있어요. 혹은 영화는 계속 찍어야 한다든가, 아니면 촬영은 계속되어야 한다라는 말들만 하고 있죠. 달리 적절한 용어는 모르겠습니다. 사람들이 관심을 기울이는 것이라고는 온통 마리나 그레그가 언제 제대로 촬영에 들어갈 수 있느냐 하는 것뿐이었어요. 그녀는 한두 번인가 신경쇠약 증세를 보여 영화를 망친 적이 있답니다.”

“사람들이 대체로 그녀를 좋아하던가?”

“사람들은 그녀를 골칫덩이라고 생각하면서도, 일단 그녀가 매혹적인 분위기를 보이면 매료당하지 않고는 못 배긴답니다. 그리고 그녀의 남편은 그녀에게 넋이 빠져 있다고들 하더군요.”

“사람들이 제이슨을 어떻게 생각하던가?”

“최고의 감독이라던가 제작자라던가, 아무튼 대단한 평판을 받고 있더군요.”

“다른 배우들과 연관된 소문은 없었나, 아니면 다른 여자라든가, 뭐 그런 식의?”

톰 티들러가 빤히 쳐다보더니 말했다.

“없었습니다. 없었어요. 그런 일은 눈곱만큼도 내비치는 게 없더군요. 왜요, 그런 일이 있으리라는 생각이 듭니까?”

“좀 의심 가는 데가 있어서 그래.” 더못이 말했다.

“마리나 그레그는 그 독주가 자기를 노린 것이었다고 확신하고 있거든.”

“그녀가 지금요? 그 말이 옳습니까?”

“거의 확실하다고 봐. 그렇지만, 중요한 건 그게 아냐. 그녀가 그 사실을 남편한테 말하지 않고 의사한테 말했다는 점이야.”

“생각하시기에, 그녀가 만일 남편에게 얘기하면—.”

“그저 이상해서 그래. 어쩌면 그녀는 마음속으로 자기 남편까지도 의심하고 있는지도 모르지. 의사의 태도에도 좀 특이한 데가 있었어. 그렇다고 상상해 볼 수도 있다는 거지, 딱히 단정하는 건 아닐세.”

“글쎄요, 촬영소에서는 그런 소문이 전혀 떠돌아다니지 않던데요. 그런 이야기라면 금방 귀에 들어왔을 텐데.” 톰이 말했다.

“그녀 쪽에서 다른 남자와 문제를 일으키지는 않았나?”

“아뇨, 그녀도 러드에게 빠져 있는 듯이 여겨지던데요.”

“그녀의 과거에 대해 뭐 흥미 있는 소문거리는 없었나?”

티들러가 씩 웃었다.

“영화잡지에 나와 있는 것 말고는 전혀.”

“나도 좀 읽어 봐야겠군. 그래야 분위기라도 좀 알지.” 더못이 말했다.

“그들이 말하고 은근히 풍기는 것이란 게 오죽하겠습니까!”

“궁금하군—.” 더못이 생각에 잠겨 말했다.

“과연 마플 아주머니가 영화잡지를 읽어 봤을까.”

“교회 옆집에 산다는 나이 많은 여자분 말씀입니까?”

“그렇다네.”

“사람들이 그 마플 양은 매우 예리하다던데요.” 티들러가 말했다.

“이 마을에서 일어나는 일치고 마플 양의 귀에 들어가지 않는 일이란 있을 수가 없다고요. 영화인들에 관해서는 잘 모르겠지만, 베드콕 부인에 대한 내막이야 충분히 들려줄 수 있겠지요?”

“예전처럼 그리 쉬운 일만은 아냐. 이 지역에도 새로운 사회생활이 막 생겨나고 있어. 주택단지라든가, 커다란 건물들이 들어찬 단지가 조성되고 있지. 베드콕 부부는 거기에 새로 이사 온 사람들이거든.”

“그 지역 사람들에 대해서는 별로 듣지를 못했습니다.” 티들러가 말했다.

“영화배우들의 성생활이라든가 뭐 그런 일에다 초점을 맞추었거든요.”

“별로 알아온 것도 없구먼.” 더못이 투덜거렸다.

“마리나 그레그의 과거라든가, 뭐 그런 따위는 없나?”

“한창때의 결혼 경력 빼놓고는 신통한 게 없었습니다. 그녀의 첫 남편은 이혼하는 것을 싫어했다고 합니다. 지극히 평범한 사내였다더군요. 부동산업자라던가 뭐 그랬답니다. 그런데, 부동산업자가 뭐하는 사람입니까?”

“부동산을 중개해 주거나 하는 업무를 맡아 보는 사람이겠지.”

“아, 그렇군요. 아무튼 그는 그다지 큰 재산을 갖지 못했는지, 그녀는 그를 차버리고 외국의 백작인가 왕자인가 하는 사람하고 결혼했답니다. 이 결혼은 전혀 지속될 기미도 없이 얼마 못 가 갈라섰는데, 소문날 만한 싸움 같은 것도 없었답니다. 그녀는 그를 떨쳐내고는 세 번째 남편과 짝을 이루었습니다. 영화배우 로버트 트러스콧이었지요. 아주 열정적인 사랑을 나눴다고 하더군요. 그 남자의 부인은 전혀 헤어지고 싶어하지 않았지만 끝내는 그렇게 할 수밖에 없었답니다. 엄청난 위자료를 지불했다더군요. 제가 알아낸 바에 의하면, 마리나의 남편들은 전부인에게 막대한 위자료를 지불해야 했기 때문에 모두들 돈에 쪼들렸던 것 같습니다.”

“그런데, 그 결혼도 뭐가 잘못되었나?”

“그렇습니다. 그녀 쪽에서 이혼을 당했답니다. 깊은 상처를 받았을 거라고들 하더군요. 그렇지만, 1~2년 뒤에 또 한 번 신문 가십난을 요란하게 장식한 로맨스가 생겨났지요. 이지도어 누구였는데—극작가라더군요.”

“흥미진진한 삶이로군.” 더못이 말했다.

“자, 우리 오늘은 이만 끝내도록 하세. 내일은 좀 힘든 일에 착수해야 하니까.”

“구체적으로 어떤 일입니까?”

“여기 내가 갖고 온 리스트를 면밀히 조사해야 되는 일이지. 여기 20여명 가운데 몇몇 사람은 제외시킬 수 있으니, 그 나머지 명단 중에서 X를 찾아야만 해.”

“누가 X인지 뭐 좀 감이 잡히십니까?”

“전혀. 만일 제이슨 러드가 아니라면.”

그는 냉소적이면서 쓴웃음을 지으며 덧붙였다.

“마플 양에게로 가서 이 마을 상황에 대해 정보를 좀 얻어와야겠어.”

제12장

마플 양은 자기 방식대로 조사를 계속해 나갔다.

"정말 친절하십니다, 제임슨 부인. 얼마나 고마운지, 뭐라고 감사를 표해야 할지 모르겠군요."

"오, 그런 말씀 마세요, 마플 양. 저야말로 도와 드리게 되어서 정말 기쁩니다. 최근호를 원하시는 거죠?"

"아니, 아니에요. 특별히 그럴 것까진 없어요." 마플 양이 말했다.

"실은 더 오래된 과월호를 좀 봤으면 싶은데요."

"그러세요, 그렇다면 여기 있어요." 제임슨 부인이 말했다.

"여기 한 보따리나 있는데 우리에겐 이제 필요가 없어요. 보시고 싶을 때까지 얼마든지 부담 갖지 말고 보세요. 들고 가시기에 너무 무거울 것 같은데. 제니, 파마 어떻게 됐니?"

"다 됐어요, 제임슨 부인. 린스를 했으니까 말리기만 하면 돼요."

"그렇다면, 마플 양의 댁까지 이 잡지들을 좀 들어다 주겠니? 아닙니다, 진짜예요. 마플 양, 전혀 폐될 것 없어요. 어떤 거라도 우리가 해드릴 수 있는 걸 항상 기쁘게 생각해요."

사람들이 얼마나 친절한가 하고 마플 양은 생각했다. 특히 평생토록 알아온 사람들의 경우에는 더욱 그렇다. 미용실을 오랫동안 경영해 온 제임슨 부인은 시대의 흐름에 맞추어 간판을 다시 쓰고, 스스로를 '헤어스타일리스트 다이언'이라 칭했다. 그러나 그것 외에 미용실 내부는 예전과 별 차이 없이 그냥 그대로이고, 예전 방식대로 손님들의 요구를 들어주고 있었다. 그 미용실은 멋지고 오래가는 파마로 사람들의 모습을 몰라보게 바꿔 놨다. 이 방식을 젊은 세대들을 위한 머리 모양과 컷에도 적용해 보았는데, 그리 큰 비난은 따르지 않

있었다. 그렇지만, 제임슨 부인의 고객 중 태반은 까다롭고 고지식한 중년층 부인들로, 그들은 다른 데서는 도무지 자기들이 원하는 머리 모양이 나오지 않는다고들 했다.

"어머나, 세상에―." 다음 날 아침 체리가 속으로 여전히 라운지라 부르는 응접실을 요란한 후버 청소기로 청소하려고 들어서면서 말했다.

"이게 다 뭐예요?"

"공부하는 중이야." 마플 양이 말했다.

"영화계에 대해서 무식을 좀 면해 보려고 말이야."

그녀는 〈무비 뉴스〉 지를 한 옆으로 밀쳐놓고 〈어멍스트 더 스타스(스타들과 함께)〉 지를 집어 들었다.

"정말로 재미있는데그래. 여러 가지 사건들에 대해서 그토록 세세하게 소개하여 기억을 새록새록 나게 하니까 말이야."

"틀림없이 색다르고 별난 삶을 살았을 거예요, 스타들이라면."

"특별한 삶이지. 고도로 특수화된 삶이야. 이 글을 읽다 보니 전에 내 친구가 들려주곤 하던 말이 생각나. 그녀는 간호사였지. 보통 사람들처럼 그저 평범한 인생관을 갖고 있었으며, 쑥덕공론이나 소문내는 걸 좋아하는 것도 마찬가지였어. 인물이 좋은 의사들은 꽤 큰 문제를 일으킨다는 둥 하면서 말이야."

"너무 갑작스런 변화 아니세요? 이런 잡지에 흥미를 가진다는 거 말이에요."

"요즈음 뜨개질이 잘 되지 않아서 그래." 마플 양이 말했다.

"물론 이 잡지의 활자도 작긴 하지만, 돋보기를 끼면 되거든."

체리는 그녀를 이상한 눈길로 쳐다보았다.

"언제나 저를 놀라게 하시는군요. 흥미를 느끼시는 것마다 말이에요."

"난 모든 일에 흥미를 가지고 있어." 마플 양이 말했다.

"그 연세에 늘상 새로운 주제에 관심을 두시니 말이에요."

마플 양은 머리를 흔들었다.

"진짜로 새로운 주제라고 할 수는 없어. 내가 흥미를 느끼는 건, 알겠지만 인간의 본성이지. 인간의 본성이라는 것은 영화배우건, 간호사건, 세인트 메리 미드 마을 사람이건, 모두 그게 그거잖아." 그녀는 골똘히 생각하며 덧붙였다.

“주택단지 사람들도 마찬가지고.”

“영화배우와 제게 비슷한 데라고는 전혀 없는데—.” 체리가 깔깔 웃으며 말했다.

“그래서 더 애석해요. 마리나 그레그 부부가 고싱턴 홀 저택에 이사 왔기 때문에, 아주머니가 이런 잡지에 흥미를 느끼시는 게 아녜요?”

“그것도 그렇지만, 아주 비극적인 사건이 거기서 발생했잖아.”

“베드콕 부인 말이세요? 그 부인은 운이 나빴어요.”

“그 점을 어떻게 생각하고 있나, 거기—.” 꼭 다문 마플 양의 입술에 ‘주택단지’라는 말의 여운이 잠시 맴돌았다. 그녀가 질문을 정정했다.

“당신과 당신 친구들은 그 사건에 대해 어찌 생각하지?”

“기묘하다고 생각하고 있어요.” 체리가 말했다.

“독살당한 것처럼 보이잖아요, 그렇잖아요. 경찰은 신중을 기하느라 대놓고 그렇다고는 말하지 않지만요. 어쨌든 그런 것처럼 보여요.”

“나도 그밖엔 달리 생각할 수 없다고 보고 있어.” 마플 양이 말했다.

“그래요, 자살일 리가 없어요.” 체리가 맞장구를 쳤다.

“히더 베드콕한테는 어림도 없는 소리예요.”

“그녀를 잘 알고 있었어?”

“아뇨, 꼭 그렇지는 않았어요. 거의 모르는 거나 마찬가지예요. 그녀는 여기 저기 참견하길 좋아했잖아요, 아시죠? 늘상 사람들더러 여기에 가입해라, 저기에 가입해라 간섭하면서, 극성스럽게 회합이란 회합에는 꼭꼭 모습을 비췄잖아요. 한마디로, 정열이 너무 넘쳐났어요. 그 때문에 때때로 그녀 남편이 질리지나 않았나 싶어요.”

“그녀는, 실제로는 적을 만들고 다닐 만한 인물은 아닌 것 같던데.”

“사람들은 이따금 그녀 때문에 아주 진저리를 내곤 했어요. 요는, 그녀 남편 말고 누가 그녀를 죽이려 했겠느냐 그 말이에요. 그는 아주 온순한 타입이거든요. 그렇지만, 지렁이도 밟으면 꿈틀한다고 하더군요. 악명 높은 크리픈(아내를 죽인 의사)조차도 그렇게 사람이 좋을 수 없다는 평판을 듣지 않았던가요? 사람들을 살해해서는 신(酸)에 절였다는 살인마 헤이는 어떻고요. 사람들은 그</p>

가 더 이상 매력적일 수가 없다고 하더군요! 그러니, 그 속을 누가 알겠어요?”

“가엾은 베드콕 씨.” 마플 양이 말했다.

“사람들이 그 파티에서 그가 당황해 하고 안절부절못해 했다고 하더군요—사건이 나기 전에 말이에요. 그렇지만, 그런 말은 언제나 사건이 터지고 나면 어김없이 돌게 마련이죠. 제가 보기에, 그는 지난 수년 동안보다 요즈음에 와서 오히려 얼굴이 더 좋아졌다고 할까요. 훨씬 생기에 차 있고, 자신감을 되찾은 듯이 보이더군요.”

“정말 그래?” 마플 양이 물었다.

“실제로 그가 저질렀을 거라고는 아무도 믿지 않아요.” 체리가 말했다.

“그렇지만, 그 사람 말고는 그럴 사람이 없으니 하는 말이죠. 그러니 우연한 사고나 뭐 그런 것임에 틀림없다는 생각이 드는군요. 사고야 언제나 일어날 수 있잖아요. 버섯에 대해서 다 알고 있다고 자신하고서 캐왔는데, 그중에 독버섯이 섞여서 온몸에 독이 퍼져 떼굴떼굴 구르고 있는데 운 좋게도 마침 의사가 제때에 구해 줄 수도 있으니까요.”

“칵테일이나 셰리 주 때문에 사고가 나기야 할라고” 마플 양이 말했다.

“오, 모르는 일이에요.” 체리가 말했다.

“다른 종류의 병이 실수로 섞여 들어왔을 수도 있잖아요. 제가 아는 사람도 한번은 DDT를 마신 적이 있었거든요. 지독하게 혼났죠”

“사고라—.” 마플 양이 생각에 잠기며 말했다.

“그래, 확실히 그게 최상의 해답으로 보이기는 해. 히더 베드콕의 경우, 그 것이 고의적인 타살이라고 믿을 만한 근거가 없어. 난 그 사건이 있을 수 없는 일이라고는 말하지 않겠어. 세상에 불가능한 일이란 아무것도 없지만, 그녀를 노린 독살은 아니야. 아냐, 진실은 여기 어딘가에 숨어 있을 거야!”

그녀는 잡지들을 부지런히 뒤적이더니 또 다른 걸 골라 들었다.

“누군가에 대한 특별한 기사라도 찾고 있으신 건가요?”

“아니, 난 그저 사람들이나 생활방식, 뭐 그런 것들에 대해서 좀 특이하게 언급해 놓은 것을 찾아보는 중이야—뭔가 도움이 될 만한 게 있는가 해서.”

그녀가 잡지를 읽는 데 몰두하자, 체리는 진공청소기를 들고 위층으로 올라갔다. 지금 마플 양은 홍조를 띤 채 그 일에 빠져있는 데다가 약간 귀가 먹은 탓에, 정원에 난 길을 따라 응접실 창문 쪽으로 오고 있는 발걸음 소리를 듣지 못했다. 읽던 페이지에 그림자가 살짝 드리워지자 그제야 그녀는 고개를 들었다. 더못 크래독이 미소를 짓고 서 있었다.

"숙제를 하시는 중이로군요." 그가 말을 걸었다.

"크래독 주임경감님, 다시 만나서 무척 기뻐요. 그 황금 같은 시간을 쪼개어 날 만나러 오다니. 커피를 들든가, 아니면 세리 주라도 한잔하겠수?"

"세리 주가 좋겠습니다." 더못이 말했다.

"일어서지 마세요. 들어가면서 제가 말해 두죠." 그가 덧붙였다.

그는 옆문 쪽으로 돌아갔다가 잠시 뒤 마플 양 곁으로 왔다.

"그런데, 그 잡지에서 뭐 쓸 만한 거라도 찾았습니까?" 그가 말했다.

"쓸 만한 게 아주 많아요." 마플 양이 말했다.

"나는 여간해서는 충격을 받지 않는 성미인데, 이걸 보니 좀 충격적이에요."

"뭔데요, 영화배우들의 사생활 말씀입니까?"

"아니, 그건 아니고—절대로 그건 아니에요! 주어진 환경이라든가, 돈이 개입된다든가, 가까이 해볼 수 있는 기회를 가진다면 누구라도 그러는 것이 지극히 당연해요. 그게 아니에요. 그건 아주 자연스러워요. 난 이런 얘기가 쓰인 방법을 말하는 거예요. 난 좀 시대에 뒤져서 그런지는 몰라도, 이런 식으로 쓰게끔 내버려두면 안 될 것 같아."

"뉴슨데요 뭐." 더못 크래독이 말했다.

"아무리 심한 이야기라도 공정한 논평인 것처럼 쓸 수 있거든요."

"나도 알아요. 그것이 때때로 날 아주 화나게 만든다우. 내가 이 따위 걸 읽는다고 어리석다고나 안 할는지 모르겠수. 그렇지만, 모든 일에 대해 몹시 알고 싶어하는 사람이 이렇게 집 안에 틀어박혀 있어서야 어디 원하는 만큼 알 수가 있겠수?"

"제가 생각하는 것도 바로 그겁니다. 그래서 이렇게 밖에서 수집한 정보를 들고 아주머니께 말씀드리러 온 겁니다." 더못 크래독이 말했다.

"하지만, 이봐요, 실례지만, 당신 상관들에게 그래도 좋다고 허락받았수?"

“못 할 이유가 없잖아요. 여기 명단이 있습니다. 히더 베드콕이 도착해서 죽을 때까지 그 층계에 있었던 사람들 명단입니다. 많은 사람들을 용의선상에서 제외시킬 수 있을 겁니다. 다급한 감은 있지만, 꼭 그런 것만도 아닙니다. 우선 시장 부부는 지울 수 있겠고요, 어떤 참사회원 부부와 이 지역 사람들은 대부분 지워 버렸지요. 남편은 남겨 두어야겠습니다. 제 기억이 맞는다면, 아주머니께서는 언제나 남편에게 강력한 혐의를 두곤 하셨지요.”

“남편들이야 종종 명백한 용의자가 될 수 있지. 그리고 명백한 용의자가 종종 옳은 추측이기도 하고.” 마플 양이 변명조로 말했다.

“더는 동의할 수가 없는데요.” 크래독이 말했다.

“그런데 남편이라니, 주임경감님. 누굴 말하는 거죠?”

“누구라고 생각하십니까?” 더못이 물었다. 그는 그녀를 날카로운 시선으로 바라보았다.

마플 양은 그를 쳐다보았다.

“제이슨 러드―말이우?” 그녀가 물었다.

“아! 어쩌면 그렇게 제 마음과 똑같습니까. 저도 아더 베드콕은 아니라고 생각합니다. 애초에 범인이 의도했던 희생자는 마리나 그레그였던 것 같습니다.”

“그건 거의 확실하다고 할 수 있어요, 그렇지 않아요?” 마플 양이 말했다.

“그렇다면 우리는 아직 탐험하지 않은 그 넓은 영역을 통틀어 그 점에 있어서만은 일단 일치를 보았습니다. 그날 그 자리에 누가 있었던가, 그들이 보았거나, 또는 보았다고 말한 것은 무엇인가, 그들이 어디 있었는가, 또 어디 있었다고 말했는가 하는 것들은, 아주머니가 거기 계셨더라면 훤히 보셨을 사항들입니다. 그러니, 제가 아주머니와 그 문제로 의견을 교환한다 해도 상관들이 반대할 하등의 이유도 없는 것이지요, 그렇지 않겠습니까?”

“경감이 그렇게 말해 주니 고맙구려.” 마플 양이 말했다.

“제가 들은 이야기를 간략하게 말씀드리고 나서 명단을 살펴보기로 하죠.”

그는 자기가 들은 바를 간단히 설명하고 나서 명단을 꺼냈다.

“이 사람들 중에 한 사람일 겁니다.” 그가 말했다.

"저의 대부(大父) 헨리 클리더링 경 말씀이, 아주머니께선 전에 이곳에서 클럽을 조직했다고 하시더군요. 그것을 '화요일밤 클럽'이라 하셨다면서요?(《화요일 클럽의 살인》 참조) 클럽 회원들이 돌아가면서 저녁을 내고, 한 사람씩 이야기를 했는데, 그 이야기는 실화이면서 그 이야기의 끝은 항상 수수께끼로 남겨졌다고요? 그리고, 그 수수께끼의 해답은 오로지 이야기하는 사람만이 알고 있었다죠. 그런데 매번, 제 할아버님 말씀이, 아주머니께서 꼭꼭 맞추셨다더군요. 그래서, 제게도 뭔가 이 미스터리에 관한 해답을 찾아 주실 수 있을 것 같아 오늘 아침에 이렇게 부랴부랴 찾아온 겁니다."

"오, 지나친 말이야. 그렇게 말하기엔 좀 하찮은 것이지." 마플 양이 책망조로 말했다.

"그렇지만, 묻고 싶은 게 딱 한 가지가 있긴 해요."

"뭔데요?"

"애들은 어떻게 되었지?"

"아이들이라고요? 한 명뿐입니다. 정신박약이라서 미국에 있는 요양소에 있다더군요. 그 아이 말씀입니까?"

"아니, 내 말은 그게 아니라—물론 참으로 안된 일이기야 하지. 그렇지만, 이러한 비극이 발생하는 데 대해서는 그 누구에게도 책임을 물을 수 없다우. 내가 말하는 것은 기사에 실린 아이들 얘기예요." 그녀는 자기 앞에 놓인 잡지를 손가락으로 톡톡 쳤다.

"마리나 그레그가 양자로 맞아들인 자식들 말이지. 사내아이 둘, 여자아이가 하나라지? 한 아이의 경우, 자식은 많은데 키울 능력이 없는 한 엄마가 그녀에게 편지를 보내서 자기 자식 하나를 양자로 들여 달라고 부탁했대요. 거기에는 어리석기 짝이 없는 감상적인 오류가 수도 없이 적혀 있더군. 어머니의 헌신적인 심경과, 앞으로 자식이 누릴 좋은 집과 교육, 미래에 대해서 말이야. 나머지 두 명에 대해서는 알아내지 못했다우. 한 아이는 내 생각에 외국의 고아 같고, 나머지 한 아이는 어떤 미국 아이였던 것 같아. 마리나 그레그는 그들을 다른 시기에 각각 맞아들였대요. 그 아이들이 어떻게 되었는지 궁금해."

더못 크래독이 이상한 눈길로 그녀를 쳐다보았다.

“거기까지 생각하시다니 좀 지나친 것 아닙니까?” 그가 말했다.

“저는 그저 그 아이들에 대해서 어렴풋이 궁금히 여긴 정도였습니다만. 그런데, 어떻게 이 사건과 연관시킬 생각을 하셨습니까?”

“그러니까―.” 마플 양이 말했다.

“내가 듣거나 확인한 바로는, 그들은 지금 그녀랑 같이 안 산다던데?”

“생활비조로 일정한 금액을 보내 주고 있지 않을까요?” 크래독이 말했다.

“실제로, 양자법에서도 그 점을 강조한다고 알고 있는데요. 아마도 그들에게 신탁된 재산이 상속됐을 겁니다.”

“그러니까, 그녀가 그들에게―싫증이 나면―.” 마플 양이 ‘싫증’이라는 말을 하기 전에 미미하게 사이를 두고 머뭇거렸다.

“그들은 버림을 받은 거지! 온갖 호화로운 생활을 다 맛보게 해놓고서 말이야. 바로 그런 거 아니겠수?”

“그럴지도 모르지요.” 크래독이 말했다.

“정확하게는 모릅니다.” 그는 여전히 이상한 눈초리로 그녀를 쳐다보았다.

“아이들이란 느낌이 재빨라요.” 마플 양이 머리를 끄덕이면서 말했다.

“주위 사람들이 상상하는 것보다 훨씬 더 민감하지. 거절당했다거나, 아니면 소외되었을 때 생기는 상처 말이에요. 나중에 여러 가지 편리를 누린다 해도 회복될 수 없는 일이라우. 교육으로도 대신할 수 없고, 안락한 생활이라든가, 보장된 수입이라든가, 만족스러운 직업으로도 안 되는 것이지. 오랫동안 마음에 사무치는 기억으로 남을 일이라우.”

“그렇겠지요. 그런데, 아무리 그렇다손 치더라도 그것은 좀 억지로 갖다 붙인―저, 무엇을 생각하고 계시는 건가요?”

“아직 그 이상은 생각 못 했어요.” 마플 양이 말했다.

“그저 그들이 어디 살고 있는지 궁금하기도 하고, 지금 몇 살쯤 됐을까도 그렇고―여기서 읽어 본 바에 의하면 이제 어른이 다 되었겠는데.”

“그건 제가 알아볼 수 있을 겁니다.” 더못 크래독이 느릿느릿 말했다.

“어머나, 어떻게든 경감을 성가시게 하고 싶진 않았는데. 게다가, 내 보잘것없는 생각이 과연 가치가 있는지조차도 말할 수 없는 처지라우.”

"전혀 그렇지 않습니다." 더못 크래독이 말했다.

"그저 체크해 보는 건데요, 뭐." 그는 조그만 수첩에다 뭔가 기입했다.

"자 그럼, 변변찮지만 이 명단을 좀 보시지요."

"그런데, 내가 거기서 뭐 좀 쓸 만한 것을 얻어낼 수 있을는지 모르겠수. 난 거기 있었던 사람들을 모르니까."

"그건 제가 설명해 드릴 수 있습니다. 자, 들어 보시죠 '제이슨 러드, 남편.'(남편들이란 언제나 가장 유력하게 지목되는 용의자 임) 모두들 제이슨 러드는 자기 부인을 숭배하다시피 한다더군요. 그 자체만으로도 의심스럽다고 생각지 않으십니까?"

"반드시 그렇지만은 않겠지요." 마플 양이 위엄 있게 대답했다.

"그는 자기 부인이 공격의 표적이었다는 사실을 숨기기에 안간힘을 다하고 있습니다. 경찰에조차 전혀 그런 내색을 하지 않았어요. 어째서 우리를 그따위도 생각해 내지 못할 멍청이라고 생각하는지 모르겠습니다. 우리는 애당초 그 점에 신경 썼거든요. 어쨌든 그의 이야기는 이렇습니다. 그는 행여 그 사실이 자기 부인 귀에라도 들어가서 그녀가 정신을 잃을까 봐 걱정이라는 겁니다."

"그녀는 공포로 인해 정신을 못 차리는 성격을 지닌 여자인가 보지?"

"그렇습니다, 그녀는 신경쇠약 환자예요. 화를 잘 내고 신경이 아주 예민한 데다가 히스테리를 잘 일으키죠."

"그것만으론 용기가 부족하다고 단정 지을 수는 없겠는데그래." 마플 양이 반대의사를 표명했다.

"반면에 만일 그녀가 자신이 공격 목표였다는 것을 잘 알고 있다면, 누가 그랬는지도 알 가능성이 높지 않겠습니까?"

"누가 범인인지 그녀는 알 것이다―그런데, 그 사실을 은폐하고 있다는 말이지요?"

"그저 가능성이 있다고 보는 겁니다. 그리고 만일 그렇다면, 왜 애길 않는지 오히려 이상하지 않습니까? 그게 바로 이 문제의 핵심적인 동기처럼 보이는데, 마리나에게 자기 남편 귀에 들어가길 꺼려하는 뭔가가 있다고 느껴집니다."

"그것참 재미있는 생각이로군." 마플 양이 말했다.

"몇 사람 더 살펴보겠습니다. 비서인 엘라 질린스키. 아주 똑똑하고 실력 있는 젊은 여자입니다."

"그 남편과 사랑하는 사이라고 생각하나요?" 마플 양이 물었다.

"예, 그렇다는 생각이 듭니다. 아주머니는 왜 그렇게 생각하셨지요?"

"그저, 흔히 있는 일이니까." 마플 양이 말했다.

"그렇다면 불쌍한 마리나 그레그를 그리 좋아하지 않겠는데그래?"

"따라서, 살인 동기의 가능성이 있습니다." 크래독이 말했다.

"비서나 고용인들 가운데는 자기가 모시는 고용주의 남편들과 사랑에 빠지는 일이 허다해요. 그렇기는 해도 고용주를 독살하는 경우는 극히 드물지."

"글쎄요, 하지만 예외사항도 인정해야만 할 것 같습니다. 그리고 이 고장 카메라맨 둘과 런던에서 온 카메라맨, 신문기자가 둘 있었어요. 그들 중 아무도 뚜렷이 혐의가 가는 사람은 없습니다만, 조사는 해봐야겠지요.

또 마리나 그레그의 두 번째던가 세 번째 남편의 전처가 있었습니다. 마리나 그레그가 자기 남편을 빼앗아 갔을 때 심경이 아주 불편했다 하더군요. 그렇다 해도 11~12년 전 일이긴 합니다. 그 이유 때문에 마리나를 독살하려고 그녀가 이 시점에 여기 나타났을 것 같지는 않습니다.

그리고 아드윅 펜이라 불리는 남자가 있습니다. 그는 한때 마리나 그레그와 굉장히 가까운 사이였다고 해요. 그런데 최근 여러 해 동안은 만나지 못했답니다. 그는 영국에서는 잘 알려지지 않은 인물이라서, 그가 이번에 모습을 비춘 건 아주 놀라운 일이었다고 합니다."

"그때 마리나가 그를 보고서 소스라치게 놀랐겠군요?"

"아마 그랬을 겁니다."

"소스라치게 놀랐다거나—섬뜩했을 수도 있겠지."

"'나에게 저주가 내렸어'—그랬다고도 볼 수 있겠죠.

그리고 교묘히 연기하면서 그날의 일에 대해 요리조리 발뺌하는 젊은 헤일리 프레스턴이 있습니다. 그는 말을 수도 없이 지껄였는데, 절대로 자기는 들은 것도 없고 본 것도 없고 아는 것도 없다고 하더군요. 그렇게 말하려고 갖은 애를 다 쓰는 것 같았습니다. 뭐 생각나는 점이라도 있으십니까?"

“꼭 그런 건 아니에요. 재미있는 가능성투성이군. 그렇지만, 난 여전히 아이들에 대해서 좀더 알고 싶어요.” 마플 양이 말했다.

그는 그녀를 이상한 눈길로 쳐다보았다.

“그 점에 너무 골몰해 계신 것 아닙니까?” 그가 말했다.

“아무튼 좋습니다. 제가 알아봐 드리겠습니다.”

제13장

1

“혹시 시장이 그랬을 가능성은 없을까요?” 코니쉬 경감이 말하고 싶어 못 견디겠다는 듯 한마디를 내뱉었다. 그는 연필로 그 명단을 톡톡 쳤다.

더못 크래독이 싱긋 웃었다.

“그랬으면 하는 희망사항인가요?” 그가 물었다.

“그의 평판을 듣는다면 충분히 그렇게 생각할 수 있습니다. 거만하고 점잖은 체하는 늙다리 위선자라고요!” 코니쉬가 말했다.

“모든 사람들이 그런 말을 해요. 권력을 휘두르고, 극도로 독실한 신자인 체하면서 과거 몇 년 동안 뇌물을 받아 부정 축재에 혈안이 되어 있었거든요!”

“그 문제를 가지고 그를 잡아들일 수는 없었소?”

“없습니다. 얼마나 교활한 수법을 둘러대는지, 뻔히 알면서도 확증을 잡기가 어렵습니다. 언제나 법망을 교묘히 피해 다니니까요.”

“그럴싸한데―. 그렇지만, 난 당신이 품고 있는 그 낙관적인 청사진을 떨쳐 버려야 한다는 생각이 드오, 프랭크.”

“알아요, 압니다. 가능성이 있기는 합니다만, 어디 이번 일에 그랬기야 하겠습니까, 그 외에 또 누가 있습니까?”

두 사람은 다시 명단을 검토했다. 아직도 여덟 사람이나 더 있었다.

“우리가 작성을 제대로 하긴 한 거겠죠? 여기서 빠진 사람은 없겠죠?” 크래독의 목소리에 의문의 기미가 살짝 내비쳤다. 코니쉬가 대답했다.

“그게 전부라고 확신하셔도 괜찮을 겁니다. 밴트리 부인 다음에 목사님이 오고, 그다음에 베드콕 부부가 왔죠. 그때 계단에는 여덟 사람이 있었습니다. 시장과 시장부인, 로워 팜 농장에서 온 조수아 그리스 부부가 있었고, 머치 벤햄의 ‘헤럴드 아거스’ 신문사에서 온 도널드 맥닐이 있었고요. 미국에서 온 아드윅 펜이 있었죠. 롤라 브루스터 양, 영화배우인데 미국에서 왔어요. 어디보자—거기다가 런던에서 온 예술사진 작가가 계단에다 카메라 기재를 세워 놓고 앵글을 맞추고 있었어요. 주임경감님 말씀대로, 밴트리 부인이 얘기한 마리나 그레그의 '얼어붙은 시선'이 계단을 올라오는 누군가를 보고서 그런 것이라면, 그 사람들 중에서 용의자를 색출해야겠지요. 애석하게도 시장이 빠지는군요. 그리스 부부도 제외시켜야겠고—장담하건대 세인트 메리 미드 마을 밖을 떠나 본 적이 없는 사람들입니다. 그러면, 네 사람이 남는군요. 이 지역 신문기자가 그럴 것 같지는 않고, 마리나 그레그가 그렇게 느지막이 갑작스런 반응을 보여야 할 이유가 없는 거죠. 그러면 누가 남게 됩니까?"

"미국에서 온 불길한 낯선 사람들이 있지요." 크래독이 보일락 말락 미소 지으며 말했다.

"예, 그렇습니다."

"지금으로서는 그들이 가장 유력시된다는 점에 이의가 없소. 그들은 예기치 않게 불쑥 나타났거든. 아드윅 펜은 마리나가 몇 해 동안이나 만나지 못했던 옛 애인이오. 그리고 롤라 브루스터는 마리나 그레그의 세 번째 남편의 전처였는데, 그녀 남편이 마리나 그레그와 결혼하기 위해 이혼을 강요했다더군요. 아무래도 합의하에 이루어진 원만한 이혼은 아닌 것 같소."

"나 같으면 그녀를 용의자 제1번으로 놓겠습니다." 코니쉬가 말했다.

"그렇소, 프랭크? 거의 15년이나 되는 세월이 흘렀는데다가, 그녀 자신도 그 이후로 결혼을 두 번이나 더 했는데?"

코니쉬 주임경감은 여자에 대해서 전혀 모른다고 핀잔을 주었다. 더못은 일반적인 견해로야 그 말을 받아들이겠지만서도, 그 정도를 가지고 문제를 삼는다는 건 이해가 안 간다고 말했다.

"그렇지만, 이 두 사람이 가장 유력한 용의자라는 데에는 동의했잖습니까?"

"가능한 얘기요. 하지만, 썩 내키는 것은 아니오. 음료수를 돌리는 데 임시로 고용된 사람들은 어떨 것 같소?"

"그렇게나 귀가 따갑도록 들어 온 '얼어붙은 시선'을 무시하자는 말씀입니까? 좋습니다, 우리는 일반적인 방법대로는 모두 조사해 봤지요. 마켓 베이싱 마을에 있는 지역 서비스 회사에서 그 일을 맡아서 했습니다―파티를 말하는 겁니다. 그 집에서는 집사 쥐제페가 모든 일을 책임지고 맡아 했죠. 그리고 촬영소 식당에서 온 이 마을 아가씨가 두 명 있었고요. 저는 그 두 아가씨를 다 알고 있는데, 과하게 총명한 것도 아니고, 또 해를 끼칠 사람들도 아닙니다.”

“내게로 일을 떠맡기는 거요? 난 그 기자 친구와 얘기를 좀 나눠 봐야겠군. 뭔가 도움이 될 만한 것을 목격했을지도 모르지요. 그런 다음 런던으로 가겠소. 아드윅 펜, 롤라 브루스터, 그리고 사진작가 아가씨―이름이 뭐였더라?―마깃 벤스였지. 그녀도 뭔가를 봤을지도 모르지.”

코니쉬가 고개를 끄덕였다.

“저는 롤라 브루스터를 가장 유력한 용의자로 꼽겠습니다.” 그가 다시 한 번 말했다. 그는 이상한 눈길로 크래독을 쳐다보았다.

“주임경감님께서는 그녀에 대해서 저만큼 확고하지는 않으신 모양이군요?”

“어려울 거라는 생각이 드오.” 더못이 천천히 말했다.

“어렵다니, 뭐가요?”

“그 누구의 눈에도 띄지 않고 마리나 그레그의 잔에 독을 탄다는 것이 말이오.”

“그래도, 그거야 모든 사람이 다 마찬가지 아니겠습니까? 미쳐서 한 짓인데요 뭐.”

“미쳐야 그런 짓을 하게 되겠지만, 다른 사람들보다 롤라 브루스터 같은 사람에게는 더욱 미친 짓이었을 테지.”

“어째서요?” 코니쉬가 물었다.

“그녀는 꽤 중요한 초대 손님이었거든. 이름이 알려진 유명인사요. 모든 사람들이 그녀를 주시했을 거라고.”

“사실이 그렇습니다.” 코니쉬도 인정했다.

“여기 사람들이 서로서로 쿡쿡 찔러 가면서 소곤거리며 쳐다봤을 것이오. 마리나 그레그와 제이슨 러드가 그녀를 맞이하고 난 뒤에 비서들이 그녀를 안내했지. 쉬운 일이 아니오, 프랭크. 아무리 기민하다 해도 아무에게도 들키지 않았다고는 자신 못 해. 바로 그 점에 뜻하지 않은 장애물이 있는 거요, 아주 큰 장애물이지."

"그거야 모든 사람에게 똑같이 있는 장애물 아닙니까?"

"아니지. 그건 절대 아니오. 그것과는 거리가 멀어. 집사 쥐제페를 예를 들어 보지요. 그는 마실 것을 채우고 잔을 나르느라 분주했소. 그러니, 그라면 잔에다 칼모를 조금, 아니 한두 개의 알약을 손쉽게 넣을 수 있지 않겠소?"

"쥐제페라고요?" 프랭크 코니쉬가 곰곰 생각했다.

"그가 그랬다고 생각하시는 겁니까?"

"그렇게 믿을 이유는 없소. 그렇지만, 이유를 알게 될지도 모르지. 아주 확실한 동기라고나 할까. 그래, 그가 그랬을 수도 있소. 아니면, 요리사들이 그랬을 수도 있고—애석하게도 그들은 그 장소엔 없었지만 말이오. 안타깝게도 누군가가—여자인지 남자인지는 모르겠지만, 계획적으로 그 서비스 업체에 들어가기 위해 조작했는지도 모르지."

"주임경감님은 그 모든 것이 미리 계획된 것이라고 말씀하시는 겁니까?"

"아직은 아무것도 모르겠소." 크래독이 초조한 듯이 말했다.

"우리는 완전히 백지상태요. 마리나 그레그나 그 남편의 입을 열게 해서 우리가 알고 싶은 것을 억지로 얻어내면 또 모를까. 그들은 틀림없이 알고 있거나, 아니면 누군가를 의심하고 있을 거요—그걸 전혀 밝히려 하지 않으니 그게 탈이지. 그리고 우리는 그들이 왜 입을 안 여는지조차도 모르고 있소. 정말이지 앞으로 가야 할 길이 막막하군."

그는 잠시 말을 끊었다가 다시 계속했다.

"'얼어붙은 시선'이 순전히 우연일지도 모르니까 그걸 무시한다고 치면, 그 일을 쉽사리 해치울 수 있는 사람이 또 있소. 여비서 엘라 질린스키. 그녀도 마찬가지로 잔을 들고 분주히 왔다갔다하면서 사람들에게 마실 것을 건넸거든. 아무도 그녀를 특별히 관심 있게 본 사람은 없을 거요. 똑같은 예가 그 호리호리한 막대기 같은 청년에게도 적용될 수 있지—이름은 잊어버렸소. 헤일리—헤일리 프레스턴이었던가? 그래, 맞았어. 그 두 사람한테도 기회는 좋은 셈이지. 실제로 그 두 사람이 마리나 그레그를 없애려고 마음먹었다면, 공적인 행사가 벌어지는 그런 장소에서 해치우는 것이 훨씬 안전할 수 있지 않겠소?"

“또 다른 사람은요?”

“그러니까, 역시 남편은 항상 최후까지 혐의를 벗어날 수 없는 것이겠지.”

“이야기가 다시 남편에게로 돌아가는군요.” 코니쉬가 희미한 미소를 지으며 말했다.

“마리나 그레그가 목표물이라는 사실을 알기 전에는 그 불쌍한 베드콕 씨를 의심했습니다. 하지만, 이제 그 의심은 제이슨 러드에게로 옮겨갔어요. 그렇지만, 그는 부인을 열렬히 사랑한 듯하던데요, 틀림없어요.”

“그렇다고 사람들 사이에 평이 나 있지. 그래도 알 수 없는 일이오.”

“만일 그가 아내를 제거해 버리고 싶었다면, 이혼하는 편이 훨씬 쉽지 않았을까요?”

“보통은 그렇게들 하지.” 더못이 수긍했다.

“허나, 이 사건엔 워낙 우여곡절이 많은 것 같으니 아직은 모를 일이오.”

전화벨이 울렸다. 코니쉬가 수화기를 집어 들었다.

“뭐라고요? 그래요? 연결해 주십시오. 그렇습니다, 여기 계십니다.” 그가 잠시 듣고 있다가 손으로 수화기를 막고서 더못을 쳐다보았다.

“마리나 그레그 양아—.” 그가 말했다.

“훨씬 좋아졌다는군요. 심문에 응할 준비가 되어 있답니다.”

“서둘러 가는 게 좋겠소. 맘 변하기 전에.” 더못 크래독이 말했다.

2

더못 크래독이 고싱턴 홀 저택에 당도하자 엘라 질린스키가 맞아 주었다. 그녀는 언제나처럼 싹싹하고 유능해 보였다.

“그레그 양께서 기다리고 계십니다, 크래독 씨.” 그녀가 말했다.

더못은 호기심을 가지고 그녀를 바라보았다. 처음부터 그는 엘라 질린스키가 간교한 여자임을 파악했다. 그는 속으로 생각했다.

‘저런 것이 바로 포커페이스로군. 저토록 자기를 드러내지 않는 사람은 처음이야.’ 그녀는 그가 어떤 질문을 하든지 간에 즉각 즉각 대답했다. 그녀에게서 뭔가를 뒤로 빼돌려 놓은 듯한 인상은 전혀 받을 수 없었지만, 또한 실제로 그녀는 뭘 생각하고 뭘 느끼는지, 심지어 이 사건에 대해서 제대로 알고 있기나 한 건지 그로서는 아직도 전혀 짐작조차 할 수 없었다. 총명함과 철저함으로 무장한 그녀의 갑옷에는 어디 한군데 비집고 들어갈 틈이 없어 보였다. 그녀는 자기가 한 말, 한 행동 이상은 아무것도 모를 수도 있다. 아니면, 더 많은 것을 알고 있을지도 모른다. 단 한 가지 더못이 확신하는 것은(그 확신에도 역시 아무런 근거가 없다는 것을 스스로 인정해야만 했지만) 그녀가 제이슨 러드를 사랑한다는 것이다. 그것은 그가 간파한 대로 비서들의 직업병이었다. 거기엔 아무런 의미가 없을 수도 있다.

그렇지만, 그 사실은 최소한 하나의 동기를 제시해 주며, 확신하건대(분명히 확신하건대) 그녀가 뭔가를 숨기고 있다는 것이다. 그것은 사랑일 수도 있고, 그것은 증오일 수도 있다. 그리고 그것은 지극히 단순한 죄의식일 수도 있다.

그녀는 그날 오후에 우연히 적절한 기회를 포착했거나, 아니면 자기가 계획해 왔던 일을 의도적으로 실행에 옮겼을 수도 있다. 그는 그녀가 자신의 수법을 아주 차근차근히 진행시켜 나갔을 것을 쉽게 상상할 수 있었다. 신속하면서도 서둘지 않는 몸놀림으로 이리저리 분주히 다니면서 손님들을 보살펴주고, 이 사람 저 사람에게 잔을 건네며 잔을 받아서 치우기도 하는 사이에, 그녀는 유심히 마리나 그레그가 잔을 내려놓은 테이블을 눈여겨 봐두었을 것이다.

그러다가 마리나 그레그가 미국에서 온 손님들을 맞이하는 바로 그 순간, 그레그가 놀라움의 탄성을 발하며 기쁘게 외치자 사람들의 눈길이 온통 그쪽으로 쏠렸을 것이고, 때를 놓치지 않고 쥐도 새도 모르게 아무의 눈에도 뜨이지 않게 그 잔에 치명적인 독약을 떨어뜨려 넣었을 수도 있다. 그 일은 대담함과 대범함과 신속을 요한다. 그녀는 그 모든 것을 겸비했을 것이다. 그녀는 무슨 짓을 하더라도 자기가 일을 저지르는 동안, 얼굴에 죄의식 따위를 떠올릴 그런 여자가 절대 아닐 것이다. 간단하고도 지능적인 범죄이며, 거의 성공이 보장된 범죄였다.

그렇지만, 그 시도는 다른 방향으로 옮겨져 결론이 났다. 붐비는 파티장에서 누군가가 히더 베드콕의 팔꿈치를 건드렸다. 그녀의 술이 쏟아졌고, 마리나는 자연스럽고도 충동적인 동작으로 전혀 입도 대지 않은 채 거기 놓여 있던 자기 잔을 재빨리 건네주었다. 그래서 엉뚱한 여자가 죽게 된 것이다.

이것은 마음껏 상상할 수 있는 단순한 추측에다, 어쩌면 죄다 부질없는 생각들이 아닐까 속으로 중얼거리면서 더못 크래독은 엘라 질린스키에게 정중한 태도로 말을 붙였다.

"한 가지 묻고 싶은 게 있습니다, 질린스키 양. 그 파티의 음식물은 마켓 베이싱에 있는 어떤 서비스 회사에서 맡아 했다죠?"

"그렇습니다."

"어째서 특별히 그 회사를 선택했습니까?"

"저는 잘 모르겠습니다." 엘라 질린스키가 말했다.

"그건 제 소관이 아니거든요. 제가 알기로는, 러드 씨가 런던에 있는 회사에다 얘기해서 사람을 쓰느니보다는 이 지역 사람을 쓰는 게 더 유용하다고 생각한 것 같습니다. 이번 행사는 우리의 경험으로 비추어 볼 때 그리 대규모로 열린 건 아니었습니다."

"그렇습니까?" 그는 그녀가 인상을 찌푸리고 서서 바닥을 내려다보는 것을 주시했다. 잘생긴 이마에 단정한 턱, 마음먹으면 아주 관능적으로 보일 수도 있을 모습에다 매정해 보이는 입매─야심에 가득한 입매였다. 눈은? 그녀의 눈을 쳐다보고는 약간의 놀라움을 느꼈다. 눈까풀이 불그레했다. 이상한 일이었다. 그녀가 울기라도 했다는 말인가? 그런 것처럼 보인다. 그렇지만, 그녀는 눈물이나 흘릴 타입의 여자가 아님을 그는 단언할 수 있지 않았던가. 그녀는 그를 올려다보았는데, 그런 그의 마음을 읽기라도 한 표정이었다. 그녀는 손수건을 꺼내더니 코를 팽 풀었다.

"감기에 걸렸군요." 그가 말했다.

"감기가 아니에요. 건초열이죠. 사실은 일종의 알레르기일 거예요. 이맘때쯤이면 꼭 걸린답니다."

나지막하게 전화벨 소리가 들렸다. 방에는 전화가 두 대 있었는데, 하나는 테이블 위에 있었고, 또 하나는 구석 쪽 테이블에 놓여 있었다. 소리는 구석 쪽에서 울렸다. 엘라 질린스키가 그리로 가서 수화기를 들었다.

“예—, 여기 계십니다. 즉시 모시고 가겠습니다.” 그녀는 수화기를 다시 제자리에 놓고 말했다.

“마리나 양이 기다리고 계십니다.”

3

마리나 그레그는 1층에 있는 방에서 크래독을 맞이했는데, 그녀의 침실과 연결되어 있는 개인 응접실임이 틀림없었다. 그녀가 쇠약해지고 신경쇠약 상태에 있다는 것을 익히 듣고 있던 바여서, 크래독은 바람에라도 날릴 듯 약한 병자를 보게 되지나 않을까 상상하고 있었다. 그렇지만, 비록 마리나는 소파에 반쯤 몸을 누이고 있기는 했어도, 목소리는 활기차고 눈에는 생기가 감돌았다. 그녀는 화장을 아주 연하게 했음에도 실제로 그녀 나이로는 보이지 않았으며, 그녀의 아름다움이 발하는 위압적인 광채는 가히 충격적이었다. 뺨에서 턱뼈로 내려오는 선의 우아함이라든지, 얼굴을 느슨하고도 자연스럽게 덮고 있는 머리가 그러했다. 청록색 눈동자가 담긴 옆으로 길쭉한 눈매와, 연필로 그린 눈썹이 기교를 부린 것이긴 했어도 더없이 자연스럽게 보였으며, 따뜻하고도 달콤한 그녀의 미소—그 모든 것이 신비한 마력을 발했다. 그녀가 말했다.

“크래독 주임경감님이세요? 불미스럽게 처신했어요. 사과드립니다. 이 끔찍한 사건이 일어난 이후 전 완전히 탈진상태에 빠졌어요. 그 상태를 벗어날 수도 있었지만 그러지 않았어요. 그런 제 자신이 부끄럽습니다.”

애처롭고도 달콤한 미소가 그녀 입가에 맴돌았다. 그녀가 손을 내밀자 그는 그 손을 붙잡았다.

“당연한 일입니다. 당황하지 않을 수 없었겠지요.” 그가 말했다.

“그래요, 모든 사람이 당황했어요.” 마리나가 말했다.

“어느 누구보다도 저에게 불리할 이유가 없는데요.”

“없다고요?”

그녀는 그를 잠시 쳐다보더니 고개를 끄덕이며 말했다.

“그래요. 당신은 통찰력이 아주 뛰어나시군요. 그래요, 저와 관계가 있어요.”

그녀는 바닥을 내려다보며 기다란 집게손가락으로 의자의 팔걸이를 톡톡 쳤다. 그는 그 행동을 그녀가 나온 영화에서 본 적이 있음을 상기했다. 뜻 없는 동작이기는 했지만 중요성을 띤 듯이 보였다. 생각에 잠긴 듯한 부드러움이 그 동작에서 엿보였다.

"전 겁이 아주 많아요." 그녀는 여전히 눈길을 아래로 떨어뜨린 채 말했다.

"누군가가 저를 죽이려 하는데, 저는 죽고 싶지 않아요."

"어째서 누군가가 당신을 죽이려 한다고 생각하십니까?"

그녀가 눈을 크게 치떴다.

"왜냐하면, 그건 제 잔이었어요—제 술이었죠—잘못해서 바꾸어지긴 했지만요. 그 불쌍하고 어리석은 여자가 그 술을 마신 건 순간적인 실수였어요. 그 때문에 그토록이나 끔찍하고 비극적인 생각이 들어요. 그 외에도—."

"그 외에도요, 그레그 양?"

그녀는 이야기를 더 해야 할지 어떨지 망설이는 눈치였다.

"애초에 겨냥한 희생물이 바로 당신이라고 믿으시는 또 다른 이유가 있다고 생각하시는 겁니까?"

그녀가 머리를 끄덕였다.

"어떤 이유입니까, 그레그 양?"

그녀는 말하기 전에 한동안 입을 다물고 있었다.

"제이슨이 저더러 모든 걸 당신에게 얘기하라고 했어요."

"그렇다면, 그분을 믿고 있다는 뜻인가요?"

"예, 처음엔 그럴 생각이 없었어요. 하지만, 길크리스트 선생님이 그렇게 해야 한다고 말씀하시더군요. 그러고 나서 저는 남편도 역시 같은 생각을 하고 있다는 사실을 알았어요. 그이는 그것을 내내 염두에 두고 있었다지만, 좀 우스운 생각이 들더군요." 다시금 애처로운 미소가 그녀의 입가에 맴돌았다.

"그이는 제가 겁을 먹고 놀랄까 봐 그 이야기를 하지 않고 있었답니다. 정말이에요!" 마리나가 갑작스럽게 활기찬 몸동작으로 꼿꼿이 고쳐 앉았다.

"세상에! 저를 완전히 바보로 알고 있는 모양이죠?"

"아직 말씀하지 않았습니다, 그레그 양. 어째서 누군가가 자신을 죽이려 한다고 생각하는지를.”

그녀는 한순간 말이 없더니, 갑작스럽고도 난폭한 동작으로 손을 뻗쳐 핸드백을 집어 들어 열고는 종이 한 장을 꺼내어, 그의 손에다 던졌다. 그 종이엔 타이프로 친 글귀가 꼭 한 줄 쓰여 있었다.

‘다음번에는 면치 못할 것이다.’

크래독이 날카로운 목소리로 말했다.

“이 종이를 언제 받았습니까?”

“목욕하고 돌아오니까 화장대 위에 놓여 있더군요.”

“그러니까, 집 안에 있는 누군가가—.”

“꼭 그렇다고만 할 수도 없어요. 누군가가 발코니를 타고 올라와 유리창으로 떨어뜨릴 수도 있으니까요. 그들이 저에게 더더욱 겁을 주려고 그런 것이겠지만, 사실 전 조금도 놀라지 않았어요. 반대로 저는 머리끝까지 화가 뻗쳤어요. 그래서 주임경감님께 좀 뵙자는 말씀을 전한 거예요.”

더못 크래독이 미소 지었다.

“누가 그것을 보냈는지, 오히려 예기치 않은 결과가 벌어지게 생겼군요. 그런데, 이런 종류의 협박장은 처음입니까?”

마리나가 다시금 머뭇거렸다. 잠시 뒤 그녀가 말했다.

“아뇨, 그렇지는 않아요.”

“그럼, 그것에 대해서 좀 들려주시겠습니까?”

“3주 전 우리가 처음 이곳에 왔을 때 일이에요. 집으로 온 것이 아니라 촬영소로 왔더군요. 아주 우스웠어요. 그냥 메시지였지요. 그때는 타자로 치지 않고 대문자로 쓰여 있더군요. ‘죽을 준비를 하라’ 하고 말이에요.”

그녀는 깔깔거리며 웃었다. 그 웃음에는 아주 어렴풋이나마 히스테리 기미가 엿보였다. 그러나 풍겨 나오는 유쾌함만큼은 진정인 듯했다.

“어쩜 그렇게 어처구니가 없는지.” 그녀가 말했다.

“물론 종종 그와 같은 괴상한 메시지라든가 협박장을 받지요. 아마도—광신

적이라는 것 아시죠, 그런 감정 상태일 거라고 생각해요. 누군가 여배우를 안 좋게 보는 사람이 그랬겠죠. 저는 그것을 찢어서 쓰레기통에 집어던졌어요.”

“누구에게라도 그 사실을 말한 적이 있습니까, 그레그 양?”

마리나는 고개를 저었다.

“아뇨, 아무에게도 말하지 않았어요. 사실 그때 우리는 촬영하고 있던 영화 장면 때문에 머리들이 복잡했었거든요. 그 순간에는 그것밖에는 아무것도 생각할 수가 없었어요. 아무튼 아까 말했듯이, 전 그게 하찮은 장난이 아니면, 연극이나 그 밖의 것들을 용납할 수 없다는 자기 고집에 빠진 괴짜들의 짓거리일 거라고 생각해요.”

“그것 말고 다른 건 없었습니까?”

“있었어요. 파티가 벌어진 그날이었어요. 정원사 한 사람이 제게 전해 준 걸로 기억해요. 누군가가 그 쪽지를 제게 남겨 놓았는데, 답변하겠느냐고 묻더군요. 나는 그것이 필경 행사준비와 관계된 내용일 거라고 생각했어요. 봉투를 찢어서 펴봤죠. ‘오늘이 당신에게는 이 세상에서의 마지막 날이 될 것이다.’라고 적혀 있더군요. 전 그것을 그 자리에서 구겨 버리고는, ‘대답할 것 없어요’라고 했죠. 그러고는 그 정원사를 다시 불러서 누가 그걸 주더냐고 물었습니다. 그 사람은 자전거를 탄 안경 낀 남자라고 하더군요. 그러니까, 그것만 가지고 뭘 알아낼 수가 있겠어요. 저는 기가 찰 노릇이라는 생각만 들더군요. 저는 생각해 본 적 없었어요—한순간도 생각하지 않았어요, 그것이 진짜 협박일 거라고는요.”

“지금 그 쪽지는 어디 있습니까, 그레그 양?”

“모르겠는데요. 색깔 있는 이탈리아제 실크 코트를 입고 있었으니까, 제 기억이 맞는다면 그걸 구긴 다음 주머니 속에 쑤셔 넣었던 것 같아요. 그렇지만, 다시 찾아보았더니 그 주머니에 없더군요. 어디 떨어졌겠죠, 뭐.”

“그러면 누가 그런 한심한 쪽지를 남겼는지 전혀 짐작이 안 간다는 말입니까, 그레그 양? 지금까지도요?”

그녀는 눈을 동그랗게 떴다. 그 눈에 담긴 의아함이 솔직해 보인다는 점을 뚜렷이 느꼈다. 그는 그 연기 같은 표정에 감탄했으나, 정말로 믿지는 않았다.

“제가 어떻게 알아요? 어떻게 알 수 있겠어요?”

“난 당신에게 좋은 의견이 있을 거라고 생각하는데요, 그레그 양.”

“없어요, 확신할 수 있어요.”

“당신은 아주 유명한 사람입니다.” 더못이 말했다.

“굉장히 성공을 거두었습니다. 직업에서도 성공적이었고, 개인적으로도 성공했지요. 남자들은 당신에게 반하여 결혼하고 싶어했으며, 실제로 결혼하기도 했습니다. 여자들은 시기하고 질투했겠지요. 남자들은 당신에게 반했습니다만 퇴짜를 맞기도 했습니다. 범위가 너무 넓다는 점은 인정합니다만, 당신이라면 그 쪽지를 누가 썼는지 감이 잡힐 수도 있으리라는 생각이 드는데요.”

“누구라도 그럴 수 있는 것 아닐까요?”

“아닙니다, 그레그 양. 누구나 할 수 있다고 말할 수는 없습니다. 아마 많은 사람 중에 한 사람의 소행일 테니까요. 이를테면 의상 담당이나 전기 기사, 하인 같은 아주 낮은 계층의 사람일 수도 있지요. 아니면 당신 친구들이라 부를 수 있는 부류 중 누구인지도 모르지요. 어쨌든 짚이는 데가 있을 겁니다. 몇몇 사람의 이름을 한번 꼽아 보시죠—한 사람을 지목하기는 어려운 일이지요.”

문이 열리고 제이슨 러드가 들어왔다. 마리나는 그에게로 몸을 돌렸다. 그녀는 호소하듯이 손을 휙 내저었다.

“징크스, 달링, 크래독 씨는 누가 그 고약한 쪽지를 썼는지 내가 알 거라고 하시네요. 그런데, 난 몰라요. 당신도 내가 모른다는 걸 아시죠? 우리 둘 다 모르잖아요. 우리는 전혀 짐작조차 가질 않아요.”

‘몹시 강요하는 것 같은데.’ 크래독은 생각했다.

‘강요하고 있어. 마리나 그레그는 자기 남편이 뭐라고 말할까 봐 겁내는 건가?’

몹시 지친 듯 눈 주위가 거뭇해진 제이슨 러드는 평소보다 더욱 찌푸린 얼굴을 하고 다가왔다. 그는 마리나의 손을 잡고 말했다.

“당신에겐 그 얘기가 믿기질 않을 줄로 압니다. 그렇지만, 솔직히 말해서 마리나도 나도 이번 사건에 대해서는 아무것도 모르고 있습니다.”

“그러니까, 당신은 적이라고는 없는 행복한 위치에 놓여 있다는 말씀이로군요?" 더못의 말투엔 비꼬는 어감이 선명하게 깔려 있었다.

제이슨 러드는 얼굴을 약간 붉혔다.

"적이라고요? 성경에나 나오는 말투 같군요, 주임경감님. 그런 의미라면 우리로서는 어떠한 적도 생각할 수가 없다고 확신합니다. 누군가를 싫어한다면 그 사람을 이기고 싶어서, 할 수만 있다면 그에게 사악하고 무자비하게 비열한 짓이라도 하겠지요, 그렇습니다. 그렇지만, 그것과 마실 것에 독약을 잔뜩 집어넣는 것과는 거리가 먼 얘기죠."

"방금 부인과 얘기하면서, 누가 그러한 편지를 쓸 수 있는지, 아니면 편지를 쓰도록 부추겼을 것인지를 물었습니다. 부인은 모른다고 하시더군요. 그렇지만, 우리가 실제로 행동을 개시하게 되면 범위는 좁아집니다. '누군가가 실제로 그 잔에다 독을 집어넣었다.' 이 정도면 범위는 꽤 좁혀진 셈 아닙니까?"

"나는 아무것도 못 봤습니다." 제이슨 러드가 말했다.

"저도 마찬가지예요." 마리나가 말했다.

"저, 제 말은—만일 누군가도 제 잔에다 뭘 넣는 것을 봤다면 전 그걸 마시지 않겠죠, 그렇잖아요?"

"나는 여전히 믿지 않을 수 없습니다." 더못 크래독이 부드럽게 말했다.

"당신이 내게 들려준 것보다 뭔가 더 많이 알고 있다는 사실을 말입니다."

"그건 '사실'이 아녜요." 마리나가 사실이란 말에 힘을 주며 말했다.

"저분에게 그건 사실이 아니라고 말해 줘요, 제이슨!"

"분명히 말하겠는데 나는 전혀 모르고 있습니다." 제이슨 러드가 말했다.

"모든 것이 엉뚱하게 돌아가고 있어요. 사실 그것이 장난이라는 생각이 들기도 합니다—좀 빗나가 버린 장난이랄까. 그런데, 그 때문에 위험이 발생했습니다. 그것이 위험이리라곤 꿈에도 생각지 못한 사람에게……."

그의 말투는 약간 의문조였으나, 그는 이내 머리를 흔들었다.

"아닙니다. 이 생각이 당신에게는 별반 호소력을 갖지 못하는 것 같군요."

"한 가지만 더 묻겠습니다." 더못 크래독이 말했다.

"베드콕 씨 부부가 도착할 때의 일이 기억나겠지요? 그들은 목사님이 당도한 직후에 도착했습니다. 부인은 그들 부부를 맞이한 걸로 알고 있습니다만,

그레그 양. 다른 모든 손님을 맞이하실 때와 똑같이 매혹적인 모습으로 말입니다. 그런데, 어느 목격자가 말하기를, 그들을 맞이하고 나서 곧장 당신은 베드콕 부인의 어깨너머로 눈길을 주었는데, 뭔가를 보았는지 깜짝 놀란 듯한 표정을 지었다고 하더군요. 그 말이 사실입니까? 그렇다면, 그것은 무엇이었습니까?"

마리나가 재빨리 대답했다.

"그건 사실이 아녜요. 제가 놀랐다고요—무엇이 저를 놀라게 했다는 말인가요?"

"그게 바로 우리가 알고 싶어하는 겁니다. 목격자는 바로 그 점을 강조하고 있습니다." 더못 크래독이 참을성 있게 말했다.

"그 목격자가 누군데요? 여자인지, 남자인지 모르지만, 자기들이 뭘 봤다는 거예요?"

"당신이 계단 쪽을 보고 있었답니다." 더못 크래독이 말했다.

"그때 그 계단을 밟고 올라오는 사람들이 있었습니다. 신문기자도 있었고, 그리스 씨 부부도 있었고, 미국에서 막 도착한 아드윅 펜, 그리고 롤라 브루스터 양이 있었습니다. 이들 중에 누군가를 보고서 당황한 겁니까, 그레그 양?"

"말씀드리겠는데, 난 당황한 적이 없었어요." 그녀는 거의 부르짖다시피 그 말을 뱉어냈다.

"그렇더라도 베드콕 부인에게 관심을 두지 않고, 제대로 이야기도 듣지 않았잖습니까? 그 부인이 당신에게 무슨 말을 했는데도 대답을 안 한 것은, 그녀를 지나쳐서 뭔가 다른 것에 시선을 빼앗기고 있었기 때문입니다."

마리나 그레그는 자세를 가다듬었다. 그녀는 재빠르고도 확신에 찬 어조로 말했다.

"설명을 해드리지요. 진짜로 말씀드리겠어요. 연기에 대해서 뭔가 아시면 이해하시기가 훨씬 쉬울 텐데요. 자기 역할을 잘 알고 있을 때조차도 그런 일이 있어요—사실은 자기 역할을 너무 잘 알고 있을 때 그런 일이 흔히 일어나죠—기계적으로 그렇게 되는 거예요. 미소 짓고, 적당히 움직이고, 행동하고, 평소의 억양대로 말을 주고받죠. 그렇지만, 본인 마음은 거기에 있는 게 아니에요. 그러니까, 아주 갑작스럽게 모든 게 텅 비는 듯한 공포의 순간이 있는데—
자기가 어디 있는지, 극 중에서 무엇을 해야 하는지, 다음 대사가 무엇인지 아
무것도 모르게 돼요! '드라잉 업!(대사를 잊어버리다)'—우린 그걸 그렇게 얘기해
요. 그런데, 그런 일이 나에게 일어난 거예요. 남편에게 들으셨는지 모르지만,
나는 그리 강한 사람이 아녜요. 나는 그때 막대한 노력을 쏟고 있느라 지쳐
있었고, 이번 영화에 노심초사 세심하게 수없이 신경을 쓰고 있었습니다.
　이번 행사도 성공리에 마치고 싶어 친절하고도 즐겁게 모든 사람들을 환영
했어요. 하지만, 사람들은 언제나 같은 말만 해대니, 그들에게 자동적으로 같
은 대꾸를 자꾸만 되풀이하게 될 수밖에 없잖아요? 얼마나 만나보고 싶어했는
지 모르겠다는 말들만 모두 하죠. 샌프란시스코에 있는 극장 밖에서 한 번 보
았다느니 비행기를 함께 탄 적이 있다느니 하죠. 정말 한심한 얘기들이지만,
거기에 대해서 상냥하게 대해야 하며, 몇 마디 말도 나누어야 한답니다. 그러
니까, 제가 얘기했듯이 기계적으로 대하게 되는 거예요. 무슨 말을 해야 할지
생각할 필요조차 없는 것은, 전에도 수차례 똑같은 말을 해왔기 때문이지요.
그러다가 갑자기, 피곤의 물결이 엄습해 오는 거예요. 머릿속이 텅 비는 거죠
—그때도 바로 그 상태였어요. 베드콕 부인이, 실제로 나는 전혀 듣지도 않는
얘기를 길게 늘어놓더니, 내 반응을 기대하면서 나를 쳐다보는 거였어요. 그때
나는 내가 그녀 말에 대꾸도 않고 멍하니 있었음을 알아차렸죠. 피곤해서 그
런 거예요."
　"피곤해서 그렇다—." 더못 크래독이 느릿느릿 말했다.
　"그렇게 말씀하시는 겁니까, 그레그 양?"
　"그렇습니다, 당신이 왜 나를 못 믿는지 모르겠군요."
　더못 크래독은 제이슨 러드를 향해 몸을 돌렸다.
　"러드 씨, 내가 의도하는 것을 부인보다는 더 잘 이해하실 것 같은데요. 나
는 부인의 안전을 위해 이루 말할 수 없이 신경 쓰고 있습니다. 실제로 부인
의 목숨을 노린 사건이 발생했고, 협박 편지도 날아왔습니다. 그것은 즉, 행사
가 있었던 그날 누군가가 여기 있었고, 어쩌면 아직까지 이 마을에 있을지도
모르며, 이 집과 아주 밀접해 있어 이 집에서 일어나는 일을 훤히 알고 있다

는 말 아니겠습니까? 그 사람이 누구이든 간에 약간 돌았을지도 모릅니다. 단순한 협박에 관한 문제가 아니에요. 협박당한 남자는 오래 산다는 말이 있습니다. 여자라 해도 마찬가지예요. 그렇지만, 그자는 협박만으로 그만두지 않았습니다. 그레그 양을 독살하려는 시도가 명백히 있었습니다. 지금까지 드러난 모든 상황으로 봐서, 그 시도가 필연적으로 반복되지 않을까요? 안전을 지키는 길은 딱 한 가지뿐입니다. 가능한 한 아는 대로 실마리가 될 만한 것을 내게 말씀해 주시는 겁니다. 당신이 그자가 누구인지를 알고 있다고는 말하지 않겠습니다만, 추측이라든가 어렴풋한 짐작이나마 할 수 있어야 하는 것 아닙니까? 내게 진실을 털어놓지 않으시렵니까? 아니면, 만일 당신도 내막을 모르고 계신다면, 부인께서라도 진실을 말하도록 재촉해 주십시오. 부인의 안전과 관계된 일이기 때문에 부탁드리는 겁니다."

제이슨 러드는 천천히 머리를 돌리고 말했다.

"이분 말씀 들었겠지, 마리나? 이분이 말했듯이, 내가 모르는 것을 당신이 알 수도 있잖겠소. 그렇다면, 제발, 어리석게 굴지 말아요. 조금이라도 의심이 가는 사람이 있다면 지금 당장 우리에게 말해 줘."

"없는 걸 어떡해요!" 그녀의 언성이 높아지면서 울부짖는 소리로 변했다.

"내 말을 믿으셔야 해요."

"그날 두려웠던 사람이 누구입니까?" 더못이 물었다.

"난 아무도 두려워하지 않았어요."

"들어 보세요, 그레그 양. 계단 위에 있거나 올라오고 있었던 사람들 중에서 당신이 보고서 놀랄 만한 손님이 두 사람 있었습니다. 오랫동안 만나지 못했는데, 그날 오리라고는 예상치도 못한 사람이 있어요. 아드윅 펜 씨와 브루스터 양 말입니다. 갑자기 계단을 올라오는 그들의 모습을 보았을 때, 어떤 특별한 감정이 일지 않았단 말입니까? 그들이 온다는 걸 모르고 있었죠, 그렇지 않습니까?"

"예, 우리는 그들이 영국에 있는지조차도 모르고 있었죠." 제이슨 러드가 말했다.

"난 기뻤어요. 얼마나 기뻤는지 몰라요!" 마리나가 말했다.

"브루스터 양을 보고서도 기뻤다는 말입니까?"

"그러니까―." 그녀는 의심을 담은 눈길로 그를 휙 쏘아보았다.

크래독이 말했다.

"롤라 브루스터는 원래 당신의 세 번째 남편인 로버트 트러스콧 씨의 부인이었던 걸로 알고 있는데요?"

"예, 그랬어요."

"그는 당신과 결혼하려고 그녀와 이혼했습니다."

"오, 그 얘기야 모든 사람이 다 알고 있어요." 마리나가 참지 못하겠다는 투로 말했다.

"이제 와서 경감님이 알아낸 새로운 사실은 절대 아니에요. 당시 약간 법석을 떨긴 했지만, 나중에 가서 나쁜 감정은 말끔히 씻어냈어요."

"그녀가 당신을 협박한 것은 아닐까요?"

"저―어떤 면에서는 그럴 수도 있겠죠. 그렇지만 저, 어떻게 설명을 드려야 좋을지―그런 식의 협박을 심각하게 받아들이는 사람은 아무도 없을 거예요. 그때는 파티에서였고, 또 그녀는 과하게 마셨어요. 그녀는 만일 권총이라도 가지고 있었다면 나를 정말 쏘았을지도 모르죠. 하지만, 다행히도 그런 일은 없었어요. 그 모든 것이 얼마나 오래전 일인데요! 그러한 일들이라든가 감정 따위는 오랫동안 지속되지 않아요! 그런 것들은 남아 있지 않아요. 그건 사실이에요, 그렇죠, 제이슨?"

"그렇습니다. 분명한 사실이라고 말씀드릴 수가 있습니다." 제이슨 러드가 말했다.

"그리고, 크래독 씨, 롤라 브루스터가 그 파티에서 아내의 술잔에 독약을 탈 기회가 없었다는 것은 내가 보증합니다. 거의 대부분의 시간을 내가 그녀 곁에 가까이 있었으니까요. 그토록 오랫동안 우호적인 친구관계를 맺어 왔는데, 롤라가 갑자기 영국에 나타나서 아내가 마실 것에 독약을 타려고 만반의 준비를 하여 우리 집에 도착했다―이 무슨 터무니없는 발상입니까!"

"당신의 견해가 틀리지는 않았다는 걸 인정합니다." 크래독이 말했다.

"견해로 볼 것만이 아니라, 그것이 바로 사실입니다. 그녀는 시종 마리나의 잔 근처에는 가지도 않았으니까요.”

“그러면, 또 다른 손님—아드윅 펜은 어땠습니까?”

제이슨 러드는 입을 열기 전에 약간 머뭇거리는 것 같았다.

“그는 우리와는 오랜 친구입니다.” 그가 말했다.

“최근 몇 년 동안은 만나지 못했습니다만, 이따금씩 연락은 하고 지냈지요. 그는 ‘아메리칸 텔레비전’의 알아주는 거물입니다.”

“그는 당신의 옛 친구이기도 하지요?” 더못 크래독이 마리나에게 말했다.

그녀는 대답하면서 숨을 확 몰아쉬었다.

“그래요, 물론이에요. 그는—그는 늘 변함없는 내 친구였습니다만, 최근 들어서는 만나 보지 못했어요.” 그러더니 갑작스럽게 말을 빨리 쏟아놓았다.

“내가 아드윅을 쳐다보고 그를 두려워했다고 생각하신다면 그건 큰 오산이에요. 전혀 부질없는 생각이에요. 내가 왜 그를 무서워해야 되죠? 무슨 이유로 그를 두려워해야 된다는 거예요? 우리는 좋은 친구 사이예요. 난 그를 예상치도 않게 보게 되어 얼마나 기뻤는지 몰라요. 기쁜 놀라움이었어요.” 머리를 들고서 그를 쳐다보는 그녀의 얼굴은 생기에 넘치고도 도전적이었다.

“감사합니다, 그레그 양.” 크래독이 조용히 말했다.

“조금이라도 더 당신의 비밀을 내게 털어놓고 싶으시다는 생각이 들면 언제라도 달려오겠습니다. 강력하게 충고하는 바입니다.”

제14장

1

밴트리 부인은 쪼그리고 앉아 있었다. 잡초를 뽑기에는 좋은 날이었다. 땅도 꾸덕꾸덕 잘 말라 있었다. 그렇지만, 괭이질만이 능사는 아니었다. 이제 엉겅퀴와 민들레를 제거해야 했다. 그녀는 이 성가신 것들을 기운차게 파내었다.

그녀는 숨을 헐떡이면서도 의기양양한 표정으로 일어나서 길 쪽으로 나 있는 울타리로 시선을 돌렸다. 길 반대편 버스 정류장 가까이 설치되어 있는 공중전화 박스에서, 이름은 잘 기억나지 않지만—그 검은 머리의 여비서가 나오는 걸 보고 좀 의아한 느낌이 들었다.

그녀의 이름이 뭐더라, B로 시작하든가, 아니면 R로 시작했나? 아냐, 질린스키, 그래 바로 그거야. 엘라가 길을 건너 관리인 별채를 지나쳐 저택의 진입로로 접어들자 겨우 기억이 났다.

"안녕하세요, 질린스키 양." 그녀가 친근한 목소리로 불렀다.

엘라 질린스키가 펄쩍 뛸 듯이 놀랐다. 아니, 펄쩍 뛰지는 않았다 해도 뒷걸음질치는—마치 놀란 말이 뒷걸음질치는 것 같았다. 그 바람에 밴트리 부인이 오히려 어리둥절했다.

"안녕하세요." 엘라가 말하면서 얼른 덧붙였다.

"전화 걸러 내려왔어요. 오늘 우리 집 전화가 고장이 나서요."

밴트리 부인은 더더욱 어리둥절했다. 엘라 질린스키가 뭣 때문에 자기 행동에 대해 변명하려고 애쓰는지가 의아했다. 그녀는 친절하게 답변했다.

"얼마나 불편하시겠어요. 필요하면 언제라도 우리 전화를 쓰세요."

"오—정말 감사합니다……." 재채기가 나는 바람에 엘라는 더 이상 말을 못했다.

"건초열이로군요." 밴트리 부인이 금방 진단을 내리며 처방까지 말했다.

“묽은 중탄산소다에 물을 타서 마셔 봐요.”

“아니, 괜찮습니다. 저는 분무기에다 아주 잘 듣는 특허 약을 좀 넣어 가지고 다닌답니다. 아무튼 고맙습니다.”

그녀는 집 도로를 활기차게 걸어가면서 다시 재채기를 해댔다.

밴트리 부인은 그녀의 뒷모습을 물끄러미 쳐다보다가 눈길을 정원으로 돌렸다. 그녀는 불만족스러운 표정으로 둘러보았다. 어디에고 잡초라곤 없었다.

“오델로(셰익스피어 작 《오델로》의 주인공, 정숙한 부인을 의심 끝에 죽임)의 임무는 끝났지만—.” 밴트리 부인이 어찌 할 바를 모르고 중얼거렸다.

“꼬치꼬치 캐묻는 노파가 되려고 이러나. 그런데 그게 과연—알고 싶구먼.”

밴트리 부인은 결단을 못 내리고 망설이다가 결국 호기심을 뿌리치지 못했다. 오지랖이 넓은 노파라고 비난해도 상관없다, 누가 말리랴! 그녀는 문을 열고 성큼성큼 걸어가서 수화기를 들고 다이얼을 돌렸다. 활달한 대서양 건너편(미국을 말함) 말투가 들렸다.

“고싱턴 홀 저택입니다.”

“동쪽 관리인 별채에 사는 밴트리 부인이에요.”

“오, 안녕하십니까, 밴트리 부인. 헤일리 프레스턴입니다. 파티가 있었던 날 뵈었죠. 그런데, 무슨 일이십니까?”

“내가 뭔가 도움이 될까 싶어서 전화했어요. 거기 전화가 고장 났다면—.”

그의 깜짝 놀란 목소리가 그녀의 말을 가로막았다.

“저희 전화가 고장 났다고요? 전혀 이상이 없는데요. 어째서 그런 생각을 하셨습니까?”

“내가 실수를 했나 보군요. 항상 말귀를 잘못 알아들어서 그래요.” 밴트리 부인은 얼굴을 붉히지도 않고 변명을 했다. 그녀는 수화기를 제자리에 내려놓고 잠시 기다렸다가 다시 한 번 다이얼을 돌렸다.

“제인? 돌리예요.”

“그래, 돌리, 무슨 일이지요?”

“저, 좀 이상해서 그래요. 여비서가 길에 있는 공중전화 박스에서 전화를 걸지 않겠어요. 그러고는 필요도 없는데 나에게 자기 행동에 대한 변명을 하느라 애쓰는 눈치가 역력했어요—글쎄, 고싱턴 홀 저택 전화가 고장 났다는 거예요. 그런데, 내가 그리로 전화해 보니까, 그런 적 없다고……."

그녀는 말을 멈추고서, 총명한 판결을 기다렸다.

"정말로 재미있는데……." 마플 양이 골똘히 생각하며 말했다.

"이유가 뭘까요?"

"그러니까, 분명히 엿들어서는 안 되는 뭔가가 있기 때문일 테죠."

"맞아요."

"거기엔 그 밖에도 여러 가지 이유들이 도사리고 있을지도 몰라요."

"그래요."

"재미있겠군." 마플 양이 다시 한 번 말했다.

2

도널드 맥닐보다 더 이야기하기 편한 사람은 아마 없을 것이다. 그는 붙임성 있는 붉은 머리의 청년이었다. 그는 즐거움 반 호기심 반으로 더못 크래독을 반겼다.

"어떻게 지내십니까?" 그가 명랑하게 물었다.

"내게 뭐 흥미 있는 뉴스거리라도 들고 오셨습니까?"

"아직은 아니야. 나중엔 그럴지 몰라도."

"여전히 또 발뺌하시는군요. 한결 같습니다. 입이 무거운 건 좌우간 알아줘야 한다니까! '경감님의 심문을 당할' 누군가를 아직 무대로 이끌어내지 못했습니까?"

"여기 이렇게 왔잖나." 더못 크래독이 싱긋이 웃었다.

"그 말에는 냄새를 풍기는 이중의 의미가 있군요. 진짜로 내가 히더 베드콕을 살해했다고 의심이라도 하는 겁니까? 마리나 그레그를 죽이려다 실수했거나, 아니면 히더 베드콕을 죽이려고 늘 노리고 있었다고 생각하시는 겁니까?"

"난 아직 아무것도 제시하지 않았네." 더못 크래독이 말했다.

"그래요, 그렇습니다. 그렇게 할 리가 없지요. 그렇잖습니까? 언제나 옳으시니까. 좋습니다. 바로 그 문제로 들어가죠. 나는 거기에 있었습니다. 그러니, 기회야 있었지만, 내게 어떠한 동기라도 있었다는 겁니까? 아, 그게 알고 싶으신 거로군요. 나의 동기란 것이 무엇입니까?"

"아직까지는 알아내지 못했어." 크래독이 말했다.

"그것참 다행이로군요. 아주 안심입니다."

"나는 그날 자네가 혹시 뭔가를 보지 못했는지, 그것이 궁금해서 왔다네."

"그거라면 이미 아시잖습니까. 창피한 일인데요. 나는 살인이 벌어지는 현장에 있었습니다. 실제로 살인이 저질러졌는데도, 누가 그랬는지는 전혀 감이 잡히지 않았습니다. 고백하기 부끄럽습니다만, 내가 처음으로 그 사건을 안 것은 그 불쌍한 여자가 의자에 앉아 숨을 몰아쉬다가 앞으로 고꾸라지는 것을 보고 나서입니다. 물론 그 정도로도 멋진 목격 기사를 쓸 수 있지요. 그 사건이 내게는 특종을 제공해 준 거죠—그게 답니다. 그렇지만, 그 이상 더는 모르는 데 대해 부끄러움을 느낀다고 고백해야겠군요. 더 많이 알고 있어야만 하는데 말입니다. 그런데, 그 독약이 히더 베드콕을 노린 것이었다고는 말하지 않으셔도 됩니다. 그녀는 말이 많긴 해도 친절한 여자이며, 아무도 그 이유를 가지고 살인을 저지르지는 않습니다—물론 비밀을 누설했다면 또 모르지만. 그렇지만, 내 생각에 히더 베드콕에게 비밀을 얘기할 사람은 아무도 없을 것 같습니다. 그녀는 다른 사람의 비밀에 관심을 가져 줄 그런 여자는 아니었으니까요. 내 견해로는 그녀는 시종일관 자기 자신에 관한 이야기만 할 여자입니다."

"일반적으로 그렇게들 받아들이는 것 같더군." 크래독이 동의했다.

"그렇다면, 그 유명한 마리나 그레그에게로 문제의 초점을 맞추어야겠군요. 마리나를 죽이려는 동기에는 근사한 것들이 제법 많을 게 분명하겠죠. 시기와 질투, 애정관계—모두 드라마감이죠. 그렇지만, 누가 그랬을까요? 나사가 빠진 사람일지도 모르지요. 어떻습니까! 나의 고귀한 의견을 들으셨습니다. 이것이 경감님이 듣고 싶었던 것이죠?"

"꼭 그런 것만은 아니네. 그건 그렇고, 자네는 목사와 시장과 거의 동시에 계단을 올라갔지, 맞나?"

"분명히 그랬습니다. 하지만, 그때 처음으로 올라간 것은 아니었어요. 나는 일찌감치 거기에 가 있었습니다.”

“그건 몰랐는데.”

“그렇습니다. 아시다시피, 나의 임무를 위해서 두 눈과 발을 잠시라도 쉬게 할 수 없잖습니까. 여기저기 왔다갔다해야죠. 사진기자도 한 명 데리고 갔습니다. 나는 시장이 도착하는 장면, 고리던지기 장면, 보물찾기 지역을 표시하는 장면 등 신문의 지방면에 실을 사진을 몇 장면 담아 볼까 해서 사진기사와 함께 내려갔었지요. 그리고 나서는 다시 올라와서 한두 잔 마셨습니다—일에는 그리 신경 쓰지 않고 말입니다. 술맛이 좋더군요.”

“알겠네. 자, 자네가 올라갔을 때 그 계단에 자네 말고 또 누가 있었는지 기억하나?”

“런던에서 온 마것 벤스가 카메라를 장치하고 있더군요.”

“그녀를 잘 아는가?”

“그녀와는 우연히 자주 마주쳤습니다. 그녀는 똑똑한 여자죠. 자기 분야에선 성공을 거두었지요. 그녀는 사교계의 사진을 대부분 도맡아 다루고 있지요— 첫날밤, 갈라 퍼포먼스(축제 공연)—좀 색다른 시야로 사진을 전문화했지요. 정말 예술적이에요! 그녀는 층계참 구석에 자릴 잡았는데, 올라오는 사람들을 찍는다든가 위에서 인사를 나누는 장면들을 담기에는 그저 그만이었지요. 계단에서는 내 바로 앞에 롤라 브루스터가 있었습니다. 처음엔 몰라봤어요. 그녀는 적갈색으로 머리를 새롭게 염색했더군요. 최근에 유행하는 피지 섬 스타일이라는 거지요. 지난번에 봤을 땐 머리칼이 얼굴과 턱 주위에서 곧고 부드럽게 웨이브지면서 멋진 다갈색 음영을 드리우고 있었는데요. 살갗이 가무잡잡하고 건장한 남자가 그녀와 함께 있었는데, 미국 사람이었어요. 그가 누군지는 몰라도 중요한 인물처럼 보이더군요.”

“자네, 올라가면서 마리나 그레그를 쳐다보지는 않았나?”

“그랬죠, 물론 그랬어요.”

“그녀가 아주 당황한 것처럼 보이진 않았나, 아니면 충격을 받았다든가, 뭔가에 놀란 것 같다든지 말이야.”

“그런 말씀을 하시다니 기묘하군요. 확실히 나는 한순간 그녀가 기절이라도 하지 않을까 생각했습니다.”

“그랬군—.” 크래독이 골똘히 생각하며 말했다.

“고맙네. 나한테 더 해줄 말은 없나?”

맥닐은 아주 천진스러운 시선을 그에게 던졌다.

“그럴 만한 게 뭐가 있겠습니까?”

“난 자네를 믿을 수 없단 말이야.” 크래독이 말했다.

“그렇지만, 내가 범인이 아니라는 것은 아주 확신하고 계신 듯이 보이는데요. 실망이로군요. 내가 그녀의 첫 남편으로 밝혀졌다고 가정해 보십시오. 그는 너무나 시시한 존재여서 이름마저 잊혔다는 것 빼놓고는, 아무도 그가 누군지 모릅니다.”

더못이 싱긋 웃었다.

“초등학교 시절에 결혼했나?” 그가 물었다.

“아니면 놀이옷을 입고했었나! 난 서둘러야 하네. 기차를 타야 되니까.”

3

런던경시청 안 크래독의 책상 위에는 깨끗하게 철된 사건 기록부가 놓여 있었다. 그는 그 기록들을 대충 훑어보고는 어깨너머로 질문을 던졌다.

“롤라 브루스터는 어디에 머물고 있나?”

“사보이 호텔입니다, 경감님. 1800호실입니다. 미리 약속을 해두었으니 경감님을 기다리고 있을 겁니다.”

“아드윅 펜은?”

“그는 도체스터 호텔에 있습니다. 2층 190호실입니다.”

“좋아.”

그는 전보 몇 통을 집어 들고서 호주머니에 쑤셔 넣기 전에 다시 한 번 그것들을 읽었다. 그는 마지막 전보에 가서 순간적으로 싱긋이 미소를 지었다.

“제가 일을 잘못 처리하고 있다고 말씀하지 마십시오, 제인 아주머니.” 그는 작은 목소리로 중얼거렸다.

그는 밖으로 나가서 사보이 호텔로 향했다.

롤라 브루스터는 자기가 묵고 있는 특별실에서 나와 도도한 태도로 그를 맞이하였다. 그는 방금 읽은 사건 메모를 마음속에 떠올리면서 그녀를 찬찬히 뜯어보았다. 아직도 굉장히 아름답다고 생각했다. 물론 마리나 그레그와는 타입이 전혀 달랐다. 서로 인사가 끝나자 롤라는 피지 섬 스타일의 머리를 뒤로 확 넘겼고, 립스틱을 짙게 칠한 입술을 화난 듯 삐죽 내밀고서 파란 아이새도를 칠한 커다란 갈색 눈의 눈까풀을 깜박거리며 말했다.

"제게 심히 지겨운 질문을 수도 없이 퍼부으려고 오셨군요? 그 마을의 경감님이 그랬던 것처럼요."

"그렇게 너무 지겹게 여기지 않기를 바랍니다, 브루스터 양."

"하지만, 분명히 그럴 거예요. 그리고 그 사건은 어떤 끔찍한 실수임이 틀림없었다고도 확신하고요."

"진짜로 그렇게 생각합니까?"

"그래요, 그렇게 어처구니없는 일이 다 일어나다니요. 경감님은 진짜로 누군가가 마리나를 독살하려 했다고 생각하시는 거예요? 대관절 누가 마리나를 독살하려 하겠어요? 얼마나 다정한 사람인데요. 모든 사람이 그녀를 좋아해요."

"당신도 포함해서 말입니까?"

"난 언제나 마리나를 흠모해 왔어요."

"그래요, 그럼 질문에 대답해 주시겠습니까, 브루스터 양? 12~13년 전에 그녀와의 사이에 작은 말썽이 있지 않았습니까?"

"아, 그거요." 롤라는 손을 내저으며 그 말을 일축했다.

"나는 극도로 신경질적이었고 미칠 것만 같아, 그 당시 롭과 나는 지긋지긋하게 심한 언쟁을 계속하고 있었지요. 우리는 둘 다 제정신이 아니었어요. 마리나는 그에게 푹 빠져서는 그를 재촉했죠, 가엾은 사람."

"그래서, 당신은 앙심을 품었겠군요?"

"그래요, 그랬던 것 같아요, 경감님. 그렇지만, 이제 와서 돌이켜 생각하니 그렇게 된 것이 제게는 전화위복이 되었다는 기분이 들어요. 나는 정말로 아이들 걱정을 태산같이 했거든요. 가정이 파괴되었으니까요. 나는 롭과 내가 안

맞는다는 사실을 진작부터 깨닫고는 두려워하고 있었어요. 이혼 절차가 끝나자마자 내가 에디 그로브스와 결혼한 사실은 알고 있겠죠? 나는 진심으로 그와 오랫동안 사랑했던 사이지만, 내 결혼생활을 망치고 싶지 않았던 것은 아이들 때문이었어요. 그건 중요한 일이에요, 그렇잖아요, 아이들에겐 가정이 있어야 한다는 것이?"

"그런데, 사람들은 당신이 극도로 이성을 잃었다고 하던데요."

"흥, 사람들이란 언제나 그렇게 말들 하죠." 롤라가 표정을 흐리며 말했다.

"대단히 심한 말까지 서슴지 않고 하셨다죠, 브루스터 양? 난 당신이 마리나 그레그에게 총을 쏘겠다고 협박했다는 소문도 들었습니다."

"사람들이란 그렇게 말들을 한다고 했잖아요. 사람들은 그런 식으로 멋대로 추측하기 마련이에요. 물론 난 아무도 쏘지 않았어요."

"몇 년 뒤에 에디 그로브스에게 권총을 쏘았는데도요?"

"오, 그건 우리가 언쟁을 벌이다가 그렇게 된 거예요." 롤라가 말했다.

"난 완전히 이성을 잃었댔어요."

"이것이 당신이 한 말이라고 들었습니다―아주 믿을 만한 정보통으로부터 나온 이야기이니까 사실에 가깝겠지요. (그는 노트를 펴고는 읽었다)―'절대로 무사히 넘어갈 수 없어. 벌을 모면하리라고 생각해? 천만에! 지금 내가 그녀를 쏘지 못한다 하더라도, 언젠가는 다른 방법으로 앙갚음을 하고 말 거야. 시일이 얼마나 걸릴지에 대해선 개의치 않겠어. 필요에 따라서는 몇 년이 걸려도 상관없어. 종래엔 기필코 보복을 하고야 말 테니까.'"

"어머, 나는 결코 그런 이야기를 한 적이 없어요." 롤라가 웃었다.

"난 당신이 그렇게 말했다는 것을 확신하는데요, 브루스터 양."

"사람들이란 그렇게 한없이 부풀리는 법이잖아요." 그녀는 만면에 매력적인 미소를 띠었다.

"그 순간 나는 정신이 나갔더랬어요." 그녀는 은밀한 얘기를 하듯이 중얼거렸다.

"누구든지 다른 사람에게서 열을 받아 화가 치밀면 별 얘기를 다 하기 마련이에요. 그렇지만, 설마 경감님은 내가 14년 동안 기다렸다가 영국까지 건너와 마리나를 찾아가서는, 그녀와 재회한 지 채 3분도 안 되는 사이에 그녀의 칵테일에 독약을 탔다고는 생각지 않겠지요?”

더못 크래독도 실제로 그렇게는 생각지 않았다. 그가 보기에도 그런 턱없는 일은 있을 것 같지 않았다. 그는 그냥 말했다.

“단지 그 점을 지적한 것에 불과합니다, 브루스터 양. 당신은 과거에 협박한 적이 있는데다가, 마리나 그레그가 그날 계단을 올라오는 누군가를 보고서 소스라치게 놀라 기겁을 했거든요. 그러니까, 사람들은 저절로 그 누군가로 당신을 지적할 것이 당연하거든요.”

“그렇지만, 마음씨 고운 마리나는 나를 보고 기뻐했는걸요! 그녀는 내게 키스하면서 얼마나 반가운지 모르겠다고 외쳤어요. 오, 진짜예요, 경감님. 난 지금 당신이 얼마나 얼마나 어리석다고 생각되는지 몰라요.”

“당신들은 마치 한 가족처럼 잘 어울려 지낸다는 겁니까?”

“그렇죠, 그거야말로 경감님이 생각하고 있는 다른 어떤 것보다 훨씬 진실에 가깝다고 할 수 있어요.”

“그리고, 어떤 면에서든지 우리에게 도움이 될 만한 것은 없습니까? 누가 마리나를 죽이려 했는지 전혀 짚이는 데가 없나요?”

“마리나를 죽이려고 할 만한 사람은 아무도 없다고 말씀드렸잖아요. 좌우지간 그녀의 무분별함은 알아줘야 한다니까요. 언제나 자기 건강을 가지고 시끌벅적한 소동을 벌어질 않나, 이것이 좋다, 저것이 맘에 든다 하면서 변덕을 부리다가 일단 손에 쥐기만 하면 불만에 차 시들해지는 거예요! 그런데도 어째서 사람들이 그렇게 그녀를 좋아하는지 이해가 안 가요.

제이슨은 언제 봐도 그녀에게 푹 빠져 있잖아요. 그 남자는 얼마나 많은 것을 참아야 할까요! 그런데, 정말로 그렇게 하고 있잖아요. 모든 사람들이 마리나를 참아내면서 그녀에게 헌신적으로 대하죠. 그러면, 그녀는 그들에게 애처롭고도 달짝지근한 미소를 지어 보이면서 감사하다고 표시하는 거예요! 그것이 사람들로 하여금 그 모든 괴로움을 감수할 만한 가치가 있다고 느끼게 하는 것 같아요. 그녀가 어떻게 그렇게 하는지 그 수법은 정말 모르겠네요. 누군가가 그녀를 없애고 싶어한다는 따위의 생각은 경감님 머릿속에서 싹 씻어 버리는 편이 나을 거예요.”

“나도 그러고 싶습니다. 애석하게도, 그 생각을 버릴 수 없는 상황이 보시다시피 실제로 일어났습니다.”

“무슨 뜻이죠, ‘실제로 일어났다’니요. 아무도 마리나를 죽이지 않았어요, 그렇잖아요?”

“죽이지야 않았죠. 그렇지만, 그런 시도가 있었습니다.”

“나는 단 한 순간도 그 말을 못 믿겠어요! 범인이 누구였든지 간에 처음부터 다른 여자를 죽이려 한 것이라고 생각해요—실제로 죽은 여자 말이에요. 그 여자가 죽으면 누군가가 재산을 물려받게 되는 모양이죠?”

“그녀에겐 돈이라곤 없습니다, 브루스터 양.”

“오, 그래요? 그러면 뭔가 다른 이유가 있겠죠. 아무튼 내가 경감님이라면 마리나에 대해선 신경 끊겠어요. 마리나는 언제나 건재하니까!”

“그녀가요? 내 눈에는 그다지 행복한 여자로 보이지 않던데요.”

“오, 그건 그녀가 매사에 장구치고 북치고 다니면서 자기가 자처해서 그런 거예요. 불행한 사랑노름이었다느니, 아이를 가질 수가 없다느니 하면서요.”

“그녀는 양자를 몇 명 맞아들였을 텐데요, 아닙니까?” 더못은 마플 양이 몹시 궁금해하던 이야기가 갑자기 기억나서 말했다.

“한 번 그런 적이 있을 거예요. 그런데, 그리 순조롭게 되어 나가지는 않았던가 봐요. 그녀는 그런 일들을 충동적으로 벌이곤 하는데, 그러고는 곧 후회를 하는 거예요.”

“그녀가 양자로 삼은 아이들은 어떻게 됐습니까?”

“전혀 모르겠어요. 얼마 있다가 사라져 버리고 만 그런 식이에요. 아마도 다른 모든 것과 마찬가지로 그 아이들에게도 싫증이 난 거겠죠.”

“그렇겠군요.” 더못 크래독이 말했다.

4

그다음—도체스터 호텔 190호실.

"아, 예, 주임경감님—." 아드윅 펜이 손에 쥔 명함을 내려다보았다.

"크래독입니다."

"무슨 일이십니까?"

"몇 가지 질문을 하고 싶은데, 괜찮으시겠습니까?"

"물론입니다, 그렇게 하시죠. 머치 벤햄에서 있었던 사건 때문이로군요. 아니—실제 마을 이름이 뭐더라, 세인트 메리 미드던가요?"

"그렇습니다. 고싱턴 홀 저택 사건이죠."

"제이슨 러드가 어디다 쓰려고 그런 집을 살 마음이 생겼는지 이해가 안 갑니다. 영국에는 조지 왕조풍의 멋진 주택들이 널려 있잖아요—앤 여왕 시대 것까지도 있고요. 고싱턴 홀 저택은 순수한 빅토리아풍의 저택이더군요. 어디에 마음이 끌렸는지 궁금합니다."

"그야, 사람마다 취향이 다르니까요. 그러니까, 빅토리아풍의 안정감에 끌렸는지도 모르죠."

"안정감이라고요? 그러고 보니 그 말씀도 일리가 있군요. 마리나가 안정감을 얻으려고 몹시 애썼던 모양이죠? 안됐지만, 그녀로서는 전혀 느껴 본 적이 없는 분위기이니까요. 그러니까, 그녀는 언제나 그 느낌을 맛보려고 연연해 있지요. 아마도 그 집이 그녀에게 잠시 동안은 만족스러울 겁니다."

"그녀를 잘 압니까, 펜 씨?"

"잘 아느냐고요? 그렇게 말해도 될는지 모르겠군요. 그녀와는 오랜 기간에 걸쳐서 알아왔습니다. 이따금씩 만났다가 못 만났다가 했지만요."

크래독은 그를 감정하듯이 쳐다보았다. 살갗이 거무스름하고, 체격이 좋으며, 두꺼운 안경알 너머로 기민한 눈이 빛나고, 강하게 보이는 턱을 갖고 있었다. 아드윅 펜이 계속했다.

"신문에서는 그 이름아—뭐라던가 하는 부인은 실수로 독살당했다더군요. 그 독약은 원래 마리나를 노린 것이었다지요. 그게 맞습니까?"

"예, 바로 그렇습니다. 독약은 마리나 그레그의 칵테일에 들어 있었지요. 베드콕 부인이 자기 칵테일을 엎지르자, 마리나가 자기 잔을 그녀에게 건넨 겁니다."

"그렇다면, 그 사실은 아주 결정적인 듯하군요. 그렇지만, 누가 마리나를 독살하려 했는지 나로서는 도저히 짐작이 안 갑니다. 더구나, 리넷 브라운도 거기 없었는데 말입니다."

"리넷 브라운이라고요?" 크래독은 도통 모르겠다는 표정을 지었다.

아드윅 펜이 미소 지었다.

"만일 마리나 그레그가 이번 계약을 파기하고 자기의 배역을 던져 버린다면 리넷이 그 역을 맡게 되는데, 그것이 그녀에게는 커다란 의미가 있는 겁니다. 그렇지만, 이렇게 말한다 하더라도 난 그녀가 어떤 밀사를 시켜서 독약을 들려 보냈다고는 상상할 수 없습니다. 멜로드라마 같은 냄새를 너무 심하게 풍기잖습니까?"

"좀 무리하게 갖다 붙인 듯한 느낌이 드는군요." 더못이 별 흥미 없다는 표정으로 말했다.

"아, 경감님, 여자들이 야망에 불타면 무슨 짓을 저지르게 될지 모릅니다. 아마 놀라실 겁니다. 살인이라는 것이 반드시 맘먹고 저지르게 되는 일은 아니라는 걸 명심하세요. 그저 겁이나 줄 요량으로 그랬을지도 모르죠—그녀를 기절시키는 걸로 만족하고 죽이지는 않을 정도로요."

크래독이 머리를 저었다.

"적정량이 아니었습니다." 그가 말했다.

"약에 있어서 흔히들 실수를 잘 하죠. 아주 큰 실수를 말입니다."

"진짜로 그런 의견을 가지고 계십니까?"

"아녜요, 그런 건 아닙니다. 그저 한번 말해 본 데 불과합니다. 의견이라뇨? 나야 그저 한 죄 없는 구경꾼에 지나지 않는데요."

"마리나 그레그가 당신을 보고 몹시 놀랐겠군요?"

"예, 그녀에겐 정말 놀라운 일이었을 겁니다." 그는 재미있다는 듯 웃었다.

"계단을 올라가고 있는 나를 봤을 때 자기 눈을 의심하는 것 같았거든요. 그녀는 나를 아주 따뜻이 맞아주었습니다."

"오랫동안 그녀를 만나지 못했습니까?"

"한 4~5년은 못 만난 것 같군요."

“몇 년 전인가 당신과 그녀가 아주 가까운 친구 사이였던 시기가 있었던 걸로 알고 있는데요?”

“그 말로 인해 특별히 뭔가가 나올까 봐서 넌지시 떠보는 겁니까, 크래독 경감님?”

그의 목소리에는 거의 변화가 없었으나, 아까까지만 해도 없었던 뭔가가 그 속에 깃들어 있었다. 냉혹한 협박조의 기미가 확실히 엿보였던 것이다. 더못은 갑자기 이 남자가 아주 만만찮은 상대일 거라는 느낌을 받았다.

아드윅 펜이 말했다.

“당신이 의도하는 바를 정확하게 말하는 게 좋을 텐데요.”

“나도 그렇게 할 만반의 준비를 갖추고 있습니다, 펜 씨. 나는 그날 현장에 있었던 모든 사람들과 마리나 그레그와의 관계를 조사해야만 합니다. 그 당시 흔히 떠돌던 소문이었던 것으로 보입니다만, 당신과 마리나 그레그가 열애에 빠졌었다죠?”

아드윅 펜이 어깨를 으쓱했다.

“누구나 연애에 심취해서 정신을 잃을 때가 있습니다, 경감님. 다행히도 시간이 흐르면 거기서 헤어나게 되는 거죠.”

“그녀가 처음에 당신을 부추겨 놓고는 나중에 먼저 싫증을 내버리는 바람에, 당신이 몹시 분개했다고 하더군요.”

“하더군요—하더군요라니! 몽땅 《컨피덴셜(비밀스러운 이야기)》 지에서 읽은 것 아닙니까?”

“정보에 아주 밝은 지각 있는 사람들로부터 들은 이야기지요.”

아드윅 펜이 머리를 뒤로 젖히자 황소처럼 굵은 목선이 드러났다.

“한때 나도 그녀를 열렬히 동경했습니다, 사실이에요.” 그가 인정했다.

“그녀는 아름답고 매력적인 여자였고, 아직도 그렇습니다. 하지만, 내가 그녀를 협박했다고 말하는 건 좀 지나친 겁니다. 나는 방해받는 걸 결코 좋아하지 않아요, 경감님. 그리고 나를 방해했던 대부분의 사람들은 자기들이 한 행위를 후회하는 경향이 있습니다. 그렇지만, 그러한 원칙은 주로 내 사업에 국한되는 거죠.”

“선생께서 마리나가 출연하려던 영화에서 그녀를 탈락시키는 데 막강한 영향력을 행사하셨다지요?”

펜이 어깨를 으쓱했다.

“그녀는 그 역에 맞지 않았습니다. 그녀와 감독 간에 분쟁이 오갔죠. 나는 그 영화에 돈을 투자했으니, 그 영화가 위기에 처하도록 두고 볼 수만은 없었습니다. 그것은, 분명히 말해서 어디까지나 사업거래입니다.”

“하지만, 마리나 그레그는 아마도 그렇게 생각지 않았겠지요?”

“당연한 말입니다. 그녀는 전혀 그렇게 생각지 않았겠지요. 그녀는 그와 같은 일을 언제나 개인적인 문제라고 생각하는 경향이 있으니까요.”

“그녀는 실제로 몇몇 친구들에게 당신이 두렵다고 말한 것으로 알고 있는데요?”

“그녀가 그랬다고요? 어쩜 그리도 어린애 같은지. 그녀는 세상을 떠들썩하게 만드는 것을 즐기는 모양입니다.”

“그녀가 선생을 두려워할 이유가 없다고 생각하시는군요?”

“물론 없습니다. 개인적으로 아무리 실망을 했다 하더라도, 나는 금방 그것을 잊어버립니다. 나는 여자에 관한 한, 마음만 먹으면 얼마든지 바다 속에서 싱싱한 물고기를 끌어올릴 수 있다는 원칙 아래 행동해 왔습니다.”

“인생을 헤쳐 나가는 데는 아주 만족스런 방법이로군요, 펜 씨.”

“예, 그렇게 생각합니다.”

“선생은 영화계에 대해 아주 많은 정보를 갖고 있겠지요?”

“금전적인 관심은 갖고 있습니다.”

“그러니까, 영화계에 대해서는 필연적으로 많이 알 수밖에 없다는 뜻이겠군요?”

“아마도”

“선생의 판단은 아마도 들어 둘 가치가 있을 것 같아 말씀드리는 건데요, 누군가가 마리나 그레그를 살해해야 할 정도로 깊은 원한을 가질 만한 사람이 있는지, 대충이라도 짚이는 데가 없습니까?”

“아마 열 두어 명은 될 겁니다.” 아드윅 펜이 말했다.

"하기야, 그들이 직접적으로는 아무 일도 하지 않을 수 있다면 말입니다. 즉, 단지 벽에 붙은 단추를 누르는 정도로 끝날 문제라면, 기꺼이 누르고자 하는 손가락이 많을 거라는 얘깁니다."

"선생도 그날 현장에 계셨습니다. 선생은 그녀와 만나 이야기를 주고받았겠지요. 그 짧은 시간 동안 선생 주위에 있던 사람들 중에서(선생이 도착한 때부터 히더 베드콕이 죽은 그 순간까지), 그들 중에서 꼽을 만한 사람이 혹시 없는자—그저 꼽을 만한 사람임을 명심하시고요, 추측 이상을 요구하는 건 아닙니다. 누구 마리나 그레그를 독살할 만한 사람이 있었습니까?"

"말하고 싶지 않은데요." 아드윅 펜이 말했다.

"그것은—뭔가 품고 있는 생각이 있다는 말씀입니까?"

"그 문제에 대해서 나는 아무런 할 말이 없다는 것을 뜻합니다. 그리고 그것이, 크래독 경감님, 내게서 얻어낼 수 있는 전부입니다."

제15장

더못 크래독은 명단에 적혀 있는 마지막 이름과 주소를 내려다보았다. 두 번이나 전화를 걸었지만, 아무도 받지를 않았다. 다시 한 번 더 다이얼을 돌렸다. 역시 받지 않았다. 그는 어깨를 으쓱하고 일어나서는, 직접 가서 만나 보기로 결정했다.

마것 벤스의 스튜디오는 런던 토튼햄 코트 로(路)의 막다른 골목에 있었다. 문 옆의 판에 쓰인 이름 말고는 확인할 수 있는 것이 거의 없었고, 뚜렷이 선전하는 간판 같은 것도 없었다. 크래독은 손으로 더듬어 가며 층계를 따라 조금 올라갔다. 거기에는 하얀 판자에 검은 페인트로 쓰인 커다란 표지판이 있었다. '마것 벤스, 인물 사진작가. 들어오십시오.'

크래독은 들어갔다. 조그만 대기실이 있었으나, 그곳을 담당하는 사람은 아무도 없었다. 그는 망설이며 그 자리에 서 있다가 연극조로 목청을 가다듬었다. 그래도 아무런 기척이 없자, 그는 목소리를 더욱 높였다.

"아무도 안 계십니까?"

벨벳 커튼 뒤에서 슬리퍼 끄는 소리가 나더니, 커튼이 한쪽으로 밀리면서 머리숱이 많고 혈색 좋은 남자가 얼굴만 쑥 내밀고 내다보았다.

"대단히 죄송합니다, 선생님. 소리를 못 들었습니다." 그가 말했다.

"갑자기 새로운 아이디어가 떠올라서 실험해 보고 있던 참이라서요."

그가 벨벳 커튼을 더 많이 젖혀 주어 크래독은 그를 따라 내실로 들어갔다. 방은 의외로 넓었다. 그들이 일하는 스튜디오가 분명했다. 카메라와 조명등, 아크등, 겹겹이 쳐진 휘장, 바퀴 달린 스크린 등이 널려 있었다.

"엉망진창입니다." 젊은이가 말했는데, 그는 헤일리 프레스턴만큼이나 호리호리했다.

“이렇게 뒤죽박죽이 되어 지내보지 않은 사람이라면, 아마 여기서 일하기가 아주 어려울 겁니다. 자, 저희를 찾아오셔서 원하시는 것은요?”

“난 마젓 벤스 양을 만나러 왔습니다.”

“아, 마젓이요? 어쩌면 좋죠. 30분만 일찍 오셨더라도 그녀를 만날 수 있었을 텐데요. 그녀는 〈패션 드림〉 지에 실을 모델들을 촬영하느라고 나갔습니다. 전화를 해서 미리 약속을 해놓으셨더라면 이런 낭패는 없었을 건데요. 마젓은 요즈음 말할 수 없이 바쁘거든요.”

“당연히 전화를 했죠. 받지를 않더군요.”

“그랬군요.” 젊은이가 말했다.

“참, 그렇지. 우리가 수화기를 내려놓았어요. 이제야 생각이 납니다. 방해가 되니까요.” 그는 입고 있던 라일락 색 작업복 같은 것을 손으로 쓸어내렸다.

“뭔가 해드릴 일이라도 있습니까? 약속시간을 미리 정해 드릴까요? 나는 마젓의 업무관계 약속을 많이 해주고 있습니다. 어디서 사진을 찍으려고 그러십니까? 개인용입니까, 업무용입니까?”

“그런 관점에서 따지자면 둘 다 아니오.” 더못 크래독이 말했다. 그는 젊은이에게 명함을 내밀었다.

“아니, 이렇게 황당할 수가. 런던경시청 수사과! 틀림없이 사진으로 뵌 적이 있어요. 4대, 아니 5대 형사 중 한 분이시죠? 어쩌면 요즈음엔 6대 형사가 되었을지도 모르겠군요. 범죄가 하도 많으니까 인원을 늘려야 했을 것 같은데, 안 그렇습니까? 오, 저런, 실례를 범할 뜻은 없었습니다. 자, 무슨 일로 마젓을 찾으십니까—그녀를 체포하려는 건 설마 아니시겠죠.”

“몇 가지 질문할 게 있어서 그럽니다.”

“그녀는 외설 사진 같은 건 찍지 않습니다.” 젊은이가 걱정스럽게 말했다.

“그런 얘기를 어디서 듣고 오신 건 아니겠죠? 그건 사실이 아니에요. 마젓은 아주 예술적입니다. 그녀는 무대에서도 일하고 스튜디오에서도 많은 일을 합니다. 그렇지만, 그녀의 작품열은 말할 수 없이 순수합니다—거의 고상하기까지 하다고 말할 수 있지요.”

“내가 왜 벤스 양을 만나려 하는지 간단명료하게 얘기해 주겠소. 그녀는 최근 머치 벤햄 근처의 세인트 메리 미드라 부르는 마을에서 일어난 사건의 목격자입니다."

"아, 그 일 말씀이세요! 저도 그것을 압니다. 마컷이 돌아와서 얘기해 주었죠. 칵테일에 독약을 탔다지요? 무슨 약인지는 확실히 모르겠지만요. 으스스하게 들리는군요! 그렇지만, 세인트 존 앰뷸런스 협회와 연결시켜 생각하면 그리 으스스한 것만도 아닌 듯합니다. 그렇지 않습니까? 그런데, 그 사건에 대해서는 마컷에게 이미 질문을 하지 않았습니까―아니면, 다른 사람이었던가요?"

"수사가 진행되다 보면 언제나 의심나는 문제들이 속속 생겨나게 마련이지요." 더못이 말했다.

"진전을 말씀하시는 거군요. 그래요, 무슨 말인지 충분히 이해가 갑니다. 사건이 차츰차츰 윤곽이 잡혀간다―그래요, 사진의 현상처럼, 그렇지 않습니까?"

"진짜로 사진술과 아주 흡사합니다. 비유를 아주 잘했어요."

"그렇게 말씀해 주시니 정말로 기분 좋군요. 어쨌든, 자, 마컷 얘긴데요, 지금 당장 그녀를 만나보고 싶으시겠지요?"

"그렇게 할 수 있다면 좋지요, 물론이오."

"가만있자, 지금쯤이면―." 젊은이가 시계를 들여다보며 말했다.

"지금쯤이면 그녀는 햄프스테드 히스(런던 시내 북서부의 고지대 햄프스테드에 있는 공개 유원지)에 있는 키츠(1795~1821, 영국의 시인)의 집 근처에 있을 겁니다. 밖에 내 차가 있습니다. 거기까지 태워다 드릴까요?"

"그렇게 해주면야 좋지요. 정말로 친절하군요, 미스터―?"

"제스로. 가니 제스로입니다." 젊은이가 말했다.

함께 계단을 내려가면서 더못이 물었다.

"키츠의 집엔 왜 간 겁니까?"

"그러니까, 이제 스튜디오에서는 더 이상 패션 사진을 찍지 않습니다. 멋진 포즈가 나오질 않아요. 우리는 모델들이 자연의 바람을 그대로 맞아 자연스럽게 보이길 원해요. 가능하다면 아주 부조화로운 배경을 깔고서 말입니다. 원즈워스 감옥을 배경으로 하여 애스콧 프록코트를 입힌다든가, 아니면 시인의 고풍 어린 집 앞에서 경망스러운 차림을 한 모델을 촬영한다든가 하는 거죠"

제스로는 신속하고도 능란하게 차를 몰아 토튼햄 코트 로를 달려 캠든 다운을 지나서는 마침내 햄프스테드 히스 가까이에 도착했다. 키츠의 집 근처 보도에선 어여쁜 장면이 연출되고 있었다. 날씬한 아가씨가 내비치는 오건디 옷을 입고 엄청나게 큰 모자를 움켜쥐고 서 있었다. 그녀의 무릎 약간 뒤쪽에는 다른 아가씨가 앞에 서 있는 아가씨의 스커트 자락을 잡고 약간 뒤로 물러나, 스커트가 그녀의 무릎이며 다리에 착 감싸이게 했다. 카메라를 조작하고 있는 걸걸하고 쉰 목소리의 여자가 제반 연출을 담당하고 있었다.

"제발, 제인, 엉덩이를 내려요. 다른 사람 오른쪽 무릎 뒤가 보이잖아. 멋있게 돋보이게 좀 해봐요. 바로 그거야. 아니, 좀더 왼쪽으로, 됐어요. 자, 당신은 덤불에 살짝 가려지는 거예요. 멋있을 거야. 그대로 서 있어요. 하나 더 찍어야 하니까. 이번에는 양손을 모자 뒤로 돌려요. 머리를 들어. 좋았어—자, 한 바퀴 빙 돌아요, 엘시. 몸을 굽히고 더! 굽혀요! 구부려서 담배 케이스를 집는 거예요. 그래. 정말 좋아요! 바로 그렇게! 이번엔 좀더 왼쪽으로 가요. 같은 포즈인데 머리만 어깨너머로 돌리는 거예요. 그렇게."

"어째서 내 히프만 찍으려고 하는지 모르겠군요." 엘시라 불리는 아가씨가 뾰로통해 가지고 물었다.

"어여쁜 엉덩이거든. 정말로 근사해 보여요." 사진작가가 말했다.

"머리를 돌리면 이제 당신 턱이 산 위에 떠오르는 달처럼 보일 거예요. 자, 이제 귀찮은 일 없어요. 됐어요."

"하아—마갓." 제스로가 말했다.

그녀는 머리를 돌렸다.

"오, 당신이었군. 여기서 뭐하는 거지?"

"당신을 만나고 싶어하는 분이 있어서 모시고 왔지. 수사과의 크래독 주임 경감님이셔."

그 여자의 눈길이 재빠르게 더못에게 꽂혔다. 그 눈길이 경계를 하며 탐색하는 기미를 띠긴 했지만, 그가 잘 알고 있듯이 특별한 건 없었다. 그것은 경찰이나 형사를 만나면 대부분의 사람들이 흔히 보이는 반응이었다. 그녀는 관절 마디가 두드러지고 온몸이 단단한 각으로 된 것처럼 말랐지만, 그 모든 점에도 불구하고 눈길을 끄는 모습이었다. 풍성한 검은 머리가 그녀의 얼굴 양쪽에 커튼처럼 드리워져 있었다. 그녀는 혈색도 안 좋고 제대로 가꾸지도 않아 좀 지저분해서, 그의 눈에 특별히 좋은 인상이라는 느낌은 들지 않았다. 그렇지만, 뚜렷한 개성이 있다는 것은 그도 인정했다. 그녀는 이미 위로 약간 치켜 그린 눈썹을 더욱 치켜 올리면서 한마디 했다.

"무슨 일이신데요, 크래독 경감님?"

"안녕하십니까, 벤스 양. 머치 벤햄 근처의 고싱턴 홀 저택에서 일어난 아주 불운한 사건을 아시지요? 그에 대해 몇 가지 질문해도 방해가 안 될는지요. 당신도 사진을 찍기 위해 현장에 있었던 걸로 알고 있습니다만."

그녀가 고개를 끄덕였다.

"그렇습니다. 그 일은 아주 잘 기억하고 있어요." 그녀는 탐색하는 눈초리로 그를 살폈다.

"거기서는 경감님을 못 보았는데요. 틀림없이 다른 사람이었어요. 무슨—경감이었더라—."

"코니쉬 경감 말입니까?" 더못이 말했다.

"맞아요 그 사람이에요."

"우리는 나중에야 의뢰를 받았습니다."

"런던경시청에서 오셨나요?"

"그렇습니다."

"경감님이 끼어들어서 그 마을 경찰에게서 일을 인계받은 거군요. 그런 건가요?"

"끼어들었다고 말할 문제는 전혀 아닙니다. 사건을 자기들 내부 인원으로 직접 처리할 것인지, 아니면 우리에게 넘기는 것이 더 낫다고 생각하는지에 대한 결정은 그 지역 경찰서장에게 달려 있는 문제입니다."

"무엇에 근거해서 그렇게 결정을 내리는 거죠?"

"그 사건이 한 지역에 국한된 것인지, 아니면 더 나아가서—전체적인 일인지 그 배경에 따라 결정된다고 볼 수 있습니다. 때때로 국제적인 사건인 경우도 있지요."

"그래서, 이번 일이 국제적인 사건이라고 결정을 내린 모양이군요?"

"대서양을 사이에 두고 일어난 사건이라고 해야 더 적절할 겁니다."

"신문에서도 은근히 암시를 주고 있잖아요, 아녜요? 살인자가 누군지는 모르지만, 마리나 그레그를 노리고 건너왔는데 실수로 어떤 불쌍한 그 동네 여자를 죽인 거라고요. 그게 사실인가요? 아니면, 자기네 영화를 염두에 두고 선전하려고 그런 건가요?"

"그 사실에는 이렇다 하게 의심할 만한 것이 없습니다, 벤스 양."

"제게 묻고 싶은 게 뭐죠? 런던경시청에 출두해야 하나요?"

그는 머리를 흔들었다.

"좋으시다면 그렇게 하시든지요. 스튜디오로 가는 게 낫겠다면 그리로 가고요."

"좋아요. 그렇게 해요. 저쪽 길에 차를 세워 두었어요."

그녀는 인도를 따라 재빨리 걸었다. 더못이 그녀를 뒤따랐다. 제스로가 그들을 불러 세웠다.

"안녕, 달링. 방해가 되고 싶지 않아. 당신과 경감님은 분명히 굉장한 비밀 이야기를 나눌 테니까." 그는 포장도로에 서 있는 모델 두 명과 합세하여 뭔가 활기차게 이야기를 시작했다.

마것은 차에 오르더니 반대편 문을 열어 주었다. 더못 크래독이 그녀 옆에 올라탔다. 토튼햄 코트 로로 거의 이를 때까지 그녀는 한마디도 하지 않았다. 그녀는 그 길 맨 끝에 있는 막다른 골목으로 꺾어 들어가, 열려 있는 출입구로 들어갔다.

"여기에 제 차고가 있어요." 그녀가 말했다.

"사실은 가구 창고인데, 제가 약간의 공간을 빌려 쓰고 있지요. 너무나 잘 알고 계시겠지만, 런던에서 차를 세워 두는 일이란 여간 골치 아픈 문제가 아니잖아요. 경감님이 교통문제를 다루시는 건 아니겠지만 말이에요, 그렇죠?"

"그렇습니다, 내가 다루는 골칫거리는 아니지요."

"살인사건이 차라리 훨씬 나을 것 같은데요." 마것 벤스가 말했다.

그녀는 스튜디오로 안내하여 그에게 의자를 가리키고 담배를 권한 다음, 자기는 그 반대편의 커다란 방석에 털썩 주저앉았다. 검은 머리로 커튼처럼 살짝 가리고서 그녀는 몹시 알고 싶다는 표정으로 그 우울한 눈길을 던졌다.

"어서 말해 보세요, 이방인 씨."

"이번 사건이 일어났을 때 현장에서 사진을 찍고 있었다죠?"

"그렇습니다."

"직업적으로 미리 계약되었던 겁니까?"

"예, 그들은 특별한 장면을 찍어 줄 전문가를 원했거든요. 저는 그런 일을 수없이 많이 했어요. 때때로 영화 촬영소 일을 하는 적도 있습니다만, 이번 일은 그 파티 사진을 찍고 나중에 가서 마리나 그레그와 제이슨 러드가 유명 인사들을 맞아들이는 장면을 몇 컷 찍는 것이었어요. 지방 유지라든가 다른 명사들 말이에요. 그런 일이었어요."

"그렇군요. 계단에다가 카메라를 설치했다고 들었는데요?"

"그랬습니다. 거기서 아주 좋은 각도로 잡혔거든요. 밑에서 올라오는 사람을 찍을 수도 있고 자유자재로 돌려서 마리나가 그들과 악수하는 장면을 찍을 수도 있었어요. 이리저리 이동하지 않고도 다양한 각도를 취할 수가 있었거든요."

"그때 당신이 뭔가 이상한 것을 보았는지, 혹은 수사에 도움이 될 만한 것이 있었는지에 대한 몇 가지 질문에 답변을 했다는 것은 물론 알고 있습니다. 그런 것들은 일반적인 질문이었죠."

"더 특수한 질문거리가 있으신가요?"

"약간은 특별하다고 할 수 있겠군요. 당신이 서 있던 곳에서 마리나 그레그의 모습을 잘 바라볼 수 있었습니까?"

그녀가 고개를 끄덕였다.

"최고였죠."

"제이슨 러드도?"

"가끔은요. 그는 아주 바삐 움직이며 다녔거든요. 마실 것을 권하고 사람들을 서로서로 소개하고 그랬어요. 그 지역 사람들과 유명 인사들을 말이죠. 그런 일이었던 것 같아요. 그런데, 저는 그 배들리 부인인가 하는 여자분은 본 기억이 없어요.”

“베드콕입니다.”

“죄송합니다, 베드콕이군요. 저는 그녀가 독약인지 뭔지를 마시는 장면을 못 봤어요. 사실 그녀가 누구였는지도 생각이 안 나요.”

“그러면, 시장이 도착한 때는 기억납니까?”

“예, 그래요. 시장은 선명하게 기억해요. 그는 체인을 걸고서 공식 복장을 차려입고 왔더군요. 저는 그가 계단을 올라오는 모습을 한 장면 찍었어요—클로즈업으로요—지독하게도 옆모습이었죠. 그러고는 그가 마리나 그레그와 악수하는 장면을 찍었죠.”

“그렇다면 마음속에 어렴풋이나마 그 당시가 남아 있긴 하겠군요. 베드콕 부인과 그 남편은 바로 시장 앞에서 계단을 올라와 마리나와 만났는데요.”

그녀는 머리를 흔들었다.

“유감이군요. 여전히 그녀는 기억나지 않습니다.”

“그건 그리 큰 문제가 아닙니다. 당신은 마리나 그레그를 아주 잘 볼 수 있는 위치에 있었고, 그녀를 주시했으며, 그녀에게로 자주 카메라의 초점을 맞추었겠죠?”

“바로 그랬어요. 대부분의 시간을 그러고 있었죠. 제대로 된 순간을 포착할 때까지 기다렸어요.”

“당신은 아드윅 펜이라는 사람의 얼굴을 알아봤습니까?”

“그럼요. 잘 알고 있어요. 텔레비전에서도—영화에서도요.”

“그의 사진도 찍었습니까?”

“예, 롤라 브루스터와 함께 올라오는 장면을 찍었지요.”

“바로 시장 다음이었던가요?”

그녀는 잠시 생각하더니 동의했다.

“예, 그때쯤이었어요.”

“그때쯤 마리나 그레그가 갑자기 편치 않은 듯하다는 것을 알아차리지 못했습니까? 그녀의 얼굴에서 보통 때와 다른 표정을 보았는가 말입니다.”

마것 벤스는 몸을 앞으로 굽혀 담배 상자에서 궐련을 한 개비 꺼냈다. 그녀는 불을 붙였다. 그녀가 대답하지 않았어도 더못은 재촉하지 않았다. 그는 대답을 기다리면서 무엇이 이 여자의 맘을 어지럽히는지 궁금했다. 그녀가 마침내 불쑥 말을 꺼냈다.

"제게 왜 그런 걸 묻는 거죠?"

"그건 내가 해답을 몹시 얻고 싶은 문제라서 그럽니다—믿을 만한 답변 말입니다."

"경감님은 제 대답이 믿을 만하다고 생각하세요?"

"실은 그렇습니다. 당신은 원하는 표정이라든가, 어떤 값진 순간을 기다리면서 사람들의 얼굴을 아주 면밀히 주시하는 습관을 가지고 있을 게 틀림없으니까요."

그녀가 머리를 끄덕였다.

"그런 표정 같은 걸 본 적이 기억납니까?"

"다른 사람들도 보았겠죠, 그렇죠?"

"그렇습니다. 적어도 한 사람 이상이지요. 그런데, 각각 조금씩 다르게 묘사했습니다."

"다른 사람들은 어떻게 묘사했는데요?"

"한 사람은 그녀가 기절하는 줄 알았다고 하더군요."

마것 벤스는 머리를 설레설레 흔들었다.

"그녀가 뭔가에 깜짝 놀란 것 같다고 말하는 사람도 있었고—." 그가 잠시 사이를 두고 계속했다.

"또 다른 사람은 그녀의 얼굴에 얼어붙은 듯한 표정이 나타났다고 하더군요."

"얼어붙었다고요?" 마것 벤스가 골똘히 생각에 잠긴 채 말했다.

"마지막 말에 동의하는 겁니까?"

"잘은 모르겠지만, 아마도—."

"더욱 기발하게 표현한 것도 있습니다." 더못이 말했다.

"고인이 된 시인 테니슨이 쓴 시를 빌어서요. '거울은 반쪽으로 깨어졌도다. "나에게 저주가 내렸어." 하고 레이디 샬럿이 울부짖었도다.'"

“거울 같은 건 없었어요.” 마것 벤스가 말했다.

“그렇지만, 있었다면 깨졌을지도 몰라요.” 그녀가 갑자기 일어났다.

“기다리세요. 말로 설명하는 것보다 더 좋은 게 있어요. 보여 드리죠.”

그녀는 커튼 가장자리를 옆으로 밀치더니 잠시 모습을 감추었다. 그는 작은 소리로 투덜거리는 그녀의 소리를 들을 수 있었다.

“어휴, 도대체 왜 이러지.” 그녀가 다시 모습을 보이며 말했다.

“쓰려고 찾으면 꼭 안 보인다니까. 어쨌든 찾긴 찾았어요.”

그녀는 다가와서 표면에 광택이 나는 사진 한 장을 그의 손에 넘겨주었다. 그는 그 사진을 들여다보았다. 마리나 그레그가 아주 선명히 나온 사진이었다. 그녀는 자기 앞에 있는 여자에게 손을 잡힌 채 서 있었고 그 여자는 카메라를 향해 등을 돌리고 있었다. 하지만, 마리나 그레그는 그 여자를 보고 있지 않았다. 그녀의 눈길은 카메라 쪽을 응시하지도 않고 왼쪽으로 약간 기울어져 있었다. 더못 크래독의 흥미를 끄는 것은 그 얼굴이 어떤 표정도 담고 있지 않다는 점이다. 두려움도 없었고 고통도 없었다. 사진 속의 마리나 그레그는 ‘뭔가’를, 자기 눈에 보인 뭔가를 그냥 응시하고 있었는데, 마음속에서 솟구치는 감정이 너무도 엄청나서 신체적인 어떠한 얼굴 표정 따위로는 나타내기가 불가능한 것 같았다. 더못 크래독은 이런 표정을 한 남자의 얼굴을 딱 한 번 본 적이 있는데, 바로 다음 순간 그는 총에 맞아 죽었었다…….

“만족하세요?” 마것 벤스가 물었다.

크래독은 깊이 한숨을 내쉬었다.

“예, 감사합니다. 목격자가 과장을 하고 있는 건지, 자기들이 봤다고 상상하고 있는지 판단을 내리기란 어렵습니다. 그렇지만, 이번 경우엔 그렇지 않군요. 실제로 무엇인가가 눈앞에 있었고, 그녀는 그것을 본 겁니다. 이 사진 가져가도 되겠습니까?”

“이 사진을 가지셔도 돼요. 전 네거티브 필름을 갖고 있으니까요.”

“이것을 신문사로 보내지는 않았습니까?”

마것 벤스는 머리를 저었다.

“왜 안 보냈는지 궁금하군요. 어쨌든 꽤나 극적인 사진 아닙니까. 어떤 신문에서는 돈을 꽤 많이 지불하려고 할 텐데요."

"그러고 싶지는 않은데요." 마것 벤스가 말했다.

"우연히 누군가의 영혼을 들여다본 거나 마찬가지인 경우인데, 돈으로 계산하기가 약간은 난감하다고 느껴지지 않겠어요?"

"당신은 마리나 그레그를 알고 있었습니까?"

"아뇨."

"미국에서 태어났지요, 그렇죠?"

"저는 영국에서 태어났어요. 교육은 미국에서 받았지만요. 제가 여기 건너온 건 한 3년 전쯤 일이에요."

더못 크래독이 고개를 끄덕였다. 그는 자기의 질문에 대한 답을 이미 알고 있었다. 그의 사무실 책상 위에 쌓인 다른 서류들 틈에 그런 신상조사서도 끼어 있었기 때문이다. 여자는 그 정도면 충분히 솔직한 듯했다. 그가 물었다.

"어디서 공부를 했습니까?"

"레인가든 스튜디오에서요. 한동안 앤드루 퀼프 밑에 있었습니다. 그가 많은 걸 가르쳐 주었죠."

"레인가든 스튜디오, 앤드루 퀼프라." 더못 크래독은 갑자기 정신이 번쩍 났다. 그 이름이 그의 기억선을 자극했다.

"세븐 스프링스에서 살았습니까?"

그녀는 재미있다는 듯이 바라보았다.

"저에 대해서 많이 아시는 것 같군요. 조사했나 보죠?"

"당신은 아주 유명한 사진작가니까요, 벤스 양. 당신에 대한 기사도 났었잖아요. 영국엔 왜 왔습니까?"

그녀가 어깨를 으쓱했다.

"아, 전 변화를 좋아해요. 게다가 좀 전에도 말씀드렸듯이, 비록 어렸을 때 미국으로 건너갔지만 제가 태어난 곳은 영국이에요."

"아주 어린애였을 때였겠죠?"

"다섯 살 때였어요, 정 흥미가 있으시다면."

"난 흥미가 있습니다. 그리고 내 생각엔, 벤스 양, 내게 뭔가 더 얘기해 줄 수도 있을 것 같은데요.”

그녀의 얼굴이 굳어졌다. 그녀가 그를 노려보았다.

“무슨 뜻으로 그런 말씀을 하시는 거죠?”

더못 크래독은 그녀를 쳐다보면서 과감하게 심문하기로 했다. 어쩌면 들어맞지 않을지도 모른다. 레인가든 스튜디오와 앤드루 퀼프와 도시 이름. 그는 연로한 마플 양이 자기를 부추기면서 어깨를 떼미는 듯한 느낌이 들었다.

“마리나 그레그에 대해서 당신이 말하는 것 이상으로 그녀를 잘 알고 있을 것 같은데요?”

그녀가 소리 내어 웃었다.

“증명해 보세요. 뭔가 상상하고 있으신가 보군요.”

“그럴까요? 나는 그렇다고 생각지 않는데. 알겠지만, 약간의 시간과 수고를 들인다면 바로 드러날 수 있는 일입니다. 자, 벤스 양, 사실을 인정하는 편이 더 낫지 않을까요? 마리나 그레그가 당신을 양녀로 맞아들여서 4년 동안 함께 살았다는 것을 인정하십시오.”

그녀는 숨을 헉 하고 들이마셨다.

“참견쟁이, 주제넘게시리!” 그녀가 외쳤다.

그 말에 그는 좀 놀랐다. 지금까지의 행동과는 무척 대조적이었던 것이다. 그녀는 일어나서 검은 머리채를 흔들었다.

“그래요, 맞아요, 사실이고말고요! 그랬어요. 마리나 그레그가 저를 미국으로 데리고 갔어요. 우리 엄마는 자식이 여덟 명이나 있었어요. 우리는 빈민굴에서 살고 있었죠. 우리 엄마는 아마도 어디선가 얻어듣고서 그 여배우에게 편지를 써서는 우리의 불행한 생활상을 늘어놓고, 그녀에게 자기가 어미로서 해야 할 도리를 못하니 자기 자식을 양녀로 맞아들여주십사 하고 애걸하는, 그런 수많은 사람 중의 하나였던 것 같아요. 얼마나 구역질나는 거래예요. 그 모든 것이?”

“당신을 포함해 세 명이었다죠?” 더못이 말했다.

“세 명의 아이들이 각각 다른 시기에 다른 장소에서 입양되었지만.”

“그랬어요. 저와 로드와 앵거스였죠. 앵거스는 저보다 나이가 많았고, 로드는 거의 갓난아기나 마찬가지였어요. 우리는 멋지게 살았죠. 오, 정말 굉장했어요! 그 모든 특혜를 다 누리고 말이에요!" 그녀의 목소리가 조소하듯이 높아졌다.

"옷과 자동차, 훌륭한 저택과, 우리를 돌봐 주는 사람들과, 좋은 학교와 교육, 맛있는 음식들이 있었죠. 모든 것이 풍성했어요! 그리고, 그녀는 바로 우리들의 '엄마'였어요. 인용 부호가 붙은 '엄마'는 자기 역할을 하면서, 자장가를 불러 주고 우리랑 사진도 찍었어요! 아, 얼마나 감상을 불러일으키는 사진이었겠어요!"

"그래도 그녀는 진정으로 자식을 원했잖소. 그건 진정이었어요, 그렇잖습니까? 적어도 대중을 의식한 과시 같은 것은 아니었습니다."

"그럴 수도 있겠죠. 그래요, 제 생각에도 그건 사실이었어요. 그녀는 아이를 원했어요. 그렇지만, 우리를 원한 건 아니었어요! 절대로 아녜요. 그저 한 편의 아름다운 연극에 불과했던 거죠. '내 가족' '나에게도 가족이 있다면 얼마나 행복할까?' 하는 대사가 섞인 연극 말입니다. 게다가, '이지'도 그렇게 하도록 내버려 두었죠. 그가 현실을 더 잘 알고 있어야 했어요."

"이지라면 이지도어 라이트 말입니까?"

"그래요, 그녀의 세 번째인지 네 번째 남편인지는 모르겠습니다만, 그분은 정말로 좋은 사람이었어요. 제 생각에 그분은 그녀를 이해했고, 우리들에게 관심을 보이기도 했어요. 그분은 우리들에게 잘 해줬지만 아버지 같은 면은 없었죠. 아버지가 되고 싶진 않았던 모양이에요. 그분은 오로지 작품창작에만 열중했죠. 그분의 작품을 몇 가지 읽어 봤어요. 야비하고 잔인하긴 했지만 호소력은 강하더군요. 사람들이 그분을 언젠가 위대한 작가라 부를 거라고 생각해요."

"그런데, 그 상태가 언제까지 지속됐습니까?"

마컷 벤스가 갑자기 쓴웃음을 지었다.

"그녀가 그 특이한 한 편의 연극에 싫증이 났을 때까지요. 아뇨, 정확히 말하면 그게 아녜요……. 자기가 아이를 갖게 되리라는 것을 알고 나서 부터였어요."

그녀는 갑자기 비통스럽게 소리 내어 웃었다.

"그러니, 우리는 볼 장 다 본 거죠 뭐! 우리는 더 이상 필요가 없었으니까요. 우리는 임시 미봉책으로서 필요했던 것이지, 그녀는 우리를 진정으로 돌봐 주진 않았던 거예요, 결코. 우리에게 저택과 유모와 교육에 필요한 비용, 그리고 이 세상을 살아나가는데 필요한 적당한 금액을 제공해 주었죠. 어느 누구도 그녀를 나쁘다고 비난할 순 없을 겁니다. 하지만, 그녀는 결코 우리를 원한 것은 아니었어요―그녀가 원한 것은 오로지 자기가 낳은 자식이었어요."

"그걸 탓할 수는 없습니다." 더못이 부드럽게 말했다.

"저도 그녀가 자기 자식을 원하는 걸 탓하는 것이 아녜요, 결코! 하지만, 우린 어떻게 됐죠? 그녀는 우리가 살던 집과 우리의 부모로부터 우리를 데려갔어요. 제 엄마는 눈앞의 생활에 급급해서 저를 팔았지만, 남들이 생각하듯이 자기 자신 때문은 아니었어요. 어리석게도 제가 '여러 가지 혜택'을 받고 '교육'과 멋진 생활을 누리리라고 생각했던 거죠. 저를 위해서 자신이 할 수 있는 최상의 행동을 한 거라고 생각했겠죠. 그것이 최상의 행동이었다고요? 그 엄마가 이 사실을 안다면……."

"아직도 상처가 깊으시군요."

"아뇨, 지금은 쓰라리지 않아요. 이젠 극복했어요. 지금 쓰라린 것은 그런 기억이 나기 때문이에요―그 시절로 되돌아가서요. 우리는 모두들 무척 원망했었답니다."

"당신들 모두 다 말이오?"

"글쎄요, 로드는 아닐 거예요. 로드는 아무것에도 관심이 없어요. 게다가, 그 애는 너무 어렸죠. 그렇지만, 앵거스는 제가 느끼는 것과 마찬가지로, 아니 그 이상으로 감정이 깊을 거라는 생각이 드는군요. 그 애는 자기가 자라면 이다음에 그녀가 낳은 아기를 죽이겠다고 말했을 정도였으니까요."

"그 아기에 대해서 알고 있습니까?"

"물론 알아요. 그 일은 모든 사람이 다 알고 있잖아요. 아기를 가지자 미칠 듯이 기뻐하더군요. 그런데, 낳고 보니까 백치였잖아요! 죗값을 치른 거예요. 백치든 아니든 간에, 그녀는 우리를 결코 다시는 원하지 않았지요."

"당신은 그녀를 깊이 원망하고 있군요."

"당연한 감정 아니겠어요? 그녀는 제게 사람이 할 수 있는 최고로 나쁜 짓을 저질렀는데요. 사랑을 흠뻑 받으며, 제가 없으면 안 되는 존재인 것처럼 믿게 해놓고는, 그것이 몽땅 거짓이었음을 보여 줬잖아요."

"편의상 형제라 부르겠습니다—당신의 두 형제는 어떻게 됐습니까?"

"나중에 뿔뿔이 흩어졌어요. 로드는 중서부 지방 어딘가에서 농장을 하고 있어요. 그 애는 천성이 워낙 낙천적이에요. 언제나 그랬어요. 앵거스는 저도 모르겠고요. 그의 소식은 듣지 못했어요."

"그가 여전히 복수심에 불타 있을까요?"

"그렇지는 않을 거예요." 마것이 말했다.

"그런 감정은 지속될 수가 없는 성질의 것이잖아요. 그를 지난번 마지막으로 봤을 때는 배우가 될 생각이라고 하더군요. 그 뒤에 어떻게 되었는지는 모르겠지만."

"그러니까, 옛날 일이 기억났겠군요." 더못이 말했다.

"예, 기억나더군요." 마것 벤스가 말했다.

"마리나 그레그가 그날 당신을 보고 놀랐습니까, 아니면 당신한테 선심을 쓰려고 미리 사진을 부탁한 건가요?"

"그녀가요?" 마것은 냉소적으로 미소 지었다.

"그녀는 누가 사진을 찍기로 되어 있는지에 관해서는 전혀 몰랐어요. 제 쪽에서 그녀를 봐야겠다는 호기심이 나서 그 일을 따내려고 은근히 활동을 좀 벌였죠. 좀 전에 얘기했듯이 저는 촬영소 사람들에게 영향력을 좀 행사할 수 있거든요. 전 그녀의 요즈음 근황을 보고 싶었어요."

그녀는 테이블을 톡톡 두드렸다.

"그녀는 저를 몰라보더군요. 그 점을 어떻게 생각하세요? 4년 동안이나 함께 지냈는데도요. 다섯 살에서 아홉 살 때까지요. 그런데도 저를 알아보지도 못했어요."

"아이들은 변하니까." 더못 크래독이 말했다.

"아이들이 얼마나 많이 변하는지, 알아보지 못하는 경우가 허다해요. 나도요 전날 길에서 조카를 만났는데, 모르고 그냥 지나쳐 갔다니까요."

"저를 위로한답시고 그런 말씀을 하시는 거예요? 전 하나도 개의치 않아요. 아니, 말도 안 돼—솔직히 말하겠어요. 실은 몹시 마음이 쓰여요. 그랬어요. 마리나라는 여자! 그녀는 마술을 부리고 있어요. 사람들을 붙들어 매는 멋지고도 불길한 마술을 말이에요. 그녀를 미워하는 마음은 크지만 여전히 기억 속에 남아 있잖아요."

"당신이 누구라고 그녀에게 말하지 않았습니까?"

그녀는 고개를 저었다.

"아뇨, 말하지 않았어요. 그건 마지막 순간에 해야죠."

"당신은 그녀를 독살하려 했습니까, 벤스 양?"

그녀를 감싸고 있던 분위기가 돌변했다. 그녀는 일어서더니 소리 내 웃었다.

"무슨 그런 어처구니없는 질문을 하세요! 그렇지만, 그러게도 생겼지요. 그것도 경감님 임무에 속할 테니까요. 아뇨, 제가 그녀를 죽이지 않았다는 것은 분명해요."

"내가 물은 것은 그게 아닙니다, 벤스 양."

그녀는 얼굴을 찡그리며 어리둥절한 채로 그를 쳐다보았다.

"마리나 그레그는—, 아직 살아 있습니다." 그가 말했다.

"얼마 동안이나요?"

"무슨 뜻입니까?"

"그럴 것 같다는 생각이 들지 않으세요, 경감님? 누군가가 다시 시도할 것이라고. 그리고 이번에는—이번에는 아마도 성공할걸요."

"사전 대응책이 마련되어 있습니다."

"어련히 그랬을 테지요. 그녀를 숭배하는 남편이 돌봐 주겠죠. 그녀에게 더 이상 해가 끼치지 않도록 확실한 조치를 취해 놓았겠죠."

그는 그녀의 어조에서 풍겨 나오는 조롱조에 주의를 기울였다.

"아까 그걸 물은 건 아니었다고 말한 건 무슨 의미죠?" 그녀가 갑자기 좀 전의 일을 들춰내어 물었다.

"나는 당신에게 그녀를 죽이려고 했느냐고 물었습니다. 당신은 죽이지 않았다고 대답했고, 그것은 분명히 사실입니다. 그렇지만, ‘누군가’의 소행으로 실제로 ‘누군가’가 죽었어요.”

“그렇다면, 제가 마리나를 죽이려다가 대신에 다른 여자를 죽였다는 건가요? 분명히 말하겠지만, 저는 마리나를 독살하려고도, 베드콕 부인을 독살하지도 않았어요.”

“그렇지만, 누가 그랬는지 알 수는 있지 않겠습니까?”

“전 아무것도 몰라요, 경감님. 맹세해요.”

“그렇지만, 뭔가 짚이는 데라도 없습니까?”

“사람들은 누구든지 항상 여러 가지 생각을 하기 마련이죠.” 그녀가 조롱하는 듯한 미소를 던졌다.

“그 많은 사람 중에서 그럴 수도 있고, 아닐 수도 있겠지만—검은 머리의 로봇 같은 비서, 우아한 헤일리 프레스턴, 하인과 하녀들, 마사지사, 미용사, 촬영소의 누구일 수도 있는 거죠. 그토록이나 사람들이 많았는데, 그중 누군가가 자신의 범행에 대해 시치미를 떼고 있는지 알게 뭐예요.”

자기도 모르는 사이에 그가 그녀 쪽으로 성큼 발걸음을 떼자, 그녀가 격렬하게 머리를 흔들어댔다.

“마음을 푸세요, 경감님.” 그녀가 말했다.

“그저 농담 삼아 말해 본 것뿐이에요. 누군가가 마리나의 목숨을 노리고 있는 모양인데, 전 전혀 누구인지 감이 잡히질 않아요. 진짜예요. 저는 전혀 모르겠어요.”

1

오브리 클로즈 16번지에서 젊은 베이커 부인은 남편과 이야기를 하고 있었다. 짐 베이커는 키가 크고 얼굴이 잘생긴 체구가 큰 금발머리의 남자로, 모형 조립에 온 정신을 쏟고 있었다. 체리가 말했다.

"이웃 사람들!" 그녀는 파마한 검은 머리를 갑자기 쳐들었다.

"이웃 사람들!" 그녀가 악의를 가지고서 다시 되풀이해 말했다.

그녀는 스토브에서 프라이팬을 조심스레 들어 올려서는 속에 든 것을 모양새 있게 접시 두 개에 옮겨 담았는데, 한쪽이 다른 접시보다 좀 많았다. 그녀는 많은 쪽을 남편 앞에다 놓았다.

"믹스드 그릴이에요." 그녀가 말했다.

짐이 쳐다보면서 음미하듯 코를 킁킁거리더니 말했다.

"거창하게 보이는데. 오늘이 무슨 날이야? 내 생일인가?"

"영양을 잘 섭취해야 된대요." 체리가 말했다.

그녀는 끝에 프릴이 달린 연분홍색과 흰색 줄무늬 에이프런을 입고 있어서 아주 예뻐 보였다. 짐 베이커가 음식을 놓을 자리를 마련하느라고 조립하고 있던 성층권 항공기 모형을 한쪽으로 치웠다.

"누가 그런 말을 했는데?"

"마플 양도, 그리고 또 다른 사람들도요." 체리가 말했다.

그녀는 남편 맞은편에 앉아 자기 앞으로 접시를 끌어당기면서 덧붙였다.

"만일 그렇게 되면, 그분은 좀더 실속 있는 음식을 섭취해야 할 것 같아요. 그 늙은 고양이 나이트 간호사가 그분에게 탄수화물 말고는 주질 않나 봐요. 그것 말고는 도무지 생각이 없는 여자라니까요! '맛있는 커스터드'니 '맛있는 빵과 버터 푸딩'이니 '맛있는 마카로니 치즈'니 하며 떠들지요. 분홍색 소스를 친 짓이긴 푸딩이나 식탁에 내놓고요. 그리고 온종일 허튼소리만 늘어놓고 다녀요! 상대방이 싫증내는 것도 모르고 지루하게 별별 얘기를 다 한다니까요.”

“그래? 환자용 식사인 모양이지.” 짐이 건성으로 말했다.

“환자용 식사라뇨?” 체리가 말하면서 코웃음을 쳤다.

“마플 양은 환자가 아니에요—그저 연로할 뿐이라고요. 게다가, 언제나 간섭이 끊이질 않는다니까.”

“누구, 마플 양 말이야?”

“아뇨, 그 나이트 양인가 하는 여자 말이에요. 사사건건 이래라저래라 하고 참견하거든요. 내게 요리하는 법까지 가르치려 든단 말이에요. 요리에 대해서는 자기보다는 내가 일가견이 있는데.”

“당신 요리 솜씨는 최고야, 체리.” 짐이 칭찬했다.

“요리에는 뭔가가 있어요.” 체리가 말했다.

“당신도 열중할 수 있는 그런 것 말이에요.”

짐이 껄껄껄 웃었다.

“나야 바로 여기에 열중하고 있지. 그런데, 어째서 마플 양이 내가 영양이 필요하다는 얘기를 했을까? 요 전날 욕실 선반을 고치러 갔을 때, 내가 수척해 보인다고 생각한 모양이지?”

체리가 깔깔깔 웃었다.

“아주머니가 내게 한 얘기를 해볼까요. ‘당신은 아주 잘생긴 남편을 만났군. 남편 인물이 아주 좋아.’라고 하더군요. 텔레비전에서 역사소설이라도 읽는 것처럼 들렸다니까요.”

“당신이 그분 말에 동의했으면 싶은데?” 짐이 빙그레 웃으며 말했다.

“난 당신이 그만하면 괜찮은 편이라고 말했죠.”

“괜찮다니! 그렇게 미적지근한 말이 어디 있어.”

“그랬더니 그분이 이렇게 말하더군요 ‘남편을 잘 돌봐야 해. 잘 먹여야 한다는 걸 명심하라고. 남자들에겐 고기를 잘 요리해서 줘야 해.’”

“들었지, 잘 들었겠지!”

“그리고 당신에게 신선한 음식을 만들어 주라고 하시더군요. 인스턴트 파이나 그런 것들을 사다가 오븐에 데워 먹인다든가 하면 안 된다고 하면서요. 난 그런 건 별로 안 하는데 말이에요.” 체리가 덕망 있는 아내처럼 덧붙였다.

“되도록이면 그렇게 하지 않는 것이 좋지.” 짐이 말했다.

“맛이 전혀 다르거든.”

“당신이 뭘 드시고 있는지 관심이나 갖고 얘기하세요.” 체리가 말했다.

“언제나 성층권 항공기 같은 것만 조립하는 데 정신을 쏟고 있으니. 그 모형을 조카 마이클에게 크리스마스 선물로 주려고 샀다고는 얘기하지 마세요. 당신이 가지고 놀려고 산 거잖아요.”

“그 애는 이걸 가지고 놀기에는 아직 좀 이르지.” 짐이 변명조로 말했다.

“당신, 오늘 저녁 내내 그걸 가지고 정신 못 차릴 것 같은데요. 음악은 어때요? 전부터 얘기하던 그 레코드는 구입했나요?”

“그래, 차이코프스키의 1812년이야.”

“전쟁을 묘사한 쩡쩡 울리는 곡이죠, 예?” 체리가 얼굴을 찡그렸다.

“하트웰 부인은 질색을 할 거예요! 이웃들이란! 이웃 사람들이라면 이젠 질렸어요. 언제나 불평불만을 일삼는다니까. 누가 더 나쁜지 모르겠어요. 하트웰 아니면 바너비겠죠. 하트웰네는 겨우 11시 20분 전밖에 안 됐는데도 벽을 두드린다니까. 그건 너무 지나치잖아요! 텔레비전과 BBC 방송도 그보다는 더 늦은 시간까지 하는데 말이에요. 우리가 좋아하는 음악이라도 좀 듣게 내버려 두지를 않는 거예요. 만날 소리를 줄여 달라고 하잖아요.”

“그런 음악은 줄일 수 없는 성질의 것이야.” 짐이 위엄 있게 말했다.

“어느 정도의 볼륨이 없으면 원하는 톤을 들을 수가 없어. 그건 모든 사람이 다 아는 상식이야. 음악애호가라면 더욱 잘 알 터이고. 그건 그렇고, 그 집 고양이는 어떻고—날이면 날마다 우리 정원으로 넘어 들어와서는 애써 가꿔 놓은 꽃밭을 들입다 파헤쳐 놓잖아.”

“들어 보세요, 짐. 난 이 동네엔 신물이 났어요.”

“허더스필드에 있던 이웃들은 괜찮았잖아.” 짐이 한마디 했다.

“거기와는 달라요. 거기서는 그야말로 독립적이었잖아요. 일이 생기면 사람들이 도와주고, 반대로 우리가 도와주기도 했어요. 그렇지만, 간섭을 하진 않

있어요. 그런데, 이런 새 주택단지에서는 사람들이 이웃을 멸시하듯 곁눈질로 보는 경향이 있어요. 모두들 새로 이사 와서 잘 모르기 때문에 그런 건지. 험담을 늘어놓고, 고자질을 하고, 시 의회에 투서질이나 하고 여기에서 벌어지는 이런저런 일들에 진저리가 나요! 진짜로 도회지 사람들이라면 너무 바빠서 그런 일을 할 시간이 없을 거예요.”

“일리가 있는 말이야, 여보.”

“당신은 여기가 좋으세요, 짐?”

“직업은 마음에 들어. 그리고 무엇보다도 완전히 새 집이고 좀더 여유 있게 쓸 수 있을 만큼 공간이 더 있었으면 하는 생각은 들어. 내 작업실이 있다면 좋을 텐데.”

“나도 처음에는 집이 마음에 쏙 들었어요.” 체리가 말했다.

“그렇지만, 지금은 그렇지만도 않아요. 집은 좋아요. 파란색 페인트칠도 마음에 들고 욕실도 괜찮은데, 여기 사람들이랑 분위기가 영 마음에 안 들어요. 몇몇 사람들은 정말로 좋아요. 참, 내가 당신에게 릴리 프라이스와 해리가 파혼했다는 얘길 했던가요? 둘이서 집을 보러 갔던 날 이상한 일이 벌어졌어요. 당신도 릴리가 까딱했으면 창밖으로 떨어질 뻔했다는 얘기 알잖아요? 그런데 글쎄, 해리는 붙박이 돼지처럼 그 자리에 꼼짝 않고 서 있었다지 뭐예요.”

“그와 파혼한건 그녀에게 잘된 일이야. 그 친구는 별로 쓸모없는 사람이거든.” 짐이 말했다.

“임신했다는 이유만으로 시시한 사람과 결혼하는 것은 어리석은 짓이에요. 더구나, 그 남자가 결혼을 원치 않았잖아요. 그 사람은 그리 좋은 인간이 못돼요. 마플 양도 그 사람이 시원찮다고 했어요.” 그녀는 생각에 잠긴 채로 덧붙였다.

“그 아주머니가 릴리에게 그 남자에 대해서 직접 말했대요. 릴리는 그 아주머니의 머리가 좀 이상한 게 아니냐고 생각했다나요.”

“마플 양이? 그분이 해리를 본 적이 있는지는 몰랐는데?”

“보았대요. 아주머니가 그날 이 부근을 산책하다가 넘어졌는데, 베드콕 부인이 일으켜서 자기 집으로 데리고 들어갔어요. 당신은 아더와 베인 부인이 맺어지리라 생각해요?”

  짐은 성층권 항공기 조각을 들고서 찌푸린 얼굴로 조립서를 살펴보았다.

  “내가 얘기할 때는 제발 좀 들어주세요.” 체리가 말했다.

  “뭐라 그랬지?”

  “아더 베드콕과 메리 베인 말이에요.”

  “맙소사, 체리, 부인이 죽은 지가 얼마나 됐다고 그래! 여자들이란 하여간! 나는 그가 아직도 신경이 곤두서 있다고 들었어. 당신이 행여 그에게 그 말이라도 하면 펄쩍 뛸 걸.”

  “왜 그러는지 이상해요……, 그가 그렇게 나오리라고는 생각되지 않는데.”

  “테이블 끝을 좀 치워 주겠어?” 짐이 이웃 사람들 일 따위는 지나가는 관심거리조차 되지 않는다는 듯이 말했다.

  “내가 이 조각들을 좀 펼쳐 놓을 수 있을 정도로만 말이야.”

  체리가 화가 난 듯이 한숨을 내쉬었다.

  “여기서 당신 주의를 끄는 것이라곤 오로지 슈퍼제트기나 터보 프로펠러기(機)뿐이로군요.” 그녀가 씩씩거리며 말했다.

  “당신과 모델 조립에도 이젠 질렸어요!”

  그녀는 저녁 먹고 남은 찌꺼기가 아직 남아 있는 접시를 개수대로 가져갔다. 그녀는 바로 설거지를 하지 않기로 했다. 날마다 하지 않으면 안 되는 이런 일상적인 일들을 그녀는 가능한 한 나중으로 미루어 두었다. 대신에 되는 대로 개수대에 그릇들을 마구 쑤셔 박아 놓고 코듀로이 재킷을 걸치고는 집을 나서면서 어깨너머로 외쳤다.

  “글래디스 딕슨을 만나러 나가요. 그녀의 〈보그〉 잡지의 패션 옷본 좀 빌리게요.”

  “갔다 오구려.” 짐은 조립모형 위로 허리를 굽힌 채 말했다.

  지나가면서 이웃집 대문에다 눈을 흘겨 주고, 체리는 모퉁이를 돌아나가 블렌하임 클로스 16번지에 멈추어 섰다. 문이 열려 있기에 체리는 똑똑 두드리며 현관으로 들어가서 불렀다.

  “글래디 있어요?”

“체리로군?” 딕슨 부인이 부엌에서 내다보았다.

“2층 자기 방에서 드레스를 만들고 있을 거예요.”

“그래요? 올라가 볼게요.”

체리가 2층으로 올라가 조그만 침실에 들어서자, 평범한 얼굴에 포동포동한 아가씨 글래디스가 바닥에 무릎을 대고 앉아서 얼굴에 홍조를 띠고, 입에 핀을 대여섯 개쯤 물고서는 종이 옷본을 고정시키고 있었다.

“안녕하세요, 체리? 이것 좀 봐요. 머치 벤햄에서 하퍼 가게가 세일할 때 이 천이 예뻐서 샀어요. 이렇게 엇갈리는 프릴을 만들려고 그래요. 전에 테릴린 천으로 만든 것처럼 말이에요.”

“멋지겠는데.” 체리가 말했다.

글래디스가 숨을 약간 헐떡이며 일어섰다.

“지금 소화가 잘 안 돼요.” 그녀가 말했다.

“저녁을 먹자마자 바로 옷을 만들지 마. 그렇게 구부려야 되잖아.”

“살을 좀 빼야 할 것 같아요.” 글래디스가 말하고는 침대에 걸터앉았다.

“촬영소에서 무슨 뉴스거리라도 생기지 않았어?” 영화계 뉴스라면 언제나 사족을 못 쓰는 체리가 물었다.

“그저 그래요. 아직도 소문은 무성하대요. 마리나 그레그가 어제 촬영장에 왔었고요—경악할 만한 법석을 피워댔대요.”

“뭔데?”

“자기 커피 맛이 이상하다는 거예요. 거기 사람들은 오전 중에 커피를 마시잖아요. 그녀가 한 모금 마시더니 뭔가 이상하다는 거예요. 말도 안 되는 소리지. 그럴 리가 있겠어요? 식당에서 바로 주전자에 담아 가지고 왔는데. 그녀에게는 언제나 특별히 멋진 중국 도자기 잔에다 따라주죠 좀 웃기긴 하지만— 다른 사람과 구별해서 말이에요. 아무리 그래도 커피는 똑같은 것이잖아요. 그러니, 그녀의 것만 잘못될 리는 없지 않겠어요?”

“신경과민이야.” 체리가 말했다.

“그래서 무슨 일이 벌어졌겠군?”

“아니, 아무 일도 없었어요. 러드 씨가 사람들을 다 진정시켰어요. 그 사람 그런 일을 잘 하잖아요. 자기 아내의 커피를 가져다가 개수대에 내버렸죠 뭐."

"좀 멍청한 짓 같은데." 체리가 천천히 말했다.

"왜요—무슨 뜻이에요?"

"그러니까, 만일 그 커피에 정말로 뭔가 들어 있었다면 말이야—이제는 아무도 모르게 되었잖아. 근거가 없으니."

"진짜로 그랬으리라고 생각해요?" 깜짝 놀라 눈이 휘둥그레진 글래디스가 물었다.

체리가 어깨를 으쓱했다.

"이를테면, 그 파티에서 그녀 칵테일에 뭔가가 들어 있었다면, 그랬잖아—그랬다면 커피라고 그러지 말라는 법이 있어? 사람들은 처음엔 실패하더라도 자꾸자꾸 해보게 되잖아."

글래디스가 부르르 떨었다.

"소름끼쳐요, 체리." 그녀가 말했다.

"그래요, 누군가가 그녀 잔에 뭔가 넣었을 수도 있을 거예요. 그녀는 협박편지를 여러 장 받았대잖아요—요 전날은 흉상 사건이 있었어요."

"흉상 사건이라니?"

"대리석 흉상 말이에요. 소도구였어요. 오스트리아 궁전이던가 아무튼 그런 세트가 설치되어 있는 방 한구석에 놓여 있었죠. 이름이 브라운이던가 아무튼 괴상했어요. 그림, 도자기, 대리석 흉상 등이 장식되어 있었죠. 그 흉상은 선반 위에 놓여 있었는데—아마 뒤로 잘 밀어 놓지를 않았었나 봐요. 어쨌든 대형 트럭이 바깥 도로를 지나갈 때 흔들흔들하다가 떨어졌지 뭐예요—마리나 그레그가 무슨 백작과 중요한 장면을 촬영하기 위해 앉기로 되어 있던 의자 바로 위로 말이에요. 완전히 산산조각이 났어요! 운 좋게도 촬영에 들어가기 전이었기에 망정이지. 러드 씨는 그녀에게 그 일에 대해서 한마디도 하지 않고, 거기다 다른 의자를 갖다 놓았어요. 그녀가 어제 와서 의자가 왜 바뀌었냐고 물으니까, 그는 저번 의자는 시대가 틀린 것이었다면서, 그 의자가 카메라 앵글을 맞추기에는 더 좋다고 했다지 뭐예요. 그렇지만, 실은 그 사람도 그 의자가 전혀 마음에 들지 않는 것 같았어요—그건 내가 장담해요."

두 여자는 서로를 쳐다보았다.

"흥미진진한 데가 있는 사건인데." 체리가 천천히 말했다.

"그렇지만 그것은……."

"아무래도 촬영소 식당 일을 그만두어야 할까 봐요." 글래디스가 말했다.

"왜? 너를 독살하려 들거나, 대리석 흉상을 머리 위로 떨어뜨릴 사람도 없는데!"

"그건 그래요. 그렇지만, 보복 대상이 되는 사람과 보복당하는 사람이 언제나 일치하라는 보장은 없잖아요. 다른 사람이 될 수도 있어요. 저번 날의 히더 베드콕처럼."

"그래, 맞아." 체리가 말했다.

"난 실은 줄곧 생각해 봤어요." 글래디스가 말했다.

"그날, 일을 도와주느라고 그 저택에 갔었잖아요. 난 그때 그 사람들과 아주 가까이 있었어요."

"히더가 숨을 거둘 때?"

"아뇨. 그녀가 칵테일을 떨어뜨렸을 때 말이에요. 옷을 몽땅 버렸어요. 아주 예쁜 드레스였는데, 짙은 보랏빛의 나일론 호박단으로 만든 거였어요. 그 행사 때 입으려고 새로 장만한 것 같았는데. 그런데, 좀 우스워요."

"뭐가 우습다는 거야?"

"그때는 전혀 그런 생각을 하지 않았는데……, 그런데, 자꾸 생각해 보니까 어쩐지 우습다는 느낌이 들어요."

체리는 안달이 나서 그녀를 쳐다보았다. 그녀는 '우습다'는 형용사를 글자 그대로 받아들였다. 유머스럽다는 뜻은 아닐 테니까.

"제발, 뭐가 우습다는 거야?" 그녀가 재촉했다.

"틀림없이 고의로 그랬던 것 같아요."

"칵테일을 고의로 엎질렀다고?"

"그래요. 그러니 그게 이상하다는 생각이 자꾸만 드는 거예요, 안 그렇겠어요?"

"새 옷에다가 말이야? 그럴 리가 있나."

“그건 그렇고 지금 궁금한 건—.” 글래디스가 말했다.

“아더 베드콕이 히더의 옷을 어떻게 처분할 건지……, 세탁만 하면 그 드레스는 말짱하거든요. 폭을 조그만 넓히면 예쁜 풀스커트가 될 거예요. 만일, 내가 그것을 사고 싶다고 하면 아더 베드콕이 굉장히 무례하다고 여길까요? 거의 손을 댈 필요도 없고—아주 예쁜 천인데.”

“정말—.” 체리가 머뭇거렸다.

“—아무렇지도 않아?”

“아무렇지도 않냐고요? 뭐가요?”

“그러니까, 죽은 여자가 입었던 드레스를 가진다는 것 말이야. 내 말은 그런 식으로 죽은…….”

글래디스가 그녀를 빤히 쳐다보았다.

“그런 생각은 안 해봤는데—.” 그녀도 그 점을 시인했다. 그러고는 잠시 생각에 잠기더니 금세 표정이 밝아졌다.

“그건 별로 문제될 것 같지 않은데요.” 그녀가 말했다.

“헌 옷을 살 때 봐요. 죽은 사람이 입던 옷인 경우가 많잖아요.”

“그래. 하지만, 상황이 같은 건 아니잖아.”

“체리는 별난 데 다 신경을 쓰는 것 같아요.” 글래디스가 말했다.

“밝고 고운 푸른빛이 도는데다가 진짜로 비싼 옷감이에요. 그 우스운 일에 대해서는—.” 그녀가 생각에 잠긴 채로 계속했다.

“내일 아침 일하러 가는 길에 그 저택에 들러서 쥐제페 씨와 얘길 좀 나눠 봐야겠어요.”

“그 이탈리아인 집사 말이야?”

“그래요. 그 사람은 정말로 핸섬해요. 이글거리는 눈동자하며. 성질이 보통이 아녜요. 우리가 도와주러 갔을 때 우리들을 얼마나 지독하게 부려 먹었다고요.” 그녀가 키득키득 웃었다.

“그렇지만, 아무도 기분 나빠 하지 않았어요. 말할 수 없이 사람이 좋거든요. 아무튼, 그 사람에게 그 얘길 해서, 내가 어떻게 해야 할지를 물어 봐야겠어요.”

"뾰족하게 얘기할 내용도 없어 뵈는데." 체리가 말했다.

"그래도—우습잖아요." 글래디스가 자기가 즐겨 쓰는 형용사에 고집스럽게 집착하며 말했다.

"응, 알겠어." 체리가 말했다.

"어떤 구실을 붙여서라도 쥐제페 씨를 만나러 가고 싶은 거지? 조심하는 게 좋아, 얘. 이탈리아 남자들이 어떤지 잘 알잖아! 항상 일을 저지르고 다니거든. 피가 괄괄하고 열정적이라는 것, 그게 바로 이탈리아 남자란 말이야."

글래디스가 황홀한 표정으로 한숨을 푹 내쉬었다.

체리는 주근깨가 박힌 살찐 처녀의 얼굴을 바라보면서, 자기의 경고는 불필요한 것이라고 결론을 내렸다. 쥐제페라면 다른 곳에서 더 나은 물고기를 구해다가 프라이를 할 것이다.

2

"아하! 이제 풀고 계시는군요." 헤이독 의사가 말했다.

그는 마플 양에게 눈길을 떼어 보풀이 생긴 흰색의 폭신폭신한 털실 타래를 쳐다보았다.

"뜨개질을 할 수 없을 때는 풀어 보라고 권하셨잖아요." 마플 양이 말했다.

"아주 철저하게 푸시는 것 같군요."

"처음부터 무늬뜨기에서 실수를 했어요. 그것 때문에 전체적인 비례가 맞지 않아서 몽땅 풀어야 했어요. 아주 복잡한 무늬거든요."

"당신에게도 복잡한 무늬라는 것이 있습니까? 전혀 없을 텐데요."

"시력이 나빠져서 이젠 아무래도 쉬운 무늬밖에 짤 수 없을 것 같아요. 어쩔 수 없지요."

"그러면 또 얼마나 지루하시겠습니까? 어쨌든 내 충고를 받아들이셨다니 기쁩니다."

"언제는 선생님 충고를 안 받아들였던가요?"

"그것이 당신에게 맞을 때나 그러는 거죠." 헤이독 의사가 말했다.

"솔직히 얘기해 보세요, 선생님. 내게 충고하실 때 진짜로 뜨개질을 염두에 두고 하신 건가요?"

그녀의 빛나는 눈동자와 마주치자 헤이독도 눈동자를 반짝였다.

"살인사건은 잘 풀려 나갑니까?" 그가 물었다.

"내 머리도 예전만 못해요." 마플 양이 머리를 절레절레 흔들며 한숨을 내쉬었다.

"말도 안 되는 소라—." 헤이독 의사가 말했다.

"당연히 몇 가지 결론을 벌써 얻었겠죠."

"물론 결론이야 얻었죠, 아주 명쾌하게."

"어떤 거죠?" 헤이독이 미심쩍은 얼굴로 물었다.

"칵테일 잔에 약물을 집어넣은 것이 그날이라면—어떻게 그 일을 할 수 있었는지 이해가 잘 안 가요—."

"그 독약을 점안기(點眼器—눈에 약을 떨어뜨려 넣는 기구) 같은 것에다 넣고 가지고 있었을 수도 있겠지요." 헤이독이 의견을 말했다.

"전문가는 역시 다르시군요." 마플 양이 존경 어린 어투로 말했다.

"그렇다 하더라도 아무도 본 사람이 없다는 게 아주 이상하게만 여겨져요."

"살인은 저질러질 뿐만 아니라, 그 행위를 들켜야 한다! 바로 그겁니까?"

"내 말뜻을 제대로 알아들으셨네요." 마플 양이 말했다.

"그런 정도는 각오하고 저질렀을 겁니다." 헤이독이 말했다.

"오, 바로 그거예요. 한동안은 나도 생각지 못했어요. 그렇지만, 여기저기 알아보기도 하고 사람 수를 더해 보기도 해서 알았는데, 그때 적어도 18~20명은 있었거든요. 그 20명 중에선 누구 하나라도 반드시 그 범행 장면을 본 사람이 있을 거예요."

헤이독이 머리를 끄덕였다.

"사람들도 그렇게 생각할 겁니다. 틀림없어요. 그런데도, 본 사람이 한 사람도 없으니."

"이상해요." 마플 양이 생각에 잠긴 채 말했다.

"무슨 생각을 하고 계신 겁니까?"

"그러니까, 세 가지 가능성이 있는데요. 적어도 한 사람은 뭔가를 봤을 것이라는 가정하에서지요. 스무 명 중에서 한 사람은요. 그렇게 가정하는 데에는 그만한 이유가 있어요."

"논점을 교묘히 피하신다는 생각이 드는데요. 흰 모자를 쓴 사람이 여섯 명, 검은 모자를 쓴 사람이 여섯 명 있다고 가정하면, 모자가 어떤 비율로 그렇게 배합될 것인지 그 확률을 수학적으로 풀어내기 위해 머리가 터지도록 연습하는 것 같은 광경이 어렴풋이 떠오르는군요. 그와 같은 생각을 시작하다 보면, 머리가 돌아 버릴지도 몰라요. 내 말을 명심하십시오!"

"나는 그런 식의 생각은 전혀 안 해봤어요." 마플 양이 말했다.

"내가 생각하고 있는 것은 그저 아마도—."

"계속하세요." 헤이독이 조심스럽게 말했다.

"당신은 그런 일에는 아주 능숙하니까. 언제나 그랬잖아요."

"그러기 십상이잖아요." 마플 양이 말했다.

"스무 명 중에서 최소한 한 사람 정도는 틀림없이 보았을 거예요."

"내가 졌습니다. 세 가지 가능성이나 어디 들어 봅시다."

"대략적으로 말씀드려야 될 것 같군요." 마플 양이 말했다.

"아직 끝까지 생각해 보지는 않았으니까요. 크래독 경감아—어쩌면 그보다 앞서 프랭크 코니쉬가 거기에 있었던 모든 사람들을 대상으로 그런 일을 본 사람이 있는지 물어보며 다녔을 테니, 당연히 그 얘기가 나왔겠죠."

"그것이 한 가지 가능성입니까?"

"아뇨, 그건 물론 아니고요." 마플 양이 말했다.

"그랬다는 이야기는 아무도 하지 않았거든요. 만일 누군가가 틀림없이 보았는데도 그렇다고 말하지 않는다면, 그 이유가 무엇이라고 생각하세요?"

"그냥 듣기만 하겠습니다."

"첫 번째 가능성은—." 마플 양이 생기에 넘쳐서 뺨에 홍조를 띠고 말했다.

"그것을 본 사람이 자기가 본 것이 무엇인지를 깨닫지 못하는 거예요. 그것은 그러니까, 그 사람이 좀 멍청한 사람이라는 소리죠. 이를테면, 눈은 쓸 수 있어도 머리는 쓰지 못하는 사람이라고나 할까요. 그런 사람에게 '마리나 그레그의 잔에다 뭘 집어넣는 사람을 못 봤소?'라고 물으면, '아뇨'라고 대답하겠죠. 그렇지만, '마리나 그레그의 잔 위에 손을 올려놓은 사람을 못 봤소?'라고 물으면, '예, 봤어요. 봤고말고요!'라고 대답할 거예요."

헤이독이 소리 내어 웃었다.

"우리들 중 아무도 멍청이를 받아들이려 하지 않을 겁니다. 첫 번째 가능성을 인정합니다. 멍청이가 그것을 보기는 했어도 그 행동이 무엇을 뜻하는지는 알아채지 못했다는 말씀이시죠. 그러면 두 번째 가능성은요?"

"이건 좀 억지로 갖다 댄 것 같지만, 그래도 가능성은 있지 않겠나 하는 생각이 들어요. 잔에다 뭔가를 집어넣은 사람의 행동이 자연스러웠을 수도 있다는 거죠."

"잠깐만, 잠깐만, 좀더 확실하게 설명해 주시죠"

"요즘 사람들은 자기들이 먹고 마시는 것에 항상 뭔가를 첨가하는 것 같더군요. 내가 젊었을 때만 해도 식사 도중에 약을 먹는 것은 아주 무례한 태도라고 여겼지요. 식탁에서 코를 푸는 거나 마찬가지로 취급됐거든요. 그러니, 그런 일은 없었지요. 알약이나 캡슐, 혹은 물약이라도 먹어야 할 경우에는 밖으로 나가서 먹어야 했죠. 그런데, 요즘은 안 그래요. 내 조카 레이먼드와 함께 지낼 때 보니 여러 가지 알약이니 캡슐이니를 잔뜩 넣은 조그만 약병을 휴대하고 오는 손님들이 꽤 있더군요. 그들은 식사 중에, 아니면 식전이나 식후에 그 약을 먹었어요. 그들은 아스피린 같은 것들을 핸드백에다 넣어 가지고 다니면서 하루 종일 그걸 먹더군요—차와 함께, 혹은 저녁식사 후 커피를 마시면서요. 내 말뜻을 아시겠어요?"

"오, 그럼요." 헤이독 의사가 말했다.

"이제야 무슨 뜻인지 알겠습니다. 재미있는데요. 그러니까 누군가가—." 그가 말을 멈추었다.

"아니, 당신이 직접 들려주시죠"

"내 말은 아주 가능성이 있는 방법이긴 하지만, 대담성이 요구되는 것이에요. 누군가가 그 잔을 집어—여자인지 남자인지 하여간 손에 쥐고 있으면 사람들이 그나 그녀의 잔이라고 생각할 테니까 아무것이라도 버젓이 넣을 수 있다는 말이에요. 그런 경우에, 사람들은 그런 행동을 염두에 두지 않거든요.”

“그런데, 그 남자인지 여자인지, 아무튼 그 사람도 들키지 않으리라고 확신을 할 순 없을 텐데요?” 헤이독이 지적했다.

“물론 그렇죠.” 마플 양이 동의했다.

“일종의 도박이고 모험을 건 거예요. 그렇지만, 충분히 가능한 일이에요. 그리고—세 번째 가능성이 있어요.” 그녀가 계속했다.

“첫 번째 가능성은 멍청이.” 의사가 말했다.

“두 번째 가능성은 도박사, 세 번째 가능성은 뭡니까?”

“범행 사실을 목격한 사람이 의도적으로 입을 봉하고 있는 거예요.”

헤이독이 얼굴을 찌푸렸다.

“무슨 이유로요?” 그가 물었다.

“공갈이라도 하려고? 만일 그렇다면—.”

“만일 그렇다면, 위험천만한 짓이 되는 거죠.” 마플 양이 말했다.

“그래요, 정말로 그렇겠군요.” 그는 폭신폭신한 하얀 옷으로 무릎을 감싸고 있는 평온한 노부인을 날카로운 시선으로 쳐다보았다.

“세 번째 가능성이 가장 확률이 크다고 생각하시는 겁니까?”

“아뇨.” 마플 양이 말했다.

“거기까지는 생각해 보지 않았어요. 근거가 아직은 불충분하니까요. 만일—.” 그녀가 신중하게 덧붙였다.

“또 다른 사람이 살해되지 않는다면.”

“또 다른 사람이 살해될 것 같다고 생각하십니까?”

“그러지 않기를 원해요.” 마플 양이 말했다.

“그렇게 되지 않으리라 믿고 기도라도 하고 싶어요. 그렇지만, 그런 일은 흔히 일어나잖아요, 헤이독 선생님. 슬프고도 끔찍한 일이에요. 너무나 자주 그런 일이 일어나요.”

제17장

엘라는 수화기를 내려놓고 공중전화 박스에서 나오면서 은밀히 미소를 지었다. 그녀는 혼자서 즐거웠다.

"주임경감, 하나님처럼 전지전능한 크래독!" 그녀는 속으로 말했다.

"나는 그보다 두 배는 더 단수가 위지. 테마도 다양하게 구사하면서. 아마도 그 테마는 '달아나라, 모든 것이 드러났도다!'가 적당하겠지."

그녀는 수화기 저편에 있는 사람이 받았을 고통스러운 반응을 속으로 그리면서 희열을 느꼈다. 희미한 협박조의 속삭임이 수화기를 통해 전해졌으니까.

"난 당신을 보았어……."

그녀는 고양이와 같은 잔인함으로 입언저리에 곡선을 만들어 내며 조용히 웃었다. 심리학을 연구하는 사람들이라면 호기심을 가지고 보았음직한 미소였다. 지난 며칠간 그녀는 전례 없이 힘이 부쩍부쩍 솟는 기분을 느꼈다. 그녀는 흥분으로 인해 마비된 판단력이 자기에게 어떤 영향을 미칠지에 대해선 까맣게 모르고 있었다…….

그녀가 동쪽 관리인 별채를 지나쳐 가자니까, 밴트리 부인이 여느 때와 다름없이 정원 손질을 하며 손을 흔들었다.

"빌어먹을 노파 같으니!" 엘라가 속으로 중얼거렸다. 그녀는 집 도로를 걸어 올라가는 동안 자기를 뒤쫓는 밴트리 부인의 시선을 느낄 수 있었다.

뚜렷한 이유도 없이 어떤 한 구절이 머릿속에 떠올랐다.

'바가지를 우물에 자주 가지고 가면 깨어지기 마련이지…….'

당치도 않는 소리. 그런 협박의 말을 속삭인 자가 그녀이리라고는 아무도 의심할 수 없으리라.

그녀가 재채기를 했다.

"염병할 건초열 같으니라고!" 엘라 질린스키가 중얼거렸다.

그녀가 사무실에 도착하니, 제이슨 러드가 창가에 서 있었다.

그가 돌아서며 말했다.

"당신이 어디 있는지 도대체 알 수가 없더구먼."

"정원사한테 가서 얘기할 게 있었어요. 저가—." 그의 표정이 눈에 들어오자 그녀는 말을 중단했다.

그녀가 날카롭게 물었다.

"무슨 일이죠?"

그의 눈은 여느 때보다 더욱 깊숙이 박혀 있는 듯했다. 광대의 유쾌한 기분은 사라지고 없었다. 이 남자는 긴장하고 있는 것이다. 전에도 그가 몹시 긴장해 있는 상태를 보긴 했지만, 이런 적은 처음이었다.

그녀가 다시 말했다.

"무슨 일이에요?"

그가 종이 한 장을 불쑥 내밀었다.

"그 커피를 분석한 결과야. 마리나가 이상하다고 하면서 마시지 않았던 그 커피 말이야."

"분석시키러 보냈어요?" 그녀는 깜짝 놀랐다.

"그 커피—개수대에다 버리지 않았던가요? 제 눈으로 봤는데……."

그의 커다란 입술이 미소로 말려 올라갔다.

"나는 손재주가 재빠른 사람이야, 엘라." 그가 말했다.

"그 사실은 몰랐지, 응? 다 쏟아 버리는 체했지만, 실은 약간 남겨 놓았다가 분석해 달라고 가져갔지."

그녀는 그가 건네 준 종이를 내려다보았다.

"비소?" 믿기지 않는다는 투였다.

"그래, 비소야."

"그렇다면, 마리나가 쓰다고 느낀 것이 옳았나요?"

"그건 틀렸어. 비소는 아무런 맛도 없으니까. 그렇지만, 아내의 본능이 아주 적중했던 거지."

“그런데, 우리는 단순히 마리나가 또 히스테리를 일으킨다고 생각했군요!”

“아내는 분명히 히스테리 증세가 있지! 누구라도 그렇지 않겠어? 실제로 한 여자가 발밑에서 급사한 것을 보았는데. 게다가, 그녀는 협박장까지 받았어—하나가 날아오면 좀 있다 또 하나가 날아오는 거야—오늘은 아무것도 없었지. 아니, 있었나?”

엘라가 머리를 흔들었다.

“누가 그 저주받을 것을 집어넣었을까? 오, 그래, 아주 손쉽겠군—유리창이 몽땅 열려 있었으니까. 아무라도 살짝 들어올 수 있었겠어.”

“우리더러 집에다가 철책을 두르고 자물쇠를 걸어 잠그라는 말씀이세요? 날씨가 이렇게 더운데요. 마당에서 한 사람이 지키고 섰으면 되잖아요.”

“그래. 하지만, 이미 놀란 상태에 있는 그녀를 더 놀라게 하고 싶지가 않아. 협박장은 아무것도 아니야. 그렇지만 비소는, 엘라, 비소는 달라……”

“이 집 음식에다 부정한 짓을 저지른 사람은 아무도 없어요.”

“그럴까, 엘라? 과연 그래?”

“남에게 들키지 않을 수 없어요. 외부 사람이 아니고서는—.”

그가 말 중간에 끼어들었다.

“사람들은 돈이라면 무슨 짓이라도 해, 엘라.”

“아무리 그래도 살인을 저지를까요?”

“그것까지도 불사하지. 또한, 그것을 살인이라고 실감하지 못하는 수도 있어. 하인들은……”

“하인들은 괜찮은 사람이라고 확신해요.”

“쥐제페를 보라고 나는 돈 문제가 개입되어 있는 한, 과연 쥐제페를 어디까지 믿어야 할지 의심스럽다고—우리와 꽤 오랫동안 함께 지내긴 했지만……”

“이런 식으로 꼭 자신을 괴롭혀야만 되나요, 제이슨 씨?”

그는 몸을 소파 위로 던졌다. 그는 몸을 앞으로 숙이고 긴 팔을 무릎 사이에 아무렇게나 늘어뜨렸다.

“어떻게 해야 하지?” 그가 천천히 부드럽게 말했다.

“빌어먹을. 대관절 뭘 어떻게 해야 하는 거야.”

엘라는 아무 말도 하지 않았다. 그녀는 그를 주시하면서 앉아 있었다.

"아내는 여기서 행복해 했는데ー." 제이슨이 말했다. 그는 엘라에게라기보다는 자기 자신에게 말을 하고 있었다. 그는 무릎 사이로 눈길을 떨어뜨리고 양탄자를 쳐다보았다. 그가 고개를 들고 그녀의 얼굴 표정을 봤더라면 아마 소스라치게 놀랐을 것이다.

"마리나는 행복했는데." 그가 또다시 말했다.

"그녀는 행복하기를 바랐고, 그래서 행복했어. 그날도 그렇다고 말했는데, 그 부인이 온 그날. 이름이 뭐였더라ー."

"밴트리 말이세요?"

"그래 밴트리 부인이 차 마시러 온 날 말이야. 아내는 '그렇게 평온할 수가 없다'라고 말했어. 드디어 자기가 정착하여 행복을 맛보고 안정을 느낄 수 있는 집을 찾았다고 말했는데. 맙소사, 안정은 무슨 안정!"

"앞으로 행복하게 지낼 수 있을 거라고요?" 엘라의 목소리에 빈정거리는 듯한 어조가 섞여 나왔다.

"그렇게 말하니 마치 동화 이야기처럼 들리는군요."

"아무튼 마리나는 그렇게 믿었어."

"그렇지만, 당신은 아니죠. 한순간도 그럴 것이라고는 생각지 않으셨죠?"

제이슨 리드가 빙그레 웃었다.

"아니, 나도 전적으로 기대하지는 않았어. 그렇지만, 얼마 동안은 계속되리라 생각했지. 한 1년이나 2년 정도, 안정되고 만족스러운 기간이 되리라 생각했지. 마리나를 새 사람으로 바꿔놓을 수도 있었을 거야. 자신감을 불어넣어줄 수도 있었고 아내는 행복을 누릴 수 있는 사람이잖아. 아내가 행복할 때는 꼭 아이 같아. 그저 아이 같다니까. 그런데 지금 '이런 일'이 아내에게 벌어지다니."

엘라는 꼼짝도 하지 않았다.

"일이란 어느 누구에게나 벌어지기 마련이에요." 그녀가 냉랭하게 말했다.

"사는 게 다 그런 거죠, 뭐. 묵묵히 감수해야지 별 도리가 있겠어요? 그런데, 어떤 사람은 감수해 내고 어떤 사람은 그렇지 못하죠. 마리나는 감수하지 못하는 사람이에요.”

그녀가 재채기를 했다.

“건초열이 또 재발했구먼?”

“예. 그건 그렇고, 쥐제페는 런던에 갔어요.”

어렴풋이 제이슨이 놀란 듯했다.

“런던에? 왜?”

“집안일 때문에요. 런던 소호에 사는 친척이 몹시 위독하다나 봐요. 그가 마리나에게 직접 가서 허락을 얻었고, 그래서 하루 휴가를 줘서 보냈어요. 오늘 밤쯤 돌아올 거예요. 괜찮겠죠?”

“괜찮아. 나야 뭐…….” 제이슨이 말했다.

그는 일어서서 이리저리 왔다갔다했다.

“그녀를 다른 데로 데려갈 수만 있다면……지금……당장.”

“촬영도 내팽개치고요? 그렇지만 생각을—.”

그의 언성이 높아졌다.

“난 마리나밖엔 아무런 생각도 안 들어와. 무슨 말인지 못 알아듣겠어? 그녀는 위험에 빠져 있어. 내 머릿속엔 온통 그 생각뿐이야.”

그녀는 충동적으로 입을 열었다가 다시 다물었다.

그녀는 다시 소리를 죽여 재채기를 하더니 일어섰다.

“흡입기 좀 사용해야겠어요.”

그녀는 방을 나가 자기 침실로 들어갔다. 한마디 말이 그녀 마음속에서 계속 공명을 일으켰다.

마리나……마리나……마리나……언제나 마리나뿐…….

마음속에 격분이 일었다. 그녀는 자기를 진정시키고, 욕실로 들어가 늘 사용하던 흡입기를 집어 들었다.

그녀는 주둥이 끝을 한쪽 콧구멍에 밀어 넣고서 쭉 짰다.

1초 뒤에 경고가 느껴졌으나 때는 너무 늦었다……친숙하지 않은 씁쓸한 아몬드 향이 느껴졌다……그러고는 얼마 안 있어 흡입기를 누르던 손가락의 균형 감각을 상실하고 말았다.

제18장

1

프랭크 코니쉬는 수화기를 제자리에 놓았다.

"브루스터 양은 낮에는 런던에 없습니다." 그가 알려 주었다.

"지금 그렇다는 거요." 크래독이 말했다.

"경감님 생각에는 그녀가—."

"모르겠소 그렇게는 생각하지 않아. 하지만 모를 일이지. 아드윅 펜은?"

"외출했습니다. 경감님께 전화 달라고 메모를 남겨 놓았어요. 그리고 인물 사진작가 마것 벤스는 약속이 있어서 어딘가에 갔다더군요. 꼬챙이 같은 그녀의 파트너도 그녀가 어디 갔는지 모른답니다. 확실한 건 모르지만 아무튼 그는 그렇게 말하더군요. 그리고 그 집사가 런던으로 달아난 것 같습니다."

"궁금한 건—." 크래독이 생각에 잠긴 채 말했다.

"그 집사가 영원히 달아났는가 하는 점이오. 친척이 죽어 간다는 것은 언제나 미심쩍은 핑곗거리지. 그가 뭣 때문에 하필이면 오늘 런던에 가야 한다고 설쳤을까?"

"떠나기 전에 흡입기에다 청산가리를 넣는 것은 그로서는 별로 어려운 일도 아니죠"

"누구라도 그럴 수 있지."

"하지만, 내 생각에는 아무래도 그가 걸리는데요 외부 사람 소행이기는 어렵습니다."

"아니오, 그건 그렇지 않소 상황을 잘 판단해 봐요. 당신이 차도 한쪽에 차를 주차시켜 놓고 사람들이 모두 식당에 들어갈 때까지 기다렸다가, 창문을 통해 몰래 2층으로 올라갔다고 해봐요. 관목은 집 높이로 자라 있었고"

"위험하기 짝이 없는 짓인데요"

“이 살인자에게는 위험을 무릅쓰는 것쯤 아무것도 아니오. 여태까지 죽 그 래왔잖소.”

“정원에 파수 보는 사람을 한 명 세워뒀는데도요.”

“알아요. 한 명으로는 충분하지가 않지. 그 익명의 편지에 국한된 문제라면 난 그렇게까지 위급하다고는 느끼지 않소. 마리나 그레그는 잘 보호되고 있어요. 그런데, 다른 사람이 위험에 처해 있으리라고는 생각지도 못했지. 나는—.”

전화벨이 울렸다. 코니쉬가 받았다.

“도체스터 호텔에서 왔습니다. 아드윅 펜 씨가 연결됐는데요.”

그가 수화기를 건네자 크래독이 받았다.

“펜 씨입니까? 크래독입니다.”

“아, 예. 전화를 하셨다고 들었는데요. 하루 종일 나가 있었습니다.”

“말씀드리기 유감스럽지만, 펜 씨, 오늘 아침 질린스키 양이 죽었습니다— 청산가리 중독으로요.”

“정말입니까? 아니, 그럴 수가! 사고였습니까? 아니면, 사고가 아닙니까?”

“사고가 아니었습니다. 그녀가 늘 사용하던 흡입기에 청산가리가 들어 있었어요.”

“저런, 예, 알겠습니다…….” 잠시 동안 침묵이 흘렀다.

“그런데, 그 비참한 사건을 가지고 왜 내게 전화를 하셨는지 물어 봐도 되겠습니까?”

“당신도 질린스키 양을 알고 있잖습니까, 펜 씨.”

“물론 알고 있죠. 몇 년 동안 그녀와는 안면이 있었으니까요. 그렇지만, 친한 사이는 아니었습니다.”

“경찰에서는 당신이 어쩌면 도움을 줄 수도 있지 않을까 하는데요.”

“어떤 식으로 말입니까?”

“그녀의 죽음에 무슨 동기가 될 만한 것이 있는지 혹시 알려주실 수 있을까 해서요. 그녀는 이 지방 사람이 아닙니다. 우리는 그녀의 친구나 친척, 주위 환경에 대해서 거의 아는 것이 없습니다.”

“제이슨 러드라면 그 문제에 대답해 줄 수 있을 텐데요.”

“당연하죠. 이미 그렇게 했습니다. 하지만, 만에 하나라도 그가 모르는 뭔가를 당신이 알 수도 있지 않을까 해서요.”

“그런 건 없을 겁니다. 나는 엘라 질린스키가 아주 유능한 여자고, 자기 분야에서 최고라는 것밖에는 아무것도 모릅니다. 그녀의 사생활에 대해서는 아는 바가 전혀 없어요.”

“그러니, 아무 할 얘기가 없다는 말씀입니까?”

크래독이 부정적인 대답이 나오리라 마음을 굳히려는데, 놀랍게도 상대방에선 그런 반응이 얼른 나오지 않았다. 상대는 입을 다물고 있었다. 그는 아드윅 펜이 저쪽 전화선을 통해 무겁게 내쉬는 숨소리를 들을 수 있었다.

“아직 수화기를 들고 계시는 거죠, 경감님?”

“예, 펜 씨. 듣고 있습니다.”

“도움이 될지도 모를 사실을 말씀드리기로 결심했습니다. 그 말을 들으면 내가 그것을 발설하고 싶어하지 않은 이유를 짐작하실 수가 있을 겁니다. 그렇지만, 나는 그러는 것이 끝내는 현명치 못하리라는 판단을 내렸습니다. 사실은 이렇습니다. 이틀 전에 나는 전화를 한 통 받았습니다. 누군가가 전화에다 대고 속삭이더군요. 이렇게 말합디다—지금 그대로 옮겨 보겠습니다—난 당신을 봤어요……당신이 잔에다 알약을 넣는 것을 보았지요……목격자가 있을 줄은 꿈에도 몰랐죠, 몰랐을걸요? 지금은 이쯤에서 그치겠지만, 조만간 당신이 해야 할 일을 알려 드리겠어요.”

크래독이 깜짝 놀라 소리를 질렀다.

“놀랍죠, 그렇지 않습니까, 크래독 씨? 분명히, 맹세라도 할 수 있습니다. 그 얘기는 전혀 사실무근입니다. 나는 누구의 잔에도 알약을 넣은 일이 없거든요. 누구라도 내가 그랬다고 하는 사람이 있다면 가만두지 않겠습니다. 그 얘기는 전적으로 터무니없는 것입니다. 자세히는 모르겠지만, 질린스키 양이 협박을 한 게 아닌가 싶습니다.”

“그녀의 목소리인 줄 알았습니까?”

“속삭이면 누구 목소리인지 구별이 안 갑니다. 하지만, 엘라 질린스키가 분명해요.”

“어떻게 그렇게 단정 짓지요?”

“전화를 끊기 전에 속삭이던 자가 재채기를 크게 했습니다. 나는 질린스키 양이 건초열로 고생한다는 사실을 알고 있었거든요.”

“그렇다면, 선생 생각은—어떻게 해서?”

“질린스키 양이 첫 번째 시도했을 때 사람을 잘못 짚었던 것 같습니다. 나중에 가서야 제대로 짚었던 모양입니다만. 협박은 위험스런 도박이죠.”

크래독이 정신을 가다듬었다.

“선생의 말씀에 대단히 감사드립니다, 펜 씨. 형식상 우리는 오늘 선생의 움직임을 체크하게 될 겁니다.”

“얼마든지요. 운전사가 경감님께 정확한 사실을 말해 줄 겁니다.”

크래독은 전화를 끊고서 펜이 한 이야기를 곰곰이 되새겨 보았다. 코니쉬가 휘파람을 불었다.

“그렇다면, 그를 명단에서 완전히 삭제해도 되겠군요. 그게 아니라면—.”

“그게 아니라면, 그건 엄청난 속임수요. 하긴, 그럴 수도 있겠지. 그는 그럴 수 있을 만큼 뻔뻔스러운 데가 있는 사람이거든. 엘라 질린스키가 자기 의심에 대한 근거를 글로 써서 남겨 놓기라도 했다면, 이렇게 과감히 맞선다는 것은 그의 엄청난 허세밖에 안 되는 거요.”

“그러면 그의 알리바이는?”

“우리는 지금까지 수많은 사건을 접해 보면서 감쪽같이 속인 알리바이를 많이 보았잖소. 그는 다른 사람을 매수할 수 있을 만큼 경제적으로도 충분한 여유가 있소.” 크래독이 말했다.

2

쥐제페가 고싱턴 홀 저택에 돌아온 것은 자정이 좀 지나서였다. 세인트 메리 미드행 분기선의 마지막 기차가 끊어졌으므로 그는 머치 벤햄에서 택시를 타고 왔다.

그는 기운이 넘쳐흘렀다. 문 앞에서 택시비를 지불한 다음, 지름길인 관목

울타리 길로 걸어갔다. 그는 열쇠로 뒷문을 열었다. 집 안은 깜깜했고 정적이 감돌았다. 쥐제페는 문을 닫고 빗장을 질렀다. 안락한 침실과 욕실이 있는 자기만의 공간으로 이르는 계단을 향해 몸을 돌렸을 때, 외풍이 느껴졌다. 어딘가 창문이 열려 있는 모양이었다. 그는 신경 쓰지 않기로 마음먹었다. 그는 미소를 띤 채 2층으로 올라가 자기 방문에 열쇠를 꽂았다. 그는 언제나 방문을 잠그고 다녔다. 그가 열쇠를 돌리고서 문을 밀어 여는 순간, 뒤에서 딱딱하고 둥근 무엇이 자기의 등을 누르고 있다는 것이 느껴졌다. 그 목소리가 말했다.

"손들어. 소리 지르지 마."

쥐제페는 재빨리 손을 위로 쳐들었다. 어떻게 해볼 도리가 없었다.

방아쇠가 당겨졌다—한 번—두 번.

쥐제페는 앞으로 무너지듯 고꾸라졌다.

비앙카가 베개에서 머리를 쳐들었다.

총소리가 아니었나……분명히 총소리였던 것 같은데……그녀는 잠시 기다려 보았다. 그러고 나서 자기가 잘못 들었나 보다고 생각하고는 다시 몸을 뉘었다.

1

“정말로 끔찍해.” 나이트 양이 보따리를 내려놓고 숨을 헐떡이며 말했다.

“무슨 일이 있었수?” 마플 양이 물었다.

“저, 아주머니, 진짜로 그 얘기는 해드리고 싶지가 않아요. 진짜예요.”

“당신이 얘기 안 해주면 다른 사람이 해줄 텐데.” 마플 양이 말했다.

“저런저런, 그렇군요. 그건 끔찍한 사실이에요. 얼마나 말들이 많은지 몰라요. 입에서 입으로 그 얘기가 엄청나게 퍼지고 있어요. 나는 남의 말을 옮기고 다니는 사람이 아니랍니다. 아주 조심스럽게 처신하니까요.”

“뭔가 끔찍한 일이 벌어졌다는 말을 했었잖수?”

“그 말을 듣고 얼마나 당황했다고요.” 나이트 양이 말했다.

“창문으로 외풍이 들어오는 것 같지는 않으세요?”

“신선한 공기가 들어오는 게 나아요.” 마플 양이 말했다.

“아, 그렇지만 그러다가 감기라도 들면 어쩌시려고 그러세요?” 나이트 양이 능글맞게 말했다.

“이렇게 하죠. 나가서 금방 에그노그(술에 우유와 설탕을 넣은 음료)를 만들어 올게요. 그건 우리 둘 다 좋아하는 거잖아요?”

“당신이 그것을 좋아하는지는 모르겠지만, 당신이 그걸 좋아한다면 가서 마시고 와요. 마음대로 해요.”

“자, 자—.” 나이트 양이 손가락을 꼼지락거리며 말했다.

“농담을 너무 좋아하시는 것 같네요?”

“그보다는 내게 뭔가를 말하려던 참이었자—.” 마플 양이 말했다.

“저, 그 일로 걱정하시면 안 돼요. 그 일로 인해 신경을 써서는 절대 안 돼요. 우리와는 아무런 상관이 없는 일이니까요. 하지만, 미국의 갱들이나 뭐 그런 것에 비하면, 하등 놀랄 일도 아닌 것 같아요.”

“또 다른 사람이 살해되었군. 그렇지?”

“어머나, 어쩜 그렇게 예리하세요, 아주머니. 어떻게 아주머니 머릿속에 그러한 생각이 재빨리 떠오르는지 도대체 알 수가 없군요.”

“사실은—.” 마플 양이 생각에 잠기며 말했다.

“난 예상하고 있었다우.”

“어머, 진짜예요?” 나이트 양이 외쳤다.

“누군가는 반드시 목격하게 되어 있어.” 마플 양이 말했다.

“이따금 자기가 본 것이 무엇이었나를 깨닫는 데 시간이 좀 걸리는 경우가 있긴 하지. 죽은 사람이 누구예요?”

“이탈리아인 집사예요. 어젯밤 총에 맞았대요.”

“그래—.” 마플 양이 생각에 잠긴 채로 말했다.

“그래, 아주 그럴 듯해. 그렇지만, 이렇게 되기 전에 그는 자기가 본 것에 대한 중요성을 미리 깨달았을 거라는 생각이 드는데—.”

“어쩌면!” 나이트 양이 외쳤다.

“모든 걸 다 아시는 것처럼 말씀하시는군요. 그는 뭣 때문에 살해됐을까요?”

“내 생각에는—.” 마플 양이 골똘히 생각하며 말했다.

“그가 누군가를 협박하려 들었기 때문인 것 같아요.”

“그가 어제 런던에 갔다고 사람들이 그러던데요.”

“그랬어요—? 그것참 재미있고도 뭔가를 암시하는 것 같은데.” 마플 양이 말했다.

나이트 양은 영양가 높은 음료를 만들어야겠다는 생각에 빠져서 부엌으로 나갔다. 마플 양은 그대로 앉아 골똘히 생각에 사로잡혀 있었다. 그러다가 체리가 요즘 가장 즐겨 부르는 ‘나는 당신에게, 당신은 내게 말했어요’라고 하는 노랫소리가 힘차게 돌아가는 진공청소기 소리와 함께 섞여 나오는 바람에 깊은 상념에서 깨어났다.

나이트 양이 부엌문을 빠끔히 열고서 그 사이로 머리를 내밀었다.

“소음을 너무 내지 말아 줘, 부탁이야, 체리.” 그녀가 말했다.

“당신도 마플 양을 방해하고 싶지는 않겠지, 안 그래? 부주의하면 못 써요.”

나이트 양이 부엌문을 닫고 들어가자 체리는 자기 자신에게, 아니 누구에게랄 것도 없이, “그런데, 누가 당신한테 나를 체리라 불러도 된다고 했지, 늙은 젤리부대 같은 할망구—.”라고 말했다. 체리는 목소리를 좀 낮춰서 노래를 불렀으나, 진공청소기는 여전히 윙윙 소리를 내며 돌아갔다. 마플 양이 안에서 높고 청아한 목소리로 불렀다.

“체리, 잠깐만 이리로 와봐.”

체리는 청소기 스위치를 끄고 응접실 문을 열었다.

“노래를 불러서 방해할 생각은 아니었어요.”

“저 진공청소기가 내는 끔찍한 소음보다는 당신 노랫소리가 훨씬 듣기에 즐거워. 그렇지만, 나도 시대의 조류에 맞춰서 살아가야 된다는 것을 알아. 당신 같은 젊은이들에게 시대에 뒤떨어지게시리 쓰레받기와 먼지떨이를 쓸 것을 아무리 강요해 봤자 소용이 없지.”

“뭐라고요, 저더러 무릎을 꿇고 앉아 쓰레받기와 먼지떨이를 쓰라고요?”

체리가 경악과 놀라움의 표정을 지었다.

“아주 생소하게 들릴 거야, 알고 있어.” 마플 양이 말했다.

“문을 닫고 들어와요, 얘기가 하고 싶어서 불렀어.”

체리가 궁금한 얼굴을 해가지고는 마플 양 앞으로 다가왔다.

“시간이 얼마 없어.” 마플 양이 말했다.

“저 노파가—나이트 양을 말하는 거야, 계란으로 만든 음료인지 뭔지를 다 만들면 금방이라도 들어올 거야.”

“몸에 좋을 것 같은데요. 기운을 북돋워 줄 거예요.” 체리가 격려하듯 말했다.

“당신도 들었나?” 마플 양이 물었다.

“고싱턴 홀 저택의 그 집사가 어젯밤 총에 맞았다던데?”

“뭐라고요? 그 이탈리아인 말이에요?” 체리가 되물었다.

“그래, 그의 이름이 쥐제페인 걸로 알고 있는데.”

“모르겠어요.” 체리가 말했다.

“아직 그 이야기는 못 들었어요. 어제 러드 씨의 비서가 심장발작을 일으켰다는 말을 듣긴 했는데, 어떤 사람은 그녀가 이미 죽었다더군요. 그렇지만, 저는 그저 헛소문이 아닐까 라고만 의심했어요. 집사 얘기는 누가 해줬어요?”

“나이트 양이 들어와서 말해 주더군.”

“오늘 아침까지만 해도 그런 얘기를 제게 해줄 사람은 아무도 못 만났거든요. 이리로 오기 전에 말이에요. 그 소문이 이제 겨우 퍼지기 시작하는 게 아닌가 싶은데요. 정말로 그가 죽었단 말이세요?” 체리가 되물었다.

“분명히 그런 것 같아. 잘못된 말인지는 잘 모르겠지만.”

“저는 글래디스가 그를 만나러 갔는지 어쨌는지 궁금한데―.” 체리가 생각에 잠긴 채로 말했다.

“글래디스라니?”

“아, 제 친구예요. 몇 집 건너 이웃에서 살고 있거든요. 촬영소 식당에서 일하고 있어요.”

“그런데, 그녀가 당신에게 쥐제페에 대해서 얘기했어?”

“그러니까, 좀 이상한 생각이 번개처럼 머리를 스치고 지나간다면서, 그에게 가서 그 일을 어떻게 생각하는지 물어 봐야겠다고 하더군요. 하지만, 굳이 말하자면 그건 그저 핑계에 지나지 않았어요―그녀는 그에게 호감을 좀 갖고 있었거든요. 그는 아주 핸섬하잖아요? 이탈리아 사람들은 확실히 매력적이긴 해요―그래도 그를 조심하라고 일러 줬는데. 이탈리아 사람들이 어떤지는 잘 아시죠?”

“그는 어제 런던에 갔었어. 그런데, 당일로 돌아온 모양이야.”

“글래디스가 그가 런던에 가기 전에 만났었는지 안 만났었는지 궁금한데요.”

“그녀가 왜 그를 만나려고 했지, 체리?”

“그녀가 약간 우습다고 느낀 어떤 일 때문이었어요.” 체리가 말했다.

마플 양이 미심쩍은 얼굴로 쳐다보았다. 그녀도 글래디스 나이 또래의 이웃들이 즐겨 쓰는 ‘우습다’는 말의 뜻을 잘 알고 있었다.

“글래디스는 그날 파티에 도와주러 갔었어요.” 체리가 설명해 주었다.

“파티가 있었던 날 말이에요. 베드콕 부인이 독살되었잖아요, 아시죠?”

“그래서?” 마플 양은 여느 때보다 더 재빨리 반응을 보였는데, 폭스테리어(사냥개의 일종)가 쥐구멍을 들여다보며 기다리고 있는 것과 아주 흡사했다.

“그때 좀 우습게 여겨지는 뭔가를 보았다는 거예요.”

“그 문제를 왜 경찰에 알리지 않았지?”

“그러니까, 그녀는 진짜로 그것이 아무것도 아니라고 생각해서 그런 거예요.” 체리가 설명했다.

“아무튼 그녀는 쥐제페에게 먼저 물어보겠다고 했어요.”

“그날 그녀가 본 것이 뭐였는데?”

“솔직히 말씀드려서 전 그 얘기가 말도 안 되는 것으로 들리더군요! 어쩌면 그녀가 그 일을 꾸며대서는 제 관심을 슬쩍 다른 데로 돌리려는 게 아닌가 하고요—그러고는 아주 다른 일로 쥐제페를 보러 가려는 게 아닌가 싶더군요.”

“그녀가 뭐라고 말했는데?” 마플 양은 참을성 있고도 끈질겼다.

체리가 얼굴을 찌푸렸다.

“베드콕 부인과 그 칵테일에 관한 얘기를 했는데, 그때 자기는 베드콕 부인과 아주 가까이에 있었다고 하더군요. 그런데, 베드콕 부인이 고의로 그랬다는 거예요.”

“뭘 고의로 그랬다는 거지?”

“칵테일을 쏟아 드레스를 버린 일 말이에요.”

“그녀가 서투르게 굴어서 그랬다는 거야?”

“아뇨, 서투르게 굴었다는 것이 아니고요. 글래디스 얘기로는, 그녀가 고의로 그랬다는 거예요—정말 그랬어요. 그런데, 그 얘기는 말도 안 되는 것 같아요, 그렇잖아요, 아주머니가 보시기에도 그렇죠?”

마플 양이 당혹해 하며 고개를 저었다.

“그래—.” 그녀가 말했다.

“분명히 나도 그렇게 봐—말도 안 되는 소리야.”

“그녀는 더구나 새 드레스를 입고 있었는걸요.” 체리가 말했다.

“그 이야기를 꺼낸 것도 바로 드레스 얘기를 하기 위해서였어요. 글래디스는 자기가 그 옷을 살 수 있었으면 하고 바랐거든요. 세탁만 하면 말짱하다면서요. 그렇지만, 직접 베드콕 씨를 찾아가서 물어볼 수는 없을 거라고 하더군요. 글래디스는 옷 만드는 데는 아주 타고났어요. 그 옷은 아주 아름다운 천으로 되어 있다더군요. 짙은 보라색 인조 타페타 천이었대요. 그리고 칵테일 얼룩이 빠지지 않으면 좀 뜯어내도 된다더군요—반 폭이라고 하던가, 풀스커트니까 아무 상관이 없다면서요.”

마플 양은 그 옷을 고치는 문제를 잠시 생각했으나, 곧 한구석으로 그 생각을 밀어 놓았다.

“그런데, 글래디스가 뭔가 뒤에 감추고 있는 것 같다고 아까 말했지?”

“그러니까, 그저 그것이 그녀가 본 전부일까 궁금했어요—히더 베드콕이 일부러 자기 옷에다 칵테일을 쏟았다는 거 말이에요. 그 말만 가지고는 쥐제페한테 가서 물어볼 필요도 없을 것 같은데요, 안 그래요, 아주머니?”

“그래, 그런 것 같아.” 마플 양이 말했다. 그녀는 한숨을 쉬었다.

“그렇지만, 사람들이 깨닫지 못한다는 것은 언제 봐도 재미있는 일이야. 어떤 사실이 무슨 의미인지 모를 때에는 잘못된 방향에서 보고 있다는 얘기가 돼. 비록 충분한 정보를 가지고 있다 하더라도 말이야. 이 경우에 아마 그것에 해당될 거야.” 그녀가 한숨을 쉬고는 말을 이었다.

“그녀가 곧바로 경찰서에 가지 않은 것이 큰 실수야.”

문이 열리면서 나이트 양이 꼭대기에 맛있게 생긴 투명한 노란색 거품이 인 커다란 텀블러 컵을 가지고 종종걸음으로 들어왔다.

“자, 이거 드세요, 아주머니.” 그녀가 말했다.

“몸에 좋은 거예요. 맛있게 드세요.”

그녀는 조그만 테이블을 앞으로 끌어다가 그 위에 음료를 얹어 자기 주인 옆에다 놓았다. 그러고 나서 그녀는 체리에게로 시선을 보냈다.

“진공청소기 말인데—.” 그녀가 쌀쌀맞게 말했다.

“현관에 아무렇게나 널브러져 있어. 까딱했으면 걸려 넘어질 뻔했잖아요. 사고라도 나면 어떻게 하려고 그래요.”

“알았어요.” 체리가 말했다.

“일을 다시 시작해야겠어요.” 그녀가 방을 나갔다.

“하여간—.” 나이트 양이 말했다.

“저 베이커 부인이란 여자는 끊임없이 이래라저래라 하고 주의를 줘야만 한다니까. 진공청소기를 아무 데나 두고 다니질 않나, 아주머니가 편안히 쉬어야 할 때 방에 들어와서 조잘거리질 않나.”

“내가 들어오라고 했어요.” 마플 양이 말했다.

“그녀와 얘기를 좀 하고 싶어서.”

“저, 아주머니께서 침실 정돈이나 제대로 하라고 한마디 따끔하게 일러주셨음 싶은데요. 어젯밤 침구 정돈하러 들어가 보니 말문이 막힐 정도였어요. 몽땅 다시 챙겨야 했다니까요.” 나이트 양이 말했다.

“정말로 고맙군.” 마플 양이 말했다.

“도움이 되는 것이라면 전 얼마든지 좋아요. 그것 때문에 여기 있는 건데요, 뭘. 우리가 모시고 있는 분을 가급적이면 편안하고 행복하게 해드리는 것, 그게 바로 우리의 임무인걸요. 오, 저런저런.” 그녀가 덧붙였다.

“그렇게 많이 짠 걸 다시 푸시네요.”

마플 양은 뒤로 몸을 기대고서 눈을 감았다.

“좀 쉬어야겠어요.” 그녀가 말했다.

“잔은 여기에 두고—고마워. 그리고 들어오지 말고, 최소한 45분 정도는 날 방해하지 말아요.”

“절대로 안 그러겠어요, 아주머니.” 나이트 양이 말했다.

“베이커 부인한테도 조용히 하라고 이르겠어요.”

그녀는 괜히 부산을 떨며 방을 나갔다.

2

잘생긴 젊은 미국인이 난처한 표정으로 서서 주위를 둘러보고 있었다.

주택단지에 이리저리 나 있는 샛길이 그를 어리둥절하게 만들었다. 눈에 띄는 사람이라고는 평범한 인상의 흰머리에 발그레한 뺨을 가진 나이 많은 노부인뿐이었다. 그는 공손하게 말을 붙였다.

"실례합니다, 부인, 블렌하임 클로스가 어디 있는지 좀 가르쳐 주시겠습니까?"

나이 많은 여인은 잠시 그를 관찰하는 듯했다. 젊은이는 노부인이 귀가 먹었을지도 모른다는 의심이 들어 더 큰 소리로 물어보리라고 막 마음먹을 때, 그녀가 입을 열었다.

"여기서 오른쪽으로 곧장 가서 왼편으로 돈 다음 두 번째 모퉁이에서 다시 오른쪽으로 돌아 곧장 가면 돼요. 몇 번지를 찾는데요?"

"16번지입니다." 그가 조그만 종잇조각을 살펴보며 말했다.

"글래디스 딕슨입니다."

"맞아요─." 노부인이 말했다.

"그렇지만, 그녀는 헬링퍼스 촬영소에서 일하는 걸로 알고 있는데요. 식당에서요. 그리로 가야 그녀를 만날 수 있을 거예요."

"오늘 아침에 출근을 안 했어요." 젊은 남자가 설명을 했다.

"전 그녀를 만나면 고싱턴 홀 저택에 데려가려고 하거든요. 오늘 일손이 무척 딸려서요."

"그렇겠지요." 노부인이 말했다.

"그 댁 집사가 어젯밤 살해되었다죠?"

젊은이가 그 대답에 약간 동요했다.

"이곳에서는 소문이 꽤 빨리 퍼지나 보군요." 그가 말했다.

"정말 그렇답니다." 노부인이 말했다.

"러드 씨의 비서가 어제 발작으로 죽었다지요." 그녀가 머리를 설레설레 흔들었다.

"끔찍해요. 정말 끔찍해요. 어떻게 되려고 이러는 건지. 무서워서 견딜 수가 없군요."

제20장

1

잠시 뒤에 또 다른 방문객이 블렌하임 클로스 16번지를 찾았다. 윌리엄(톰) 티들러 부장형사였다.

노란색으로 깨끗하게 페인트칠된 문을 두드리자, 15세가량의 소녀가 문을 열어 주었다. 그녀는 헝클어진 긴 금발머리에 꼭 끼는 검은 바지와 오렌지 색 스웨터를 입고 있었다.

"글래디스 딕슨 양이 여기 사니?"

"글래디스를 찾으세요? 안됐군요. 지금 집에 없어요."

"어디 있을까? 저녁 약속이 있어서 나갔니?"

"아뇨, 멀리 떠났어요. 휴가를 받았다나요."

"어디로 갔는데?"

"그건 몰라요." 소녀가 말했다.

톰 티들러는 최대의 매력을 발휘하여 그녀에게 미소 지었다.

"들어가도 될까? 어머니는 집에 계신가?"

"엄만 일 나가셨어요. 7시 30분이나 되어야 오실 거예요. 하지만, 엄만 저보다 더 아는 게 없을 거예요. 언니는 휴가를 보내러 갔어요."

"그래, 언제 갔는데?"

"오늘 아침에요. 갑자기 가게 되었어요. 돈 안 들이고 여행 갈 기회를 얻었다나요."

"괜찮다면, 내게 그 주소를 알려주지 않겠니?"

금발머리 소녀는 머리를 저으며 말했다.

"어디로 갔는지 아무도 몰라요. 숙소를 정하고 나서 우리한테 주소를 알려주겠다고 했어요. 어차피 그러지는 않겠지만. 지난여름에 뉴퀘이에 갔을 때도 우리에게 엽서 한 장 부쳐 오지 않았어요. 언니는 그런 식으로 느긋해요. 그뿐만 아니라, 왜 엄마들은 항상 성가시게 구는지 모르겠다고 말하지 않겠어요?"

"누군가가 이번 휴가 비용을 대주었나 보지?"

"그래야만 했을 거예요." 소녀가 말했다.

"요즘 돈이 꽤 궁할 때거든요. 지난주에 쇼핑을 했어요."

"그런데, 누가 이 휴가를 보내 주었는지, 아니면—어—거기 갈 수 있도록 비용을 대주었는지 전혀 짐작이 안 가니?"

금발머리 소녀가 갑자기 성난 기색을 띠었다.

"뭔가 한참 잘못 생각하고 계시는 것 아닌가요? 우리 글래디스 언니는 그런 여자가 아녜요. 언니와 언니 남자 친구가 함께 여름휴가를 보내러 간 일은 있었지만, 잘못된 점은 아무것도 없어요. 자기 비용은 언니가 대니까요. 그러니, 그런 생각일랑 아예 마세요, 아저씨."

티들러는 자기가 그런 생각을 가지고 있는 게 아니라고 변명하면서, 혹시 글래디스 딕슨이 엽서라도 보내오면 주소를 좀 알려 달라고 부드럽게 말했다.

그는 여러 가지 조사를 한 다음 숙소로 돌아왔다. 촬영소에서는 글래디스 딕슨이 그날 1주일 동안 쉬겠다는 전화를 걸어왔다는 사실을 알아냈다. 그는 또한 몇몇 다른 사항도 알아냈다.

"최근까지도 끔찍한 일이 끊이질 않았답니다." 그가 말했다.

"마리나 그레그는 날이면 날마다 히스테리 상태에 빠져있다고 해요. 자기 커피 잔에 독이 들어 있다고 소동을 피워대고—맛이 쓰다느니 하면서요. 여간 신경이 날카로워져 있는 게 아니라더군요. 남편이 그 커피를 개수대에 버리면서 그녀에게 너무 소란을 피우지 말라고 그랬답니다."

"그래서?" 크래독이 말했다. 그 이야기는 계속 이어질 것이 당연했다.

"그렇지만 떠도는 말들이, 러드 씨가 그걸 전부 내다 버리지는 않았다던데요. 조금 남겨 뒀다가 분석시켜 보았더니, 역시 독약이 들어 있었다고 해요."

"그 말이 내게는 있을 수 없는 일처럼 들리는데그래. 그를 만나서 그 얘기를 물어 봐야겠어." 크래독이 말했다.

제이슨 러드는 초조해하면서 안절부절못했다.

"분명히, 크래독 경감님―." 그가 말했다.

"나는 전적으로 옳다고 판단된 일이라면 서슴지 않고 합니다."

"커피가 이상하다고 의심이 갔다면, 러드 씨, 그 일을 우리에게 넘겨줬어야 마땅합니다."

"사실은, 당시 난 그 커피가 말짱한 것일 거라고 생각했습니다."

"부인께서 맛이 이상하다고 했는데도요?"

"아, 그거요!" 러드의 얼굴에 어렴풋이 처량한 미소가 떠올랐다.

"그 행사날 이후로 아내가 먹고 마시는 것은 무엇이든지 맛이 이상하다고 했으니까요. 거기에 덧붙여 협박장까지 날아들지를 않나―."

"편지가 더 왔습니까?"

"두 통이나 더 왔지요. 한 통은 저기 창문으로 들어왔고요. 또 한 통은 편지통에 있더군요. 보고 싶으시다면 여기 있습니다."

크래독은 편지를 받아들었다. 그것들은 첫 번째 것과 마찬가지로 타이프쳐진 것이었다. 단 한 줄이었다.

'*이제 머지않았다. 각오하라.*'

또 한 장에는 해골과 십자로 교차된 뼈다귀 그림이 볼품없이 그려져 있었고, 그 그림 밑에 글귀가 있었다.

'*너의 모습이다, 마리나.*'

크래독이 눈썹을 치켜 올렸다.

"유치하기 짝이 없군." 그가 말했다.

"별로 위험하지 않은 것으로 보인다는 뜻입니까?"

"천만에요." 크래독이 말했다.

"살인자들의 마음이란 대게 유치합니다. 누가 이 따위 것을 보냈는지 전혀 짐작이 안 갑니까, 러드 씨?"

"전혀요. 나는 이것이 으스스한 장난으로밖에는 여겨지지 않습니다. 그것은 아마도—.” 그가 머뭇거렸다.

“말씀하십시오, 러드 씨.”

“이 동네 어떤 사람의—아마도 그 행사날 독약 사건에 자극받은 어떤 사람의 소행이 아닌가 싶은데요. 누군가, 그러니까 영화배우라는 직업에 반감을 품은 사람이 말입니다. 어떤 시골에서는 연기를 악마의 무기로 생각한다니까요.”

“그러면, 당신은 부인이 실제로는 협박당하고 있지 않다고 생각한다는 말씀입니까? 그렇다면, 그 커피 사건은 어찌 된 일입니까?”

“경감님께서 어떻게 그 이야기까지 모두 들을 수 있었는지 모르겠군요.” 러드가 약간 성가시다는 듯이 말했다.

크래독이 머리를 저었다.

“모든 것이 다 알려지기 마련입니다. 조만간에 곧 귀에 들어오게 되어 있어요. 선생께선 우리에게 그 얘길 상의했어야만 했습니다. 분석 결과가 나왔을 때조차도 알리지 않았잖습니까.”

“그랬습니다. 말씀 안 드렸죠. 달리 생각해 봐야 할 사항이 있었으니까요. 가엾은 엘라의 죽음이 그 한 가지였고요. 또 쥐제페 일도 있었습니다. 크래독 경감님, 언제나 아내를 여기서 데리고 나갈 수 있겠습니까? 아내는 반쯤 미쳐 있는 상태입니다.”

“나도 그 점을 이해합니다. 그렇지만, 검시 배심이 열리니까 참석해야죠.”

“경감님은 여전히 아내의 생명이 위험하다고 느끼십니까?”

“아니기를 바랍니다. 모든 사전조치가 다 취해질 테니까—.”

“모든 사전조치라고요! 그 말은 전에도 들은 것 같은데요. 내 생각에는……, 그녀를 여기서 데리고 나가야겠습니다, 크래독 경감님. 반드시 그래야만 하겠습니다.”

3

마리나는 침실의 긴 의자에 누워 눈을 감고 있었다. 그녀는 긴장과 피로로 창백해 보였다.

남편이 거기 서서 한순간 그녀를 바라보았다. 그녀가 눈을 떴다.

"크래독이란 남자였어요?"

"응."

"무슨 일로 왔대요? 엘라 일로?"

"엘라—하고 쥐제페 일로."

마리나가 인상을 찌푸렸다.

"쥐제페요? 누가 그를 봤는지 경찰에서 알아냈나요?"

"아직."

"모든 것이 악몽 같아요……. 이제, 우리가 이 집을 떠나도 된다고 하던가요?"

"그는—아직은 안 된다고 했어."

"왜 안 된다는 거죠? 우린 떠나야 해요. 누군가가 나를 죽일 것만 같아 하루도 더 견딜 수가 없는데, 그 점을 이해시키지 못했군요. 그럴 수는 없어요."

"모든 사전조치를 다 취하겠다고 했어."

"전에도 경찰에서는 그렇게 말했어요. 그랬는데도 엘라가 살해되는 걸 막았나요? 쥐제페는 어떻고요? 그렇게도 모르시겠어요? 그 사람들, 결국에는 나도 죽이고야 말 거예요……그날 촬영소에서 내 커피에 뭔가가 들어 있었어요. 틀림없이 들어 있었어요……당신이 그걸 쏟아 버리지만 않았어도! 그걸 남겨 두었더라면 분석인지 뭔지 해볼 수도 있었잖아요. 그러면 확실히 알 수 있었을 텐데……."

"확실히 알면 더 행복할 것 같아?"

그녀는 눈동자를 크게 부릅뜨고 제이슨을 바라보았다.

"무슨 말씀을 하시는 거예요. 누군가가 나를 독살하려 했다는 사실을 확실히 알게 되면, 경찰에서도 우리가 여기를 떠나도록 해줄 거예요. 멀리 떠나도록 말이에요."

"꼭 그럴 필요는 없어."

"그렇지만 이런 식으로 견뎌 나갈 수는 없어요! 그럴 수 없어요……절대로……나를 도와주세요, 제이슨. 어떻게든 해줘요……난 겁이 나요. 얼마나 겁이 나는지 몰라요……여기에 적이 있어요……그런데, 누군지 몰라요……누구라도 그럴 수 있겠죠—누구라도, 촬영소에서도—아니면, 여기 이 집에서도. 누군가 나를 미워하는 사람이 있어요—그런데, 왜 그러는 거죠?……어째서예요?……누군가 날 죽이려고 해요……도대체 누구냔 말이에요? 누굴까요? 난 생각해 봤어요—거의 확신해요—엘라의 짓이에요. 하지만 지금은—.”

“엘라라고?” 제이슨이 깜짝 놀라 소리를 질렀다.

“어째서지?”

“그녀는 나를 미워하고 있었으니까요—오, 그래요, 미워했어요. 남자들이란 그런 것들을 눈치채지 못하는 모양이죠? 그녀는 당신을 미칠 듯이 사랑했어요. 당신이 조금도 몰랐다고는 믿을 수 없어요. 그렇지만, 엘라일 수는 없어요. 엘라는 죽었으니까. 오, 징크스, 징크스—제발 날 좀 도와줘요. 나를 여기서 데리고 나가 주세요—다른 안전한 곳으로 가게 해줘요……안전한 곳으로요…….”

그녀는 벌떡 일어나더니 방을 이리저리 급히 왔다갔다하면서 손을 비틀어대며 안절부절못했다.

이같이 격정에 사로잡혀 심하게 고통받는 듯한 마리나의 몸동작에 감독의 기질이 갑자기 발휘된 제이슨은 완전히 압도당했다.

저 동작을 새겨 둬야 해. 그가 생각했다. 어쩌면 헤다 가블러라면? 그러자 어떤 충격과 함께 그는 자기가 바라보는 사람이 자기 아내임을 깨달았다.

그는 앞으로 다가가 팔로 그녀를 감싸 안았다.

“괜찮아요, 마리나—마음 푹 놓아요. 내가 당신을 지켜 줄 텐데 뭐.”

“우리는 이 지긋지긋한 집에서 빠져나가야만 해요—지금 당장. 난 이 집이 싫어요—끔찍해요.”

“들어봐요, 당장 나갈 수는 없어.”

“왜 안 되죠? 왜 안 된다는 거예요?”

“왜냐하면—.” 러드가 말했다.

“죽음은 여러 가지 복잡한 문제를 야기시키기 마련이야……. 그리고 달리 생각해야 될 일도 있고 달아나 버리는 것이 과연 이득이 될까?”

“당연히 그래야 해요. 우리는 나를 미워하는 사람을 피해서 멀리 떠나는 거예요."

"누구라도 당신을 그토록 미워하는 사람이 있다면, 그들은 문제없이 당신 뒤를 밟아 뒤따라올 거야."

"그렇다면—당신을 그럼—난 결코 벗어날 수가 없다는 건가요? 다시는 안전하게 지낼 수 없다는 말이에요?"

"여보—괜찮을 거야. 당신 곁에 내가 있잖아. 내가 당신을 안전하게 지켜줄게."

그녀는 그에게 매달렸다.

"정말이죠, 징크스? 내게 아무 일도 일어나지 않게 해주시는 거죠?"

그녀가 축 늘어지자, 그는 그녀를 긴 의자 위에 살며시 뉘었다.

"오, 난 겁쟁이예요." 그녀가 중얼거렸다.

"겁쟁이……그자가 누구인지만 알아도—그런데 왜?……약을 좀 주세요—노란 걸로요—갈색 말고요. 마음을 진정시켜 주는 약을 먹어야 해요."

"너무 많이 먹으면 안 돼, 제발, 마리나."

"알았어요—알았어요……어떤 때는 그것은 아무런 효과도 없어요……."

그녀는 남편의 얼굴을 올려다보고는 부드럽고도 우아하게 미소를 지었다.

"나를 돌봐 주실 거죠, 징크스? 나를 돌봐 주겠다고 맹세해 줘요……."

"언제까지나—." 제이슨 러드가 말했다.

"이 생명 다하도록."

그녀가 눈을 크게 떴다.

"좀 묘해요. 당신이 그 말을 하실 때 그렇게—그렇게 이상하게 보일 수가 없어요."

"내가? 어떻게 보였는데?"

"잘 설명할 수가 없어요. 뭐랄까—말할 수 없이 슬픈 광경을 본 광대의 웃음이라고나 할까, 그것도 다른 사람들은 아무도 보지 못한……."

제21장

다음 날 마플 양을 찾아온 사람은 피곤하고 낙담해 있는 주임경감 크래독
이었다.

"편안하게 앉아요." 그녀가 말했다.

"아주 힘든 모양이지—눈에 그대로 보이는데그래."

"패배자가 되고 싶진 않습니다." 크래독 경감이 말했다.

"24시간 안에 살인사건이 두 건이나 터졌습니다. 그러니, 저는 생각했던 것
보다는 제 직업에 자질이 없는 모양이에요. 제인 아주머니, 제게 맛있는 차와
얇게 썬 버터 바른 빵을 좀 주시고, 옛날의 세인트 메리 미드에 대한 추억으
로 위로를 좀 해주시죠"

마플 양이 동정 어린 표정으로 혀를 끌끌 찼다.

"지금 그런 이야기를 하는 것은 아무 소용없는 짓이에요. 그리고 차나 빵이
며 버터 따위는 전혀 경감이 원하는 것이 아니라는 생각이 드는데. 신사 양반,
낙담했을 때는 차보다는 더 강력한 걸 들어야지."

평소와 마찬가지로 마플 양은 외국인에게라도 말하듯이 '신사 양반'이라는
말을 썼다.

"나라면 좀 독한 위스키나 소다수를 권하겠수." 그녀가 말했다.

"정말 그러실 겁니까, 제인 아주머니? 그렇다면 거절은 않겠습니다."

"내가 직접 준비해 드리지." 마플 양이 일어서며 말했다.

"아니, 아닙니다. 그러지 마세요. 제가 하겠습니다. 아니면, 그 뭐라는 아주
머니에게 시키시면 되잖아요?"

"나이트 양이 여기서 공연히 소란을 피우는 게 싫어서 그래요. 앞으로 20분
간은 이리로 차를 가져올 일도 없으니까, 우리가 조금이라도 편안하고 차분히

지낼 수 있을 거예요. 현관을 통하지 않고 프랑스식 창 쪽으로 온 것은 아주 잘한 일이야. 이제 우리만의 조용한 시간을 가질 수 있을 거유.”

그녀는 구석 찬장으로 가더니 술병과 소다수가 담긴 사이펀 병과 잔을 꺼냈다.

“아주머니에겐 놀라운 것투성이예요.” 더못 크래독이 말했다.

“구석 찬장에 그런 걸 간직하고 계실 줄이야 꿈엔들 생각했겠어요. 설마하니 몰래 마시는 건 아닐 테지요, 제인 아주머니?”

“자, 자—.” 마플 양이 부드럽게 말했다.

“나는 절대 금주주의 지지자는 결코 아니에요. 좀 독한 술을 집 안 가까이에 두면 사고를 당했을 경우 아주 현명하게 쓰이지. 그러한 때에 무엇보다도 귀한 거야. 한 신사 양반이 느닷없이 찾아오게 된 때도 물론 그렇고. 자!” 마플 양이 조용한 승리의 기색을 담아 자신의 처방전을 그에게 건네며 말했다.

“더 이상 농담 안 해도 돼요. 조용히 앉아서 편히 쉬기만 하면 돼요.”

“아주머니가 젊었던 시절에는 틀림없이 좋은 아내들이 있었겠죠.”

“단언하건데, 더못, 당신이 말한 그런 타입의 젊은 여자는 오늘날 배우자로서는 아주 부적당하다는 걸 알게 될 거예요. 그 당시의 젊은 여자들은 지적이고자 애쓰지도 않았고, 대학을 나왔거나 학문이 뛰어난 사람이 드물었거든.”

“학문이 뛰어난 것보다 더 바람직한 것이 있습니다. 남편이 위스키나 소다수를 원할 때 얼른 알아차리고 내놓을 줄 아는 것도 그중 하나죠.”

마플 양이 그를 보고 다정스레 미소 지으며 말했다.

“자, 다 털어놔 봐요. 아니면, 나에게 털어놔도 괜찮을 만큼만 얘기하든지.”

“아마도 제가 아는 정도는 아시리라 생각되는데요. 아무래도 비장의 무기를 몰래 감춰두신 것 같습니다. 아주머니의 수족, 아주머니의 친애하는 나이트 양은 어떻습니까? 그녀가 범죄를 저질렀을지도 모른다는 생각을 어떻게 보시냐고요?”

“아니, 어째서 나이트 양이 그런 짓을 저지르지?” 마플 양이 깜짝 놀라 되물었다.

“왜냐하면, 그녀가 전혀 그럴 것 같지 않은 인물이기 때문이지요. 아주머니께서 해답을 이끌어내실 때는 왕왕 그런 식으로 결론이 나는 것 같던데요.”

“전혀 그렇지 않아요.” 마플 양이 생기에 넘쳐 말했다.

“내가 몇 번이고 그 말을 반복했었지, 당신에게 뿐만이 아니라, 사랑스런 더 못(당신을 그렇게 불러도 되겠지), 범죄를 저지른 사람은 대개 ‘명백히 그럴 만한’ 사람이기 때문이라우. 대부분의 경우, 아내나 남편이 혐의를 받게 되고, 또 실제로 아내나 남편이 범인인 경우가 허다해요.”

“제이슨 러드를 말씀하시는 겁니까?” 그는 머리를 흔들었다.

“그 남자는 마리나 그레그를 아주 사랑합니다.”

“난 일반적인 얘기를 하는 거예요.” 마플 양이 위엄 있게 말했다.

“처음에 살해된 사람은 분명 베드콕 부인이었지. 누가 그런 짓을 저지를 수 있었을까를 사람들은 자문해 보았겠지. 우선, 당연히 남편이 그 해답이 될 거야. 그래서, 그 가능성을 면밀히 조사해 보아야 했지. 그러다가 우리는 진짜로 범인이 죽이려고 노린 사람은 마리나 그레그였다는 결론을 내리게 되었어요.

따라서, 다시금 마리나 그레그와 가장 가깝게 접촉하는 사람들을 조사해 봐야 했던 거지. 남편을 필두로 해서 말이야. 왜냐하면, 남편들이란 왕왕 자기 아내가 없어져 주기를 바란다잖아요, 응? 물론, 비록 마음은 그렇게 먹었어도 실제로 행동에 옮기지 않는 경우도 있지만 말이야.

그렇지만, 난 당신 말에 동의해요. 제이슨 러드가 진심으로 온 마음을 다 바쳐 마리나 그레그를 사랑한다는 것 말이에요. 또한, 나는 그렇다고 믿지 않지만, 그건 어쩌면 간교한 연기일지도 모를 일이지. 하지만, 그에게는 아내를 없애려는 어떠한 동기도 찾을 수 없어요. 그가 다른 여자와 결혼하기를 원했다면 아주 간단한 방법으로 할 수 있었을 거라오. 이혼이란 그렇게 말해도 될 는지 모르겠지만 영화배우들에게는 제2의 천성이라 할 수 있잖겠어요?

그렇게 된다 해서 실질적인 이득이 생기는 문제도 아닌걸. 그는 아무리 따져 봐도 가난한 사람이 아니거든. 그는 나름대로 경력도 쌓았고, 자기 분야에서는 아주 성공을 거둔 일인자라고 알고 있어요. 그러니, 범위를 좀 넓혀서 생각해 볼 필요가 있지요. 그렇지만, 확실히 어려운 문제이긴 해. 그래, 아주 어렵고말고.”

"그렇습니다. 특히 어려운 점은 이 영화계라는 것이 아주머니께는 전혀 생소할 분야라서요. 그 세계에서 흔한 스캔들도 그렇고, 적개심도 그렇고, 그 밖의 다른 것들도 잘 모르시겠죠."

"난 경감이 생각하는 것보다는 좀더 알고 있다우." 마플 양이 말했다.

"난 〈컨피덴셜〉〈필름 라이프〉〈필름 토크〉〈필름 토픽스〉 같은 여러 잡지를 아주 속속들이 조사했어요."

더못 크래독이 소리 내어 웃었다. 참기가 어려웠던 모양이다.

"아주머니께서 거기 앉아서 이러이러한 문학 수업을 했다고 제게 들려주시는 걸 보니 정말 웃지 않을 수가 없는데요."

"아주 재미있게 읽었다우. 특별히 잘 쓰여졌다고는 할 수 없지만. 그렇지만, 내가 젊었던 시절과 별반 달라진 게 없어서 어느 면에서는 실망했지. 〈모던 소사이어티〉와 〈팃 비츠〉 같은 잡지 말이에요. 수많은 가십과 스캔들, 아무개 아무개가 열애에 빠져 있다는 따위의 얘기가 가득해. 세인트 메리 미드에서 일어나고 있는 일들과 판에 박은 듯이 똑같더란 말이에요. 주택단지 역시 마찬가지고. 내 말은 인간성이란 어디에서고 똑같다는 거지.

다시 이야기를 돌려 봐요. 마리나 그레그를 죽이려 들고, 한 번 실패한 뒤에도 계속 협박편지를 보내고, 다시 살해를 시도한 사람은 누굴까 하는 문제. 그 사람은 아마 약간은—." 아주 부드럽게 그녀는 자기 이마를 톡톡 쳤다.

"그렇습니다." 크래독이 말했다.

"그것은 확실히 암시적인 것처럼 보입니다. 물론 언제나 겉으로 드러나는 것이라고 할 수는 없습니다만."

"그래, 맞아요." 마플 양이 열렬히 동의했다.

"파이크 부인의 둘째 아들 앨프리드는 겉으로는 거의 완벽할 정도로 이성적이고도 정상적으로 보인다오. 내 말뜻을 알아들을는지—괴로울 정도로 지루한 사람인데, 실제로는 가장 비정상적인 심리상태에 놓여 있는 사람이었던 것 같아요. 정말로 위험한 지경에 이르렀지. 파이크 부인의 말로는, 그는 지금 페어웨이스 정신병원에 있다는데, 아주 행복하고 만족스럽게 보인다는 거예요. 그곳 사람들은 그를 이해하고, 의사들은 그를 아주 재미있는 환자로 생각했대요.

그것은 물론 앨프리드를 아주 기쁘게 하는 것이었겠죠. 그래, 모든 것이 아주 행복하게 끝났지만, 그녀는 한두 번 위험한 순간을 넘겼어요.”

크래독은 마리나 그레그의 어떤 측근자와 파이크 부인의 둘째 아들을 비교할 가능성이 어디 있는지 생각을 종잡을 수가 없었다.

“이탈리아인 집사는—.” 마플 양이 계속했다.

“그 살해된 사람 말이에요. 그는 그날 런던에 갔다 왔다죠? 그가 거기서 뭘 했는지 아는 사람이라도 있는지, 괜찮다면 내게 얘기 해봐요.” 그녀는 진지하게 덧붙였다.

“그는 오전 11시 30분에 런던에 도착했습니다.” 크래독이 말했다.

“1시 45분에 거래하는 은행에 가서 현금으로 500파운드를 입금시킨 것밖에는 그가 런던에서 뭘 했는지 아무도 모릅니다. 위독한 친척이라든가 곤경에 처한 친척을 만나러 런던에 갔다는 얘기는 아무런 근거가 없음이 분명합니다. 거기 있는 친척들 중에서 그를 본 사람은 아무도 없으니까요.”

마플 양은 고맙다는 듯이 고개를 끄덕였다.

“500파운드라. 그래, 그것참 흥미로운 액수로군, 그렇잖수? 난 그것이 거액의 지불금 중 첫 번째 불입금일 거라는 생각이 드는데, 경감은 어때요?”

“그런 것 같습니다.” 크래독이 말했다.

“그것은 아마도 그가 협박한 사람이 마련할 수 있었던 현금의 총액일 거예요. 그는 그 액수에 만족한 체했을 수도 있고, 아니면 착수금조로 그것을 받아들였는지도 모르고, 또 그 희생자는 가까운 시일에 더 많은 액수를 주겠다고 약속했는지도 모르지. 그것으로 마리나 그레그를 살해하려는 자가 그녀에게 개인적으로 피의 복수심을 품은 가난한 환경의 사람일 수도 있다는 추측은 완전히 엎어버린 셈이지. 그것은 또한 촬영소의 심부름꾼이라든가 조수, 하인이나 정원사 등등 같은 사람일 거라는 생각도 깡그리 없애 버리는 거예요. 어쩌면—.” 마플 양이 강조해서 말했다.

“그러한 계층의 사람이 사주를 받고 범행을 저질렀고, 그 배후 인물은 이 근처에 없었을 수도 있지. 그러한 이유 때문에 그가 런던에 간 건지도 몰라요.”

“맞습니다. 런던에는 아드윅 펜, 롤라 브루스터와 마것 벤스가 있습니다. 그 세 사람 모두 파티에 참석했었어요. 세 사람 모두 런던 어딘가에서 11시에서부터 1시 45분 사이에 쥐제페를 만났을 수도 있습니다. 아드윅 펜은 그 시간에 사무실에 없었고, 롤라 브루스터는 쇼핑하러 나갔고, 마것 벤스도 자기 스튜디오를 비웠습니다. 그런데—.”

“그런데? 내게 할 얘기가 있는 게지?”

“제게 물으셨죠—아이들에 관해서요. 마리나 그레그는 자기가 아이를 낳을 수 없다고 생각하고는 아이들을 양자로 맞아들인 일 말입니다.”

“그래, 내가 물었지.”

크래독은 알아낸 사실을 그녀에게 들려주었다.

“마것 벤스—.” 마플 양이 부드럽게 말했다.

“그 일이 왠지 아이들과 연관되었을 것 같은 느낌이 들었거든……”

“전 믿을 수 없어요. 세월이 얼마나 흘렀는데—.”

“그래, 알아요. 아무도 믿을 수 없을 테지. 그렇지만, 진정으로 아이들에 대해서 아주 많이 알고 있다고 생각해요, 더못? 자신의 어린 시절을 돌이켜 봐요. 어떤 사건, 몹시 슬펐던 일, 아니면 그 사건의 진정한 중요성과는 아주 어울리지 않는 격정 같은 것이 기억나지 않아요? 그 이후에 경험한 어떠한 슬픔이나 불타오르는 적개심이라도 결코 그때의 감정에는 도저히 미칠 수 없는 것 말이에요. 훌륭한 작가 리처드 휴즈가 쓴 책 중 뛰어난 작품이 있지. 제목은 잊어버렸는데, 허리케인을 체험한 어떤 아이들에 대한 이야기였다우. 그래, 맞아—자메이카에서 있었던 허리케인이었어. 아이들 머리에 생생하게 남아 있는 인상은 자기 고양이가 미친 듯이 집을 뛰쳐나가는 광경이었어요. 그들이 기억할 수 있는 것은 오로지 그것 한 가지 뿐이었지. 그들이 경험한 그 모든 공포와 흥분과 두려움이 그 한 가지 사건으로 집약되어 버린 거예요.”

“그런 말씀을 하시다니 좀 기묘하군요.” 크래독이 생각에 잠겨 말했다.

“왜, 그 이야길 들으니 뭔가 생각나는 게 있수?”

“어머님이 돌아가셨던 때가 생각이 나요. 다섯 살 때라고 기억해요. 다섯 살 아니면 여섯 살이었지요. 저는 어린이방에서 저녁을 먹고 있었는데, 잼이 든 푸딩이었어요. 전 잼이 든 푸딩을 굉장히 좋아했거든요. 하인이 들어오더니 보모에게 말했죠 '끔찍한 일이에요. 크래독 부인이 사고로 돌아가셨어요.' 어머니의 죽음을 생각할 때마다 제게 떠오르는 것이 무엇인지 아시겠어요?"

"무엇이지?"

"접시에 잼이 든 푸딩이 담겨 있고, 그것을 뚫어져라 쳐다보는 제 모습이에요. 얼마나 뚫어지게 보았는지, 한쪽에서 잼이 흘러나오는 모습까지 지금 일처럼 생생하게 떠올라요. 전 울지도 않았고, 아무 말도 안 했지요. 마치 얼어붙은 것처럼 뻣뻣해져서 푸딩만 쳐다보며 그냥 앉아 있었던 기억이 나네요. 그런데, 지금까지도 가게나 레스토랑이나 다른 사람 집에서 잼이 든 푸딩 조각을 봤다 하면, 그때의 공포와 비참함과 절망이 한꺼번에 파도처럼 제게 엄습해 옵니다. 가끔은 왜 그런지 이유가 생각나지 않는 순간도 있어요. 아주 정신 나간 사람처럼 여겨지실 테지요?"

"아녜요." 마플 양이 말했다.

"아주 자연스러운 일이에요. 아주 흥미 있는 얘기지. 그 얘길 들으니까 문득 생각나는 게 있는데……."

문이 열리며 나이트 양이 찻쟁반을 받쳐 들고 들어왔다.

"저런, 어쩌나―." 그녀가 외쳤다.

"손님이 계셨군요? 정말 반갑군요, 안녕하세요, 크래독 경감님. 한 잔 더 끓여 올게요."

"그럴 필요 없습니다." 더못이 그녀 등 뒤에다 대고 외쳤다.

"다른 걸로 한 잔 마셨습니다."

나이트 양이 문 뒤에서 머리를 삐죽이 내밀었다.

"저―저 좀 잠깐 볼 수 있을까요, 크래독 경감님?"

더못이 그녀를 따라 홀로 나갔다. 그녀는 식당으로 들어가더니 문을 닫았다.

"어련하시겠습니까만, 조심해 주세요." 그녀가 말했다.

"조심해 달라고요? 어떻게 말입니까, 나이트 양?"

"저기 우리 연로하신 아주머니 말씀인데요, 아시겠지만 그분은 매사에 관심이 아주 많아요. 그렇지만, 살인이니 뭐니 하는 끔찍한 일에 흥분하시면 몸에 아주 안 좋아요. 그분이 골머리를 썩이고 악몽을 꾸는 걸 바라지 않거든요. 그분은 너무 늙고 허약해서 진짜로 세심하게 보호받는 생활을 하셔야만 해요. 지금까지는 항상 그래 왔다는 걸 아시잖아요. 살인이라든가 갱이라든가 그런 따위 얘기는 그분께 아주아주 좋지 않거든요."

더못은 그녀를 약간은 재미있는 기분으로 바라보았다.

"나는 그렇게 생각지 않는데요." 그가 부드럽게 말했다.

"당신이나 내가 살인에 대해 말한다고 해도 마플 양은 무턱대고 흥분하거나 충격 받을 분이 아닙니다. 분명히 말하지만, 나이트 양, 마플 양은 살인사건이나 갑작스런 죽음, 그 밖에 어떤 범죄 사건이든 간에 최고로 침착하게 대처하실 수 있는 분입니다."

그가 응접실로 다시 들어가자, 나이트 양은 좀 성난 태도로 혀를 차며 그의 뒤를 따라왔다. 차를 마시는 동안, 그녀는 신문에 난 정치 뉴스와 자기가 생각해 낼 수 있는 가장 즐거운 주제를 꺼내서는 활기차게 수다를 떨었다. 마침내 그녀가 찻쟁반을 들고 나가자 마플 양은 깊은 한숨을 푹 내쉬고는 말했다.

"드디어 한 자락의 평화가 찾아왔군. 언젠가 내가 저 여자를 죽이지나 말았으면 다행이겠는데. 그건 그렇고, 더못, 내가 알고 싶은 게 좀 있어요."

"그래요? 그게 뭡니까?"

"나는 그 행사 날 정확하게 무슨 일들이 일어났었는지 다시 한 번 자세히 살펴보았으면 좋겠어요. 밴트리 부인이 도착했고, 바로 그 뒤에 목사가 왔다죠? 그러고 나서 베드콕 부부가 계단에 모습을 나타냈고, 이어서 롤라 브루스터, 머치 벤햄에 있는 '헤럴드 아거스' 신문사에서 온 기자, 그리고 그 여류 사진작가 마젓 벤스가 올라왔고 마젓 벤스는 카메라를 계단에 설치해 놓고 앵글을 맞추고는 진행과정을 찍고 있었다고요? 혹시 그 사진 중에서 본 거라도 있수?"

"사실은 아주머니께 보여 드리려고 한 장 가져왔습니다."

그는 주머니에서 사진 한 장을 꺼냈다. 마플 양은 그것을 뚫어지게 바라보았다. 마리나 그레그와 그 약간 비스듬히 뒤에 그녀의 남편이 서 있었고, 아더 베드콕이 손으로 얼굴을 가린 채 약간 당황한 듯한 표정으로, 자기 부인이 마리나 그레그의 손을 부여잡고 그녀에게 이야기하는 것을 바라보면서 그 뒤에 서 있었다. 마리나는 베드콕 부인을 쳐다보지 않고 있었다. 그녀는 베드콕 부인의 머리 너머를 응시하고 있었는데, 카메라를 쳐다보는 것 같기도 하고, 약간 비껴서 그 왼쪽을 쳐다보는 것도 같았다.

"아주 재미있군." 마플 양이 말했다.

"그녀 얼굴에 나타난 이 표정에 대해서 내가 묘사한 적이 있었지. 얼어붙은 표정이야. 그래, 아주 적절한 표현이야. 운명의 파멸을 예고하는 눈길이야. 운명에 대한 두려움이라기보다는 차라리 일종의 마비 증세라고나 할까. 그렇게 생각지 않아요? 그것이 진짜로 두려움일까? 물론 두려움에 부딪친다면 다들 그런 반응을 보일거야. 그렇게 되면 마비증세가 올 수도 있지. 그렇지만, 난 그게 두려움이라고는 생각지 않아요. 난 오히려 '충격'을 받은 거라고 생각해.

더못, 히더 베드콕이 그 상황에서 마리나 그레그에게 정확하게 뭐라고 말했는지 적어 둔 것이 있으면 내게 얘기해 주겠소? 물론 대충은 알고 있는데, 경감이 사실에 가깝게 '그 말'을 들려줬으면 해서. 당신은 여러 사람들로부터 그 설명을 들었을 거라고 생각하는데."

더못이 고개를 끄덕였다.

"예, 어디 봅시다. 아주머니 친구 분 밴트리 부인이 처음이고, 그다음 제이슨 러드와 아더 베드콕이었어요. 단어 선택이 약간씩 다르긴 했어도 내용은 다 똑같습니다."

"알고 있어요. 내가 알고 싶은 건 바로 그 표현의 차이예요. 그것이 우리에게 도움이 될 것 같아서."

"어떻게 그럴 수 있다는 건지 모르겠는데요." 더못이 말했다.

"아주머니 친구 분이신 밴트리 부인이 아마도 가장 정곡을 찔러 얘기한 것 같습니다. 제가 기억하는 한. 잠깐만요—저는 수도 없이 들은 것을 몽땅 적어 놓는 수첩을 가지고 다닙니다."

그는 주머니에서 조그만 수첩을 꺼내더니 기억을 새로이 하기 위해 그것을 죽 살펴보았다. 그가 말했다.

"말한 그대로 옮겨 놓지는 않았군요. 그렇지만, 대충은 써놨습니다. 겉으로 보기에 베드콕 부인은 좀 간사하다 할 정도로 아주 수다를 떨었군요. 꽤 유쾌한 여자입니다. 그녀는, ‘이것이 제게 얼마나 근사한 일인지 이루 말로 다할 수가 없군요. 몇 년 전에 있었던 버뮤다 일은 기억 못 하시겠죠—저는 수두에 걸려 침대에 누워 있었는데도 불구하고 당신을 보려고 살짝 빠져나갔는데, 그때 당신이 내게 사인을 해주었답니다. 그건 결코 잊을 수 없는 내 삶에서 가장 자랑스러운 일 중 하나예요.’라는 내용이었어요.”

“좋아요.” 마플 양이 말했다.

“그녀는 장소만 말했지 날짜는 언급하지 않았군요, 그렇죠?”

“그렇습니다.”

“그러면, 러드는 뭐라고 말했지?”

“제이슨 러드요? 그는 베드콕 부인이 자기 아내에게 감기에 걸렸었는데도 침대에서 일어나 마리나를 만나러 갔고, 아직도 그녀의 사인을 간직하고 있다고 했더라고 말했습니다. 아주머니 친구 분보다 간단한 설명이긴 해도, 내용은 마찬가지입니다.”

“그는 시간과 장소를 말했수?”

“아뇨, 확실히 말한 것 같지는 않은데요. 그는 대략 10년 내지 12년 전의 일이라고 말했던 것 같습니다.”

“그랬군. 베드콕 씨는 뭐라 그랬지?”

“베드콕 씨 말로는, 히더는 극도로 흥분에 들떠서 마리나 그레그를 만나기를 갈망했답니다. 그녀는 마리나 그레그의 열렬한 팬이라면서, 자기가 처녀 적에 한번은 앓고 있다가 가까스로 침대에서 일어나 그레그 양을 만나 사인을 받았다고 말했대요. 그의 말에서도 별로 특기할 만한 사항은 없었는데, 결혼하기 전에 있었던 일이었기 때문일 테죠. 그에게서는 그 사건을 대수롭게 여기지 않았다는 인상을 받았습니다.”

“그랬었군. 그래, 알 것 같아요……” 마플 양이 말했다.

“뭔가 짚이는 게 있습니까?” 크래독이 물었다.

“아직은 기대했던 것만큼은 아녜요.” 마플 양이 정직하게 말했다.

“그렇지만, 그녀가 왜 자기의 새 드레스를 버렸는지 그 까닭을 알 수 있다면 해답은 좀더 분명해질 텐데—.”

“누구요—베드콕 부인 말씀입니까?”

“그래. 아주 이상한 일인 것 같아요—뭐라고 설명하기가 어려운 일 말이야. 만일 그게 아니라면—당연한 일이지—이런, 이렇게 멍청할 데가 있나!”

나이트 양이 언제나처럼 문을 열고 들어서면서 불을 켰다.

“이 방을 좀 밝게 해야 할 것 같아서요.” 그녀가 밝게 말했다.

“그래—.” 마플 양이 말했다.

“그 말이 옳아요, 나이트 양. 우리가 원했던 것이 바로 그거야. 빛 말이에요. 마침내 우리는 그것을 손에 넣게 된 것 같아.”

밀담이 끝났다는 느낌이 들자 크래독은 일어났다.

“딱 한 가지가 남아 있군요.” 그가 말했다.

“과거의 어떤 기억이 지금 아주머니 마음속에서 동요를 일으키고 있는 거죠? 그걸 제게 말씀해 주시는 일 말입니다.”

“모든 사람들이 그 일로 나를 놀리는데—.” 마플 양이 말했다.

“그래도 로리스톤스 집안의 잔심부름하는 하녀가 순간적으로 떠올랐다는 소리를 하지 않을 수 없군요.”

“로리스톤스 집안의 잔심부름하는 하녀라고요?” 크래독은 완전히 어리둥절한 표정이었다.

“그녀는 전화를 받고 메모를 남기는 일을 했는데, 그 일이 너무나 서툴렀어요. 듣는 것까지는 제대로 알아들었는데—내 말이 무슨 뜻인지 알겠죠, 그걸 받아쓰는 과정에서 간혹 가다 엄청나게 딴소리를 적어 놓는 거야. 사실은, 생각해 보니까 그녀의 문법이 엉망이어서 그랬던 것 같아요. 그 결과 아주 불운한 사건이 발생하기도 했지. 한 가지 일이 특별히 기억나는군요. 이름이 아마 버로스 씨였던 것 같은데, 하여간 그 사람이 전화를 걸어 왔어요. 부서진 울타리 일로 엘라스턴 씨를 만났는데, 상대방이 자기는 그 울타리를 고칠 하등의 이유가 없다고 말했다는 거예요. 울타리는 소유지 밖에 있으니까 일을 하기에 앞서서 그것이 진짜로 자기한테 책임이 있는 건지 아닌지를 따지고 싶다, 그러니 사무변호사에게 의뢰하기 전에 우선 그 울타리가 누구에게 소속된 땅인지부터 아는 것이 자기로서는 중대한 문제다—라는 전갈이었죠. 매우 불분명한 전갈이죠? 혼란스럽기만 하지, 알아들을 수가 없잖수."

"잔심부름하는 하녀 얘기를 하시는 걸 보니 정말로 오래전 얘기로군요." 나이트 양이 웃음을 띤 채 말했다.

"요즘은 잔심부름하는 하녀 얘기는 아예 들어 보질 못했으니까요."

"꽤 오래전 일이었지." 마플 양이 말했다.

"그렇지만, 그럼에도 불구하고 인간성이라는 것은 그때나 지금이나 매일반이라우. 아주 비슷비슷한 이유들로 인해 실수가 빚어지거든. 오, 그래요—." 그녀가 덧붙였다.

"그 아가씨가 본머스에서 안전하게 있는 게 정말로 감사할 일이야."

"아가씨라뇨? 어느 아가씨 말씀이에요?" 더못이 물었다.

"그날 쥐제페를 만나러 갔던 옷 만드는 아가씨 말이에요. 이름아—글래디스 뭐라던데."

"글래디스 딕슨 말입니까?"

"그래, 바로 그 이름이었어."

"그녀가 본머스에 있다는 말씀이세요? 대관절 그걸 어떻게 알고 계시죠?"

"알 수밖에—내가 그녀를 그리로 보냈으니까." 마플 양이 말했다.

"뭐라고요?" 더못이 그녀를 뚫어지게 바라보았다.

"아주머니께서요? 왜요?"

"내가 그녀를 만나러 갔었어요." 마플 양이 말했다.

"내가 그녀에게 돈을 좀 주고는 휴가를 가라고 일렀지. 집에다가는 편지를 쓰지 말라고 하고는."

"대관절 뭣 때문에 그런 일을 하셨어요?"

"그야 물론 그녀마저 살해되는 걸 원치 않기 때문이지." 마플 양은 시치미를 뚝 떼고서 그를 쳐다보며 윙크를 했다.

제22장

“레이디 콘웨이께서 이토록 상냥하게 편지를 보내다나—.” 이틀 뒤에 나이트 양이 마플 양의 아침상을 들여오면서 말했다.

“제가 전에 그분 얘기를 한 적이 있었죠? 약간, 왜 아시잖아요 (그녀가 이마를 톡톡 쳤다.) 때때로 종잡을 수가 없어요. 기억력이 나빠지고, 언제나 자기 친척도 못 알아보고는 나가라고 호통을 친답니다.”

“사실은 영리해서 그래요. 기억력이 쇠퇴되어서 그런다기보다는,” 마플 양이 말했다.

“어머 어머—.” 나이트 양이 말했다.

“그런 식으로 말씀하시다니 장난이 지나치신 게 아녜요? 그분은 랜디드노 (영국 북부 웨일스에 있는 도시)에 있는 벨그레이브 호텔에서 겨울을 보낼 참이래요. 지내기가 그렇게나 편리한 호텔이라나요. 정원도 훌륭하고 유리를 씌운 아주 멋진 테라스도 있대요. 그분이 저더러 와서 자기와 함께 거기서 지냈으면 하고 몹시 원하고 있어요.” 그녀가 한숨을 쉬었다.

마플 양이 침대에서 벌떡 일어나 앉았다. 그녀가 말했다.

“그래요. 그분이 당신을 원한다면—거기에 갈 필요성이 있고, 또 당신이 가고 싶다면—.”

“아녜요, 아녜요, 그런 말씀은 듣고 싶지 않아요.” 나이트 양이 소리쳤다.

“오, 아녜요, 전 전혀 그런 뜻으로 말한 게 아니에요. 저, 레이먼드 웨스트 씨가 뭐라고 말씀하셨는지 아세요? 그는 제게 언제까지나 여기 있게 될지도 모른다고 말씀하셨어요. 제 임무를 게을리 한다는 것은 꿈도 못 꾸어 봤어요. 그저 지나가는 얘기로 해본 것뿐이에요. 그러니 아무 걱정하지 마세요, 아주머니.” 그녀가 마플 양의 어깨를 토닥거려 주며 말했다.

　“아주머니를 적적하게 외돌토리로 두지는 않을 거예요! 아녜요, 아니죠, 정말로 그렇게는 안 될 거예요! 언제까지나 아주 행복하고 편안하게 돌보아 드리고 아껴 드릴게요.”

　그녀가 방을 나갔다. 마플 양은 결단을 내린 듯한 기색으로 앉아서 식욕을 잃은 채 쟁반만 우두커니 바라보고 있었다. 마침내 수화기를 들고 기운차게 다이얼을 돌렸다.

　“헤이독 선생님이세요?”

　“그런데요?”

　“제인 마플이에요.”

　“무슨 일이십니까? 어디 편찮은 데라도 있으십니까? 진찰이 필요하세요?”

　“아뇨, 가능하면 빨리 좀 뵙고 싶어요.”

　헤이독 의사가 왔을 때도 마플 양은 여전히 침대에 앉아 있었다.

　“아니, 건강미가 넘쳐흐르잖습니까?” 그가 불평했다.

　“그게 바로 내가 와주십사고 한 이유예요.” 마플 양이 말했다.

　“이제 완전히 나았다는 말씀을 드리려고요.”

　“의사를 왕진 오게 하는 이유치고는 특이하군요.”

　“난 아주 건강하고, 대단히 원기왕성해서 집 안에 누군가를 들이고 있다는 건 어리석은 짓이에요. 날마다 사람이 와서 청소며 그 밖의 일을 해주니까, 시중드는 사람을 영원히 곁에 두고 지낼 필요를 전혀 못 느끼겠어요.”

　“그건 절대로 안 됩니다.” 헤이독 의사가 말했다.

　“선생님도 나이가 드시더니 여느 잔소리꾼처럼 변해 가는가보군요.” 마플 양이 싸늘하게 말했다.

　“날 탓하지는 마세요! 부인은 나이에 비해서 아주 건강해요. 하지만, 기관지염으로 좀 쇠약해져 있는데, 나이 많은 사람들에겐 좋은 현상이 아니지요. 그러니, 부인 나이에 집에서 혼자 지낸다는 건 위험한 일입니다. 어느 날 저녁에 계단에서 넘어졌다거나 침대에서 떨어졌다거나 욕실에서 미끄러졌다고 해봐요. 부인이 그곳에 쓰러져 있다는 것을 아무도 모를 거라고요.”

　“상상으로야 뭔들 못 하겠어요.” 마플 양이 말했다.

"나이트 양이 계단에서 넘어졌는데, 무슨 일이 일어났나 하고 내가 급히 나오다가 그녀 위에 덮쳐 넘어질 수도 있잖겠어요."

"나에게 협박해 봤자 소용없습니다." 헤이독 의사가 말했다.

"부인은 할머니예요. 적절한 보살핌을 받아야 합니다. 지금 데리고 있는 사람이 마음에 들지 않으면 바꾸든지 하면 되지 않겠습니까?"

"그게 그리 쉬운 일이 아니라니까요." 마플 양이 말했다.

"옛날에 데리고 있던 사람 중에 맘에 드는 사람을 찾아보지 그러세요. 그 늙다리 암탉이 당신을 성가시게 군다는 건 알아요. 내게도 귀찮게 구니까. 어딘가에 옛날에 데리고 있던 하인들이 반드시 있을 겁니다. 부인 조카는 요즘 유명한 작가잖소? 부인이 적당한 사람을 물색한다면 그가 뒤를 다 봐줄 겁니다."

"레이먼드 녀석이라면 당연히 그런 일을 마다하지 않을 거예요. 그처럼 마음이 넓은 아이는 없어요. 그렇지만, 좋은 사람을 물색하기가 그리 쉬운 게 아녜요. 젊은 사람들은 자기 가정을 다 갖고 있고, 과거에 충실했던 하녀들은 애석하게도 대개 세상을 떠나 버렸답니다."

"그렇지만, 부인은 아직 살아 있어요." 헤이독 의사가 말했다.

"몸만 제대로 보호해 주면 아주 오래 사실 겁니다."

그가 일어서며 말했다.

"자, 여기 들른 건 헛수고였군요. 원기 왕성해 보이는데요, 뭐. 혈압을 재고 맥박을 재고 이것저것 물어보는 것은 시간 낭비입니다. 부인이 원하시는 것만큼 꼬치꼬치 캘 수는 없다 해도, 이 지역에서 일어나는 모든 흥미진진한 일들이 부인 머릿속에 무성하잖습니까. 안녕히 계십시오. 지금부터는 나가서 진짜 의술을 발휘해야겠어요. 단골 환자 말고도 풍진 환자가 여덟이나 열 명쯤, 백일해가 여섯에다, 성홍열인 것 같은 사람도 하나 있거든요."

헤이독 의사가 경쾌한 발걸음으로 나갔다. 그러나 마플 양은 인상을 찌푸리고 생각에 잠겼다. 그가 뭐라고 했지……그것이 뭐였더라? 진찰해야 될 환자라고……흔히 있는 마을 질병인가……마을 질병이라고? 마플 양은 급히 할 일이 생각난 듯 아침식사 쟁반을 더 멀리 밀쳐놓았다. 그러고 나서 그녀는 밴트리 부인에게 전화를 걸었다.

"돌리? 나 제인이에요. 뭐 물어볼 게 있어서. 자, 잘 들어 봐요. 당신이 크래 독 경감한테 히더 베드콕이 마리나 그레그에게 자기가 수두에 걸렸음에도 불구하고 자리에서 일어나 마리나를 만나러 가서는 그녀 사인을 받았다는 둥 쓸데없는 소리를 한없이 늘어놓았다고 말한 게 맞아요?"

"대개 그런 얘기였어요."

"수두라고?"

"그래, 그렇다는 것 같았어요. 그때 앨콕 부인이 내게 보드카에 대해 말하는 중이어서, 사실은 제대로 못 들었거든요."

"이건 틀림없죠?" 마플 양이 숨을 들이쉬었다.

"그녀가 백일해였다고 말하지 않은 것만은—?"

"백일해라고요?" 밴트리 부인은 깜짝 놀란 듯한 소리를 질렀다.

"물론 아니죠. 백일해였다면 얼굴에 분을 찍어 바를 필요가 없었겠지."

"그래—그게 당신이 듣고 지나친 거로군—화장했다던지 하는 특별한 얘기가 있었수?"

"글쎄요, 그녀는 그것을 강조했던 것 같아요—그녀는 화장을 하는 사람이 아니었는데. 그렇지만, 당신 말대로 수두가 아닌 것 같기도 하고……두드러기였을지도 몰라요."

"고작 말한다는 것이 그거유." 마플 양이 쌀쌀맞게 말했다.

"당신이 언젠가 한번 두드러기 때문에 결혼식에 참석 못 했던 게 생각나서 그런 거지, 뭐. 당신은 구제불능이야, 정말 구제불능이라고."

그녀는 밴트리 부인이 깜짝 놀라서, "정말이에요, 제인?" 하고 항의하는 소리를 무시하고 수화기를 꽝 하고 내려놓았다.

마플 양은 고양이가 짙은 불쾌감을 나타낼 때 내는 소리처럼 화가 난 소리를 내뱉었다. 그녀의 마음은 자기 집 안을 안락하게 만들어야 하는 문제로 되돌아왔다. 충직한 플로렌스는? 이전의 충직한 플로렌스에게 안락한 자기의 아담한 집을 떠나서라도 세인트 메리 미드로 돌아와 왕년의 여주인을 돌봐 달라고 설득하면, 그게 먹혀 들어갈까? 충직한 플로렌스는 언제나 마플 양의 일이라면 헌신적이었다. 그렇지만, 그 충직한 플로렌스도 자기의 조그만 가정을 더 소중히 여길 것이다. 마플 양은 부아가 나서 머리를 흔들었다. 문에서 경쾌하게 똑똑똑 두드리는 소리가 났다. 마플 양이, "들어와요."라고 말하자 체리가 들어왔다.

"쟁반 가지러 왔어요." 그녀가 말했다.

"무슨 일 있으세요? 좀 속이 상한 듯이 보이는데요, 아녜요?"

"이렇게 무력할 수가 없어. 늙어 버려서 이젠 너무 무력해."

"걱정 마세요." 체리가 쟁반을 집어 들며 말했다.

"아주머니는 무력한 것과는 거리가 멀어요. 이 마을 사람들이 아주머니에 대한 이야기를 얼마나 많이 하는지 모르시죠! 주택단지에 사는 사람들까지 아주머니를 모두 알고 있을 정도라니까요. 아주머니께서 하신 그 모든 놀라운 일들은 어떻게 하고요. 아무도 아주머니를 늙고 무력한 노인이라고 여기는 사람은 없어요. 그런 생각을 아주머니께 불어 넣은 사람은 바로 그 여자죠."

"그 여자라니?"

체리는 자기 뒤쪽에 있는 문을 슬쩍 쳐다보면서 머리를 기운차게 끄덕였다.

"지겨워요, 지겨워." 그녀가 말했다.

"아주머니네 나이트 양 말이에요. 아주머니를 피곤하게 하지 못하도록 그녀에게 주의를 주세요."

"그녀는 아주 친절해." 마플 양이 말했다.

"정말 너무나도 친절하지." 그녀는 자기 자신에게 확신시키려는 듯한 어조로 덧붙였다.

"걱정은 몸에 해롭다는 옛말도 있잖아요. 설마 친절이 지나치다 못 해 살을 파고 들어오는 걸 원하시는 건 아닐 테죠?"

"오, 그래." 마플 양이 한숨을 쉬며 말했다.

"사람마다 제각기 고민거리를 안고 사는 것 같아."

"전부 다 그래요." 체리가 말했다.

"불평해서는 안 되겠지만, 때때로 저는 하트웰 부인 옆집에서 더 이상 오래 살다가는 필경 유감스러운 사건이 일어나고야 말리라는 느낌이 들어요. 심술

맞게 생긴 오래 묵은 괭이같이 생겨 가지고는, 언제나 남의 험담만 늘어놓고 불평이 그 입에서 끊이질 않아요. 제 남편도 아주 질렸대요. 짐은 어젯밤에 그녀와 대판 소동을 벌였어요. ‘메시아’를 약간 크게 틀어 놓았다고 그러는 거예요! 어떻게 ‘메시아’를 싫어할 수가 있어요? 종교적인 건데요.”

“그녀가 항의했나?”

“그녀는 아주 지긋지긋한 방법을 만들어 냈어요.” 체리가 말했다.

“벽을 탕탕 치면서 고함을 치며 별소리를 다 하는 거예요.”

“당신은 음악을 그렇게 크게 틀어 놓고 들어야만 하나?” 마플 양이 물었다.

“짐이 그러는 걸 좋아해요. 볼륨을 크게 틀어 놓지 않으면 제대로 된 톤을 음미할 수가 없대요.”

“그럴 거야.” 마플 양이 자기 생각을 말했다.

“그렇지만, 음악을 좋아하지 않는 사람에게는 좀 괴롭겠지.”

“집이 연립주택처럼 붙어 있어서 그래요.” 체리가 말했다.

“벽이 그렇게 얇을 수가 없어요. 아무리 생각해 보아도 그 새 집은 정말 별로예요. 보기에는 매우 깔끔하고 근사한데, 다른 사람에게 피해를 주지 않고는 자기의 개성을 표출할 수가 없어요.”

마플 양이 그녀에게 미소를 지었다.

“당신은 표출할 개성을 풍부하게 지니고 있잖아, 체리.” 그녀가 말했다.

“그렇게 생각하세요?” 체리가 기뻐하면서 소리 내어 웃었다.

“저, 한 가지 상의드릴―” 그녀가 말을 꺼냈다. 그녀는 갑작스레 당황한 빛을 띠었다. 그녀는 쟁반을 내려놓더니 침대 쪽으로 되돌아왔다.

“제가 이런 부탁을 드리면 뻔뻔스럽다고 생각하시지나 않을까 모르겠어요. 제 말은―아주머니께서 ‘안 된다’고 하실 것 같아서요.”

“내가 뭐 해주기를 원하는 게 있어?”

“꼭 그런 건 아니고요, 부엌 위에 있는 그 방들 말인데요. 요즈음은 전혀 사용하지 않죠?”

“그래.”

“정원사 부부가 예전에 살았었다고 들었어요. 그렇지만, 그건 옛날 일이고요. 제가 알고 싶은 건(짐도 마찬가지로 그렇고요) 우리가 거기 살아도 될는지 해서요. 이리로 와서 말이에요."

마플 양이 깜짝 놀라서 그녀를 쳐다보았다.

"주택단지에 있는 그 예쁜 집은 어떻게 하고?"

"우리 둘 다 그 집이 싫어졌어요. 갖가지 장치들이 필요하겠지만, 아주머니 댁에는 어디나 그런 것들이 있으니까 문제없어요—우리가 그것들을 빌리면 되지 않을까요? 그리고, 여긴 좋은 방들이 많아서, 특히 짐에게는 마구간 위의 방을 쓰게 하면 좋을 거예요. 그이라면 그 방을 새로 수리해서 자기의 모든 모형재료들을 거기다 쌓아 놓을 수 있을 테니까, 내내 그것만 치우고 있지 않아도 될 것 같아요. 전축도 거기에 갖다 놓으면, 아주머니 귀에는 거의 들리지 않을 거고요."

"진심으로 그러는 거야, 체리?"

"그럼요. 짐과 거기에 대해서 많이 의논했어요. 짐은 이 집의 뭐라도 언제든지 고칠 수 있어요—배관이라든가 간단한 목수일 정도는 문제없이 봐드릴 수 있거든요. 그리고, 전 나이트 양이 하는 것처럼 아주머니를 보살펴 드리겠어요. 아주머니께서 제가 좀 덜렁거린다고 생각하시는 줄은 알고 있어요. 하지만, 침구 정돈이라든가 세탁도 앞으로 잘하도록 노력할게요. 그리고 제 요리 솜씨는 얼마나 야무지다고요. 어제 저녁에도 비프 스트로가노프를 만들었는데, 그 정도는 식은 죽 먹기예요, 정말이에요."

마플 양이 그녀를 찬찬히 뜯어보았다.

체리는 마치 젖을 조르는 새끼 고양이 같아 보였다—활기와 삶의 기쁨이 그녀에게서 빛으로 뿜어져 나왔다. 마플 양은 다시 한 번 충직한 플로렌스를 생각해 보았다. 두말할 것도 없이 충직한 플로렌스가 집안일을 훨씬 더 잘 보살피리라. (마플 양은 체리의 약속은 조금도 믿을 것이 못 된다는 것을 알고 있었다.) 그렇지만, 그녀는 최소한 65세—아마 그 이상으로 나이가 들었을 것이다. 게다가, 그녀가 정말 자기 집에서 나오려 할까? 그녀는 마플 양에 대한 충심 어린 헌신으로 그 제안을 받아들일지도 모른다. 하지만, 마플 양이 그런 희생을 진정 요구할 수 있을 것인가? 그녀는 양심적으로 자기 임무에 헌신하는 나이트 양 때문에 벌써 고통을 받고 있지 아니한가?

체리는 집안일을 하기에 부족한 것투성이지만, 꼭 오고 싶어한다. 지금 이 순간 마플 양에게는 더없이 중요하다고 여겨지는 자질을 체리는 갖고 있다.

다정하고, 활기차며, 주위에서 일어나는 일에 대해서는 뭐든지 깊은 관심을 표한다.

"저는 물론—." 체리가 말했다.

"나이트 양을 쫓아내는 짓을 하고 싶지는 않지만……."

"나이트 양에 대해선 조금도 신경 쓰지 않아도 돼." 마플 양이 결론을 내리면서 말했다.

"레이디 콘웨이가 랜디드노에 있는 호텔에 있는데, 그녀는 그 사람에게로 갈 거야. 그리고 아주 철저히 즐거움을 누릴 거야. 자질구레한 일들이 얘기돼야 해. 체리, 당신 남편하고도 얘기해 보고 싶은데—그런데, 정말로 괜찮을 것 같아……?"

"우리에겐 더할 나위 없이 알맞은 곳이에요." 체리가 말했다.

"그리고, 제게 믿고서 일을 맡기실 수 있도록 최선을 다하겠어요. 원하신다면 쓰레받기와 빗자루 쓰는 것까지도 마다하지 않겠어요."

마플 양은 이 마지막 제의에 웃지 않을 수 없었다.

체리가 아침식사 쟁반을 다시 집어 들었다.

"일을 빨리 시작해야겠어요. 오늘 아침엔 늦게 도착했거든요—가엾은 아더 베드콕 얘기를 듣느라고요?"

"아더 베드콕이라고? 그에게 무슨 일이 일어났는데?"

"못 들으셨어요? 그는 지금 경찰서에 가 있대요." 체리가 말했다.

"'조사할 것이 있으니 수사에 협력해 달라'면서 그에게 경찰서로 가자고 요구했대요. 일이 그 정도면 알 만하잖아요."

"그 일이 언제 일어났어?" 마플 양이 물었다.

"오늘 아침에요." 체리가 말했다.

"아마, 그가 전에 마리나 그레그와 결혼했었다는 사실이 밝혀져서 그렇게 된 것 같아요."

“뭐라고!” 마플 양이 자세를 고쳐 앉았다.

“아더 베드콕이 마리나 그레그와 결혼했었다고?”

“그렇다나 봐요.” 체리가 말했다.

“아무도 생각지 못한 일이지요. 그 말을 퍼뜨린 사람은 업쇼 씨였대요. 그 사람은 회사 일로 한두 번 미국에 들렀다가 거기서 떠도는 소문을 상당히 많이 알게 되었다나 봐요. 아주 오래전 일이라나요. 그녀가 유명해지기 전이었나 봐요. 결혼해서 겨우 한두 해 살았을 무렵, 마리나가 영화로 상을 타고 이름을 날리자 당연히 그런 남편으론 만족할 수가 없었겠죠. 그래서, 미국식으로 이혼이란 것을 손쉽게 해치우고 나서, 그는 소문도 없이 사라졌다고나 할까요. 아더 베드콕이란 사람은 자취를 감춘 채 조금도 소란을 떨지 않았대요.”

“오, 안 돼.” 마플 양이 말했다.

“절대로 안 돼. 그런 일이 벌어져서는 안 돼. 어떻게 해야 할까—자, 나 좀 봐.” 그녀가 체리에게 손짓을 해보였다.

“그 쟁반을 저리 치우고, 나이트 양을 이리로 오라고 해줘. 일어나야겠어.”

체리가 순순히 따랐다. 마플 양은 약간 더듬거리는 손놀림으로 옷을 입었다. 자기에게 영향을 미치는 흥분거리가 생기기만 하면 그녀는 안달이 났다. 그녀가 단추를 다 채우고 나니 나이트 양이 들어왔다.

“부르셨어요? 체리가 그러던데—.”

마플 양이 카랑카랑한 목소리로 말꼬리를 잘랐다.

“인치를 불러줘요.” 그녀가 말했다.

“무슨 말씀인지?” 나이트 양이 깜짝 놀라서 말했다.

“인치!” 마플 양이 반복했다.

“인치를 불러줘요. 전화를 해서 즉시 오라고 해.”

“아, 알았어요. 택시 모는 사람 말씀이로군요. 그런데, 그의 이름은 로버츠인 것 같던데요?”

“나에겐 그는 인치이고, 앞으로도 계속 그럴 거야. 아무튼 그를 불러줘요. 그러면, 이리로 즉시 올 거야.”

“드라이브 나가시려고요?”

“그를 불러 줄 수 있겠수?” 마플 양이 말했다.

“서둘러, 제발.”

나이트 양은 미심쩍은 눈초리로 그녀를 쳐다본 다음, 시키는 대로 했다.

“기분이 괜찮으신가 보죠?” 그녀가 걱정스럽게 말했다.

“우린 둘 다 기분이 아주 좋아.” 마플 양이 말했다.

“난 특히 기분이 좋아. 무력하고 굼뜨게 행동하는 건 내 체질에 맞지 않아요! 실질적인 행동, 그게 바로 내가 오랫동안 기다려왔던 거야.”

“베이커 부인이 아주머니를 흥분시키는 말이라도 한 건 아니에요?”

“아무것도 흥분되는 건 없어요.” 마플 양이 말했다.

“요즘 눈에 띄게 건강이 좋아진 것 같아. 멍청했던 내 자신 때문에 화가 났을 뿐이지. 그렇지만, 사실은 오늘 아침 헤이독 의사가 나에게 힌트를 주기 전까지는—그런데, 내가 제대로 기억하고 있는 건지 모르겠네. 내 의학 서적이 어디로 갔지?” 그녀는 나이트 양에게 비키라는 손짓을 해보이고는 당당하게 계단을 밟고 내려갔다. 그녀는 응접실 선반에서 원하는 책을 찾았다. 그 책을 꺼내서 찾아보기를 살펴보면서, “210 페이지.”라고 중얼거렸다. 그러고는 책장을 넘겨 몇 분 읽고 나더니 만족한 듯이 머리를 끄덕였다.

“정말로 놀라운 사건이야.” 그녀가 말했다.

“정말로 기묘한 데가 많아. 그런 생각을 할 수 있는 사람이 있으리라고는 생각지도 못했는데. 이를테면 두 가지 사건이 하나로 좁혀지기 전까지는 나도 알아차리지 못했으니까.”

그리고 나서 그녀는 머리를 흔들었다. 좁혀진 미간 사이로 잔주름이 잡혔다.

‘누군가가 있다면……’

그녀는 그 당시의 상황에 대한 여러 사람의 다양한 해석을 마음속에 그려 나갔다.

깊은 생각으로 그녀의 동공은 커졌다. 누군가가 있었다—그 사람이 도움이 될까—그녀는 미심쩍었다.

목사님에 대해서는 아무도 제대로 알지 못한다. 그는 정말 종잡을 수 없는 사람이다. 그럼에도 불구하고 그녀는 전화기 있는 데로 가서 다이얼을 돌렸다.

“안녕하세요, 목사님, 제인 마플이에요.”

“아, 그러십니까, 마플 양—제가 뭐 해드릴 일이라도 있습니까?”

“사소한 문젠데, 저를 좀 도와주실 수 있을지도 모르겠네요. 불쌍한 베드콕 부인이 숨진 바로 그 행사 날과 관계된 건데요. 제가 알기로는 베드콕 부부가 도착했을 때, 목사님이 마리나 그레그 아주 가까이 서 계셨다던데요?”

“예—예—바로 그들 앞에 서 있었던 것 같습니다. 정말 슬픈 날이었어요.”

“예, 정말 그래요. 그런데, 베드콕 부인이 그레그 양에게, 예전에 버뮤다에서 만난 적이 있었다고 얘기했다죠? 자기는 아파서 누워 있어야 하는데도 불구하고 일어나 만나러 갔었다면서요.”

“예, 예, 선명하게 생각이 나요.”

“그런데, 베드콕 부인이 무슨 병에 걸렸다고 말했는지 기억나세요?”

“글쎄요, 어디보자—그래, 홍역이었어요—진짜 홍역은 아니고, 풍진이었대요—병세가 훨씬 가벼운 것이지요. 어떤 사람은 그 병에 걸려도 아픈 걸 전혀 못 느끼기도 한답니다. 지금 기억나는 건데, 제 사촌 캐롤라인이……”

마플 양은 사촌 캐롤라인에 대한 추억을 야멸차게 끊었다.

“대단히 감사합니다, 목사님.” 그리고 그녀는 수화기를 놓았다.

그녀의 얼굴에 두려운 표정이 서렸다. 세인트 메리 미드의 대수수께끼 중 하나는 목사님이 어떤 일들에 관해서는 아주 기억력이 뛰어나다는 것이다—대부분은 잊기를 잘하는데 말이다!

“택시가 왔어요, 아주머니.” 나이트 양이 종종걸음으로 들어오며 말했다.

“하도 낡아서 지저분하기까지 해요. 아주머니가 그런 고물을 타고 드라이브 하시는 게 영 못마땅한데요. 병균 같은 것이 달라붙을지도 모르잖아요.”

“말도 안 되는 소리.” 마플 양이 말했다. 모자를 단단히 쓰고 여름 코트의 단추를 잠근 다음, 그녀는 기다리고 있는 택시를 향해 갔다.

“안녕하세요, 로버츠.” 그녀가 말했다.

“안녕하십니까, 마플 양. 오늘 아침은 이르시군요. 어디로 모실까요?”

“고싱턴 홀로 가줘요.” 마플 양이 말했다.

“아무래도 내가 함께 가는 편이 낫겠는데요, 아주머니.” 나이트 양이 말했다.

"신발만 꿰어 신으면 되는데."

"그럴 필요 없어요." 마플 양이 단호하게 잘라 말했다.

"혼자 갈 거야. 인치를 타고 로버츠를 말하는 거지만."

로버츠 씨가 차를 몰고 가면서 한마디 했다.

"아, 고싱턴 홀 저택이요. 아주 몰라보게 변했더군요. 지금은 모든 곳이 다 그래요. 들어찬 주택단지 좀 보세요. 세인트 메리 미드가 그런 식으로 될 줄이야 생각도 못 했지요."

고싱턴 홀 저택에 당도하자 마플 양은 벨을 울리며 제이슨 러드 씨를 만나고 싶다고 했다.

쥐제페의 후임자는 좀 허약해 뵈는 중늙은이로, 그녀를 미심쩍은 눈길로 쳐다보았다. 그가 말했다.

"러드 씨는 약속이 되어 있지 않으면 아무도 만나지 않으십니다, 부인. 그리고 오늘은 특히ー."

"난 약속을 안 했어요." 마플 양이 말했다.

"그래도 기다리겠어요." 그녀가 덧붙였다.

그녀는 당당하게 그의 곁을 지나 홀로 들어가서 의자에 앉았다.

"어쨌든 오늘 아침엔 도저히 안 될 것 같은데요, 부인."

"정 그렇다면 오후까지라도 기다리겠어요."

새 집사가 어쩔 줄을 몰라 하며 들어갔다. 곧 젊은 남자가 마플 양에게로 왔다. 그는 싹싹한 태도와 명랑함을 지닌 사람으로, 미국 억양이 약간 섞인 말을 했다.

"전에 본 적이 있는 젊은이로군요." 마플 양이 말했다.

"단지에서였죠. 내게 블렌하임 클로스로 가는 길을 물었지요?"

헤일리 프레스턴이 사람 좋은 미소를 지어 보였다.

"애써 제게 가르쳐 주셨습니다만, 길을 지독하게도 잘못 알려 주셨더군요."

"아이고 저런, 내가 그랬어요?" 마플 양이 말했다.

"클로스가 하도 많아서 그랬어요. 그건 그렇고, 러드 씨를 뵐 수 있을까요?"

"저런, 안됐습니다." 헤일리 프레스턴이 말했다.

"러드 씨는 몹시 바쁜 분이라서. 그분은 저—오늘 아침에도 약속이 꽉 차 있어서 도저히 짬을 내실 수가 없습니다."

"그가 몹시 바쁘다는 건 잘 알고 있어요." 마플 양이 말했다.

"난 기다릴 작정을 단단히 하고 이리로 왔어요."

"그러면 제가 한번 말씀드려 보죠." 헤일리 프레스턴이 말했다.

"단, 제게 용건을 말씀해 주셔야 합니다. 그러한 일들이 러드 씨 밑에서 제가 관리하는 업무입니다. 러드 씨를 만나려는 사람들은 모두 일단 저부터 거쳐야 합니다."

"난 러드 씨를 직접 만나 얘기하고 싶은데요." 마플 양이 말했다.

그녀가 덧붙였다.

"기다릴 수 있는 데까지 기다려보겠어요."

그녀는 꼼짝 않고 커다란 참나무 의자에 떡 버티고 눌러 앉았다.

헤일리 프레스턴이 무슨 말을 꺼내려고 머뭇거리다가 마침내 몸을 돌려 위층으로 올라갔다.

그는 트위드 양복을 입은 덩치 큰 사내와 함께 돌아왔다.

"이분은 길크리스트 의사 선생님입니다. 성함이—어—."

"마플 양입니다."

"당신이 마플 양이셨군요." 길크리스트 의사가 말했다. 그는 그녀를 흥미진진한 눈길로 쳐다보았다.

헤일리 프레스턴이 민첩하게 자리를 피했다.

"말씀은 많이 들었습니다." 길크리스트 의사가 말했다.

"헤이독 의사한테서요."

"헤이독 의사와는 아주 오랜 친구예요."

"그러시다고요. 그런데, 제이슨 러드 씨를 만나려 하신다고요? 무슨 일이십니까?"

"꼭 그래야 할 필요가 있어서 그러는 거예요." 마플 양이 말했다.

길크리스트 의사의 눈길이 그녀를 감정하는 듯했다.

"목적을 달성할 때까지 여기서 진을 치고 계실 겁니까?" 그가 물었다.

"바로 그래요."

"물론 그러실 것 같군요." 길크리스트 의사가 말했다.

"그렇지만, 왜 러드 씨를 만날 수 없는지 제가 완벽하고 타당한 이유를 제시해 드리죠. 그 부인이 어젯밤 주무시다가 숨을 거두었습니다."

"죽다니!" 마플 양이 소리쳤다.

"어떻게?"

"수면제 과다복용으로요. 우리는 몇 시간 동안이나마 그 소문이 신문에 새어나가지 않았으면 합니다. 그러니, 이 소식을 얼마 동안 혼자서만 간직해 주십사 하고 부탁드리는 겁니다."

"물론 그러겠어요. 사고였나요?"

"제가 보는 관점에선 그렇습니다." 길크리스트가 말했다.

"그렇지만, 자살일 수도 있어요."

"그럴 수도 있겠죠. 하지만, 그럴 가능성은 몹시 희박한데요."

"아니면 누군가가 그녀에게 먹인 걸까요?"

길크리스트가 어깨를 으쓱했다.

"그것과는 전혀 무고한 우발 사건입니다. 그리고 그건―." 그가 단호하게 덧붙였다.

"증명하기가 아주 불가능한 일이기도 합니다."

"알겠어요." 마플 양이 말했다. 그녀는 깊은 한숨을 들이쉬었다.

"죄송합니다만, 그렇다면 더더욱 러드 씨를 만나 봐야만 되겠는데요."

길크리스트가 그녀를 쳐다보았다.

"그럼, 여기서 기다리십시오." 그가 말했다.

제23장

제이슨 러드는 길크리스트가 들어오자 고개를 들었다.

"나이 많은 숙녀분이 아래층에서 기다리고 있군요." 의사가 말했다.

"한 100세는 되어 보이던데요. 당신을 만나려고 하십니다. 막무가내로 기다리겠다고 하는군요. 오늘 오후까지라도 기다리겠다는데, 보아하니 오늘 밤까지라도 기다릴 성싶어요. 여기서 능히 밤이라도 새울 기세던데요. 뭔가 긴히 할 얘기가 있다고 합니다. 만나 보는 게 좋을 것 같군요."

제이슨 러드는 자기 책상에 앉은 채 고개를 들었다. 그의 얼굴은 창백하고 경직되어 있었다.

"정신이 이상한 사람 아닌가요?"

"아뇨, 전혀 그렇지 않습니다."

"왜 그러는지 모르겠군. 하지만, 좋소, 올려 보내도록 하시지요. 그게 무슨 상관이 있겠습니까."

길크리스트가 고개를 끄덕이고는 방을 나가서 헤일리 프레스턴을 불렀다.

"러드 씨가 지금 잠깐 짬을 내실 수 있겠답니다, 마플 양." 헤일리 프레스턴이 그녀 있는 곳으로 모습을 나타내며 말했다.

"감사합니다. 아주 친절하신 분이로군요." 마플 양이 일어서며 말했다.

"러드 씨와는 얼마 동안 함께 일했나요?" 그녀가 물었다.

"그러니까, 2년 반 정도 일한 셈입니다. 제 일은 러드 씨의 공적인 섭외업무를 일괄적으로 다루는 겁니다."

"아, 그러세요." 마플 양이 그를 찬찬히 뜯어보았다.

"얼굴을 보니 정말 생각나는 사람이 있어요." 그녀가 말했다.

"내가 아는 사람인데, 제럴드 프렌치라 하죠."

“그렇습니까? 제럴드 프렌치 씨는 뭘 하셨는데요?”

“이렇다 할 만한 일은 하지 않았어요.” 마플 양이 말했다.

“그렇지만, 그는 이야기를 아주 잘했어요.” 그녀가 한숨을 쉬었다.

“불행한 과거를 갖고 있는 사람이었죠.”

“어떤 과거였는지—.” 헤일리 프레스턴이 약간 거북해하며 말했다.

“말씀 안 해주시는군요?”

“그건 말을 하지 않기로 했어요.” 마플 양이 말했다.

“그는 그 이야기가 거론되는 것을 좋아하지 않았거든요.”

제이슨 러드는 책상에서 일어나 자기를 향해 곧장 걸어 들어오고 있는 가냘픈 노부인을 좀 놀라운 눈길로 쳐다보았다.

“저를 보자고 하셨습니까?” 그가 말했다.

“무슨 일이신데요?”

“부인이 죽음을 당하셨다니 진심으로 유감스럽게 생각합니다.” 마플 양이 말했다.

“당신의 슬픔이 얼마나 큰지 나도 짐작할 수 있어요. 꼭 말할 필요가 없는 일이라면, 이렇게 막무가내로 폐를 끼치며 쳐들어오지도 않았을 거예요. 당신에게 동정을 표하러 온 것도 아니고요. 그렇지만, 분명히 해결하고 넘어가야 할 일이 있어서요. 지금 결백한 남자가 고통을 받고 있습니다.”

“결백한 남자라고요? 무슨 말씀이신지요?”

“아더 베드콕 말입니다. 그는 지금 경찰에서 심문을 당하고 있어요.”

“제 아내의 죽음과 연관된 심문입니까? 아니, 그건 말도 안 됩니다. 그런 터무니없는 일이 있을라고요. 그는 이 근처엔 얼씬도 하지 않았습니다. 아내는 그 사람을 알지도 못해요.”

“그는 부인을 알고 있었습니다. 예전에 그녀와 결혼한 적이 있었으니까요.”

“아더 베드콕이요? 그렇지만—그는—그는 히더 베드콕의 남편이었잖습니까. 혹사—.” 그가 친절하게 변명하듯이 말했다.

“뭔가 잘못 알고 계신 게 아닌지요?”

“그는 그 두 사람 모두와 결혼했었지요.” 마플 양이 말했다.

“그는 당신 부인이 영화계에 데뷔하기도 전, 아주 젊었을 적에 그녀와 결혼했어요.”

제이슨 러드는 머리를 흔들었다.

“제 아내는 앨프리드 비들이라고 하는 남자와 첫 번째 결혼을 했어요. 그는 부동산업을 하던 사람이었죠. 서로 마음이 맞지 않아 금방 헤어지고 말았습니다만.”

“그 뒤에 앨프리드 비들은 이름을 베드콕이라고 바꿨지요. 그는 여기서도 부동산 관계의 회사에 다니고 있어요. 결코 자기 직업을 바꾸지 않고 같은 일을 계속하려는 사람들이 있는데, 참 기이한 일이죠? 그것이 마리나 그레그로서는 더 이상 그가 남편으로서 맞지 않다고 느낀 점일 거라는 생각이 들어요. 그는 그녀와 관계를 유지해 나갈 수가 없었겠지요.”

“참으로 상상 밖의 말씀만 계속하시는군요.”

“내가 사건을 상상으로 지어낸다거나, 무슨 로맨스라도 만들어 내는 것이 아니라는 사실을 분명히 명심하세요. 나는 아주 진지하게 얘기하고 있어요. 이러한 일은 빨리도 동네에서 소문이 퍼지잖아요, 고싱턴 홀 저택까지 도달하자면—.” 그녀가 덧붙었다.

“시간이 좀 걸리기는 하지만.”

“그런데—.” 제이슨 러드가 무슨 말을 해야 할지 난감해하다가, 그 상황을 받아들여야겠다는 결심을 한 듯했다.

“제가 뭘 해드려야 합니까, 마플 양?”

“괜찮다면, 행사 날 당신과 당신 부인이 손님들을 맞이하던 계단으로 좀 안내해 주겠어요?”

그는 의심스러운 눈초리를 그녀에게 휙 던졌다. 이 노파도 결국 마찬가지로 화젯거리를 찾아 헤매는 사람에 지나지 않는가? 그렇지만, 마플 양의 얼굴은 엄숙하고도 차분했다.

“정 그러고 싶으시다면—.” 그가 말했다.

“절 따라오십시오.”

그는 그녀를 계단 꼭대기로 인도하여 그 꼭대기 움푹 들어간 방에서 멈춰 섰다.

"밴트리 부인이 여기 살 때와는 아주 많이 달라졌군요." 마플 양이 말했다.

"이러니까 좋은데요. 자, 어디 봐요. 테이블은 여기쯤에 놓여 있었을 테고, 당신과 당신 부인이 서 있던 곳은—."

"제 아내는 여기 서 있었습니다." 제이슨이 그 장소를 가리켰다.

"아내가 계단을 올라오는 사람들과 악수를 나누고 인사한 다음에, 제가 그들을 맡았죠."

"부인이 여기 서 있었다고요?" 마플 양이 말했다.

그녀는 마리나 그레그가 서 있었던 자리로 몸을 옮겼다. 그녀는 이동도 않고 그 자리에 조용히 서 있었다. 제이슨 러드가 그녀를 주시했다. 그는 당황했으나, 한편 흥미를 느꼈다. 그녀는 마치 악수나 하는 듯이 오른손을 가볍게 들어 올리더니, 사람들이 계단을 올라오기라도 하는 것처럼 계단 아래를 응시했다. 그리고 나서 그녀는 앞쪽을 똑바로 바라보았다. 계단 중간쯤 되는 지점의 벽에 커다란 그림이 걸려 있었는데, 이탈리아 옛 거장의 복사화였다. 그 양편에는 각각 좁다란 창문이 나 있었는데, 한쪽으로는 정원이 바라보였고 다른 한쪽으로는 마구간 끄트머리와 닭 모양을 한 풍향계가 내려다보였다. 그렇지만, 마플 양은 그런 것들을 바라보고 있는 것이 아니었다. 그녀의 눈길은 오로지 그림에만 붙박여 있었다.

"처음에 들은 것이 대개 옳은 법이에요." 그녀가 말했다.

"밴트리 부인이, 저 그림을 쳐다보는 당신 부인의 얼굴이 '얼어붙은 듯하다'고 말했지요." 그녀는 성모 마리아의 붉고 푸른색의 풍성한 옷을 쳐다보았고, 성모 마리아가 머리를 약간 뒤로 젖히고 두 팔을 들어 안은 아기 예수를 향해 미소 짓는 모습을 뚫어지게 보았다.

"지아코모 벨리니의 '미소 짓는 마돈나'로군요." 그녀가 말했다.

"종교화이긴 해도 동시에 아기를 안은 행복한 엄마의 모습을 그린 그림이에요. 안 그래요, 러드 씨?"

"그렇다고 할 수도 있겠군요, 그렇습니다."

“이제야 이해했어요.” 마플 양이 말했다.

“모든 것을 알게 되었어요. 사실은 지극히 간단해요. 그렇죠?” 그녀는 제이슨 러드를 쳐다보았다.

“간단하다뇨?”

“얼마나 간단한 것인지 알고 있을 텐데요.” 마플 양이 말했다.

아래층에서 벨 울리는 소리가 났다.

“무슨 말씀이신지 잘—.” 제이슨 러드가 말했다. 그는 계단 아래쪽을 내려다보았다. 목소리가 두런두런 들렸다.

“귀에 익은 목소리인 듯한데—.” 마플 양이 말했다.

“크래독 경감의 목소리로군, 그렇죠?”

“예, 크래독 경감인 것 같습니다.”

“경감도 당신을 만나러 왔겠죠. 여기서 우리와 자리를 함께해도 별 상관이 없겠어요?”

“저는 전혀 상관없습니다. 경감만 좋다면—.”

“경감은 동의할 거예요.” 마플 양이 말했다.

“이젠 시간이 그리 많이 걸리지 않을 거예요. 모든 사건이 어떻게 일어났는지 이해할 단계에 와 있으니까.”

“아까 간단한 사건이라고 말씀하셨죠?” 제이슨 러드가 말했다.

“지나치게 단순해서—.” 마플 양이 말했다.

“아무도 사건의 진상을 볼 수 없었던 거예요.”

그 순간 허약해 보이는 그 집사가 계단을 올라왔다.

“크래독 주임경감님이 오셨습니다.” 그가 말했다.

“이리로 올라오시라고 하게.” 제이슨 러드가 말했다.

집사가 다시 사라지더니 잠시 뒤에 더못 크래독이 계단 위로 올라왔다.

“아주머니!” 그가 마플 양에게 말했다.

“여긴 어떻게 오셨어요?”

“인치를 타고 왔지.” 마플 양이 여느 때와 다름없이 혼돈을 일으키는 말을 입 밖에 냈다.

그녀 약간 뒤에서 제이슨 러드가 궁금하다는 듯이 이마를 톡톡 쳤다. 더못 크래독은 머리를 흔들었다.

"러드 씨에게 한 말씀 드리겠는데요—." 마플 양이 말했다.

"집사더러 저리 가라고 이르시지요."

더못 크래독이 아래층으로 눈길을 돌렸다.

"걱정 마세요." 그가 말했다.

"엿들을 수 없어요. 티들러 부장형사가 아래층에 있으니까요."

"그렇다면 됐어요. 얘기를 하려면 당연히 방으로 들어가야 하겠지만, 난 여기 있는 편이 좋아요. 사건이 일어난 바로 그 장소에 서 있음으로 인해 사건을 이해하기가 훨씬 수월해질 거예요."

"히더 베드콕이 여기서 독살당한 바로 그 행사가 벌어진 날을 말씀하고 계시는군요." 제이슨 러드가 말했다.

"그래요." 마플 양이 말했다.

"그리고 사람들이 그것을 제대로만 본다면, 너무나 단순한 사건이라는 거예요. 모든 것은 히더 베드콕이 그런 성격의 여자였기 때문에 빚어진 일이었지요. 히더 베드콕에게는 필연적으로 언젠가는 그런 일이 일어날 수밖에 없었어요."

"무슨 말씀이신지 갈피를 잡을 수가 없군요." 제이슨 러드가 말했다.

"전혀 모르겠습니다."

"당연해요. 설명이 좀 필요할 거예요. 내 친구 밴트리 부인을 알고 있죠? 그 부인이 그날 행사에 참석해서 본 그 광경을 설명하면서, 우리들이 젊었을 때 아주 즐겨 낭송하던 테니슨 경의 시 '레이디 오브 샬럿'을 인용했어요."

그녀는 목소리를 약간 높였다.

"거울은 반쪽으로 깨어졌도다.

'나에게 저주가 내렸어.'

하고 레이디 샬럿이 울부짖었도다.

　그것이 밴트리 부인이 본 것, 아니면 자기가 보았다고 생각한 광경이었어요. 사실은 그녀가 저주라는 말 대신에 잘못 인용하긴 했지만—그 상황에서는 그것이 더 적절한 단어인 것 같기도 합니다. 밴트리 부인은 당신 부인과 히더 베드콕이 이야기를 주고받는 모습을 보았는데, 히더가 두서없이 마구 얘기할 때 부인의 얼굴에 이런 액운의 표정이 나타났다는 거예요.”

　“그 얘기는 수십 번이나 들은 게 아닙니까?” 제이슨 러드가 말했다.

　“그랬죠. 그렇지만, 다시 한 번 더 반복해야 할 필요가 있어요. 당신 부인은 그런 표정의 얼굴을 한 채 히더 베드콕이 아니라 저 그림을 바라보고 있었던 겁니다. 행복한 어머니가 미소 지으면서 행복한 아기를 안아 들어 올리고 있는 그림을 봤던 거예요. 비록 마리나 그레그의 얼굴에 액운의 그늘이 드리워졌지만, 실제로 액운은 그녀를 덮치지 않았어요. 오히려 그 액운은 히더 베드콕에게 닥쳐왔어요. 히더가 자신의 과거 사건을 자랑스럽게 떠벌린 그 순간부터 액운의 그림자는 그녀에게 드리워졌던 거죠.”

　“좀더 알아듣기 쉽게 설명해 주시겠습니까?” 더못 크래독이 말했다.

　마플 양이 그에게로 몸을 돌렸다.

　“물론 그렇게 하지. 이것은 경감도 전혀 모르고 있는 것이에요. 하긴 모를 수밖에 없었던 것이, 아무도 히더 베드콕이 한 말이 정확하게 무엇인지를 얘기하지 않았으니까.”

　“그렇지만—.” 더못이 항의했다.

　“저는 몇 번이고 그 얘기를 들었어요. 여러 사람에게서요.”

　“그랬지.” 마플 양이 말했다.

　“하지만 경감이 모르는 게 당연하다는 것은, 히더 베드콕에게서 직접 듣지 않았기 때문이지.”

　“제가 여기 도착했을 때 그녀는 이미 숨져 있었습니다. 그러니 어떻게 직접 들을 수 있었겠습니까?” 더못이 말했다.

　“그랬을 거예요.” 마플 양이 말했다.

　“경감이 아는 거라곤 히더가 아파 누워 있다가 일어나 어떤 축하 행사에 가서는, 거기서 마리나 그레그를 만나 그녀와 얘기를 하고 사인을 요청해서 받았다는 것뿐이지.”

“저도 알아요.” 크래독이 조바심이 나서 말했다.

“그런 얘긴 저도 다 들었어요.”

“하지만, 경감은 결정적인 말을 못 들었어요. 왜냐하면, 아무도 그것을 중요하다고 여기지 않았으니까.” 마플 양이 말했다.

“히더 베드콕이 아파서 누워 있었던 건—풍진 때문이었어요.”

“풍진이라고요? 대관절 그것이 사건과 무슨 관련이 있는 겁니까?”

“그건 아주 가벼운 병이지요.” 마플 양이 말했다.

“그 병에 걸려도 조금도 앓아눕진 않아요. 발진이 돋긴 해도 분을 발라 가릴 수 있고, 열도 좀 있지만 그리 심한 건 아니거든. 원하기만 하면 밖에 나가 사람을 만나는 것쯤은 예사로 할 수 있어요. 이러한 것들 때문에 풍진이 사람들한테 특히 인상에 남지 않았던 거예요.

예를 들어, 밴트리 부인은 히더가 아파서 누워 있었다고만 했다가, 그것이 성홍열과 두드러기 때문이었다고 했어요. 여기 계신 러드 씨는 그건 유행성 감기였다고 했는데, 그건 고의적으로 그렇게 말한 건 아니지요. 그렇지만, 나는 히더 베드콕이 마리나 그레그에게 자신이 풍진에 걸렸었는데 침대를 박차고 일어나 마리나를 만나러 갔었노라고 말했다고 생각해요. 그것이 실제로 모든 사건의 열쇠가 되는 해답이에요. 왜냐하면, 모두들 알겠지만 풍진은 극도로 전염성이 높아요. 사람들은 아주 쉽게 그 병에 감염되죠.

여기서 반드시 유념해야 할 것이 한 가지 있어요. 만일 여자가 4개월 이내에 그 병에 걸리면—”

마플 양은 그다음 말을 마치 빅토리아 시대 사람처럼 삼가며 말했다.

“—그러니까—어—임신 4개월 이내에 말이에요—아주 심각한 영향을 미칠 수가 있어요. 아기가 눈이 멀거나 저능아가 태어나는 원인을 유발하거든요”

그녀는 제이슨 러드에게 몸을 돌렸다.

“내 얘기가 옳지 않습니까, 러드 씨—당신 부인은 저능아를 낳은 것 때문에, 그 충격으로부터 한시도 벗어날 수가 없었어요. 그토록 원하던 끝에 마침내 아기가 태어났는데, 그 일이 비극이 되어 버린 거예요. 그녀로서는 절대로 잊

을 수 없는 비극으로, 평생토록 속으로 깊은 상처를 내가며 강박관념에 사로
잡혀 있었던 것이지요."

"사실입니다." 제이슨 러드가 말했다.

"마리나는 임신 초기에 풍진에 걸렸는데, 의사에게서 저능아가 태어난 것은
그 이유 때문이라는 말을 들었어요. 유전적인 정신 이상이 아니라고 의사가
위로하느라 애썼습니다만, 제 생각에는 그것이 그녀에게 별 도움이 되었던 것
같진 않습니다. 그녀는 어떻게, 언제, 누구로부터 그 병에 전염되었는지를 전
혀 몰랐거든요."

"그랬겠지요." 마플 양이 말했다.

"어느 날 오후 웬 낯선 여인이 저 계단을 밟고 이리로 올라와 자기에게 말
해 주기 전까지는 결코 그 사실을 알 리가 없었지요. 그런데 그녀가 나타나서
그 이야기를 꺼냈습니다. 게다가, 한 술 더 떠—기쁨에 들떠서 이야기를 한 거
죠! 자신이 한 일에 대해서 자랑스러워하는 태도까지 곁들여서 말이에요! 그
녀는 자기가 비상한 수완과 용감성으로 침대에서 일어나 얼굴을 화장으로 감
쪽같이 손질하고는, 자기가 홀딱 반해 있는 여배우를 만나러 가서 사인을 받
아낸 일이 자못 자랑스럽다고 생각했던 거예요. 그것은 그녀가 평생토록 자랑
거리로 삼을 만한 것이었죠. 히더 베드콕은 악의는 없었어요. 전혀 악의를 품
고 있지는 않지만, 히더 베드콕 같은 사람들은 (내 옛 친구 앨리슨 와일드도
그렇고) 수없이 해악을 끼칠 수가 있는 거예요. 그들의 결함이란 친절하지 않
은 게 아니고, 너무나 친절한 탓으로—말하자면 자기들의 행동이 타인에게 어
떤 식으로 영향을 미칠지 전혀 생각해 보지 않는다는 것이에요. 그녀는 언제
나 그 행동이 '자기'에게 무슨 의미가 있는가에만 염두를 두었지, 그것이 상대
방에게 어떤 의미가 있는지는 결코 생각하지 않는 사람이에요."

마플 양은 머리를 부드럽게 끄덕였다.

"그래서 그녀는 죽은 거예요. 자신의 과거에서 비롯된 사소한 이유 하나 때
문에 말이에요. 그 순간이 마리나 그레그에게는 어떠했을지 가히 짐작이 가실
겁니다. 러드 씨는 이해할 수 있을 거예요. 마리나 그레그는 자기 비극의 원인
이 된 누군지도 모르는 사람을 향해 오랜 세월 동안 증오를 키워 온 것으로

생각됩니다. 그런데, 여기서 전혀 뜻하지 않게 그 사람과 얼굴을 맞닥뜨린 거예요. 게다가, 그 사람은 밝고 즐거워했으며, 언제나 자기 행동에 만족해하고 있었으니 말이에요. 그것이 마리나로서는 참기 어려웠던 거죠.

만일 마리나가 좀더 생각했다면, 자신을 진정시키고 돌아볼 여유를 가질 수 있었더라면—그렇지만, 그녀는 자신에게 그럴 여유를 주지 않았죠. 눈앞에 자신의 행복을 빼앗고 자기 아이의 정신과 건강을 파괴한 그 여자가 있었어요. 마리나는 그녀에게 벌을 주고 싶었습니다. 마리나는 그녀를 죽이고 싶었어요.

게다가, 불행하게도 그 수단은 바로 가까이에 있었어요. 그녀는 그 잘 알려진 특효약 칼모를 휴대하고 있었죠. 적량을 복용하지 않으면 위험한 그 약을. 방법은 너무나 쉬웠어요. 그녀는 자기 잔에 그 약을 탔지요. 그녀가 하고 있는 짓이 누군가의 눈에 띄었다 해도, 그들은 그녀가 기운을 차리기 위해, 혹은 마음을 진정시키기 위해 음료와 함께 약을 복용하는 행위를 늘 보아 온 나머지 그 광경을 거의 개의치 않았을 거예요.

한 사람은 보았을 가능성이 있었는데, 그것도 의심스럽긴 해요. 질린스키 양은 그저 추측해 본데 불과한 것 같아요. 마리나 그레그는 자기 잔을 테이블에다 놓고 이내 히더 베드콕의 팔을 슬쩍 쳐서, 히더의 새 드레스에 술이 쏟아지게 했지요. 사건을 수수께끼로 몰고 간 요소가 바로 여기 있는데, 그 사실 때문에 사람들은 제대로 그때의 대화를 기억하지 못했던 거죠.

그러고 보니 내가 요전에 말한 그 하녀 생각이 무척 나는군.”

그녀가 더못에게 덧붙였다.

“크래독 경감도 알다시피, 나는 글래디스 딕슨이 히더 베드콕의 드레스에 칵테일이 쏟아져서 얼마나 더러워졌는지 걱정하더라는 얘기만 체리에게 들었거든. 너무나 우습게 보인다고 하는 말은 그녀가 그것을 고의로 했다는 뜻이었어요. 하지만, 글래디스가 언급한 ‘그녀’는 히더 베드콕이 아니라 마리나 그레그였지. 글래디스는 이렇게 말했어—그녀는 고의로 그렇게 했어!—라고 그녀가 히더의 팔을 건드린 거예요. 우연히 그렇게 된 것이 아니고, 의도적으로 그랬던 거지. 마리나 그레그가 틀림없이 히더 베드콕 아주 가까운 곳에 서 있었다는 사실은, 그녀가 자기 칵테일을 히더에게 건네기 전에 히더 베드콕의 드레스뿐만 아니라 자기 드레스까지도 손수건으로 훔쳐 냈다는 말로써 잘 알수 있어요. 그것은 정말로—.”

마플 양은 명상에 잠긴 채로 말했다.

“아주 완벽한 살인이었어요. 왜냐하면 경감도 알겠지만, 생각하거나 따져 볼새도 없이 찰나적으로 저질러졌으니까. 그녀는 히더 베드콕이 죽기를 바랐고, 또 몇 분 뒤에 히더 베드콕은 죽었어요. 그녀는 아마도 자기가 저지른 짓의 심각함이라든가 위험성에 대해서 확실히 실감을 못 했겠지.

그렇지만, 나중에 가서야 깨달았던 거예요. 그녀는 두려웠어요. 끔찍하게도 두려웠던 거지. 누군가가 자기가 술잔에 약을 집어넣는 것을 보지나 않았을까, 자기가 고의적으로 히더 베드콕의 팔꿈치를 건드리는 걸 보지나 않았을까, 자기가 히더 베드콕을 독살했다고 고발하지나 않을까 라는 생각이 꼬리를 물고 일기 시작하자 불안에 사로잡히게 된 거지요.

그녀는 단 한 가지 길만이 있다는 것을 알았어요. 그 살인은 자기를 겨냥했던 것이며, 자기가 희생자가 될 뻔했다고 주장하는 그 길 말이에요. 그녀는 그 생각을 처음엔 의사에게 시도해 보았지요. 남편에게 말하기를 거부했던 것은, 자기 남편은 속지 않으리라는 것을 알고 있었기 때문이에요.

그녀는 기발한 일을 꾸몄어요. 자기에게 쪽지를 쓰고는 의외의 장소에서 의외의 순간에 발견하게끔 손을 써놓은 겁니다. 어느 날은 촬영소에서 자기 커피에 독약을 집어넣기도 했어요. 그런 식으로 생각해 보았다면 아주 쉽사리 꿰뚫어 볼 수 있을 만한 일을 만들어 놓았던 거예요. 사실, 그 일을 간파할 수 있었던 사람이 딱 한 사람 있었지요.”

그녀는 제이슨 러드를 쳐다보았다.

“그건 단지 부인의 추리에 불과합니다.” 제이슨 러드가 말했다.

“그러고 싶다면 그런 식으로 말할 수도 있겠지요.” 마플 양이 말했다.

“하지만, 잘 알고 있잖아요, 러드 씨. 내가 진실을 말하고 있다는 걸 말이에요. 당신은 알고 있었어요. 처음부터 알고 있었죠. 당신이 알 수 있었던 까닭은 풍진이 언급되는 것을 들었기 때문이었어요. 동시에 당신은 기를 쓰고 그녀를 보호해야 한다는 것도 알았어요. 그렇지만, 당신이 어느 정도로 그녀를 보호해야 할지를 깨닫지 못했던 거죠.

당신은 한 사람의 죽음, 스스로 죽음을 자초했다고 말할 수 있는 한 여자의 죽음에 대해 쉬쉬해 버리는 것만으로는 문제가 끝나지 않는다는 사실을 깨닫지 못했어요. 다른 죽음이 잇따라 일어났지요—쥐제페의 죽음이 그랬죠. 그가 협박자였던 것은 틀림없는 것 같아요. 그리고 당신을 사랑하던 엘라 질린스키의 죽음.

당신은 마리나를 보호하는 동시에, 그녀가 더 이상 범죄를 저지르지 못하도록 막으려고 기를 썼지요. 당신이 원하는 건 오로지 그녀를 안전한 곳으로 피신시키는 것이었어요. 당신은 그녀를 한 치의 소홀함도 없이 내내 주시했죠—더 이상은 아무 일이 일어나지 않도록 말입니다."

그녀는 말을 멈추더니 제이슨 러드에게로 가까이 다가가서 부드러운 손길로 그의 팔을 잡았다.

"정말로 유감스러운 일이에요." 그녀가 말했다.

"정말로 안됐어요. 난 당신이 겪은 고통을 확연히 알 수 있어요. 부인을 그렇게나 아꼈는데 말이에요, 그렇죠?"

제이슨 러드가 몸을 약간 돌렸다.

"그건—." 그가 말했다.

"모두 다 알고 있을 거라고 생각하는데요."

"그녀는 정말로 아름다운 사람이었어요." 마플 양이 말했다.

"그녀는 뛰어난 재능을 부여받았지요. 그녀는 무한한 사랑과 증오의 힘을 동시에 지니고 있었지만, 안정감은 없었어요. 선천적으로 안정을 누리지 못한다는 것은 누구에게나 슬픈 일이죠. 그녀는 과거를 스쳐 지나가게 할 수 없었고, 미래도 오는 그대로 받아들이지 못하고, 오로지 어떨 것이라고 자기가 상상하는 것에만 집착했죠. 그녀는 위대한 여배우이고 아름다웠지만, 아주 불행한 여자였어요. '스코틀랜드 여왕 메리'에서 그녀는 얼마나 근사했어요! 난 결코 그녀의 모습을 잊지 못할 거예요."

티들러 경사가 갑작스럽게 계단에 나타났다.

"경감님—." 그가 말했다.

"잠시 드릴 말씀이 있습니다."

크래독이 몸을 돌렸다.

"곧 돌아오겠습니다." 그는 제이슨 러드에게 말하고 계단을 내려갔다.

"명심해요." 마플 양이 그의 등 뒤에다 대고 말했다.

"가엾은 아더 베드콕은 이 사건과는 아무 상관이 없어요. 그는 순전히 과거에 결혼한 적이 있는 그 여자를 잠시나마 보고 싶어서 그 행사에 왔던 거야. 그런데, 그녀는 그를 알아보지조차 못 했던 것 같아, 그랬죠?" 그녀가 제이슨 러드에게 물었다.

제이슨 러드는 고개를 돌렸다.

"저도 그렇게 생각합니다. 아내는 제게 아무런 말도 하지 않았거든요. 그녀는—." 그가 생각에 잠긴 채 덧붙였다.

"그의 얼굴조차 기억하지 못했을 겁니다."

"아마 그랬을 거예요." 마플 양이 말했다.

"아무튼 그가 그녀를 살해할 의도가 있었다거나, 그와 유사한 짓을 했을 거라는 추측은 터무니없는 것이야. 그는 결백해요. 그 점을 명심하시오, 경감." 더못 크래독이 계단을 밟고 내려갈 때 그녀가 덧붙였다.

"그가 위험한 입장으로 들어가지 않으리라는 것은 제가 보장하겠습니다." 크래독이 말했다.

"그렇지만, 마리나 그레그의 첫 남편이었다는 사실을 안 이상, 우리가 그 점을 가지고 심문해야 하는 것은 당연해요. 그에 대해선 걱정하지 마십시오, 제인 아주머니." 그는 낮은 소리로 뭐라고 덧붙이고는, 서둘러 계단을 내려갔다.

마플 양이 제이슨 러드에게로 몸을 돌렸다. 그는 멍한 사람처럼 초점 잃은 시선으로 망연자실 그 자리에 서 있었다.

"내가 마리나 그레그를 볼 수 있도록 해주겠어요?" 마플 양이 말했다.

그는 잠시 생각하더니 고개를 끄덕였다.

"예, 그렇게 하십시오. 부인은—제 아내를 무척 깊이 이해하고 계신 것 같군요."

그가 몸을 돌리자 마플 양은 그를 뒤따라갔다. 그는 커다란 침실로 들어가더니 드리워진 커튼을 한쪽으로 약간 젖혔다.

마리나 그레그는 커다랗고 하얀 조가비 모양의 침대에 누워 있었다―눈을 감고 두 손을 포갠 채로.

그래, 마플 양은 생각했다. 레이디 샬럿도 이렇게 배에 누워 카멜롯(아더 왕의 궁궐이 있었던 전설상의 마을)을 향해 떠내려갔으리라―그리고, 생각에 잠겨 서 있는 울퉁불퉁하고 못생긴 얼굴의 사나이는 현대의 랜슬롯(원탁의 기사 중 가장 탁월한 기사, 여왕 기니비어와의 사랑을 위하여 원탁을 붕괴함)처럼 보였다.

마플 양은 부드럽게 말했다.

"그녀로 봐서는 아주 다행한 일이에요―과다로 복용한 것 말이에요. 죽음이 그녀에게 남겨진 단 하나의 피난처였어요. 그래요―과량의 수면제를 복용한 건 아주 다행한 일이에요―그게 아니면―먹여진 것이었나요?"

그의 눈길이 그녀의 눈길과 마주쳤으나 그는 아무 말도 하지 않았다.

그는 띄엄띄엄 말했다.

"그녀는―그렇게나 아름다웠다는데―그런데, 그렇게나 엄청난 고통을 받았 습니다."

마플 양은 다시 한 번 움직이지 않는 그 모습을 뒤돌아보았다.

그녀는 그 시의 마지막 구절을 나직이 읊조렸다.

"그가 말했도다. '참으로 사랑스러운 모습이로다.
신이시여, 당신의 자비로 은총을 베푸소서,
레이디 샬럿에게.'"

<끝>

《깨어진 거울((英) The Mirror Crack'd from Side to Side, (美) The Mirror Crack'd, 1962)》은 애거서 크리스티(Agatha Christie, 영국, 1890~1976)의 68번째 작품이자 53번째 장편소설이다.

이 작품에서도 할머니 탐정 마플 양이 등장해서 예의 그 놀라운 통찰력을 보여준다. 작품의 무대는 마플 양이 처음 등장한 《목사관 살인사건(Murder at the Vicarage, 1930)》이 일어났던 세인트 메리 미드 마을이다. 그 뒤로도 마플 양은 변함없이 세인트 메리 미드를 떠나지 않고 자신의 안락의자에 앉아 세상일을 한눈에 굽어보며 살고 있었던 것이다.

살인 장소 역시 《서재의 시체(The Body in the Library, 1942)》에서 소개되었던 고싱턴 홀 저택이다. 고싱턴 홀은 두 번씩이나 살인사건과 관련됨으로써, 좀 불길한 집으로 낙인찍히게 되었다.

《목사관 살인사건》과 《깨어진 거울》 사이에는 30년 이상의 세월이 흘렀다. 마플 양도 그만큼 나이가 들어, 주위의 도움 없이는 생활해 나갈 수 없을 정도가 되었으나, 그녀의 예지는 여전히 빛난다.

또한, 이 작품에서는 두 차례의 세계대전을 치른 뒤에, 대변모를 겪고 있는 세인트 메리 미드 마을의 풍속도가 그려지고 있다. 조용하고 고풍 어린 분위기를 지닌, 가장 보수적이던 이 마을에까지 밀려온 변화의 물결을 보고, 애거서 크리스티는 전후(戰後) 풍속에 대해 날카로운 비판의 일침을 가한다.

획일적인 주택단지, 물건 사는 재미를 앗아 버린 대규모 슈퍼마켓 등, 편리하긴 하지만 개성을 퇴화시키는 근대적인 문물에 대해 크리스티 여사는 재미있는 표현으로 비판하고 있다.

그렇지만, 마플 양을 비롯해 밴트리 부인, 하트넬 양, 헤이독 의사 등 친근한 인물들이 변함없이 등장하고 있어 낯설지 않다.

이 작품에서 가장 눈을 끄는 것이라면 살인 동기의 특이성을 들 수 있다. 사건이 전개되고 해결되는 과정에서, 독자 여러분은 충격적인 놀라움을 경험

할 것이다.

이 살인의 동기를 한마디로 말한다면 '모성애'라고 할 수 있다. 모성애라는 가장 아름다운 본능과 살인이 어떻게 연결될 수 있는가를 보여 준 것이다. 여기에다, 인간의 심리를 정확하게 파악하고 있는 마플 양의 사건 해결 과정이 잔잔한 흥미를 제공해 준다.

그리고, 이 범죄의 트릭은 매우 단순하다. 순간적인 충동에 의해 저질러진 마리나 그레그의 간단한 범죄가, 물론 다른 두 사람의 죽음과 자기 자신의 죽음까지 초래하게 되지만 말이다.

아이를 갖지 못하는 데 대한 비정상적인 콤플렉스를 가진 영화배우 마리나 그레그. 다른 사람의 입장에 대해서는 전혀 생각하지 않고 자신만의 얘기를 늘어놓는 피살자 베드콕 부인.

이러한 인물들을 등장시켜 모성애, 또는 인간의 본능이나 심리 등을 다룬 이 작품은, 크리스티 여사의 후기 작풍(作風)의 특성이라고 보아도 좋겠다. 즉, 인생을 경험한 성숙한 인격체로서 인간의 내부에 눈을 돌리게 된 결과라고 볼 수 있는 것이다.

또한, 이 작품에서 특이한 것은, 사건의 발생과 해결을 통해 전반적으로 앨프레드 테니슨(1809~1892, 영국의 계관 시인)의 시 '레이디 샬럿'이 인용되었다는 점이다. 즉, 에피그램(epigram, 경귀적 표현)으로서 소설 전개를 더욱 흥미 있게 했다.

레이디 샬럿은 마술의 거울을 통해서만 사물을 보다가, 원탁의 기사 랜슬롯을 직접 보게 됨으로써 거울은 깨지고 그녀는 죽게 된다. 레이디 샬럿은 마리나의 상징적 존재로 표현되어 있다.

이 작품은 크리스티 여사의 작품 중에서 베스트 20에 꼽히기도 한다.

이 소설은 특히 영화로 제작되면서 유명해졌는데, 안젤라 랜스버리(마플 양으로 분(扮)), 그리고 제럴딘 채플린, 토니 커티스, 에드워드 폭스, 록 허드슨, 킴 노박, 엘리자베스 테일러 등 호화 캐스트가 대거 출연해 화제를 일으켰다. 특히, 테일러가 마리나 그레그 역을 맡았다.